近代小説《ノベル》という問い

日本近代文学の成立期をめぐって

富塚昌輝
Tomitsuka Masaki

翰林書房

近代小説《ノベル》という問い——日本近代文学の成立期をめぐって——◎目次

文献の引用に際しては、字体を通行の字体に改め、ルビ・傍線等は適宜省略した。

序論　〈近代小説《ノベル》〉の成立――学問との関係を視座として――

はじめに

〈近代小説《ノベル》〉とは何か。それはなぜ読むに値するのか。そして、その目的を達成するためにはどのように読む必要があるのか。本書の底流にはこのような問いかけがある。もちろんこれらの問いに対する答えは一様ではない。〈近代小説《ノベル》〉（以下適宜ルビ略）という概念が問い直されてから既に久しく、今日では〈近代小説〉という言葉は不用意には用いることが出来ない。また、〈近代小説〉を読む価値についても、〈近代小説〉の概念が定まっていなければ答えなど見出せるはずもなく、そのことを措いて考えたとしても、その時々において、あるいは場所や情況において異なるのであり一定してあるわけではない。ただし、そのように言ったからといって、問題が解決する訳ではない。〈近代小説〉の語に「いわゆる」と冠したり、括弧でくくることで能事足れりとはならないと思う。〈近代小説〉という概念あるいはそれを読む価値や方法が多様であり、異質なものを内包しており、あるいは政治的であるとするならば、多とされる様態の一つ一つを探り、どのような異なる質のものがどのようにせめぎ合い、いかにして政治的であるのかを探ることが必要となろう。その上で、〈近代小説〉の失効を宣言するのではなく、〈近代小説〉という言葉において何が思考・志向・試行・嗜好し得るのか、その可能性をこそ探り蓄えていきたいと思う。

そのような問題意識のもとに、本書では〈近代小説〉の始発期と劃される明治二十年前後に焦点を当てたい。そのことによって〈近代小説〉の起源探しをしようというのではない。明治二十年前後は、〈近代小説〉（「ノベル」）

が言葉としてあるいは概念として提出されたことにより、様々な場面で、あるいは様々な形で問題化された時期であり、そのあり方について考えてみたい。さらには、そこで見出された〈近代小説〉の志向性が後の時代にいかにして引き継がれていくのか、その流れも見通してみたいと思う。

今、明治二十年前後の時期に〈近代小説〉が様々な場面で、あるいは様々な形で問題化されたと述べたが、本書では特に学問と小説との関係に力点を置いて考察を加える。その点に〈近代小説〉のジャンル劃定をめぐるせめぎ合いの一端が見られるからであるし、また『小説神髄』（明治一八（一八八五）・九～一九（一八八六）・四、松月堂）などによって、小説が学問と並置され得るという新たな認識の布置が敷かれたことによって、以後の小説をめぐる紛糾が用意されたと考えられるからである。そしてその紛糾を通して、つまり小説と学問との交渉のただ中において〈近代小説〉はその相貌をあらわしはじめたのである。そこで、まず議論の発端を見定めるために、『小説神髄』に見られる小説と学問との関係について考えていきたい。

1　『小説神髄』における小説と学問との関係

明治二十年前後の〈近代小説《ノベル》〉をめぐるどの仕事もそうであるように、坪内逍遙の『小説神髄』もまた、他のどれにもまして手さぐりの仕事であった。「小説」をはじめとして、「稗史小説」、「那ベル（小説）」、「人情話（那ベル）」、「真成の物語（那ベル）」、「真の小説稗史（那ベル）」、「尋常の譚（小説《ノベル》）」など、その時々の文脈によって揺れ動く呼称ひとつとってもそれは明らかである。

「那ベル（小説）」の深部へとまっすぐ錘鉛をおろし、その正体を見さだめようとする意志は、「神髄」の名を付したほどには見られない。それは、記号が虚定的な差異の体系であるという記号学の原則で説明しきれるものではない。「那ベル（小説）」を——それがどれほど錯誤を含んでいようとも——実定的に囲い込むことすらできないほど、逍遙はそれに確かな手ごたえを持つことができていないというのがより実情に近いように思われる。「那ベル（小説）」はいまだ縹緲としたものとして逍遙の眼に映っていたのである。

だから、『小説神髄』がまずはじめに意を傾けたのは、「美術」のうちの他領域と「小説」とを差異化すること（「小説総論」）、「仮作物語」の系譜をたどり「真の小説稗史（那ベル）」を位置づけること（「小説の変遷」）、「仮作物語」の種別を弁じて「尋常の譚（小説《ノベル》）」の分類を立てること（「小説の種類」）など、種々の比較を通して「那ベル（小説）」の輪郭を縁取る作業であった。「小説の主眼」の章で「小説の主脳は人情なり世態風俗これに次ぐ」とあるのが「那ベル（小説）」の実定的規定として指摘できるが、それも心理学への付会によって支えられたものであった。

それではそこで行われた種々にわたる作業が、それぞれ密に連繫を保ち、一貫した「那ベル（小説）」の像が得られたかと言えば、疑わしいところが少なくないことは事実であり、『小説神髄』はこれまでにもさまざまな矛盾を指摘されてきた。しかし、不安定な足場に立つ『小説神髄』に、時に遡及的に確固とした足場を提供し、矛盾を整合していく作業は、『小説神髄』がどのようなせめぎ合いの中で成り立っていたのかを見えなくさせるおそれがある。その意味で前田愛の次の言葉は『小説神髄』を考える手がかりを与えてくれる。

> 文学史家は、浪漫主義から写実主義へという近代文学の流れにそくして『小説神髄』の模写理論を位置づけようとするが、逍遙にとってそうした文学史の見取図が整理されたかたちで見えていたわけではあるまい。『小説神髄』のなかで文学史にかかわる「小説の変遷」の章は、エンサイクロペディア・ブリタニカの解説を、スペンサーの進化論で色揚げしてみせた、いわば手づくりの地図にすぎなかった。模写の理論もまた、文学理論の枠組のなかで構成されたのではなく、スペンサーの進化論をはじめとして、フェノロサの美術論、ベインと

ヘヴンの心理学というように、さまざまな人文科学の知見がひしめきあう混沌のただなかからおもむろに醗酵したおもむきであった。写実主義の達成度、理論的精度という物指しをかりて評定するかぎり、有りあわせの素材を寄せあつめながら手仕事でつくりだされた『小説神髄』の理論の曖昧さ、不徹底さはまぎれもないが、そのことは逆に絶えず個別の問題を超出して全体性を志向しようとする啓蒙時代の著作家に特有な使命感と思弁の膂力を証しているようにも思われる。たとえば、逍遙はどうして小説の社会的効用にこだわらなければならなかったのか、あるいは「美術」の名のもとにその社会的評価を引きあげることに情熱を傾けたのか。逍遙が問いつづけたこうした素朴ではあるが健康な問いかけの意味するものを正当にうけとめることは意外に難しい。私たちの側にも逍遙が『小説神髄』で試みたように、文化の理論を文学の理論へ、文学の理論を文化の理論へと読みかえて行くプログラムが用意されなければならないからである。（前田愛「もう一つの『小説神髄』」『日本近代文学』昭和五三〔一九七八〕・一〇）

『小説神髄』の矛盾を矛盾として受け止めるためには、その背後にある「多声的なコンテクスト」（前田愛「『小説神髄』のリアリズムとはなにか」『国文学』昭和五三〔一九七八〕・九）に目を向ける必要がある。『小説神髄』に小説の起源を確認するのではなく、『小説神髄』にいかなる言説が流れ込んでいるのか、そしてひと度『小説神髄』というテクストとして形づくられたのち、どのようにして文化の側へと返されていったのか、その動きを捉えることが必要である。言ってみれば、文化を見る開かれた窓として『小説神髄』を捉える試みである。『小説神髄』にはさまざまな言説が入り込んでいるが、小説と学問の言説との関係にしぼって以下に確認してみたい。

『小説神髄』が「那ベル」の社会的地位を押し上げようとした仕方は徹底している。「美術」を分類し、その質について述べることで「小説の美術中に其位置を得る」ことを確認したあと、「竟には伝奇戯曲を凌駕し文壇上の最大美術の其随一といはれつべき」として、小説を「美術」の中でも特出させる。また、「小説の変遷」を説く箇所においても、進化論に拠りながら、「優勝劣敗自然淘汰」の最前に「小説」を位置づけ、「ひとり小説てふ美術に於ては望将来にきはめて大なり」と述べている。このように、同時代の「美術」のジャンルに自らを括り込むと同時にそこから超出させたり、あるいは小説ジャンルの系譜に「那ベル」を位置づけると同時にその最先端にそれを置くことで前代との切り離しをはかるというように、隣接領域との接合／分離という相反する志向性が『小説神髄』には共存している。このような試みによって、『小説神髄』は「小説」の社会的地位の向上をはかったのである。

そのような『小説神髄』の企ては、学問との関係においても顕著に見られる。まず接合の様相について見るならば、前田愛が『小説神髄』について「さまざまな人文科学の知見がひしめきあう混沌のただなかからおもむろに醗酵した」（「もう一つの『小説神髄』」前掲）と指摘したように、『小説神髄』には、学問の言説が過剰とも思えるほどに引用されている。フェノロサの『美術真説』や菊池大麓訳『修辞及華文』、あるいは本居宣長の『源氏物語玉の小櫛』などの文言が直接引用されることをはじめ、語彙や発想のレベルでも「優勝劣敗自然淘汰」という進化論の語彙や「先天法（演繹法）と後天法（帰納法）」のような論理学の語彙が用いられていたり、「小説の種類を表する略図」が、「毎部類ヲシテ二條ノ種類ニ区分スルノ完全タル論理ノ法式」が有効であるとする「万物ノ階級ヲ区分（ゼボン『慈隠氏論理学』戸田欽堂訳、坪内雄蔵序、明治一九〔一八八六〕・一〇、顔玉堂）する方法によって作成されていることなど、いちいち拾い上げていけばきりがない。「宇宙間の森羅万象一としておのづから法度を有せざるはなし」という原則に基づき小説に「法則」をあてがう態度にも学問への志向を見ることができる。

『小説神髄』では、自らの小説論を補うために学問の言説を引用するだけでなく、小説を創作する際にも学問的な態度が要求されている。「稗官者流は心理学者のごとし宜しく心理学の道理に基づき其人物をば仮作るべきなり」や、「人物の性質を叙する」手段の一つである「陽手段」を用いるためには、「心理学の綱領」や「人相骨相の学理」を会得しなければならないといった指摘を見て取ることができる。また、小説作者は小説に「規矩法則」があることを理解している必要があり、「小説稗史のたぐひは法則もなく規矩もなく作者が意匠の成れるまに〱孟浪咄嗟の筆を下して書綴りたる物語」という考えは「浅見の惑」であるとも述べられている。

それにしても、なぜ『小説神髄』にはこれほどまでに学問の言説がまとわりついているのであろうか。もちろん、「那ベル（小説）」の説明原理を隣接学問に借りたということはできる。ただし、「那ベル（小説）」の説明原理に資するためというのとは異なる側面もあると思う。つまり、学問言説を用いることそのものの効果も考慮されていたのではないだろうか。例えば啓蒙期知識人のひとり西周は「凡百学術の相組織結構」（「知説」『明六雑誌』明治七〔一八七四〕・七〜一二）する「百学連環」の学問世界を思い描いていた。また進化論を法学に応用した穂積陳重は、「苟も吾人一たび諸学関聯の理を悟らば、吾人は他の諸科学の研究法に倣ひ、他の諸科学の原則を利用し、以て法律学をして真正の科学たる栄誉を享けしむるを猶予す可からざるなり」（穂積陳重「法律学の一大革命」『法学協会雑誌』明治二二〔一八八九〕・三。引用は『日本近代思想大系　学問と知識人』昭和六三〔一九八八〕・一一、岩波書店、に拠る）と述べるように、「諸学関聯の理」の発想を有していた。穂積はその発想に従い、隣接諸科学の研究法や原理原則を応用することで、法律学を「真正の科学」とすることを試みたのである。当該領域が学問と認定されるならば他の科学の方法や原則が応用可能であるという「諸学関聯の理」は、穂積が法律学を「真正の科学」にしようと試みたように、他の科学の方法や原則を応用することでその分野を学問として措定する働きをも有している。逍遙はこの発想によって、『小説神髄』に学術的言説を多分に引用し、「諸学」の一角に「那ベル（小説）」の研究を位置づけようとしたのではないか。内田魯庵が「従来戯作と賤んじた小説が一足飛に天下の人文に貢献する大文学、堂々たる学者の事業としても恥かしくない立派な仕事となつて了つた」（『きのふけふ』大正五〔一九一六〕・三、博文館）と回想したのもそうした事態を指してのことであったと思われる。ここに、小説が学問へと接近していく様子を確認することができるのである。

『小説神髄』には、学問の言説を取り込むことで学問の世界へと接近していこうとする動きが見られ、またそれは小説作者にも求められていた。しかし、それは小説を学問に従属させようということではないし、また学問に同化しようとするものでもない。『小説神髄』には学問への接近と同時に学問から離反しようとする側面も見られる。例えば、『小説神髄』には小説作者は心理学者のようでなければならないという主張があったが、一方で別の箇所には、「人情の秘蘊をあばきて心理学者がときもらせる心理を仔細に見えしむる」ことが求められてもいた。つまり、心理学を要請しながらも、心理学者ですら眼の届かない心理の描出が目指されていたのである。あるいは、「小説法則総論」においても、小説に法則があることを認識すべきであると述べたあと、「法則にのみ拘泥して彼の工が規矩準縄もてものするごとくにしひて意を枉げ筆を矯めて脚色を結構なさまくせば世の人情と風俗をば自在に写しいだすを得ずよし幸に情態をば隈なく写し得たればとて全篇活動の神に乏しくいと味なきものともなるべし」と加えている。さらに、小説作者は「うまれ得たる才の多少と優劣とによりて重に巧拙を生ずるもの」であり、「小説の法則」の極みは「所謂以心伝心にて得ていひがたき物多かり」と言う。ここでも、法則を認識する必要について述べる一方で、その法則にがんじがらめになることは戒められており、つまるところ小説の法則とは曰く言い難いところに存するのだという。これらの言説は、学問が不要であることを述べたものではない。学問の必要性を指摘した上で、そこに止まるのではない所に小説の独自性があると述べているのである。『小説神髄』は、一方で学問への接近を志向しながら、他方で学問から離反し小説独自の領域を確保しようという志向性も有している。そのことによって、小説の社会的地位を押し上げながら、学問に包摂されることなく小説のジャンルを劃していると考えられるのである。

このような学問から離反する動きは、『小説神髄』では散見されるに止まるが、『小説神髄』以降の小説をめぐる動向でははっきりと問題化されていく。例えば、二葉亭四迷は「小説総論」(『中央学術雑誌』明治一九〈一八八六〉・四)において「偶然の中に於て自然を穿鑿し種々の中に於て一致を穿鑿するは性質の需要とて人間にはなくて叶はぬものなり。穿鑿といへど為方に両様あり。一は智識を以て理会する学問上の穿鑿一は感情以て感得する美術上の穿鑿是なり」と述べ、学問と美術とを分節する。このような議論は逍遙においても「美の物たる個々別々の成分の上には存せずして専ら総合の中に存じ特り感情もて感得すべく智をもて剖分して示熱したき者なり」(「美とは何ぞや」『学芸雑誌』明治一九〈一八八六〉・九〜一二)や「予は常に言はずや美術は感情を以て真理を感得し哲学は知力を以て真理を知ると」(「未来記に類する小説」『読売新聞』明治二〇〈一八八七〉・六・一四、一五)といった言明に引き継がれていく。つまり、『小説神髄』以降、小説を学問から離反させようとする動向が顕著に見られるのである。

〈近代小説〉の形成は、このような学問からの離反の方向性によっても支えられている。しかしそのように言ったからといって、既定の領域として〈近代小説〉を捉え、学問との間に静態的な二分法を措定しようというのではない。大事なことは学問からの離反が学問への接近とセットにして現れたことである。そうであるならば、学問からの離反とは、学問を隣接領域として強く意識することを含み込むのであり、両者のせめぎ合いの中で〈近代小説〉生成の運動は展開するのである。そのような対抗関係に布置することで小説の社会的地位が担保されるのであるし、さらには「真理」を明らかにするという方向性を学問と共有することで、〈近代小説〉のアイデンティティが確立されていくのである。

このような動向を捉え、本書では〈近代小説〉と学問との関係性について、①〈近代小説〉が学問へと接続・接近する志向性の検討、②〈近代小説〉が学問から離反する志向性の検討、という二つの側面から考察したいと思う。ただし、この二つの側面は整然と区別することができない。接近とは、異質であることの意識に先行されるはずであり、また、離反とは、批判の対象を呼び込むという意味においては、接近を内在する。それゆえ、本書ではこの二つの側面を同時に扱い、相互補完関係として考察する。以下ではそのような見通しに立って、第一部と第二部の論考を整理してみたい。

2　第一部の概要

第一部では、〈近代小説〉を確立するにあたって、学問に依拠しながら自らを定位していこうとする様相を個々の事例に即しながら考察する。本書の目的の①に掲げた〈近代小説〉が学問へと接続・接近する志向性についての検討である。

第一章では、坪内逍遙の『一読三歎当世書生気質』を取り上げる。この小説は、逍遙が〈近代小説〉の創作理論を記した『小説神髄』に対応する実作として、これまでにもしばしば取り上げられ、〈近代小説〉を考える上で重要な作品と考えられてきた。特に顔をめぐる描写、あるいは作中人物を登場させる方法については、『小説神髄』でも繰り返し説かれており、逍遙は〈近代小説〉を創出するに際して、これらを重要な問題として認識していたと考えられる。これまでにも、表現史研究の立場から「傍観」する語り手の問題が明らかにされてきたし、「人物の性質を叙する」「陽手段」の方法についても言及されてきた。本論では小町田粲爾の人物描写に着眼し、「陽手段」を用いる際に逍遙が必要であるとした「心理学の綱領」や「人相骨相の学理」がどのような典拠に基づいているのかを明らかにする。そして「傍観」についても、実証科学の観察の態度との関連で捉える。つまり、逍遙は学問の言説を多分に取り込むことで、〈近代小説〉を始発させたと考えられるのである。

第二章では、石橋忍月の初期作品である『捨小舟』と『お八重』に着目する。坪内逍遙の『小説神髄』が〈近代小説〉を主張して間もない明治二十年前後の時期は、〈近代小説〉と〈批評〉とが同時に出現した時期でもある。

それは小説をいかに作るかといった創作の問題が、それをいかに読むかという受容の問題と密接に関わっていたことを示している。本論ではこの時期、小説創作と小説批評との両面に関わった石橋忍月の小説作品に注目する。忍月の初期作品においては、「作者」が地の文に顔を出して読者に語りかける、〈作者の顔出し〉表現が多く見られることが指摘できるのだが、そのような語りが採用された背景には、社会学や心理学といった学問を小説内に取り込み、その観点を読者に伝えようとした意志を読み取ることができる。ただし、そのような表現は同時代評で批判されていた。それは読者を導く〈批評〉の機能の要請と、それを作品内から排除することが〈近代小説〉の表現であるとする主張との葛藤であった。そして批評機能が〈批評〉というジャンルに託され、創作と〈批評〉とを分離する小説機構が形成されたとき、そのディレンマが解消されたことを指摘する。

第三章では、『出版月評』という批評雑誌に注目し、小説の受容の側面においても学問との接点が見出されることを明らかにする。明治十年代後半から二十年代前半にかけて書籍の出版量が増大するが、そのような書籍量の増大に対して品質の良否を弁別する機能として〈批評〉が求められた。特に『出版月評』は〈批評〉雑誌の嚆矢を謳うことで、〈批評〉言説の形成に大きな役割を果した。本論では、『出版月評』を中心に、〈批評〉が言論空間において果した役割を検討する。特に〈批評〉が「書籍ノ品質」を中心化する仕方に焦点を当てる。まず〈批評〉が求められた背景について巻頭言の「出版月評ノ発兌」によって確認し、次に評者と著者とを切り離すと同時に著者と著書とを切り離すことで「書籍ノ品質」が切り出される仕方について指摘する。さらに「書籍ノ品質」の自律を妨げる序文や跋文が批判される様相に検討を加える。『出版月評』の〈批評〉方法は、「文学の進歩」を目指すものであり、学問的な厳正さを求めるものであった。そのような〈批評〉によって形成された書籍に対する認識が小説読書とも関連することについても指摘する。

第四章では、小説と〈批評〉との関係性に焦点を当てた。まず、『出版月評』などにおいて〈批評〉の鍵語として広まっていた「公平無私」の態度について検討を加える。そして、そこで主張された姿勢が小説の〈批評〉にも適用されていることを指摘する。例えば石橋忍月の〈批評〉は、小説を褒める箇所と貶す箇所とを相半ばさせることで、「公平無私」を実践しており、それは『出版月評』などの〈批評〉観を強く意識していたことを示している。また、〈批評〉の基準を冒頭に示すことで、感情論に陥ることなく、「公平」な〈批評〉を展開しようとする態度も、同時期の小説〈批評〉に共有されていたものである。このように小説を〈批評〉することは学問に依拠した〈批評〉と緊密な関係にあったことが指摘できる。しかし、一方で、当時の学問の側に眼を向けるならば、必ずしも小説を学問と同等のものとして見ていたわけではないことも明らかになる。『出版月評』の端々に見え隠れする小説を卑下する認識を明らかにするために、『穎才新誌』の小説論を確認する。そこでは、『小説神髄』に示されるような、小説は高尚なものであるとする認識への違和感が明確に示されている。また、小説の存在を肯定する場合にも、それは多くの場合、啓蒙の道具としての有用性についてである。そのように確認してくると『出版月評』の小説に対する認識からは〈近代小説〉に対する微妙な距離感が浮かび上がってくる。森鷗外が創刊に携わった『しがらみ草紙』は、『出版月評』の小説観を対抗軸に据え、「美術」を〈批評〉するための「審美的の眼」を主張する。〈批評〉をめぐって、学問と美術とが分節される様相をここに見て取ることができるのである。

3　第二部の概要

第二部では、学問の言説に接近することで〈近代小説〉の方法を確立しようとした動きに対して、学問の言説を対抗軸として措定し、そこから離反することで〈近代小説〉の領域を創り出そうと試みた作品を取り上げる。そのことによって、学問と小説とが当初から分離されていたのではなく、双方の緊張関係のなかで〈近代小説〉が形成されていたことを示したいと思う。

第五章では、二葉亭四迷の『新編浮雲』を取り上げる。『浮雲』は〈近代小説〉の始発としてこれまでにも高く評価されてきた作品である。特に、文三の内面の葛藤を描き出すことで、近代的自我を有する作中人物を描き出したとする評価や、第一篇から第三篇にかけて様々な表現が試みられ、新たな表現が獲得されていった小説としての評価などがある。本論では、『浮雲』が学問の世界とどのように関係していくのかに焦点をあてる。そのために〈浮雲〉という題意の考察から始める。『浮雲』の題意は、これまでにも「軽躁」と形容されるお勢を表現しているとする考えや、「あぶない」と傍訓をふられている当時の用法に即して、近代文明・近代社会の浮動性を示したものと考えられてきた。しかし、本章では、『浮雲』の序文で二葉亭が使用している用法から、〈浮雲〉と月との歌語的連想を重視する。〈浮雲〉とは「真如の月」を隠すものであり、『浮雲』に照らして考えた場合、お勢への嫉妬によって「真理」を見通す眼を曇らせた文三を表現していると考えられる。当時、学問を学ぶことは『当世書生気質』の守山や『捨小舟』の江沢のように「慧眼」・「活眼」を獲得することであった。『浮雲』はそのような眼を、さらにはそのような眼を可能にする知のあり方を批判する物語なのである。

第六章では、尾崎紅葉の『此ぬし』を取り上げる。『此ぬし』は「新作十二番」という春陽堂が企画したシリーズの一作として刊行されたものである。その特徴は、木版刷りの和装本という点にある。本論ではまず、当時の書物の装丁に関する言説の検討から、新刊書籍の出版において既に大勢を占めつつあった活版洋装本を意識することで、「新作十二番」が企画されたことを明らかにする。つまり、木版和装本で刊行することは思想を内包した表現と考える必要があるのである。『此ぬし』をそのような観点から読むと、作中にも書物の対立が描かれていることが分かる。学問の力を信じ、質素を旨とする俊橋にとって書物とは〈読む〉ものである。反対に、龍子は美を重視し、自ら飾り立てることを怠らない存在であるが、龍子の側には絵入りの美しい書物が属しており、それは〈見る〉ものであった。『此ぬし』という作品自体は、このように図式的な内容である。しかし、当時は書物のかたちもまた重要な意味を帯びていたのであり、その観点から見れば、『此ぬし』とは、内容にまなざしを傾注させる活版洋装本への批判を内在した書物と考えることができるのである。

第七章では、樋口一葉の「われから」を取り上げる。「われから」は作中人物の多くが〈神経病〉を病んでいる作品であり、その点にこの小説の特徴があると考えられる。本論では、明治二十年前後の小説に繰り返し病が主題として取り上げられている点について確認することから考察をはじめ、それらの小説が病の主題を扱いながら〈独白の系譜〉（小森陽一『文体としての物語』昭和六三〔一九八八〕・四、筑摩書房）を形成していることを指摘する。さらに、病・煩悶・自殺を題材として独白を導く方法は、雑誌『文学界』に引き継がれることを確認する。「われから」の作中人物である千葉は、このような〈神経病〉の系譜を引き継ぐものであり、そのことは、千葉にまつわる物語が『文学界』の小説群の焼き直しであることによって指摘することができる。しかし、「われから」においては、美尾や町子といった女性たちが〈神経病〉らしきものを病み、独白への契機を有していることが注目される。そのような点からそれ以前の独白を取り扱った小説を見直すと、病に起因する独白が「憂鬱男」（富島美子『女がうつる』平成五〔一九九三〕・一二、勁草書房）つまり文明の病を背負った男たちによって支えられている特権的な主題であったことが明らかになる。女性たちが病む場合でも、それは教育を有する文明人であることが独白を保証しているのである。そうであるならば、「われから」の美尾や町子が独白の言語を有さないことは、独白の言語の限界を示すものと考えられるのである。学問から離反するためのトポスとして病が取り上げられた明治二十年前後の小説に対して、さらにその病の特権性を指弾する小説として「われから」を捉えることができるのである。

第八章では、夏目漱石の「カーライル博物館」を取り上げる。「カーライル博物館」は、カーライルの家の案内書である *Carlyle's House Catalogue* を典拠とする作品である。そして、作中の随所に *Carlyle's House Catalogue* に拠った表現が確認されるのである。そのことは、これまで漱石の創作の問題としてのみ取り扱われてきた。しかし、本論では、作中人物の「余」との関係で *Carlyle's House Catalogue* を捉える。つまり、*Carlyle's House Catalogue* という案内書は「余」によるカーライルの家の観覧を導くものとして機能しているのである。これまで、「カーライル博物館」は「余」(多くの場合、漱石が前提とされている)のカーライルに対する造詣の深さが指摘され、カーライルに対する「余」の共感が特権化されてきた。しかし、その背景に *Carlyle's House Catalogue* という案内書を置くならば、そのような特権化は相対化され、「余」の観覧は案内書に従った観覧と考えなければならない。案内書とは、展示する側の意図に即した記述がなされるものであり、そこには展示の制度性がうかがわれる。一方で、「余」の観覧は案内書にすべて回収されるわけではなく、そこにズレも見出せる。屋根裏部屋での「余」は、カーライルという人間をめぐる博物館の統辞法とは異なるところへ想像を馳せる。ここに、博物館の制度と個人の観覧との葛藤のあり様を確認することができる。「カーライル博物館」は博物館というテクストをめぐって織りなされた物語であるが、この問題は小説と制度的言説(本書の問題意識に引きつけるならば学問の言説も含まれる)との関係へと敷衍することができる。学問や制度的言説に支えられながら、しかしそこに回収されることなく固有性や具体性をそなえる小説は、制度的言説との間に葛藤を生じ、それを相対化する可能性に常に開かれているのである。

おわりに

これまで確認してきたように、〈近代小説〉における学問との接近と離反との関係性は、〈近代小説〉をめぐる様々な領域において観察される。それは、創作者の認識においてのみ発現していたのではなく、作品の物語内容や物語言説、〈批評〉などの小説受容、書物の装丁、小説論などの社会的言説など極めて多岐に亘っている。そうであるならば、〈近代小説〉が学問との関係性のうちに生成するというあり方が、多方面において複合的に観察されるという事実を認識することが重要であろう。つまり、〈近代小説〉を唯一確定的な実体として認識するのではなく、様々な要素が複合的に絡み合う〈場〉と捉える必要があるように思われる。

本書ではそのような認識に基づき、〈近代小説〉の〈場〉について、それを劃定しようとする動きの中で把捉しようと試みるため、ジャンルや時代の境界線をめぐって考察が加えられることになる。本書において、しばしば過渡期や境界域、あるいは異領域の言説の葛藤が強調されるのは、時代や言説領域のせめぎ合いとして〈近代小説〉を記述しようとする本書の要請に拠るものである。そのような認識方法によって、特に学問の言説との関係性の中で〈近代小説〉の輪郭を記述することが本書の目的である。

第一部　小説と学問との交渉

第一章　顔と小説《ノベル》――坪内逍遙『一読三歎当世書生気質』論――

1　問題設定と先行研究

坪内逍遙の『一読三歎当世書生気質』（明治一八（一八八五）・六〜一九（一八八六）・一、晩青堂。以下『当世書生気質』）第一回、主人公の一人小町田粲爾は次のように紹介される。

其容体はいかにといふに。年の比は二十一二。痩肉にして中背。色は白けれども。麗やかならねば。まづ青白いといふ。皃色なるべし。鼻高く眼清しく。口元もまた尋常にて。頗る上品なる容皃なれども。頬の少しく凹たる塩梅。髪に癖ある様子なんどは。神経質の人物らしく。俗に所謂苦労性ぞと傍で見るさへ笑止らしく。其粧服はいかにといふに。此日は日曜日の事にてもあり。且は桜見の事なるから。貯の晴衣裳を。着用したりと見ゆるものから。衣服は屑糸銘線の薄綿入。たしかに親父からの被譲もの。近日洗張をしたりと見えて。襟肩もまだ無汚なり。鼠色になつた綿縮緬の屁子帯を。裾から糸が下りさうな。嘉平の古袴で蔵した心配。これも苦労性のしるしと思はる。羽織は糸織のむかしもの。母親の上被を仕立直したものか。其証拠には裾の方ばかり。大層痛みたるけしきなり。其服装をもて考ふるに。さまで良家の子息にもあらねど。さりとて地方とも思はれねば。府下のチイ官吏のサン〔息子〕ならん歟。とにかく女親のなき人とは。袴の裾から推測した。作者が傍観の独断なり。

もっとも、この男が小町田と呼ばれる人物であることは、これより少し後、須河の口からその名が聞かれることによって初めて知られるのであるし、さらに履歴までとなると、第四回をまたねばならない。つまりこの箇所は、花に賑わう飛鳥山の景況を見わたした「作者」が、ある男に眼をとめ、その外見から様々に男の素性を推し量っているところと印象されるのである。

この小町田の人物描写には、『小説神髄』（明治一八（一八八五）・九〜一九（一八八六）・四、松月堂）などに見られる逍遙の小説理論が色濃く反映されている。それ故この箇所は、逍遙の小説理論がどのように実践されたのかを考える際に、しばしば注目されてきた。特に、人物を描き出す方法として要請されていた「傍観」理論の問題、及び作中人物の造型に際して必要とされた「人物の性質を叙する」「陽手段」の方法の二点に焦点があてられてきた。

「傍観」理論について確認すると、逍遙は『当世書生気質』を書きはじめるにあたって、「全篇の趣向の如きは専傍観の心得にて写真を旨としてものせし」（「一読三歎当世書生気質はしがき」『当世書生気質』前掲）と述べており、また『小説神髄』には「小説の作者たる者は専ら其意を心理に注ぎて我仮作りたる人物なりとも一度篇中にいでたる以上は之を活世界の人と見做して其感情を写しいだすに敢ておのれの意匠をもて善悪邪正の情感をば作設くることをばなさず只傍観してありのまゝに模写する心得にてあるべきなり」との記述が見られ、小説を創作するにあたって「傍観」が重要な方法とされていることを確認することができる。そして、小町田の人物描写に「傍で見る」や「傍観」といった表現が見られることから、小町田の描写は「傍観」理論が反映された箇所として考察の対象とされてきた。

この点について吉本隆明[*1]は、常套的な描写を排した小町田の描写に「はっきりと作者が表出位置に目覚め」、「作者の視覚的判断にわたる対象への意識がむすびついている」と指摘する。同様の箇所について前田愛[*2]は、「逍遙は、彼のまなかいにあらわれたイメージを丹念に言葉で再編成しようとする」一方で、「神経質の人物らしく」といった「作者の推測」や「判断」に基づく表現が見られることから、小町田の描写には「視覚的イメージと作者の語りとが複合した二重構造をもった文体」が用いられていると指摘する。また、語りの機構の観点から小町田の描写を捉えた亀井秀雄[*3]は、「作者」が自らのまなざしを「傍観の独断」と断っている点に、「近世の洒落本における通人の穿ち」、つまり「遊里における粋という美意識を体現した絶対的判定者」の「特権的な眼差し」に対する「否定」や「批判的な対抗」が見られると指摘する。さらに、『当世書生気質』における「作者」の語の用いられ方を検討した宇佐美毅[*4]は、小町田の描写に見られる「作者」の立ち位置について、ここに見られる「作者」は「作中人物に対する超越的な存在」ではなく、「作中人物に対して、全く初めて出会った他のもう一人の作中人物であるかのような位置を守らされている」と指摘する。

このように、「傍観」理論は、どこからでも好き放題に対象を眺めることができる「超越的」な視線、さらには常套句や表現（文彩）の在庫目録への「特権的」な参照関係（倫理的判断や美意識）への批判を通して、限定された位置からの凝視・観察によって作中人物を描き出す方法として要請されたのである。また、その位置取りに必然的な形での「作者」の「語り」や物の見方（感性）が、推測表現や「傍観の独断」という形で描き込まれたのである。先行研究を踏まえるならば、逍遙の言う「一度篇中にいでたる以上は之を活世界の人と見做して其感情を写しもしない人物を捏造することを戒め、表現（観察）する主体と表現（観察）される対象を分離することの必要性について述べた箇所ということになろう[*5]。そしてその考えを実現する方法として、「作者」の立ち位置を限定し、その地点から「只傍観してありのまゝに模写する」方法が案出されたのである。

次に「人物の性質を叙する」方法としての「陽手段」について確認してみたい。「陽手段」については『小説神髄』に次のように記述されている。

人物の性質を叙するに二箇の法ありかりに命けて陰手段陽手段とす所謂陰手段とはあらはに人物の性質を叙せずして暗に言行と挙動とをもて其性質を知らする法なり我国の小説者流はおほむね此法を用ふるものなり陽手段は之に反してまづ人物の性質をばあらはに地の文もて叙しいだして之を読者にしらせおくなり西洋の作者は概して此法を用ふるものなり（概世士伝第七套那以那姫の性質を叙する條下を見よ）想ふに後者を用ふるは前者を用ふるより難かるべし蓋し後者（陽手段をいふ）を用ひんとすればまづあらかじめ心理学の綱領を知り人相骨相の学理をしも会得せざれば叶はぬことなりさはあれ両者の優劣にいたりては未だ匇卒に断言すべからざるものあり

この記述に照らすならば、眼に映った酔いどれ書生への観察を通して、その男が「神経質」「苦労性」という「性質」の持ち主であることを読者に知らせた小町田の人物描写は、「人物の性質をばあらはに地の文もて叙しいだして之を読者にしらせおく」「陽手段」の方法が用いられた描写ということになる。男が「苦労性」であるという推測・判断は、「鼠色になつた綿縮緬の屁子帯を。裾から糸が下りさうな。嘉平の古袴で蔵した心配」という服装に対する注視によってもなされるのであるが、『小説神髄』の記述によれば「陽手段」の方法を用いるためには、「まづあらかじめ心理学の綱領を知り人相骨相の学理をしも会得せざれば叶はぬことなり」とされており、そのことから特に作中人物の顔の描出が先行研究において注意されてきた。

亀井秀雄[*6]は「明治以前の小説では、登場人物の顔が描かれることはほとんどなかった」と述べ、小町田の描写において「身なりよりも顔のほうが先に描写されている」ことから、登場人物の顔の描写が逍遙にとって「新しい小説を始める重要な指標だった」と指摘する。また、「心理学の綱領」や「人相骨相の学理」については、「これより前、チャンバース百科全書のphrenologyが『骨相学』（長谷川泰訳、明九）として文部省から出版され、またそれを含めて、『人心論』から『北欧鬼神誌』までの七篇が丸善から『百科全書』第九巻（明一七）として出版されていたが、おそらく逍遙はそれを念頭に置いて右のようなことを言ったのであろう」と指摘する。そして、右の論点を踏まえた上で、「顔の描写は西洋文学移植の一つの実践でもあったわけだが、しかしその主人公に、「頬の少しく凹たる塩梅」や「髪に癖のある」特徴を与えて、「神経質の人物らしく。俗に所謂苦労性」と穿ってみせたところに、逍遙独自の工夫が認められる」と指摘する。

また、「傍観」とのかかわりから、人物の外形によって「性質」を推し量る方法の背景に「実証精神」[*7]や「博物学」[*8]といった「〈近代〉的な視覚の制度」[*9]が存することについてもしばしば指摘されてきた。つまり「陽手段」とは、まずは「心理学の綱領」や「人相骨相の学理」に基づいて「人物の性質」を造型する方法であり、次にはその人物が対象化されることにより、その人物の「性質」を外形から推測・判断するという形であらかじめ読者に提示する方法ということになろう。

『当世書生気質』の第一回に描かれた小町田粲爾の描写は特に「傍観」と「陽手段」とのかかわりからおおよそ上述のように理解されてきたと言えよう。そのような先行研究の論点を踏まえた上で、しかし、本稿では以下の三点について問題点を指摘しておきたい。

第一に、小町田粲爾の描写は「只傍観してありのまゝに模写する」という『小説神髄』の言を忠実に反映したものであったかという点である。原理的に言って、視像をありのままに言語に移しかえることは不可能である。そうであるならば、「ありのまゝ」と同定される書法の存在を想定することができるように思われる。

第二に、「陽手段」を用いる際に必要とされる「心理学の綱領」や「人相骨相の学理」が具体的に何を指しているのかが明らかにされていない点が挙げられる。亀井秀雄は『百科全書』中の『骨相学』に注意を促すが、続けてその他の書冊を付加しているように、具体的な典拠を指示することができていない。端的に言えば、『骨相学』は小町田の描写の直接の典拠には該当しないと思われる。また、小町田の描写の背景に「実証精神」や「博物学」といった「〈近代〉的な視覚の制度」が存することの指摘についても、文化史的な背景の指摘としては首肯されるが、やはり具体的な典拠の指摘を有さない。

第三に、「傍観」と「陽手段」との関係性についての考察がほとんど行われていない点が挙げられる。逍遙は『小説神髄』で「我仮作りたる人物なりとも一度篇中にいでたる以上は之を活世界の人と見做して」「只傍観してありのまゝに模写する」ことを要請していたが、注意したいことは、作中人物を「仮作」ることとそれを作中に「ありのまゝ」に描き出すこととがどのように関係しているのかという点である。両者は位相を異にする問題であると一応は言えるが、人物を「仮作」るという作為性を多分に有する営為と、「ありのまゝ」に描くという無作為性を思わせる営為とはそう容易に架橋されるものであろうか。「陽手段」と「傍観」の関係性を検討する必要性を感ずる所以である。

そこで、本稿では一点目の問題点について考察するために、顔をめぐる同時代の文化的背景について検討を加える。特に、警察や新聞に着目し、そこに見られる人相書の書式に注目する。つまり「個人」の書式を議論の俎上にのせてみたい。さらにそのような文化的背景と小説における描法との連関についても指摘したい。

次に二点目の「陽手段」の問題については、特に「人相骨相の学理」が小町田粲爾の人物描写にどのように反映されているのかについて典拠を示しながら明らかにしていきたい。この点を解明することにより、「只傍観してありのまゝに模写する」ことを旨とした小町田の描写にいかなる社会的・歴史的・文化的な「言語の像《イメージ》」*10が付帯されているのかもまた明らかになるであろう。

また、三点目の「傍観」と「陽手段」の関連については、小町田の「神経質」という「性質」がどのようにして作中に定着されていくのか、その機制について明らかにする中で考察を加えていきたい。

本稿が考察の対象とするのは、主に小町田粲爾の人物描写、特にその顔の描き方であり、極めて限定的な切り口である。しかし、『当世書生気質』が「様々な文学の伝統・様々な小説規範・様々な文学観の混在する、正に混沌とした実験小説」であり、「『当世書生気質』全体を解き明かす〈一貫した〉論理は未だ見つかっていない」[*11]のだとするならば、様々な言説の絡み合いを解きほぐす作業は重要な意義を持つことになろう。小町田粲爾の描出は、逍遙が〈近代小説〉を構想する際に力点を置いた箇所であり[*12]、逍遙が何をもって〈近代小説〉を打ち立てようとしたかを考える上で重視すべき箇所なのである。そのような観点から小町田の人物描写を起点として『当世書生気質』に底流する科学的なまなざしの所在を指摘することが本稿の目的である。

2 『当世書生気質』の時代と顔

本節では、小町田粲爾の人物描写にある顔の描き方について、同時代の文化的な文脈を参照しながら考察していきたい。まず議論のきっかけをつかむために広津柳浪の「今戸心中」(『文芸倶楽部』明治二九〔一八九六〕・七)を参照してみたい。「今戸心中」結尾の一節は、語り手の「地図の上を走らせるような」[*13]視線によって描かれているにもかかわらず、凄惨の印象を拭うことができない。

次の日の午時頃、浅草警察署の手で、今戸の橋場寄りの或露路の中に、吉里が着て行つたお熊の半天が脱捨てあり、同じ露路の隅田河の岸には、娼妓の用ゐる上草履と男物の麻裏草履とが脱捨て、あつた事が知れた。

けれども、死骸は容易く見当らなかつた。翌年の一月末、永代橋の上流に女の死骸が流着いたとある新聞紙の記事に、お熊が念の為めに見定めに行くと、顔は腐爛つて其ぞとは決められないが、着物は正しく吉里が着て出た物に相違なかつた。お熊は泣々箕輪の無縁寺に葬むり、小万はお梅を遣つては、七日〳〵の香華を手向けさせた。

吉原の娼妓であった吉里は、生前、「鉄漿溝《おはぐろどぶ》」、「夜を警めの鉄棒」、「窓の鉄棒」に幾重にも囲いこまれた存在であり、その中では、「眠てるのであらう」吉里を「眄と見下」す善吉のまなざしにあらわなように、「男たちの欲望の視線[*14]」にさらされ続けなければならない存在であった。そうであるならば、死と引きかえに廓を、さらにはそこに張りめぐらされたまなざしを逃れでた吉里の「腐爛つて其ぞとは決められない」顔とは、凄絶なイロニーに違いない。

ただし、いま注目したいことは、吉里の死骸をめぐって、警察や新聞のまなざしが呼び出されている点である。吉里の「崩れる顔[*15]」は、巷間に張りめぐらされた警察や新聞のまなざしをあぶりだし、かいくぐることによって抵抗を示すのである。衣服は残されている、死骸もある、しかし顔が「腐爛つて」いるため「其ぞとは決められない」。もちろんそれはお熊の判断に限定されるものではない。「浅草警察署」や「新聞紙の記事」をもってしてもついにその死骸が吉里のものであるか「決められない」のである。そうであるならば、このようなプロットが仕組まれた背景には、個人を同定する際に、顔が重視される文脈があったことが想定されるであろう。そして、警察や新聞がそこに一枚噛んでいたと考えられるのである。いったい、吉里の「腐爛つた」顔によって審問に付された言説とはどのようなものであったのか。

まず、警察が個人の顔に向けたまなざしのあり様について確認してみたい。警察とはいささか趣きを異にするが、例えば曲亭馬琴『南総里見八犬伝』（文化一一〔一八一四〕・一一～天保一三〔一八四二〕・三。以下『八犬伝』）には、犬塚信乃の追捕に「骨相図《すがたゑ》」をもってした新織帆大夫を、信乃に姿形のよく似た山林房八の首級を身代わりに差しだすことで出し抜くという趣向がある。あるいは犬田小文吾と犬川荘介の代わりに溷六と穴八の首級を差し出し、さらには、その首級を腐らせないために浸しておいた酒を湯にすり替えることで、首級を「腐爛」させ「首実検」「梟首」を免れるという趣向もあった。このような顔をめぐる攻防が趣向として成立する背景には、「骨相図をうち抜きて、これ彼窃に合し見れば、年紀より面影より、被たりし衣の色までも、その摸様些しも違はず」（第三十九回）のように、「骨相図」と首級を照らし合わせることで個人を同定するまなざしの枠組みが存するのである。そして、「骨相図」に見られる「年紀より面影より、被たりし衣の色までも」という統辞法が個人を同定する文法とされているのである。そして注意しなければならないことは、このような個人の書法が例えば犬村大角を紹介する次のような描写にも用いられていることである。

年紀は二十のうへを、一ツ二ツにやならんずらん、色白く唇絳に、眉秀て居長高く、月額の迹、真黒に延たる、髪は藁の髻結して髷ず、後ざまに放たるは、彼白河の安珍にも、似たらん歟。身には薄鼠色の栲の衣、只一領被て、皂き輪袈裟を掛たるは、華洛を出て嵯峨野に隠れし、滝口の時頼が面影すめり（第六十一回）

個人を同定する「骨相図」の文法は、個人を作中に登場させる際の稗史小説の文法でもあったことは十分に注意されなければならない。

時代が明治へと移り、様々な制度が中央集権的に整備されるのにともなって、人相書の書式を統一化する動きも生じた。「人相書々式・四条」（明治五〔一八七二〕・七・三〇、『太政類典　第二編』）には「従来犯罪逃亡ノ者人相書一定ノ文例無之往々粗漏ニシテ捜索ノ手掛リニ相成兼候儀モ有之ニ付自今左ノ通書式一定候條右ニ照準シ知リ得ヘキ丈ケ詳細ニ記載シ司法省ヘ可届出」との記述が見られ、人相書の書式を一定する必要性、記述は出来るだけ「詳細」であることの必要性が述べられている。書式には「容貌ヲ記スル事」が事項として挙げられており、「届書雛形」によってその箇所を確認すると以下の通りである。

一　丈何体／一　顔何体／一　色何体／一　頭髪何体又ハ逃亡ノ節何体ニ変形ス／一　眼何体／一　眉何体／一　鼻何体／
一　口及歯何体／一　音声何体／一　痘痕又ハ疵所／一　逃亡ノ節着用衣服并持去トコロノ物品又書類／一
同上ノ節残置トコロノ物品又ハ書類

一定の書式を持つ人相書が各警察署に流通することで、例えば横浜から逃亡した手代を大阪で捕縛することが可能となる。

尚も厳しく探偵して見れば常八の拘引となりし日に。一人の手代逃亡したりと聞き。物色《にんそうがき》をもて其踪跡を探偵し。遂に大阪の警察署にて捕縛をぞしたりける。此奴は大阪に遁れて直江久吉と偽名し。或る蕎麦店に雇はれて篤実を粧ひたれど。警官の眼力は暗まし難く。拘引されて実を吐くを聞けば是れぞ実名を長瀬清三郎と呼び做し。常八の連累にてぞありたりけり（服部誠一『文明花園春告鳥』明治二一〔一八八八〕・五、鶴声社）

警官の手元には、一定の体系化された書式を有し、詳細に外見が記された「物色《にんそうがき》」があった。記号化と解読という表象＝再現前のシステムに支えられた人相書を媒介とすることによって、遠く離れた、いままで一度としてその人物を眼にしたことのない警官が犯人を同定することができたのである。その人相書の前では、いかに偽名を用いようとも、いかにふるまいを「篤実」に「粧」うとも犯人が犯人であること、つまり当該人物が当該人物であることを隠すことはできない。犯罪逃亡者を見当てる「警官の眼力」とは、言ってみれば人相書を内面化したまなざしである。「巡査は予の面を一種の眼光を以て打眺めそも御身は何処の者にて姓名は何と云ゝと云ひ〴〵尚ほ身体容貌を眺め下したり」（饗庭篁村「良夜」『国民之友』明治二二〔一八八九〕・八）という巡査の「一種の眼光」もまた何処の誰かを同定する人相書のまなざしであり、そこでは「面」「身体容貌」が凝視の対象とされるのである。いま、人相書に基づく警察のまなざしについて小説に拠って確認してみたが、このような人相書のまなざしが小説で取りあげられていることの意味は看過すべきではない。個人を同定する警察のまなざしと小説とは決して無関係とは言えないのである。

次に新聞が顔に向けたまなざしについて確認してみたいが、端的に言えば警察におけるそれと同様である。例えば新聞の広告欄にしばしば掲出された身元不明人の広告記事は以下のような書式で一定している。

年齢五十六才／人相書／一丈五尺位○顔細長き方○色青き方○眼鼻常態○歯黒染○眉濃き方○肉瘠○髪結髪○着用衣類○木綿袷堅縞二枚○小倉帯一／所持品／一鋏四挺○櫛三枚○刀剃四挺○セン一箇○曲ケ棒二本○砥石一箇○コリ一箇／右之者茨城県常陸国那珂郡東野村広木和一郎宅へ立寄り発病死去候に付仮埋葬候條心当之者有之候はゞ当戸長役場へ可申出此旨広告す／茨城県常陸国那珂郡東野村／明治十八年一月　戸長役場（『朝野新聞』明治一八〔一八八五〕・二・一二）

「今戸心中」の吉里の死骸について記載された「新聞紙の記事」とは、雑報記事でなければ、このような戸長役場の広告記事であったはずである。お熊は、顔の記載こそなかったものの、このような記事によって、目の前にはない死骸を想像し、吉里ではないかと見当をつけたのであろう。このような新聞記事も個人を同定するまなざしの醸成にひと役買っている。「其の馬鹿旦かネ年は二十二三背は小作りお定まり色白で面長の口元尋常眼は細い方でと斯う云つちやア戸長役場の広告のやうだが」（饗庭篁村「人の噂」『むら竹　第四巻』明治二二（一八八九）・九、春陽堂）のように、人物を紹介する仕方が、先に掲げたような「戸長役場の広告」の文法をなぞっていくのである。

これまで確認してきた通り、警察や新聞の人相書において、年齢、人相、着衣を観察・記述し個人を認証する統辞法、つまり「個体の同定の記号学《イダンテイフイカシヨン》」[*16]の技術が成立していたのである。それは、読者の眼前にいない人物を、読者の脳裡に髣髴させる技術であった。

逍遙もまた、人相書に対する意識を色濃く有していた。別製合本版『新磨妹と背かゞみ』（明治一九（一八八六）・一〇御届、会心書屋）には、微に入り細を穿って衣服描写を施した箇所の欄外注に「下の文は人相書に似てうるさけれど少しく思ふ所ありて刪正せず」といった言葉が記されている。また逍遙の手になる「○姓名不詳奇病者」（『憲法雑誌』明治二二（一八八九）・五）という戯文は、「一、年齢二十二三歳男　一、身の丈五尺三寸　一、散髪黒きかた　一、肌の色青白きかた　一、眼、鼻、眉並体、鼻の下に少々鬚あり　一、骨格逞しからず貌は寧ろ長きかた頬少しこけ手足細く胃病肺病の気味あり　一、物体に貧相なるかた」と書きはじめられており、人相書に擬した文体によって記されている。逍遙は顔をめぐる文化的文脈に深く根ざしているのである。

さて、『八犬伝』の犬村大角の描写を紹介した所で少し触れておいたが、人相書に見られるような、個人を言語によって像として紙上に定着させ、読者の想像へと媒介する文法が、虚構世界の人物を造型する機構として稗史小説のものでもあったことに、あらためて注意を払っておきたい。例えば須藤光暉『雛黄鸝』（明治二一（一八八八）・一、正文堂）の次の記述を見てみたい。

何だか君に講釈を聞てるやうだ輓近の政治小説を読むやうに議論を主にせられては困るよ妹の方の性質から希望を聞たい者だ 丙 小説の主眼は議論ではない感情である政治小説と雖も議論を感情に写し出すのが小説の小説たる所以、議論を主とするものは小説の……ハハア宜しい此の品評を小説として感情に訴へて見せやうマア蜜柑を一顆食てから」甲 君は小説家を以て自任して居るから此の品評は聴ものだらう併し余り推測力を強くして実写法に乏しく成ては困るヨ」丙 なアに玄妙不思議の間に其の感情を写し出して見せやう先づ其の証拠立に容貌風彩と彼の履歴を演説しやう

丙なる人物は、小説の主眼は議論ではなく感情であると述べる。そして、「実写法」を要求する甲に対して、丙は「感情を写し出」すために「先づ」「容貌風彩と彼の履歴を演説」しようと言うのである。ここで「容貌風彩」「履歴」を記すことが人物を描く小説的書法として定型化されている様相を確認することができる。もちろんここに描かれた議論を見ても分かる通り、この箇所は『小説神髄』以後の議論を受けて書かれたものである。人物を「容貌風彩と彼の履歴」によって描き出すのが小説家の態度であるとする見解も、『当世書生気質』以後に小町田粲爾の人物描写に倣った人物描写が多々現れたことを受けてのものであり、その限りでは小町田粲爾の描写の背景にここまで定型化された小説の人物描写法があったと想定することはできない。しかし、先に見た『八犬伝』に加えて、「客里風 二十二三、さかやきびらうどのやうにはやし、ひたいくわのやうにぬきあげ、色きみのわるひほど白く、まゆ毛ほそく、髪もとゆひをたんとまいた本田、うは着上州ちりめんの藍びろうどに裏ゑり、袖口こび茶さや、帯もへぎ七子」（山東京伝『傾城買四十八手』寛政二〔一七九〇〕）といった洒落本に通有の描写をも引き合いに出すならば、顔を描く統辞法が『当世書生気質』に孤立して見られるものでないことは明らかである。

もう一つ確認しておきたいことは、このような個人を同定する統辞法が形成されることと同時に範列軸において

分類法が形成されることである。そこで選択された語彙、つまり顔のそれぞれのパーツの種類によって、個人の顔に意味（「性質」）が刻まれるのである。例えば『八犬伝』において、顔は倫理と同義であり、美男美女であれば心様は正しく善人であり、反対であれば邪な心の持ち主で悪人ということになる。もちろん心様悪しき溷六と穴八が犬田小文吾と犬川荘介の似姿を有していたように「物よく相似てその質異也」ということがあるのであり、故に「但貌をもて人を取れば、聖といへども必謬る」との記述も見られる。ただし、人相見に身を窶した犬坂毛野が、「相ありて心なければ、相は心に従て滅す。心ありて相なければ、相は心に従て、生ず（中略）よく人を相するものは、形によりて心を相す。面部は気の鍾る所、喜怒憂楽、愛哀苦の、七情胸に発るものは、俄然としてその面に、見れずといふことなし」と述べるように、『八犬伝』の基層には顔に心のあり様が反映されるという思想があり、「よく人を相するもの」、つまり特権的なまなざしを有する者は、それを見誤る憂いはないのである。「面魂」の語に明らかなように、「面」とは「魂」の発露するところであり、両者には深い関係がある。そして、『八犬伝』の場合、特に善悪のコードによって顔が意味づけられるのであり、それが勧善懲悪を旨とする物語構成の原理ともなっているのである。

R・セネットによれば、「十九世紀の都市、それは見知らぬ者たちのつくりあげる風景であ」り、そこでは「秩序をあてはめ、意味を固定し、混沌の只中に調停を生みだそうとする」「調停のコード」として観相術理論が求められたと言う。[*17] つまり、都市や交通が発達し、見知らぬ他者が様々に行き交う時代には、顔は個人を同定する要素として機能し、同時に顔からその人物の性質を意味づける技術が生み出されると言うのである。そしてそのような都市空間において「鋭く人を視る」[*18] まなざしが醸成されるのである。[*19]「大都会とて四方より。入こむ人もさまぐ\なる」と書き起こされた『当世書生気質』もまた、このような都市に瀰漫する人相学の言説を背景として成り立っていると言うことができよう。

つまり、小町田粲爾の人物描写は、通時的には『八犬伝』や洒落本において確認したようなジャンルの記憶のうちに成り立っているのであり、また文化的側面に眼を転ずるならば、そこには警察や新聞の人相書に連なる文脈が背景をなしていると考えることができるのである。[*20] だとすれば、『当世書生気質』の小町田の描写はそれらの言説のひたすらな焼き直しに過ぎないのであろうか。おそらくそうではない。小町田粲爾の人物描写の独自性は、これらの言説との差異にこそ求められるのである。それではこれらの言説と小町田の描写を切り離す点はどこにあるのか。結論から言えば、『八犬伝』に見られたような善悪のコードで顔を律するのではなく、新たに生理学や心理学のコードによって顔が意味づけられた点に刷新があったと考えられるのである。それは、面上に勧懲の理想・倫理を投げ込むことで「仁義八行の化物」を作り上げた『八犬伝』への批判を通して、「現在社会にありふれたる人の性質を基本として仮空の人物をつくる」(『小説神髄』)ことを企図した逍遙が依拠した枠組みであった。そこで次節においては小町田の描写を中心にどのように生理学や心理学の言説が反映されているのか確認していきたいと思う。

3 『当世書生気質』と顔

逍遙の日記抄録「幾むかし」[*21] を見ると、明治三十年前後の時期に逍遙が精力的に巡回講演に出かけていた様子がうかがわれる。その演題として、「予は神経性の二極論を講じ」(明治三一〔一八九八〕・七・二三)、「体質論を語る」(明治三一〔一八九八〕・八・四)、「席上例の骨相談」(明治三二〔一八九九〕・八・一〇)など、人間の性質にかかわる議論がしばしば取り上げられている。茶話主人編『維新後に於ける名士の逸談』(明治三三〔一八九〇〕・二、文友館)によると、例えばそれは次のようなものであった。

●坪内逍遥が先程専門学校の巡回講話で新潟県下を廻つた時或る処の懇親会で骨相学を演説して大喝采を博したそうな、どう云ことかと聞て見ると人にはヤレ気楽性だの、ヤレ苦労性だの、ヤレ憂鬱性だの、気早やな人だの、のろまの人だの、肝癪持だのと、種々区別があるのを見ると、骨相上からも此等の区別が出来る即ち其分ち方が四種あると云ふのだ

◎さて其四種とは胆汁質と神経質と多血質と粘液質で胆汁質の人と云ふは皮膚が黄色で眼球黒く顔色が浅黒くて骨格逞しく概して肥満な方で、物事に軽々しく感動しない、之を三味線の糸に譬ふれば三ノ糸の様だ、喜怒哀楽が容易に其色に現はれないで意思が剛健である、だから多く実行的の人だ、併し細事を忘れて動もすると傲慢に流れ易く従て事業も破綻を生ずることが少ないと云へぬ、強情の人、無頓着の人は此内から出る、此質の人は倫理教育を受けないと利己主義のみに走りて悪徳者となる、此胆汁質の内で能き人物の例を挙ぐれば西郷隆盛などが慥かに其一人である、獣類などでは牛、象の如きものが矢張り胆汁質だらうよ

◎其次ぎに神経質は丸で胆汁質の反対で顔色蒼白く総て柔さしくキヤシヤに出来て居る、頭髪は細くして縮れ、脈拍は早い、物など持つて居るに手が自から震へるのは特色である、尋常の人が感じ得ぬ事迄も悉く感ずるのは不思議だ、言はゞ人よりも早く敏るから機運を見ることが早い、預言者などは此類から出て、小説家詩人なども此質の人である、又杞憂家なども矢張り神経質ぢや、此神経質にも二種ある、一はワンサイデッドで他はメネーサイデッドであるが、ワンサイデッドの方は執念深く、怒りツポイ、考へ深い等の人である、ミルトン、バイロン、シルレルなどが此派の人だ、又メネーサイデッドの側は多才多情、円転滑脱、お人好し、軽佻浮薄、心移り易い等の人である、能くなれば公平なる君子人が出来るけれど、一歩を誤れば幇間となるから注意しなければならぬ、シエクスピアー、近松門左衛門、ホーマー、木戸孝允などが此派の能き方の人である

◎次ぎの多血質と云ふのは頭髪が黒色麗明にて両眼藍の如く青く皮膚雪の如く白く、脈拍頗る強くて鋭い、若

い時は多く此質の人である、唯目前の事のみを思ふて前後を考へぬのが大欠点だ、お染久松、島田一郎なども此派から出たのだ
◎最後の粘液質と云ふのは頭髪麻の如くサラ〳〵として皮膚灰色、身体ムクミて、脈拍至て弱く且つ遅い、そして神経が遅鈍であつて働きがなく、概して臆病ものである、人に忠告などせられても糠に釘と云ふ風で、物事に根気がない、此質の人は湯屋の三助、下婢又は山国の人に多い、人間中で最劣等の側だ
◎先づ大体は右の通りであるが、名にし負ふ坪内の口から出るのだから滑稽諧謔聴て居るものは面白くて堪まらない、坪内の演説が済むと皆ンナが誰れは胆汁質だの、誰れは多血質だのと互に評し合つて一入面白かつたそうな

逍遙の演説は、人間の性質を「胆汁質」「神経質」「多血質」「粘液質」の四種に分類し、それを「骨相」という外形から判断する技術としての「骨相学」について説明したものである。この「骨相学」は、「気楽性」や「苦労性」、「気早やな人」や「のろまの人」など、種々の性質を数え上げる従来の性質についての区別と異なり、人間を四種に分類し、さらにそれを細分化するという点で体系性を有している。そして、それぞれの人がどの性質の持ち主であるかは、例えば「神経質」の人間について見るならば「顔色蒼白く総て柔さしくキヤシヤに出来て居る、頭髪は細くして縮れ、脈拍は早い、物など持つて居るに手が自から震へるのは特色である」というように外見を見て判断することができると言うのである。そのせいであろう、逍遙の演説は聴衆に「面白くて堪らない」と言わせ、彼らはさっそく互いの顔を見ながら「誰れは胆汁質だの、誰れは多血質だのと互に評し合つ」たのである。この時点で、ここに開陳された「骨相学」の俗化はまぬかれないであろうし、後年には逍遙自身によって「旧式の気質論」（『柿の蔕』昭和八〔一九三三〕・七、中央公論社）と回顧されることになる。ただし、『小説神髄』や『当世書生気質』が書か

れた明治二十年前後の時期に話を戻すならば、それは逍遙が『小説神髄』に厳格さと矜恃とをもって書き記した「人相骨相の学理」に他ならないのである。逍遙が依拠した言説として、『百科全書動物及人身生理』（明治九〔一八七六〕、文部省）[*22]を指摘することができる。

> 茲ニ諸種ノ人身ヲ構成スル体格数般ノ形状アリ之ヲ禀賦ト云フ是特ニ碩学スピュルジーン氏及ヒ他ノ相脳学家ノ専ラ注目スル所ニシテ其論説多ク明瞭ナルカ故ニ其書中ヲ抜萃シテ以テ左ニ記ススピュルジーン氏ノ説ニ四資即チ四種ノ禀賦或ハ単一ナル者或ハ諸質合併スル者ヲ以テ之ヲ各人ノ体質ニ配当シテ以テ説クトキハ尤モ便利ナリトス因テ今余カ斯篇中初ニ掲クルニ碩学スピュルジーン氏ノ略説ヲ以テシ又毎條詳ニ之ヲ論ス
>
> 第一粘液質　此質ハ皮膚ノ灰白色毛髪ノ美麗器体ノ膨円蜂巣組織ノ豊満等ニヨリテ之ヲ徴ス加之筋肉軟弱ニシテ生力怯懦シ脈搏頗ル弱クシテ全身ノ装置即チ其運営感覚才知等諸官能ニ於テ悉ク遅慢衰耗ノ症ヲ現スル者ナリ
>
> 第二多血質　此質ハ筋肉ノ緊張適度ニシテ諸部中等ノ肥満ヲ呈シ毛髪鮮明栗色ニシテ両眼藍色多ク就中動脈系ノ作用頗ル盛ニシテ強実数ノ搏動ヲ現シ且ツ常ニ活溌旺盛ノ容色アル等ヲ以テ之ヲ知ル斯ノ如キ体質ノ人ニ在テハ其外物ニ感染スルコト常ニ鋭敏ニシテ粘液質ノ人ニ比スレハ其体力頗ル夥多ナル者ナリ
>
> 第三胆汁質　此質ハ毛髪黒クシテ皮膚常ニ黄色ヲ帯ヒ眼目黒色筋肉中等ノ肥満及ヒ体格ノ勇猛等ニ由テ占ス此資質ヲ禀クル者ハ其面貌頗ル剛毅果断ノ容色アリテ大ナル体力ト強キ諸官能有テリ
>
> 第四神経質　此質ノ外貌ハ毛髪麗明稀疎ニシテ多ク捲縮シ躯体薄弱ニシテ一般瘠削シ筋肉細小ニシテ筋ノ作用敏捷及ヒ諸感覚過敏等是ナリ斯ノ如キ造構ノ人ニ在テハ神経系ノ極メテ過強ナルヲ以テ特ニ鋭敏ナル感受性ヲ有スル者ナリ

先の逍遙の演説との類同性は言うまでもないであろう。人間の性質（TEMPERAMENTS）を「四種ノ稟賦」に分類し、その組み合わせによって各人の性質を定めていくという発想を逍遙は生理学の言説に依拠することで獲得したのである。さらに、その性質は「外貌」（external signs）によって判断されるという考えも骨相学者（phrenological philosophers）たちの主張を受けてのものであった。逍遙は生理学に基づく性質論の体系をまるごと移入したのである。

逍遙は『小説神髄』において「作者が理想」による「善悪の人物をば作り設くる」のではなく、「現在社会にありふれたる人の性質を基本として仮空の人物をつく」り、「ありのまゝの人情をば写しいだす」と主張していた。その課題を実践するために、善悪のコードによって人物を造型するのではなく、生理学のコードによって人物を造型したのである。つまり、生理学に説かれた性質を「現在社会にありふれたる人の性質」と認識し、それに即して性質を描くことが「ありのまゝ」であると考えたのである。そして、小町田粲爾はこのような生理学の言説に即して「仮作」されることになる。

逍遙は主人公創出の原理を生理学のコードに求めたわけだが、そのことは主人公の性質を描く「陽手段」の試みとも深くかかわっていよう。逍遙はなぜ「あらはに人物の性質を叙せずして暗に言行と挙動とをもて其性質を知らする法」である「陰手段」においては、「心理学の綱領」や「人相骨相の学理」を求めず、「まづ人物の性質をばあらはに地の文もて叙しいだして之を読者にしらせおく」「陽手段」においてのみそのような科学的原則が必要であると述べたのであろうか。逍遙は作中人物に対する作者の立ち位置を「我仮作りたる人物なりとも一度篇中にいでたる以上は之を活世界の人と見做して」と指摘していた。まず作中人物を造型し、そのあとでその人物を「活世界の人」と見なすという順序が、おそらく逍遙のなかで整然と存在していたのではなかろうか。あらかじめ作中人物の性質を描かず、言動と行為によって作中人物の性質を記すのでは人物の性質が曖昧になってしまう、あるいは人物像が揺らいでしまうことを逍遙は危惧したのではないか。あるいは作中人物の言動や行為を読者が意味付け損ねることを危惧したのかもしれない。「心理学の綱領」や「人相骨相の学理」に基づき、「陽手段」によって人物を造型し、それを地の文に記すならば、作者も読者も科学的体系を前提とし、作中人物の言動や行為を意味付けることが可能となろう。そのことによって作中人物の性質を誤解して受け取ったり、勝手に意味付けることを抑制することにもなるであろう。「それ稗官者流は心理学者のごとし宜しく心理学の道理に基づき其人物をば仮作るべきなり苟にもおのれが意匠を以て強て人情に悖戻せる否心理学の理に戻れる人物なんどを仮作りいださば其人物は已に既に人間世界の者にあらで作者が想像の人物」であると述べるように、逍遙が心理学に託した思いは軽くない。「作者」の「想像」によって人物を仮作することを制限し、「人間世界」に存在する人物を作るために逍遙は心理学に依拠したのである。

それゆえ、小町田粲爾の描写は、年齢、顔、衣服といった個体を同定する統辞法を共有するにしても、例えば「時に本日左側なる高桟の中央に在りし年二八許りの処女は頗る嬋娟たる容姿なりき若し之をして文章に形容せば梅花春に逢ふて将さに綻びんとするが如しとも言ふ可きか然して甚だ怪む可きは　其窈窕たる美人にして屡々眦を君の方に送り心私かに想ふ所あるものゝ如く見へたりき」（菊亭香水『惨風悲雨世路日記』明治一七〔一八八四〕・六、東京稗史出版社）のように漢文脈のクリシェの優った「文章」によって対象を飾り立てる描写とは異なる描写である。またそれは、

> 下向の美人の顔、まだ詩人や小説家も詳しく言つたことの無さゝうな、私しが真似して書いて試ましやうか、見ただけの、左様、目に注いただけのその風情を。

たゞ際立つて居るのは眉と鼻とです。常は風を孕んだ柳葉、しかし、今は一筋に引かれた「一」。常は聳えぬ小鼻に猶情を見せたところ、しかし、今は峰をあらはした鼻筋。匂やかな肉の波が思ひのまゝに起伏して程よく婉曲の痕をくゝりよせた処、そこに含まれたのは夕日の紅で無くて「愛」の精、「情」の髄と――詩人なら言ふ――血色の薄紅（山田美妙「この子」『都の花』明治二二〔一八八九〕・三～五）

のように、「見ただけの」眼に映る対象を描くとしながらも、自らを「詩人や小説家」に擬すことで、「洒落た見立てや巧妙な言い廻しを自己顕示する」[*23]表現でもない。つまり、観察対象を「作者」が自儘に装飾することは逍遥の考えでは戒められているのである。

　これまで見てきたように、逍遥は骨相学に厳密に依拠して小町田粲爾を造型していたが、人相学の意識についても確認してみたい。例えば『当世書生気質』には、須河の笑いについて次のような説明が加えられている。

西の学者某がいはれし言葉に。俗人は笑ふ人を見れば。あの方はお嬉しい事があると見えるといへど。こは大なる間違ひなり。笑は喜びより出るにはあらで。多くは自慢からでるものゆゑ。笑ふ人をば誇るといふこそ。寧ろ当然の事ならめ。と鹿爪らしういはれたりしが。げにさる訳のものにやあらん。此時継原が面白げに。須河に挑ひて打笑ふは。何も喜ばしき訳あるにあらねど。須河が世間に馴れざるゆゑ。百挙動がハンマにして。いかにも馬鹿気て見ゆるを見て。我世になれしを心に誇りつ。（傍線引用者。以下同）

この箇所について梅澤宣夫は「笑いが優越によって生ずるということを最初に言ったのはホッブスであり、その著『リヴァイァサン』で次のように述べている。「『突然の得意』は《笑い》と呼ばれる『顔のゆがみ』をつくる情念である。思いがけずわれながら満足のゆく行為をやったばあいとか、他人のなかに何か醜いものを認め、それと比べることにより、突如自分を称賛することによってもたらされる」。ベインも笑いについて同様の見解を持っていた。」[*24]と指摘する。ベインの見解については、「嘻笑ヲ暴発スルノ原因ハ、種々アリ、然レトモ其中最モ著キ者ハ、不意ニ優等ナルコトヲ覚知スルカ、又ハ優等ナラントスル結果ヲ頓悟スルコトナリ」（倍因『心理新説』井上哲次郎訳、明治一五〔一八八二〕・一一、青木輔清）に確認することができる。逍遙がベインの考えを受容していたことは、越智治雄によって次のように指摘されている。

逍遙は第一、第二学年に心理学を教えられている。ベインを主とするものであったが、スペンサーの第一原理や生物学原理も併用されたようである（『東京大学法理文学部一覧』明一三、一四年度）。その指導原理は、「精神生理学ヲ教導シ以テ学生ヲシテ心、体ノ間恒ニ密着ノ関係ヲ有スルモノナル事ヲ知ラシメ且心ハ決シテ或ル心理学者ノ想像スル如キ独立主宰ノ性質アルモノニ非スシテ啻ニ心上凡百ノ動作ノミナラズ所謂意思ト雖モ身体機関ノ状態ニ関セズシテ全ク独立スルモノニ非ザル所以ヲ覚知セシムルモノ」であった（『東京大学法理文学部一覧』明治十五年四月刊による。十三、十四年度のものと大差ない。）。ベインの心理学は当然のことながら経験論に立脚する。[*25]

ここで注意を要したいことは、越智治雄が指導原理として引用している中に「心、体ノ間恒ニ密着ノ関係ヲ有スル」という文言が見えることである。ベインの心理学は、心理と生理が密接していることを指摘した点に特徴がある。『心理新説』を訳した井上哲次郎は、その緒言において「心理ト生理トハ、其関係極メテ密ナルヲ以テ、原書ハ、生理上ヨリ心理ヲ説キ来レリ、是レベイン氏ノ頗ル心理学ニ功アル所以ナリ」と述べている。そして、心理がもっともはっきり現れるところこそ、人間の顔であった。

心意ト身体トノ合一ナルコトハ、殊ニ感応ノ表現スル所ニ於テ之ヲ見ルナリ、各種ノ感応ハ、各種ノ顔色ヲ生ズト云フハ、古ヨリ世人ノ稔知スル所ニシテ、喜悦、悲痛、畏怖、忿怒、驕慢ノ如キハ、各々其格別ナル表象アリ、コレハ如何ナル時代ニ於テモ、如何ナル人民ニアリテモ、同様ノ事ニテ、或ハ之ヲ自然ノ言語ト称ス、此ニヨリテ之ヲ観レバ、心意ト身体トハ、始メヨリ関係アルナリ、(中略)顔面ハ、感応ニヨリテ伸縮スルヲ以テ、殊ニ之ヲ心意ノ表記トスルナリ、

それゆえ、「各感応ノ微候ハ、外貌ニ現ハル、者ニテ、観察ニ由リテ之ヲ知ルヲ得、即チ各感応ヲ有スルトキニ、如何ナル状貌ヲ表ハスカヲ察セバ、他人ノ外貌ニ現ハル、状態ニ由リテ、其感応ノ如何ナルカヲ領会スベキナリ、」というように、顔の表情を観察すれば他人の抱いている感情を読み取ることができるのである。そのような技術は、先に小町田の描写の典拠と推した『百科全書動物及人身生理』によれば人相学と呼ばれるものである。

天ノ人ヲ生スルハ其精神ノ七情ヲ見ハス可キ一種固有ノ容色ヲ以テ賦與セルカ故ニ交際ニ当テ輙ク同輩ヲ侵スコト能ハス何トナレハ顔面ノ諸筋ハ哀楽好悪一ニ其感染スル精神ノ真情ヲ発見シ其面貌ヲ一目スルモ猶ホ能ク明ニ之ヲ鑑別ス可キヲ以テナリ是人類天然ノ形状ニシテ諸動物ト雖モ亦能ク其意ヲ了解スルコトアルニ似タリ故ニ彼ノ狗犬モ亦ヨク主人ノ面色ヲ視テ以テ輙ク其怡悦不平等ノ不言ノ状情ヲ察知シ得ルナリ此諸筋ノ斯ク屢変態ノ作用ヲナスハ乃チ相形術ノ因来スル所以ニシテ常ニ運用過多ナル筋肉ハ必ス其部ニ就テ其痕跡ヲ遺サシムルカ故ニ過度ノ憤懣ハ其人怒心ノ消散シテ後ト雖モ猶ホ其痕跡ヲ面上ニ見ル可キナリ

顔は「精神ノ七情」(感情)が表出される箇所であり、「面貌ヲ一目」すれば「精神ノ真情」を「鑑別」することが

できる。その技術が「相形術」（physiognomy）である。「physiognomy」は一般に人相（学）、観相（学）と訳される語であり、逍遙の「人相骨相の学理」の「人相」もこの技術を指してのものと考えられる。

逍遙が作中人物の性質の造型や心理の動きを描くに際して、人相学や骨相学といった生理学や、それと密接な関連のもとに置かれた心理学に依拠したあり様について確認してきた。ただし、『小説神髄』では、「一度篇中にいでたる以上は之を活世界の人と見做」さねばならないと説き、「傍観」の方法を要請してもいた。骨相学に依拠して作中人物を造型したとしてもそれをあからさまに表出してはならないと言うのである。そのために『当世書生気質』においては、作品世界の内と外との境界域に「作者」という語り手を設定し、「作者」による「傍観」（観察）の結果として小町田の性質を描き出すという手法を用いたのである。つまり、逍遙による作中人物の「仮作」の原理を「作者」の「傍観」するまなざしに転位させることにより、小町田の性質を作中世界に描き込んだのである。人相学や骨相学が、外見の観察からその人物の性質を判断するという帰納法に依拠することを前提とする限りで、人物の造型と人物の性質の描法は同一の学的原理に支えられていると言えよう。つまり、観察から体系化へという道筋を前提にしている限りで、その体系によって人物を造型することは観察結果を人物に付与することと同義とされるのである。ここにおいて「陽手段」と「傍観」は矛盾なく接合されるのである。

「痩肉にして中背。色は白けれども。麗やかならねば。まづ青白いといふ。皃色なるべし。鼻高く眼清しく。口元もまた尋常にて。頗る上品なる容皃なれども。頬の少しく凹たる塩梅。髪に癖ある様子」という「外貌」（external signs）の観察から「神経質」という性質を鑑定した「作者」のまなざしが生理学に依拠していることは以上のことから明らかである。「頬の少しく凹たる塩梅」は「delicate health, general emaciation」といった特徴から導かれたものであろうし、また「髪に癖ある様子」は「fine thin hair, often inclining to curl」と照合させれば、小町田が「神経質」であるという判断は容易につく。もちろん、このような類型学に基づくまなざしの機制を有しているからこそ、一人の酔いどれ書生の顔に無遠慮なまなざしを注ぎ、そこに顕れている意味を読み解こうとする意志が発現されたのであろう。

そのように考えるならば、「作者」の「傍観」のまなざしに推量表現が用いられていたり、「作者が傍観の独断」と断られているからといって、それは「「傍観者」の無責任な立場[26]」の表出ではない。観察という行為に付帯する蓋然性の現れと捉える方が適切であろう。それは観察者の立ち位置を限定するものであるとともに、観察行為の文脈に位置づける表現でもあった。つまり、ある限定された観察位置から、外貌を観察し、それを骨相学や人相学、心理学に対照させることで、観察対象の性質を精確に描き出そうとした試みが小町田粲爾の人物描写なのである。そうであるならば、『小説神髄』の言う「只傍観してありのまゝに模写する」表現とは、観察を方法とし、生理学の言説を「ありのまゝ」と同定する認識上の布置の中ではじめて得られる、一つの書法に他ならないということになろう。「ありのまゝ」の表現とは、広く言えば実証科学や経験科学といった学問体系を背景とした表現なのである。

逍遥は生理学の体系に基づいて小町田粲爾を「仮作」した。そしてそれは生理学のコード――「ありのまゝ」のコード――を有した「作者」の「傍観」に橋渡しされることにより、別の観点から言えば「仮作」の原理を覆い隠すことによって作中に立ち現れる。「傍観」の背景は以上のように考えられるのであるが、「作者」が作中世界の論理に片脚を踏み入れている以上、推量表現や「作者が傍観の独断」といった表現が有効に働くことは否定できない。つまり、「作者」が自らの観察の科学的根拠を明示していない以上、小町田が「神経質」であるという判断は、表現的機制によって推測の域に止まることになる。そうであるならば、小町田粲爾が「神経質」であるということは、どのようにして作中に定着されるのであろうか。

4 「傍観」から「keen eye〔慧眼〕」へ

一つの疑問は、いったいなぜ「作者が傍観の独断」にすぎないはずの鑑定が、小町田をめぐって、『当世書生気質』一編をおおってしまったのかという点にある。これまでの章で、小町田粲爾の人物描写が、統辞軸においては個人を同定する記号学によって、範列軸においては骨相学や人相学といった生理学のコードによって形づくられていたこと、そしてそれらが「傍観」の方法的な背景をなしていたことを明らかにした。つまり、「傍観」とは誰かが適当に見た様を気随気儘に描いたというような恣意的なイメージで捉えるべきではないのである。ただしそうであるにしても、表現の側面に着目するならば、推量表現や「作者が傍観の独断」など、表現上の限定はあくまで有効である。ならば、小町田を「神経質」と鑑定した「作者が傍観の独断」が『当世書生気質』を通して定着されていく様相こそが検討されなければならないだろう。

この点について、例えば亀井秀雄が「〈作者〉のこの性質に関する見方は、友人の友芳に受け継がれて、(中略) つぎには小町田自身のなかにそれが甦って自分を責め、(中略) 内省的な自問自答を生んだ[27]」と述べ、また前田愛が「守山の「常識」は他の登場人物のさまざまな愚行を秤量し、批判し、修正する有力な視点である。物語の進行を支配し、展望する逍遙の眼はこの視点と重ね合わされている[28]」と指摘したことは注意すべきである。「作者が傍観の独断」は、とくに守山に引き継がれることで補償されるというのである。そうであるならば、小町田の「神経質」が作品を通して定着される過程は、「作者」と守山のまなざしの接点を探ることで明らかにされることとなろう。

まず「作者」のまなざしの特徴である「傍観」について検討してみたい。『当世書生気質』第一回には、吉住や田の次等一行の「箱夫」に対して、「余計な花見のお荷物ぞと。腹でお客が呟くとは。作者が岡眼の評判なりかし」と茶化すような「作者が岡眼」の表現が見られる。ここには、対象と距離を取り、外側から好き放題に噂を振りまく語り手の様子がうかがわれる。それは、「最前よりして両族の。先後いづれと。片唾をのみ。傍観なしたる市人ばら」（『慨世士伝』明治一八〔一八八五〕・二、晩青堂）のように、喧嘩を遠巻きに見て面白がるまなざしと大差ない。当人の事情など斟酌せず、ひたすら好奇のまなざしを向ける「「傍観者」の無責任な立場」をここに読み取ることができよう。

ただし、これは「傍観」の一側面に過ぎず、「只傍観してありのまゝに模写する」という『小説神髄』の「傍観」の語には、そのような「無責任」さはなじまない。*29『小説神髄』が指摘する「傍観」の態度は、次のようなものであったろう。

いづれにしても今はしも。進んで国家の利福を図り。真の忠義を行ふべき。機にあらずと観念して。輌氏は空しく逡巡なし。手を袖にして莉莚兒が挙動を。傍観なしたりけり。是併しながら亜度利安に。深き策略ある事なりけり。其故はそも如何にといふに。総じて世上に名望あり。且又才器ある人にて。もし内乱のはじめに於て。少しも之に関する事なく。其局外に中立なし。其闌なる比に到りて。俄に局に当る時は。或は大に過激なる。情を制して双方の。調和を図るに便なる事あり。夫れ局外より出る者は。多くは公平無偏にして。過激に渡れる行稀なり。行ふ所も論ずる所も。おのづと着実穏当なるから。衆また之に敬服して。其命令に従ふこと。水の低きにつくが如く。水火の如くに相戦かへる党派と雖も時としては。其一言にて相親和し。事故もなく治る事あり。されば名望世に高かる。有為の俊傑其人などは。革命の挙に与らずして却て偉勲を奏する事あり。輌氏またこゝに見る由あるから。従容として事に当らず。只運命を天に任せて。空しく傍観なすと雖も。若し莉氏の義挙失敗せば。即ち出て之を救ひ。もし成功せば我族を。暗に護りて過激なる。国家の擾乱を鎮むべし。と窃に心に思定めて。其成行をば窺ひけり。（『慨世士伝』前掲）

「局外に中立」、つまり時局の外側に立ち、対象を外側から眺めることで、「情」に支配されることなく、「公平無偏」「着実穏当」な判断をくだそうとする亜度利安の「傍観」の態度は、科学的な観察の態度と共通する。「情」を抑制し、公平無私に判断を下すことは「我従来の小説作者は最も愛憎に偏るものなり蓋し作者が情態をばたゞありのまゝに傍観して其趣をばありのまゝに叙する心得にてありたらんには決して此弊のなき筈」のように「ありのまゝ」を写す「傍観」の態度として『小説神髄』において求められていた。「心意ノ感応ハ、総ベテ依信上ニ勢力ヲ有スル者ニテ、真理ヲ壅蔽シ、人ノ断定ヲシテ誤マラシムル者ナリ」（倍因『心理新説』前掲）というように、情に支配されることは真理を覆い隠し、判断を誤らせてしまうために、『小説神髄』においては「作者」の「愛憎」によって人物を描くことを戒めたのである。

「傍観」とは傍から見ることを根幹として、「無責任」な境位にも局外中立な「観察」の境位にも活用しうる語であった。『当世書生気質』に見られる「傍観」には、「箱夫」に対する「作者が岡眼」のまなざしや、小町田粲爾への「作者が傍観の独断」というように、「傍観」に付帯する「無責任」のイメージやまなざしを限定する働きが存する。ただし、『小説神髄』にある「傍観」の要請や小町田の人物描写に科学的な言説が用いられていることを考えるならば、『当世書生気質』の「傍観」の本領は科学的な観察のまなざしにあると言うことができる。そして、科学的な観察のイメージを有する「傍観」のまなざしこそが、「作者」の「傍観」と守山のまなざしをつなぐものとなるのである。

『当世書生気質』の第一回には飛鳥山の花見のあり様が描かれ、小町田はそこで「作者」から「神経質」の鑑定を受けていた。第二回では須河と宮賀の矢場でのやり取りが描かれ小町田は出てこない。そして、第三回において守山の部屋での守山と小町田の会話が描かれるが、そこで守山は小町田に次のように言う。

（守）（中略）想ふに何か。人に言はれない心配があるんだらう。よしや心配があつたからつて。君の精神上に。たいした影響を。及ぼさない事であれば。敢て関はないことだけれど。ユーアセルフ〔君自身〕には解らないかしらんが。現在学力もさがつたやうだし。リイゾン〔道理を弁別する力〕もよつぽど狂つて居るヨ。（中略）（小）さう言はれると。実に君に対して言訳がないが。何も別に蔵して居る訳じやアないが。ちかごろまたブレイン〔脳髄〕が不健くて（守）それやアいけないヨ僕其脳髄の不健くなつた原因が聞たいのサ。君は剛情に蔵して居るが。我輩は已に君の内実をしつて居るヨ。しつて居ながら聞くといふは。何だか解らない仕打の様だが。マア気を静めて聞たまへヨ。君は全体謹慎家の方で。所謂神経質の人間だから。いくら思案の外だからてつて。あの継原や倉瀬のやうな。向ふ見ずをする人ではない。

ここでは、第一回で「作者」が「神経質の人物らしく」と鑑定した推量表現も落ち、小町田が「神経質」であることが既定の事実のように言われている。「作者」の「神経質」という判断は、守山へと橋渡しされ小町田の性質として定着されるのである。これは単なる詐欺ではない。なぜなら、小町田を「神経質」と断定する守山の判断の前後文脈が小町田への観察に基づいているからである。つまり、小町田を「神経質」と意味づけることにおいて「作者」と守山が重なるだけでなく、小町田を局外から観察するまなざしが共有されているのである。守山は「ユーアセルフ〔君自身〕には解らないかしらんが」と述べ、小町田当人にも知り得ない鑑定を下す。と言うよりも、「人の著作に批評を下すは固より一難事なり譬へは高岳に登りて岳麓を眺むるか如く其概景を領するを得へきも景物の実相に至りては親ら岳麓を渉猟して子細に点検するにあらさるより得て語ること能はす然れとも高く麓外に立つ者は麓中に在る者の見さる所を観る」（岡見八目子「〇国会明鏡」『出版月評』明治二三〔一八九〇〕・四）とするならば、局外にいるからこそ小町田には見えないものを見ることができるのである。小町田の側から見れば、この守山の鑑定を機に、自らの内に自らにすら与り知らぬ、あるいは当人であるが故に見ることができない何ものかを抱え込んでしまった、あるいはその自覚を有したということになり、そのことは内面の発生を考える上で興味深いのであるが、ともあれ、守山の鑑定が「作者」のそれを引継ぎ、小町田の性質を決定論的に意味づけたことを確認しておきたい。

それにしても、守山はなぜこのような観察をなし得たのであろうか。また、守山のまなざしの特徴とはどのようなものであろうか。次にその点について考えてみよう。

第二回において、任那、須河、宮賀は守山の噂をするが、それによれば守山は「相替らず。ブック（書物）と首ツ引」で、「浅草まで遊歩せんか」という誘いにも「翻訳ものを草しはじめたから。といつて。更に出ない。」というあり様である。守山の為す処は任那によれば「学校へ通ふのと。東光学館（守山が教授に行っている法学校――引用者注）へ行のと。折々温泉に浴するのみ」であるという。宮賀には「如何してそんなに。勉強ができるだらう」と感心されている。しかし、任那によれば「輓近は顔色も憔悴して。肺病の徴候が見える」という。須河は守山のことを「謹慎すぎる」と述べ、任那はそれに反して「如才ない男」であり、「世間の交際は極めて精妙」であると述べる。第三回の冒頭において、守山の机の様子が描写されているが、それは次のようなものである。

　また一脚の机あり。白金巾もて掩ひ做したる。秩序さすがに整ひて。硯あり筆立あり。ウエブストルの大辞典は。ランプと共に。書箱の傍に並立し。一巻の洋書は。繙きて机の上にあり。但見れば。処々に鉛筆もて。注意の――印を附したるは。まづ読人の苦学の程。思ひやられて何となく。奥ゆかしき心地ぞする。書箱のほとりには衣紋竹あり。勧行場で買ひとりたる。出来合物とは。見ゆるものから。壁の折釘へ直接に。衣裳を引かけぬ用心は。上方生の書生にや。此社会にはいと希なる。注意家とこそ思はれたれ。

守山の机は「秩序」が整っており、そこに置かれた書物からは「苦学の程」がうかがわれる。さらに、衣裳掛けに衣紋竹を用いている点から「注意家」であることが推測されるのである。続いて、現れる守山の様子は、「何となく威儀ありて。何処となく沈着たる」と描かれている。

これらの記述に従うならば、守山は肺病を病むほどに勤勉であり、[*30] 机辺や持ち物に相当の注意を払う人物である。それは謹慎過ぎると評されもするが、一方で威儀を備えて沈着、世間への交際にも長じているということになる。このような性質を有する守山によって小町田は観察の対象とされるのであり、そうであるならば守山の小町田に対する評言は、細部にまで注意を行き届かせた観察に基づいており、学問に照らして適切であるということになろう。「心理学の綱領」「人相骨相の学理」、及び細密な科学的観察の文脈を有していた「作者」の「傍観」が守山に引き継がれるのは蓋し当然のことであった。

その守山のまなざしの特徴がはっきりと示された一節を次に引いてみよう。

（倉）まだ此外にも借用があるが（友）マアそんな事は廃止にしたまへ。二三ヶ月ばかり逢はなかツたうちに。イヤニ義理堅くなツたじやないか（倉）ナニさういふ訳でもないが。トいひかけてなんだかいきほゐなく。いつもほどにうきた、ぬは。いぜんはうとうのしりがわれて。いまではしやくきんでくびがまはらず。さりとてぎりをしらぬしやうでもなきゆえ。なげやりのもちまへにもにず。さうおうにくらうにして。ほんさうするゆえ。それやこれやにて。ふさぐと見えたり「守山はもとよりして。頗るkeen eye〔慧眼〕人物なれば。早くも倉瀬の腹を洞察し。さすがに笑止なりと思ひしかば。

守山への借りを苦にして鬱ぎ込む倉瀬を見て、守山は「早くも倉瀬の腹を洞察し」、「笑止なり」と憐れむ。ここには、小町田を観察し、「俗に所謂苦労性ぞと傍で見るさへ笑止らしく」と述べた「作者」のまなざしと同様の構図が見られる。この場合、「笑止」とは、「我子の事よりして此御不幸。ほんにお笑止や。と上総屋のまごころ」（『新磨妹と背かゞみ』明治一八〔一八八五〕・一二〜一九〔一八八六〕・九、会心書屋）のように「まごころ」に立脚した表現であり、その点で「情」が働いているということができよう。しかし、「作者」の「傍観」では「傍でみるさへ」とあり、守山の観察でも「さすがに」という言葉に表現されているように、守山のまなざしの本領は「情」を介在させることなく局外から倉瀬の腹を「洞察」する点にある。そのようなまなざしこそが「keen eye〔慧眼〕」なのである。そして注意を要することは、ここでの守山の「洞察」の内実が分かち書きの箇所によって代行されていることである。「いきほゐなく」「うきたゝぬ」という倉瀬の外見から、借金返済の奔走に苦労するという原因を探り出すまなざしは、「（観察）〔ヲブセルベエシーヨン〕五官ニ由リテ天然ニ顕出スル身辺四周ノ事物ニ注意スルヲ観察トハ称スルナリ猶之ヲ再言スレバ心意外ニ発顕スル事物ニ就テ注意スルヲ観察ト云フ」（『術語詳解』明治一八〔一八八五〕・一二、普及堂）という観察のまなざしである。倉瀬の「ふさぐ」表情から「くらう」を読み取る観察のまなざしの背後には、人相学や生理学のまなざしを想定して良いであろう。

> 顔面筋ヲ収縮スル所ノ神経ハ、是レ即チ顔面ヲ運動スル所ノ者ニシテ、此神経ハ、脳ト聯絡スル其距離甚近キカ故ニ、脳ニ発スル所ノ心意ハ、喜怒哀楽トナク、直ニ顔面筋ニ伝テ、之ヲ容貌ニ発現スルモノナリ、故ニ、評シテ、顔面ヲ精神ノ反射鏡トナルモ可ナラン乎、且ツ夫レ一種一定ノ精神（仮令ハ憂悦等）ヲ、屡々顔面ニ反射スレハ、慣習ノ久キ、終ニ顔面ヲシテ、固有ノ容貌ヲ為サシムルニ至ル、之ヲ人相ト云フ、是レ世上ニ、憂相、愛相、或ハ貧相ノ称アル所以ナリ（勃佝『人体要論』菅野虎太訳、明治一四〔一八八一〕・一〇、九皐館）

倉瀬の「ふさぐ」表情をめぐる語り手と守山のまなざしの癒着にこそ、「作者」の「傍観」と守山の「keen eye〔慧眼〕」の接点を確認することができるのである。このように他人の外見から内面を推測する観察のまなざし、つまり守山の「keen eye〔慧眼〕」の特質を明瞭にするために石橋忍月『一喜一憂捨小舟』（明治二一〔一八八八〕・三、二書房。以下『捨小舟』）を見てみたい。『捨小舟』にも河井という書生を「観察」する江沢という人物がおり、小町田と守山の関係と同じである。江沢は次のようなまなざしを持つ人物である。

> お春嬢は遠から気が有る人は知るまいと思はうが、そこは甘いも粋いも嘗め分けた経験に富み人情に通じてゐるおれにやア一見して分る此の間も河井のことをそれとなく賞めそやしてやるに眼の色がどことなく変るから不思議だ、あの眼の中の光線が忽ち光沢を増す呼吸の測量は常人には分るまい

ここには、「keen eye〔慧眼〕」の特質を考える上での重要なヒントがある。まず、江沢は机上の学問を踏まえた上で、さらに「経験」を積み「人情」に通じているという。その江沢の「観察」の眼は春子の「眼の色」の変化を見逃さず、「常人」には知ることができない春子の内面、つまり「気が有る」様子を看破するのである。「観察」のまなざしは誰にでも手に入れられるものではない。そして当事者に知られることのないまなざしが措定されることで、江沢の「観察」は作品世界を対象化させる視点になるのである。江沢の「観察」するまなざしは河井にも向けられる。

無理に優美の体を粧ふてゐるのだから其仮面を除けば卑劣な我儘な行為が何時しか現れてくる流石の河井も茲

には観察が、活眼が届かぬものと見えるして見りや人と云ふ者は岡目より見るときはどこか抜目が有る筈のものか知らん

江沢の観察眼にかかれば、お春が「『妾しは一ツ橋の女学校はとうくに卒業しましたよ』と言ふ心は有るがそれを生意気と言はれるといけないと無理に抑へ附けてゐる」ことが「一目して分る」。「優美の体を粧ふてゐる」「仮面」をはがせばその内には「卑劣な我儘な行為」が現れることが江沢の眼には明らかなのである。江沢によれば河井は「尋常の男ぢやない矢ツ張り秀才だ事物の観察力には富ンでゐる」のであるが、しかし「流石の河井」も当事者として局内にいるため、「観察が、活眼が届かぬ」のであるという。いかに優れた人物であろうとも、「岡目」にいる者、つまり局外者の立ち位置から公平無私の観察のまなざしによって対象化されるならば、当事者特有の「抜目」が現れてしまう。時局の中にいる当事者にはついに見えないところに傍観者は目をこらすことができるのである。

江沢と河井を隔てるものは何か。それは時局の内にいるか外にいるかという視点位置の問題である。あるいは、江沢が河井についてその観察力を褒めながら、「マアダ何処かにおぼうさん育ちの余臭があるから今少し実地の活演劇に望んで処世の舞台を踏まなけりや経緯の功業は六ヶしい学識以て理論を堅め経験以て事業を団めるは豈に必須の事ならずやだ」と述べるように、河井には「実地」に臨んだ「経験」が少ないことが挙げられる。ただし、この場合「経験」の有無は、江沢の観察眼を保証するための言い抜けにすぎない。なぜなら、江沢の「経験」がいかにして積まれ、その「経験」を有した江沢が物語現在においてどのように活動しているのか、つまり江沢の物語がほとんど描かれないからである。言い換えれば、江沢とは純粋に眼なのである。物語世界を外側から対象化するために必要とされた視点装置こそが江沢の役割である。作者が超越的な位置から小説世界を作るのではなく、「只傍観してありのまゝに模写する」ことが『小説神髄』において求められていたが、忍月はそのために作品内に限定さ

れた位置を取りながら、一方でそこに巻き込まれることなく局外から作中人物を対象化する視点として江沢を設定した。そうしなければ、優れた人物であり、観察力にも富んでいる河井を対象化することはできないと考えたのである。

『小説神髄』には、「小説の主脳は人情なり」とある。「人情とは人間の情欲にて所謂百八煩悩」であり、「人間は情欲の動物」であるから、たとえ「賢人善者」であっても「いまだ情欲を有ぬは稀」であるという。「智力大に進みて気格高尚なる人にありては常に劣情を包みかくして苟にも外面に顕さゞるからさながら其人煩悩をば全く脱せしごとくなれども彼また有情の人たるからにはなどて情欲のなからざるべき」とも記されており、このような「賢人善者」において抑圧された情欲を描き出すことこそが小説の役目であると指摘する。そのためには「賢人善者」を秤量するための視点位置と、観察力が求められることになろう。そのような観察主体と観察客体との関係が、江沢と河井の関係であると言うことができる。だからこそ、ここにはまなざしの相互関係は成立しない。江沢はひたすら見る存在であり、河井は対象化された存在として物語世界を生きる。しかし、もう一度確認するならば河井もまた観察力に富んだ存在であり、『小説神髄』の言い方を借りれば「賢人善者」であると言って良い。だとすれば、江沢と河井は二者にして一如であると言うことができる。観察眼を有しながら観察対象になること。「賢人善者」の人情を描く小説は、この課題を如何なる機構によって構成するかという問題を常に抱え込んでいるのである。明治二十年前後に書かれた一人称小説がなぜあれほどまでに神経質の人間を主人公としていたのか。それは「神経質」の人間が、「神経質ノ人ニ在テハ其学術進歩多ク神速ニシテ之ヲ理解スルコト特ニ容易ナルノ性アリ」（『百科全書動物及人身生理』前掲）とあるように、学問に近接した存在であり、かつ「君はネルウバス〔神経質〕だもんだから。何かすると無益ことに心配して。自分で身体を不健する」（『当世書生気質』）ほどに、細部にまで気を回すことができる存在、つまり細緻に対象を観察するまなざしを有する存在だからである。江沢と河井の関係を一身に引き受けること、つまり江沢のまなざしのあり様に作中人物として身体を付すか、あるいは江沢という特権的なまなざしを排除して河井に自身を見るまなざしを与えるかして、自分を観察する自分という主題をつかんだとき、嵯峨の屋おむろ『無味気』（明治二一〔一八八八〕・四、駸々堂）の関翁山や森鷗外「舞姫」（『国民之友』明治二三〔一八九〇〕・一）の太田豊太郎が生まれることになるのである。

江沢と河井の問題にかかずらわりすぎたが、要するに守山と小町田の関係がそれと同じものであることはもはや贅言を要さない。正確に言えば、『捨小舟』は『当世書生気質』のその関係を拝借し、かなり極端に鋳直しているのである。

守山や江沢が有していた観察するまなざしは、彼らがそうであったように学問を修めてはじめて獲得されるものであった。そうしなければ、「常人」はそもそもどこに徴候を見出せば良いのかも分からないであろうし、そこから何が判断しうるのかの基準も持ち合わせることができない。そのようなまなざしを獲得するためには、つぎのような試験をパスしなければならない。

外面の徴候に依りて他の感情を察し得可きや若し果して察し得可きものならば試みに一箇の人物を仮作し其外面の徴候を描写し而して之に依りて其感情の如何を推測せよ（「東京専門学校学年試験問題」『中央学術雑誌』明治一九〔一八八六〕・七）

谷川恵一は、坪内逍遙の出題にかかるこの設問の文化的背景について次のように指摘する。

「東洋ノ学問ハ多ク心ヲ内ニ求メ、西洋ノ学問ハ多ク心ヲ外ニ求ム」とは西村茂樹の言だが（『自識録』第七十章、明三三・八)、明治になって翻訳・移入された「西洋の学問」は、「外」からひとの「心」を眺めるという、「東洋の学問」にはなかったまったく新しい視点をもたらした。西村が念頭に置いていた心理学でいえば、「外面の徴候に依りて他の感情を察し得可きや若し果して察し得可きものならば試に一箇の人物を仮作し其外面の徴候を描写し而して之に依りて其感情の如何を推測せよ」(「東京専門学校学年試験問題」のうち逍遙の出題した「心理学」第三問、『中央学術雑誌』第三三号、明一九・七)といった、「外面の徴候」から「感情を察」するというまなざしがそれであり、倫理学でいえば、ひとの「行為」から出発してその動機や目的について思いをめぐらせ、さらにはその善悪を判定するという見方である。ひろく経験主義あるいは実証主義と呼ばれるこうした世界観・人間観のなかではじめて、ひとの「外面」の「行為」がみいだされる。*31

小町田粲爾の人物描写の背景にあった思想は、まぎれもなく「外面の徴候」から「感情」を洞察する経験主義・実証主義の観察の精神であった。

しかし、もう一度逍遙の作成した心理学の試験問題を見直すならば、いささか奇妙な感じを抱かざるを得ない。この試験問題は、「外面の徴候」によって「感情を察」することができるか否かを証明するために、まずある人物を「仮作」させ、次にその「仮作」した人物の「外面の徴候を描写」させ、最後にその人物の「外面の徴候」に依拠して「感情」を推測させるという行程を踏ませている。つまりこの行程は、実際の人物の観察に依拠するのではなく(もちろんその場合でさえ、自らの有する体系を対象に投射することになりがちであるが)、自らの持っている心理学の体系に照らしてある人物を仮作し、仮作された人物から心理学の体系を説明するという閉鎖的な循環構造を有しているのである。もちろんこれは机上の試験であり、試験とは兎角そうしたものであって、その限りではさしたる問題はない。

しかし、本論で検討してきたように、小町田粲爾の「神経質」をめぐるまなざしの構造は、この循環構造をそっくりなぞっているのである。はじめに逍遙によって「心理学の綱領」「人相骨相の学理」といった学問体系に基づく「陽手段」によって「神経質」の人物としての小町田粲爾が造型され、それを生理学の「言葉の像」を有する「作者」の「傍観」するまなざしへと転位させることで作中に登場させ、さらに守山等書生たちの科学的な観察するまなざしによって小町田の「神経質」は作中に定着される。『当世書生気質』に通底する学問言説の循環構造から小町田はついに一歩も出ることができない。『当世書生気質』は次の言葉を残し終幕を迎える。

最も残をしきは作者が本来の目的なりける。書生の変遷を写し得ざりし事なり。書生の変遷とは何をかいふ。曰く其習癖其行為の変遷なり。（中略）譬ば当編の小町田の如きは。一個の見みすぼらしき神経質なる。未練の少年に過ぎざれども。若し五六年の経歴を積みなば。如何に変りゆくか知るべからず。世に神童などいふ例もありて。天稟英智なるも稀にはあれども。それらは常例の外の者にて。主実稗史家（Realist）の好むところにあらず。兎にも角にも憾多きは此理を写し得で止むことにぞある。

逍遙の「陽手段」の要請にはじまって、「作者」の「傍観」、守山（や倉瀬）の「keen eye〔慧眼〕」に代表される書生達のまなざし、あるいは小町田自身によって、小町田粲爾は何度も「神経質」を宣告され、最後に「小町田の如きは。一個の見すぼらしき神経質なる。未練の少年」という「作者」の言葉で結着する。ただし、ここで「作者」の目的が「書生の変遷」を描き出す点にあったということは注意しておきたい。ここで小町田が例示されているように、『当世書生気質』の中で小町田の描写に重点が置かれていたことが改めて確認されるが、「作者」は小町田の性質を描き出すのみならず、年齢という変数を加えてその性質を持つ人間の「変遷」を描き出そうとしていたのである。いったい、「心理学の綱領」「人相骨相の学理」といった閉鎖的体系に位置する「神経質」が、「五六年の経歴」によってどのように「変遷」するのか、もはやそれを知る術はない。ただし、性質をめぐる分類体系と「変遷」との間で何らかのせめぎ合いが生じるだろうことは想像される。逆に言えば、『当世書生気質』に見られるように生理学の分類体系を強固に維持し続けるのでは、「変遷」を描き出すことは困難なのではないだろうか。

ともあれ、小町田粲爾の人物描写に着眼することで、『当世書生気質』には心理学の言説や生理学の言説、あるいはそれを支える観察のまなざしが張りめぐらされていることが確認された。そして、そのような言説は、様々に形を変えて発現し、小町田の「神経質」の性質を保証し続けていたのである。

『小説神髄』で逍遙は『八犬伝』流の「仁義八行の化物」を批判しており、先の『当世書生気質』の「作者」の付言にも「神童」や「天稟英智」の「常例の外の者」を描くことは「主実稗史家（Realist）」の好む所ではないと述べられていた。逍遙は、倫理的な人物造型とは切り離された、言うなれば〈純粋な個人〉を造型し、描出するために生理学や心理学のコードを導入したのである。そしてそのことにより、「現在社会にありふれたる人の性質」を「ありのまゝ」に写し出そうと試みた点で、小町田粲爾の人物描写は、〈近代小説《ノベル》〉への一歩を確かに踏み出したのである。しかし、〈近代小説〉への一歩を約束したはずの学問への志向こそが、小町田を呪縛し続け、その「変遷」を妨げたこともまた指摘しておかなければならない。ここに、学問への志向によって〈近代小説〉を創出した『当世書生気質』の達成と限界を指摘することができるのである。

　逍遥は『小説神髄』において、「苟にもおのれが意匠を以て強て人情に悖戻せる否心理学の理に戻れる人物なんどを仮作りいださば其人物は已に既に人間世界の者にあらで作者が想像の人物」であり、そのような人物を描き出したものは「小説」ではないと記している。「勧懲の意を寓」するという「作者の本意」によって作られた「八犬伝中の八犬士」は、「仁義八行の化物にて決して人間とはいひ難」いのである。逍遥によれば、「小説の主人公」は「全く作者の意匠に成たる虚空仮説の人物」であるけれども、「一旦出現して小説中の人となりなば作者といへども擅に之を進退なすべき」ではない。逍遥は「勧懲を主眼」とする「作者」の介入を避け、「現在社会にありふれたる人の性質を基本として仮空の人物をつくる」「現実派」の態度によって、『当世書生気質』を描いたのである。小町田粲爾は、「作者」の「勧懲」の理想にかわって、「心理学の綱領」や「人相骨相の学理」によって仮作されたのであった。さらに、小町田は「初対面の時には虚心平気にて見る故に馴れて後の考よりも正しき事ありと誰やらが言ひしは真なるに似たり」（坪内逍遙「松の内」『読売新聞』明治二一（一八八八）・一・五〜二・八）という経験主義的観察の精神に基づいて、先入見を排した「傍観」の方法によって作中に登場するのである。

　『当世書生気質』第一回の小町田粲爾の人物描写、就中、顔をめぐる描写は、このような逍遥の理論を体現したものであり、それは〈近代小説《ノベル》〉への確かな一歩であったと言うことができる。「人情」を「ありのまゝ」に描くという課題、そしてそのために作中人物を「ありのまゝ」に描き出すという課題を小町田粲爾の描写は一手に引き受けたのであり、小町田の描写は、『当世書生気質』以後繰り返し摸倣されることになる。もちろん、それは『当世書生気質』を単線的に通過するだけではなく、そこから洒落本や『八犬伝』に逆流して養分を得るという事態も招来することになろう。[*32] ともあれ、「感情を写し出」すために「先づ」「容貌風彩と彼の履歴を演説」するといった『雛黄鸝』の言葉に見られるような型を『当世書生気質』が準備し、それが新しい小説であるという標識として受け取られたのであった。

しかし、小説の冒頭で「神経質」という性質を宣告された小町田は、『当世書生気質』全編を通して、ついにそこから抜け出すことができなかった。それは、小町田が「神経質」であるという理由によるのではない。そうではなくて、「陽手段」による人物造型、「傍観」による観察、作中人物による観察、小町田の自覚、末尾の「作者」の言葉、高田半峰の批評[*33]など、幾重にも小町田を取り巻く言説によって何度も何度も「神経質」であることを確認され続けるという循環構造においてそうなのである。

そうであるならば、逍遙が「勧懲といふ人為の模型へ造化の作用をはめこむ」（『小説神髄』）ことを批判したのと同様に、「人為」である点が薄められた（ように思われた）としても、それは「心理学」や「人相骨相の学理」という別の「模型」に人物の性質を「はめこむ」ことになってしまったのではないだろうか。学問に依拠することで、一旦は「勧懲」の「模型」を脱したかに見えた『当世書生気質』は、しかし、学問への強い志向のために別の「模型」を用意し、小町田をその「模型」にはめ込み続けることになったのである。

『当世書生気質』の方法に追随した石橋忍月の『お八重』（明治二二〔一八八九〕・四、金港堂）について忍岡隠士「お八重」（『出版月評』明治二二〔一八八九〕・五）は次のように述べている。

此回にて予を驚したるものはお八重の態度を述ふるに永々と叙事体の文を用ひられしことなり抑々人物の風采態度抔を管々しく述へたつるは欧州小説家の嫌ふ所にして尤も独逸小説家の悪むところなり（中略）ゴッチヤールの説によるも是等は巻中に出てたる人物の行為、談話、書簡等によりて自ら読者に知らしむへきものな

り然るを叙事文をもて滔々述立つるときは宛から批評まじりの人相書を読むの思あらしむ是れ果して小説の本意なるや

作中人物の性質を叙事文によって記すことは忍岡隠士によれば、「批評まじりの人相書」であり、「小説の本意」ではないと言う。叙事文による性質の記述が「人相書」として捉えられていることは、小町田の人物描写の文化的背景を如実に示しているが、忍岡隠士は、そのような方法によって人物の性質を記すのではなく、「人物の行為、談話、書簡等」によって、「自ら読者に知ら」せなければならないと言う。あらかじめその人物の性質を規定するのではなく、作中における言動によって読者に自然に人物の性質を知らせることが要請されているのである。勧懲の表出であった顔が、心理学や生理学といった学問によって捉え直され、さらにそれが「小説の本意」をめぐって問題化されていく。観察対象として死物化された顔は、意味が現れつつあり明滅する場所、言い換えれば生きられた顔として、あらためて問い直されようとしていた。しかし、そのようにして現れた顔は、見る者を不安にする他者に転じることになる。

何を思つてゐるのか？母の端なく云つた一言の答を求めて求め得んのか？夢のやうに、過ぎこした昔へ心を引戻してこれまで文三如き者に拘つて、良縁をも求めず、徒に歳月を送つたを惜しい事に思つてゐるのか？或は母の言葉の放つた光りに我身を繞る暗黒を破られ、始めて今が浮沈の潮界、一生の運の定まる時と心附いたのか？抑また狂ひ出す妄想につられて、我知らず心を華やかな、娯しい未来へ走らし、望みを事実にし、現に夢を見て、嬉しく、畏ろしい思をしているのか？恍惚とした顔に映る内の想が無いから、何を思つてゐることかすこしも解らない（『新編浮雲』第一篇、明治二〇〔一八八七〕・六、金港堂。第二篇、明治二一〔一八八八〕・二、金港堂。第三

篇、『都の花』、明治二二〔一八八九〕七～八)

「顔に映る内の想が無い」お勢の顔に、語り手は何度も意味を投影してみるが、ついに意味を結ぶことはない。畢竟、顔の意味とは、「内の想」の発現であると同時に、見る者の意味の投影でもあり、そのあいだにおいて生成されるのではないだろうか。当初、文三やお勢を「完全に意味付けられた存在」[*34]として提示していたはずの語り手であったが、第十八回において、お勢は「真意を了解することが不可能な他我」として語り手の眼に映る。それは、特権的な語り手の位置の放棄を意味するのであろうか、あるいは、謎の誘発を意図した表現なのか。いずれにしても、顔の意味の了解不能性こそが他者としてのお勢をせり上げる働きを担ったのであり、それは顔の観察から人物の性質や感情を判定するという方法を否定的媒介として獲得された方法にちがいない。

〈近代小説〉をめぐるドラマの一端は、間違いなく顔をめぐって展開されたと言えるのだが、それにしても、「心理学」や「人相骨相の学理」の言説の被験者が小町田や文三といった男であったのに対して、殊更に他者化を担わされたのが吉里やお勢といった女であったということは、いったい我々に何を指し示しているのであろうか。

注

*1　吉本隆明「言語にとって美とは何か」(『試行』昭和三六〔一九六一〕・九～四〇〔一九六五〕・六)。引用は『定本言語にとって美とは何か』(平成二〔一九九〇〕・八、角川書店)に拠る。

*2　前田愛「ノベルへの模索」(『国文学』昭和五三〔一九七八〕・一二)。引用は『近代日本の文学空間――歴史・言葉・状況――』(昭和五八〔一九八三〕・六、新曜社)に拠る。

*3　亀井秀雄「話術の行方」(『文学』昭和六〇〔一九八五〕・一一)

＊4　宇佐美毅「『新磨妹と背かゞみ』の方法――作中人物の内面表現をめぐって――」（『国語と国文学』昭和六一〔一九八六〕・六）。引用は『小説表現としての近代』（平成一六〔二〇〇四〕・一二、おうふう）に拠る。

＊5　前田愛『増補文学テクスト入門』（平成五〔一九九三〕・九、筑摩書房）に「模写あるいは傍観という二つの言葉を逍遙は『小説神髄』のなかで繰り返し使っておりますけれども、これは、見る人と見られるものの切り離しを意味しているのです」との指摘がある。

＊6　亀井秀雄『身体・この不思議なるものの文学』（昭和五九〔一九八四〕・一一、れんが書房新社）

＊7　山田有策は、小町田の描写について「語り手はここで、あたかもシャーロック・ホームズが服装など眼に映ずるいっさいの物から、その人物に関する情報を読み取るように、小町田の服装から彼に関する情報を可能な限り推測し、読者に提供しているのである」と述べ、「こうした表現の背後にあるのは、具体的な物を出発点とした実証精神であろう」とする。そして、その点に「逍遙という文学者の決定的な新しさがあった」と指摘する（「近代文学における服装表現をめぐって――〈物〉への執着の意味」『言語生活』昭和五二〔一九七七〕・一一。引用は『幻想の近代――逍遙・美妙・柳浪』平成一三〔二〇〇一〕・一一、おうふう、に拠る）。

＊8　前田愛は、「『小説神髄』の理論の骨格」に「外形を描くには、博物学の観察の精神をもってする。人間の内面、つまり人情を描くには、心理学の知見を応用する」態度があることを指摘する（『増補文学テクスト入門』前掲）。

＊9　山田俊治「傍観する語り手の背景――坪内逍遙『当世書生気質』」（『解釈と鑑賞』平成三〔一九九一〕・四）。また山田俊治は同論文で「〈意味〉に満たされた視線で世界を見る定型的な見方を架空のものとして排除する実学的認識（近代的思考）」が逍遙に見られることを指摘し、「世界を合理的に解釈された、しかも均質的な秩序空間として実現する遠近法的な視覚を利用して、逍遙は物語世界を客体化しえた」のであり、「そうすることで物語世界は、世界を外化した位置から撮影された、現実以上に真実な写真（模写）という、一つの表象空間（虚構）として自立することが可

能になった」と指摘する。

＊10　M・バフチンは、小説の言葉の特徴について「社会的・歴史的な具体性を与えられており、程度の差はあれ客体的である」点を挙げ、「小説というジャンルに特徴的なのは、人間そのものの像《イメージ》ではなく、ほかでもない言語の像《イメージ》なのである」と指摘する（バフチン『小説の言葉』伊藤一郎訳、平成八〔一九九六〕・六、平凡社）。

＊11　宇佐美毅「『新磨妹と背かゞみ』の方法——作中人物の内面表現をめぐって——」（前掲）

＊12　例えば逍遙は、『当世書生気質』を終えるにあたって、「書生の変遷」を描き出せなかったことが遺憾であると述べているが、その例示として挙げられたのは「譬ば当編の小町田の如きは。一個の見すぼらしき神経質なる。未練の少年に過ざれども。若し五六年の経歴を積みなば。如何に変り行くか知るべからず」というように小町田粲爾であった。また、高田半峰「当世書生気質の批評」（『中央学術雑誌』明治一九〔一八八六〕・二）も、逍遙の言を受けるかたちで「書生気質の編中一人の主人公を設け給はず彼の小町田粲爾と証する少年は編中の主人公なるが如き地位を占むると雖も素とこれ「ヒポコンデリヤ（心経疾）」の一少年たるに過ぎず」と述べ、小町田粲爾の人物像を評価している。

＊13　宇佐美毅「『今戸心中』論——アンビヴァレントなテクストとして——」（『日本近代文学』平成一〔一九八九〕・五）。引用は『小説表現としての近代』（前掲）に拠る。

＊14　宇佐美毅「『今戸心中』論——アンビヴァレントなテクストとして——」（前掲）

＊15　富山太佳夫「顔が崩れる」（『現代思想』平成三〔一九九一〕・七〜九）に「観相術と骨相学にとっては、〈崩れる顔〉は、その言説にとっての他者として出現する」との指摘がある。

＊16　Ph・ペロー「自然であることのシミュラークル」（『現代思想』高頭麻子訳、平成三〔一九九一〕・七）

＊17　R・セネット「身振りのアート——ジュディス・ウェクスラー『人間喜劇』によせて——」（J・ウェクスラー『人間喜劇——十九世紀パリの観相術とカリカチュア』高山宏訳、昭和六二〔一九八七〕・一〇、ありな書房）

＊18　柳田國男『明治大正史世相編』（昭和六〔一九三一〕・一、朝日新聞社）。引用は『定本柳田國男集第二十四巻』（昭和三八〔一九六三〕・三、筑摩書房）に拠る。

＊19　外貌から人物の性質・感情を判断する技術は、都市の犯罪を予防し、秩序の維持を図る行政警察を行う上でも注目されていた。行政警察の機構の整備を推し進めた川路利良の「警察手眼」（明治九〔一八七六〕。引用は大日方純夫、由井正臣編『近代日本思想大系3　官僚制　警察』平成二〔一九九〇〕・二、岩波書店、に拠る）には警察の心得として以下のような項目が掲げられている。

（七六）事ニ臨ミ心ノ動静ヲ見ル事。

其眼色面容ヲ見、其音声言語ヲ聴キ、其身ノ動作ヲ察シ、其手足ノ措ク所ヲ視ル。

（七七）情ニ侵入スル事。

凡ソ人ニ心ノ深浅厚薄アリ。故ニ此ヲ察セズシテ疎忽ニ手ヲ下スベカラズ。此ヲ察スルノ術タル、先ヅ彼ノ人ト為リヲ察シ、彼ニ容レラレズンバアルベカラズ。彼ニ容レラルヽノ術タルヤ、其喜怒愛憎スル所ヲ察シ、其心ノ趣ク所ニ同意シテ侵入スルヲ要ス。

（七八）情ヲ動ス事。

情ヲ動スノ法ハ、其胸慮ヲ動シ、其虚実ヲ察シ、或ハ怒ラシメ、或ハ容レ、或ハ拒ミ、或ハ詐リ、或ハ信ジ、或ハ威シ、或ハ慄ル等尽ク欺術ヲ以テスベシ。

個人の顔や言動を観察する行為は、次いで情の掌握、コントロールへと接続されていくことになる。

＊20　青山英正「古典知としての近世観相学――この不思議なる身体の解釈学」（『アジア遊学　もう一つの古典知』平成二四〔二〇一二〕・七、勉誠出版）は近世期における観相学の流行について詳述した上で、「逍遙の発想の根底に、近世日本の観相学の影響」を推測しており、文化的な背景を考える上で示唆を得た。

＊21　引用は『坪内逍遙研究資料第四集』（昭和四三〔一九六八〕・七）に拠る。

＊22　以下に引用部の前半と神経質の項にかかわる部分の原文を掲げておく。私見に拠れば、『百科全書動物及人身生理』の訳語は信屈であり、逍遙は直接原文を見ていた可能性が高いと思われる。例えば、『百科全書動物及人身生理』では「phrenological philosophers」は「相脳学家」と訳されているが、phrenology の語は骨相（学）と訳される語である。また別の箇所では、「physiognomy」を「相形術」と訳しているがこれも相学、人相（学）、観相（学）とするのが通例である。そう考えた方が、逍遙が「人相骨相の学理」と述べた記述により適合する。

TEMPERAMENTS.

There are certain conditions of the bodily frame which evidently give rise to varieties of human constitution, and which have benn called temperaments. These have been peculiarly the object of attention to Dr Spurzheim and others of the phrenological philosophers. As their views on this subject seem to us of a very clear order, a passage is here extracted from one of the journals devoted to that science. 'Dr Spurzheim,' says the journalist, 'recognises four primary or cardinal temperaments, to which he considers all individual cases may be advantageously referred, either as pure, or much more frequently as consisting of two or more combined. I shall first give Dr Spurzheim's brief description of them, and shall afterwards enlarge upon each in detail:-

（中略）

4. The external signs of the nervous temperament are fine thin hair, often inclining to curl, delicate health, general emaciation, and smallness of the muscles, rapidity in the muscular action, vivacity in the sensations. The nervous system of individuals so constituted preponderates extremely, and they exhibit great nervous

sensibility.（'ANIMAL PHYSIOLOGY-THE HUMAN BODY.' *Chambers's information for the people*, 1857, Philadelphia: J. B. Lippincott & Co.）

＊23　亀井秀雄『感性の変革』（昭和五八〔一九八三〕・六、講談社）

＊24　中村完、梅澤宣夫注『日本近代文学大系　坪内逍遙集』（昭和四九〔一九七四〕・一〇、角川書店）

＊25　越智治雄『近代文学成立期の研究』（昭和五九〔一九八四〕・六、岩波書店）

＊26　前田愛「ノベルへの模索」（前掲）

＊27　亀井秀雄『身体・この不思議なるものの文学』（前掲）

＊28　前田愛『近代日本の文学空間』（前掲）

＊29　『小説神髄』における「傍観」の語の背景に科学的な意味については、前田愛「もう一つの『小説神髄』――視覚的世界の成立」（『日本近代文学』昭和五三〔一九七八〕・一〇）参照。

＊30　肺病は、脳病や近眼とともに勤勉家の記号とされた。『浮雲』のお勢は私塾へ通う際に「ハンケチで咽喉を緊め鬱陶敷を耐へて眼鏡を掛け」るが、これは「近頃流行といふ訳ならねど脳病と近眼は如何やら学者らしいとて伊達に眼鏡をかけまくもかしこき神田旅籠町に巣をくふ鳥山揚之助といふ飛上りあり何某氏が咽喉カタルにてハンケチを捲いたと聞けば直に鼠色の鼻拭を領首へ捲き付け陰の噂にとんだ跳た領巻の兎もあの柄では野放しものだと譏らるゝを知らず誰某が近眼でいつも眼鏡を取らぬと云へば直に眼鏡十七の十八のと自分の愚を度盛りして掛けるとはホンニ気が知れぬ」（饗庭篁村「近眼の失策」『むら竹　第十巻』明治二二〔一八八九〕・一二）のような学者ぶりの形である。

＊31　谷川恵一『言葉のゆくえ』（平成五〔一九九三〕・一、平凡社）

＊32　山本良『小説の維新史――小説はいかに明治維新を生き延びたか――』（平成一七〔二〇〇五〕・二、風間書房）が、「『書生気質』の追随作である気質物を刊行した版元は、『書生気質』と江戸の気質物あるいは魯文流のうがちなどと

の間に、さしたる違いを認めていなかったであろう」と指摘するように、単線的な発展史観のみで『当世書生気質』を位置づけることには問題がある。

＊33　高田半峰「当世書生気質の批評」（前掲）は、『当世書生気質』末尾の「作者」の口吻を摸しながら、「書生気質の編中一人の主人公を設け給はず彼の小町田粲爾と称する少年は編中の主人公なるが如き地位を占むると雖も素とこれ「ヒポコンデリヤ（心経疾）」の一少年たるに過ぎず」と述べている。ただし、ここで「ネルウバス（神経質）」が「ヒポコンデリヤ（心経疾）」と言い換えられている点は注意を要しよう。山本良『小説の維新史』（前掲）は「「妄想」こそ、〈気質〉を越えるものとして発想されていたのである。それは、架空癖が文明にふさわしい病いへと昇華されたものであった」と指摘するが、高田の批評は、気質から病へという変転の結節点に位置付けられる。

＊34　小森陽一『構造としての語り』（昭和六三〔一九八八〕・四、新曜社）

第二章 〈批評〉の水脈——石橋忍月初期作品を起点として——

はじめに

石橋忍月の小説作品に対する評価は今日まで芳しくない。例えば同時代にあっては内田不知庵が「余は既に「捨小舟」に於て失望せり、「お八重」を読んで更に失望せり」（「忍月居士の「お八重」」『女学雑誌』明治二二（一八八九）・五）と述べ、後年には吉田精一が「いずれも凡作・愚作・劣作ぞろい」[*1]と述べる如くである。しかし、かかる物言いは「「浮雲」と「妹と背鏡」を批評して文壇を睥睨されたる達眼家」（内田不知庵）や「純粋な文芸評論家の出現は、明治二十年の石橋忍月をもって初め」とする（吉田精一）といった、批評家忍月の評価と表裏してある。また、徳富蘇峰も「吾人は却て斯くの如き人物、境遇、議論をは、斯る作者、即ち頃ろ浮雲の批評を為し、文学社会の人をして、「天晴れ精細なる批評的の眼光を有する人かな」と賞嘆せしめたる作者の手に拠つて著述せられたるを怪まさるを得す」（「捨小舟」『国民之友』明治二一（一八八八）・五）と、その眼高手低の傾向に言及しているが、結局、石橋忍月の名は批評家として文学史に記憶され、その小説作品は等閑に付されてきたと言えよう。

近年、例えば亀井秀雄は、忍月の『露子姫』（明治二二（一八八九）・一二）に現れる「その場面に内在化された語り手」の手法に対して、「方法的必然が共有されないならば、その技法は頽廃するしかあるまい」とその限界について指摘しながらも、坪内逍遙や二葉亭四迷との同時代性を指摘した。[*2]この観点を引き継いだ宇佐美毅は『一喜一憂捨小舟』（明治二一（一八八八）・三）、『お八重』（明治二二（一八八九）・四）を分析し、「作中に挿入された語り手の意見表明や作中人物の外見の詳しい描写（中略）作中人物の内面を描き出す方法や「作者」の顔出しなどまで、忍月の小説には逍遙の影響が色濃く見てとれる」と逍遙との表現方法の類似性について述べている。[*3] ただし、この場合も「忍月が逍遙の実作から影響を受けた部分とは、実は逍遙自身が見捨てようとしていた部分だった」とその限界が指摘されている。また林原純生は忍月の『捨小舟』が「同時代の「女学雑誌」を中心とする改良主義の趨勢に触発して書かれたこと」を指摘し、「その同時代性の意義は大きい」と述べている。しかしやはり、「忍月の理想主義が基本的には「女学雑誌」を中心とした改良主義の文字通り内側に存在して、その限界を示している」と指摘する。[*4] これらの諸研究では、忍月の小説作品について表現、思想の側面における同時代性を指摘する一方で、逆にそこに泥む点で先進性の欠如が指摘されていると言えよう。惟みるに、忍月が直面した限界とは小説創作と〈批評〉との界面にまつわるものではなかったか。忍月の小説をめぐる同時代言説の焦点の一端は、創作と〈批評〉とを切り分けるという課題に関わっており、その観点から忍月の小説に入り込む〈批評〉のスタイルが問題化されていた。そして忍月の小説の限界についての後年の指摘もそのことと深く関係していると考え得るのである。

忍月が創作や〈批評〉を書き始めた明治二十年前後の時期はその双方が切り離される過渡期にあたる。関良一は高田半峰「当世書生気質の批評」（『中央学術雑誌』明治一九（一八八六）・二）、徳富蘇峰「近来流行の政治小説を評す」（『国民之友』明治二〇（一八八七）・七）、石橋忍月「浮雲の褒貶」（『女学雑誌』明治二〇（一八八七）・九〜一〇）を挙げ「「近代小説」ないし「近代作家」の「誕生」期は、「近代批評」の「誕生」期とも重なり合っていた」と指摘するが、[*5] とするならば〈近代小説〉成立期にあって創作と〈批評〉との相関こそが検討課題として浮上してくるはずである。『小説神髄』（明治一八（一八八五）・九〜一九（一八八六）・四、松月堂）を一つのメルクマールとしていわゆる〈近代小説〉が主張されて間もないこの時期は、そこで主張された新しい小説はなぜ読むに値するのか、所期の目的を達するためにどのように読むべきかといった、小説読書に関わる新たな課題を同時に抱え込み、小説論が瀰漫する時代であり、それは作品内をも例外としなかった。[*6] この期にあって創作と〈批評〉とに関わった忍月の営為、及びそれを四周する言説は、創作と〈批評〉とをめぐる時代の葛藤が集約的に発現する場であったかもしれないのである。ならば、我々は忍月の小説作品の限界とされた同じ地点からこそむしろ語り始めなければならないのである。

久保由美は「近世小説から近代小説への流れの中で見た場合、その展開は表現主体たる叙述者の確立と発展、多様化の過程として考えられる」として、その展開を〈「語り手＝作者」→「叙述者1≒作者」→「叙述者2≠作者」〉という図式で表した。[*7] 区々の批判はあるものの、この図式は通時的分析として未だに有効性を失っていない。しかし、そうすると「叙述者1」に配される「「作者曰く」的顔出し」の表現[*8]は過渡的な意味合い以上の注意を受けない。おそらく、ある表現方法が選択されるには、それを要請する背景があるはずであり、この点で表現史は共時的文脈と交差しよう。つまり、〈作者の顔出し〉表現の消長は、それを要請したコンテクストの行方と同時に把握される必要があるのである。

本稿ではまず〈作者の顔出し〉表現の特徴を忍月の『一喜一憂捨小舟』、『お八重』といった初期の作品を通して考えていきたい。それと同時に同時代評を見ることにより〈作者の顔出し〉表現が批判される様相を検討する。この双方の作業を通して〈作者の顔出し〉表現を要請する背景と表現史における過渡性とが看取されることになる。それは端的に創作と〈批評〉とをめぐるディレンマであった。そして各々異なる思考様式を担う表現が分離されるとき、換言すれば、一作品内で〈作者の顔出し〉表現という表現機構によって果たされた同じ役割を、創作と〈批評〉との分節という文化的な小説機構へと編み直すことによって、表現史的限界と共時的要請との葛藤が解消される経緯こそが、本稿の検討課題である。

1　『一喜一憂捨小舟』をめぐって

『一喜一憂捨小舟』（明治二一〔一八八八〕・三、二書房。[*9]以下『捨小舟』）は「花の都も来て見れば塵の都の砂烟 Hauptstadt ist Staubstadt と碧眼人の非評したるも宜なるかな」と都会の評判から始まる。その焦点は下宿の風景、住人の顔へと次第に絞り込まれ、会話を中心として場面が展開される。[*10]遠景から近景へと視点を移し会話を中心として展開するという表現構造を『捨小舟』は演劇的枠組みに拠って構成している。自序には「社会は猶劇場の如し小説は猶院本の如し」とあり、小説末尾も「若し是れが芝居なれば名代役者両人花道へ行こなし是を見て無情を感じる台詞（甲）実に百花の王と称ぶ桜花さへ時来れば風に散鋪那風情（乙）経よみ鳥も死を急ぐ法の教と聞く時は共に此世の別れ霜ト云ふ見得」と締め括られているように、『捨小舟』の随所に演劇に材を取った表現が見られ、その拠るところを証している。そのような表現は特に空間を創出するうえで極めて窮屈に働いた。坪内逍遙は「およそ小説の範囲は演劇の範囲よりも広く時世々々の情態をば細大となく写しいだしてほと〳〵遺憾を感ぜざらしむ譬ば演劇にては人の性情を写しいだすにもつぱら観者の耳に訴へまた其眼に訴ふるがゆゑに其場かへりて狭けれども小説にては之に反してたゞちに読者の心に訴へその想像を促がすゆゑ其場頗る広しといふべし」（『小説神髄』前掲）と指摘する。逍遙は「情態」「性情」を描き出すについての「範囲」「場」の広狭に小説と演劇との重要な差異を見るのである。章の頭に「場」を設定する『捨小舟』は、章中で場面の転換に際して「舞台廻つて河井金蔵書斎の場」などの表現が用いられ、地の文による空間移動について極めて禁欲的である。このような表現は「叙事を転して別話に入る処に屢々舞台廻つてなとの語を用ゐて演劇めかす処なとの如き随分耳に障る」（「●一喜一憂捨小舟・全」『出版月評』明治二一〔一八八八〕・四）のように違和感を以て受け止められた。『捨小舟』は「場」を定めることに汲々とするあまり、視点の移動を充分に展開できなかったのである。

『捨小舟』の表現構造をそのように捉えると、ここに『捨小舟』の特質が見えてこよう。野口武彦の言い方を借りれば、その表現の質は「風俗批評」の層と「会話中心の模写」の層とに分けて捉えることができる。そして、「風俗批評」の層で種々の議論や場面の描写を行い、続く「会話中心の模写」に何が描かれるのか読者に指示することができるのである。例えば、福泉雅一は「本書第五回ノ起首ト第十三回「浮世の変幻雑多なる哉」云々ノ論トハ実ニ本書ノ成リタル所以トヤ云ハマシ」（「捨小舟を読む」『出版月評』明治二一〔一八八八〕・一一）と『捨小舟』のテーマについて指摘している。第五回の冒頭では「凡そ物の興亡冷熱は必ず因果あるものにして決して偶然に起るものに非ず」とする「論」が述べられており、また第十三回の半ばには「浮世の変幻雑多なるかな人間の境遇万般なるかな一憂一喜交代しきのふの吉も今日の凶思はぬに苦労し亦た思はぬに喜ぶ造化何ぞ人を玩弄するの甚しきや」とする語り手の「論」が挿まれている。第五回の冒頭の意見表明は「不信神論者」の「非評」に対置されており、その意味で〈批評〉の水準の言葉に他ならない。そして、その箇所は「看官続く行の悲酸を見て之を知れ」と読者に見所を指示する〈作者の顔出し〉表現で締め括られており、その言葉に福泉雅一は反応したのである。

さらに『捨小舟』第七回冒頭の表現を見てみたい。この箇所は小説論を伴って興味深い。

其末にして虚なるものは常に表面に顕れて人目に感触し易きも其本にして実なるものは所謂内幕潜伏の事情なれば中々分り難きものぞがし世の中の政治てふものを高きに在つて一度も低き所の内幕を観ざる人にのみうち任さば飛んでもなき間違起らん必ずや社会の本となり実となる所の情態を裏面より察せし人ならでは叶ふまじ（中略）裏店社会中に出現する内幕の事情辛酸を観察し知る所の物多く遇ふ所の境広く能く世故に渡り人事を嫻へるには彼の経験なるものを求めざる可からず留学五年で書物と首つ切り法律や経済の原則を暗記しても経験

なるものなければ決して有用の人とはなり難し（中略）瓜や茄子実の花盛りを注目せずして其培養の苦労を注目す可しとは著者の寝言なり酔狂なり真面目に受くるはお若い〳〵

ここでは政治論に傾きながら、高みから目に映りやすい表面上の虚飾のみを見るのではなく、社会の根本を見なければならないことが主張されている。そして、そのためには書物から法律や経済の理論を学ぶだけではなく、社会の「観察」や「経験」に基づいて「有用の人」になる必要があると述べている。このことが「著者」を名乗る語り手の位相で説明されていることは、『捨小舟』が「観察」や「経験」を代替し、「有用の人」になる具として自らの小説があることを、読者に伝えていると考え得るのである。それまでの稗史小説を否定項として自らを〈近代小説〉と定位するとき、その〈高尚〉さは何によって保証されるのか、第七回冒頭はその点を行為遂行的に表現したものであると言えよう。〈作者の顔出し〉表現の位相において小説読書にまつわる協約が形成されたのである。

しかし、「法律や経済の原則」ではなく「観察」や「経験」を重視するという第七回の主張は、小説内であれば抽象的な説明ではなく具体的物語の内部において発揮されるはずであり、この箇所自体が抽象的な議論に傾いて、当の議論を裏切る結果に陥っている。「近来流行の政治小説を評す」（前掲）で「それ政治小説なるものは、小説に出来たる数多の事情と、種々の人物とをして、知らす覚えす、隠々冥々の裡に、著者か政治上の意見を吐かしむるのみ、約言すれは即ち著者が自から其の意見を吐かす、小説を経て、其の意見を吐くものなり」と述べた蘇峰は、『捨小舟』に対しても「間々挟むに踏舞会の事を記し、男女交際を論するが如き、其他種々理窟めきたる事、此の中に錯出する」（「捨小舟」前掲）点に注文をつけていた。その議論の傾向が対読者意識を生み、戯作者の韜晦表現の機制も働いたのであろうが、「真面目に受くるはお若い〳〵」と照れてみせるのである。*11

そのような構造は別の位相でも確認される。第十一回の表現を見てみたい。「お春は遠から気が有る人は知るまいと思はうが、そこは甘いも粋いも嘗め分けた経験に富み人情に通じてゐるおれにやア一見して分る此の間も河井のことをそれとなく賞めそやしてやるに眼の色がどことなく変るから不思議だ、あの眼の中の光線が忽ち光沢を増す呼吸の測量は常人には分るまい」と、自らの「観察」眼を誇る江沢の言辞が議論の質を帯びると、地の文において「いろ〳〵の想像浮み出で彼此と思案中にいつしか太陽の光線は時知り顔「コレ〳〵穀潰しの学者殿もう幾時だと思ひます地球は既に四分通りはおれの廻りを周つたよ」と言ひさうな照り方」などと江沢を揶揄する表現が現れる。先の表現との類似性が見て取れよう。さらに重要なことはそのすぐ後に江沢が「ア、馬鹿な事を考えて余つ程日脚が縮つたモウ十時だ飛んだ哲学の横道に這入り罪もない人を材料に遣つて斯く論じ来ると間接に主人公なる河井の直段が下ると読者が心配するだらうが決して河井は尋常の男ぢやない」と述べることである。批評的言辞の行き着くところ、対読者意識が生じることで、作中人物が読者に語りかけるという表現上の混乱が生じているのである。*12

おそらく第七回の冒頭部を含めて『捨小舟』の問題の根幹は、「観察」を主張する一方で議論を内包し、読者を方向付けてしまう点にある。場面を設定し、そこで展開される会話を意味付けるその手法は、「観察」の意味付けを読者に手渡さない。『捨小舟』の表現手法は語り手が場面を所有する形で働いているのである。

このことは、忍月の創作意識の反映と捉えることができよう。林原純生は『絵入自由新聞』（明治二一〔一八八八〕・四・五）に掲載された「東西大学の批評品行服装の優野男女交際の利害花柳界裡の非難」を描いたという『捨小舟』の広告記事を参照して次のように指摘する。*13

> 忍月がこの小説をかなり同時代の「女学雑誌」を中心とする改良主義の趨勢に触発されて書かれたことが理解できよう。石橋忍月の本来の志望が批評であるよりも小説にあったという証言も存在し、この小説とその同

時代性の意義は大きいと思われる。

「石橋忍月の本来の志望が批評であるよりも小説にあったという証言」とは、「余輩は著者か平生小説を嗜みて一家を成さんとすることは聞きしかとも」（『●一喜一憂捨小舟・全』前掲）という記事に拠っている。ただし、次々号に掲載された「正誤」記事（『出版月評』明治二一（一八八八）・六）もあわせ読む必要があろう。

> 正誤　出版月評第八号に石橋友吉氏著「捨小舟」の評中「著者は春廼舎氏の門に在り……著者が平生小説を嗜みて一家を成さんとか云云」語は氏か春廼舎氏に就きて益を請ひ又余力を以て小説に従事し兼て其名を成さんとするにより斯く之を記せしか語句の不足より往々氏を以て一意小説三昧の人と誤認する者有りと聞く因て此に小説は氏の専修する所に非さることを明言して前者の誤を正し併せて著者に謝す

だから、「東西大学の批評品行服装の優野男女交際の利害花柳界裡の非難」を小説に描いたという『絵入自由新聞』の広告記事はまっすぐ捉えてよい。「有用の人」を目指すという『捨小舟』の語り手の言葉に偽りは無く、ここで言われた種々の議論、つまり〈批評〉の言葉が『捨小舟』の底には流れているのである。「我国現今法学を講する学生」が「或は西洋文明国の著書を繙き或は西洋の明法家を雇ふて其研究に孜々た」るのみであることを咎めて、「人民の性情及び習慣等を暁知して其応用の真味を暁るは法学者の最も注意なす可き事」と説く忍月である（『批評法律名家纂論跋』、前川普三二郎編『批評法律名家纂論明法家列伝』明治二〇（一八八七）・六、九春堂）。『捨小舟』における〈作者の顔出し〉表現の意味とは、社会へ関係することをもって小説の意義とすることの自己言及であり、小説をめぐるコンテクストがゆらぐこの時期に自らの小説観を小説内に取り込み、表現によって〈伝承〉を形成したのに他ならない。演劇的に場を設定し、その外側からマクロな視点で〈批評〉を加える方法が『捨小舟』の表現方法だったのである。

2 『お八重』をめぐって

それでは次作の『お八重』はどうだったのであろうか。『お八重』はまず明治二十一年三月から四月にかけて「都鳥」という題名で「第一回（上）」から「第三回（下）」まで『女学雑誌』に掲載された。そして明治二十二年四月に『お八重』として金港堂から発兌される。その際表現上の特徴として、〈作者の顔出し〉表現の増加が認められる。これは、久保由美の示した表現史の図式に逆行するものである。宇佐美毅はこの改変について「忍月は逍遙や二葉亭らの小説を学びながら、自分の実作にその方法を取り入れていったのだが、実は、逍遙や二葉亭らが捨て去ろうとしていたものを、むしろ逆に取り入れる方向へと進んでいってしまったといえるのである」と指摘する。*14 現象的に見るとその通りなのであるが、いったいなぜ『お八重』に〈作者の顔出し〉表現の増加が生じたのであろうか。

まず初出「都鳥」には無く『お八重』が発表されるに際して付け加えられた箇所を見てみたい。

・さながらお米嬢の耳は、お常の話しを信じないやうな素振、心の中では「ほんとか知ら」。

・出た、出た、そろ〳〵本心の問が出た、貶して言へば耐忍持久の気に乏し、褒めて言へば可愛イ順良な心根

・どうしても駄目、如何に隠さうと思つても、心の中を暁られないやうに誤魔化しても、直に尻ツポが現はれるから、――不粋の作者試みにお米嬢に問はん、「東京見物が目的ならば、眼科医に行く理なきに非ず、然るを歯科医に行くとは、果して何の為ぞ」、シイツ、だまれ野暮作者。

これらの引用に見られるように、『お八重』では〈作者の顔出し〉表現の増加と同時に「心の中」や「本心」という表現が増えていることにも注目される。そこでは、「素振」と「心の中」とのズレが強調されているのである。「都鳥」は第三回で中断してしまったが、『お八重』ではその中断後すぐの箇所に「嗚呼人――有情の動物と云へる人――も亦た厄介なるかな、嗚呼恋――心の花と称ふる恋――も亦た不可思儀なるものかな」とある。つまり、『お八重』が描きだそうとしたものは「有情の動物」である人の「厄介」さや、「心の花」である恋の「不可思儀」さにあると考え得るのである。その意味で次の箇所は注目する必要がある。

波之助並にお常の考えは此通りで、別に錯雑したる事にあらず、然れども茲に最も読者の注意を要し、又著者も最も筆力を要するは、お八重とお米嬢と双方より相対する心情は如何なるかの一事なり、先づお八重の方より説き明さん。(中略)ハテ人の身分も、自分の感じも、暫時の間に三変するとはよくよくの事と云ふべし、是れも何故、苦労の種と云へる肩書のある「恋」故乎。

ここでは「お八重」や「お米」の「心情」、言い換えれば「有情の動物」である人間が「恋」に臨んだときの「錯雑したる」「心情」について以下に「説き明さ」れることが示されている。そしてそのことこそが、「最も読者の注意を要」すると同時に、「著者も最も筆力を要する」とされているのである。読者に注意を促す〈作者の顔出し〉表現を用いることで、『お八重』の〈伝承〉が表現によってよそおわれているのである。「素振」と「心の中」とのズレを描き出そうとした忍月の意識は「浮雲第二篇の褒貶」(『女学雑誌』明治二一〔一八八八〕・三)にも見られる。

浮雲は言語と所思とを必ずしも一致せしめざるなり、数多の著者は人物と行為の一致を濫用して併せて其言語と所思とをも一致併行せしむる者鮮からず人凡そ此活動せる塵界に寄生する以上は其心裡に懐ふ所は千種万類奇々怪々劣情あり利欲ありて一々之れをさらけ出す時は世間恐くは尊厳を保つの人はあらざる可し

「言語と所思」の不一致、それを「恋」という相において描き出そうとしたのが『お八重』であった。『捨小舟』が場の外側からマクロな視点で社会的な批評を加えたのに対して、「恋」を描こうとした『お八重』は、人情の機微というミクロな視点から〈批評〉(=「説き明さん」)を加えたのである。それ故、発語や行為と心の中とのズレへの指摘や「暫時の間に三変する」心情への注視など細部にわたって〈批評〉の言葉が拡散したのである。量の比較という側面からは表現史に逆行すると見える現象も、作品の小説観の移行に伴って必然的に生じたものだと考え得るのである。

しかし、忍月の表現意識がそうだとしても、『捨小舟』について蘇峰が「理窟めきたる事」を批判したように〈作者の顔出し〉表現の持つ議論の傾向はこの時期強く戒められていた。『お八重』においてはさらに不知庵によって「余は考ふるに人情小説の妙は読者をして主人公と同感《シンパシー》の意を起さしむるにあり。(中略)「お八重」の著者は何故に読者作者等の文字を濫に挿入して悲哀的の趣向を破りしや、何故に心中を心理的に写して余味を読者の想像に任せざるや」と〈作者の顔出し〉表現が直接批判されるのである。また、忍岡隠士「〇お八重」(『出版月評』明治二

二〔一八八九〕・五）は〈作者の顔出し〉表現について次のように指摘する。

学校用の読本はいざ知らす小説に批評めきたる註解を挿みたるは註解附の小説ともいふにや近頃珍しき新体と申すへし又巻尾に著者白す云々となか〱しき条目を掲けられしは何事そかの為永派の常套を襲はれしにや言語道断苦々しきことにそある

〈作者の顔出し〉表現とは「批評めきたる註解」なのである。そのような表現を括り込むことは不知庵の言うように「読者をして主人公と同感の意を起さしむる」ことを妨げる「拙も又甚し」き表現なのである。しかし、ここで忍岡隠士が「学校用の読本はいざ知らす」と漏らした点を見過ごしてはならない。いわゆる〈近代小説〉が主張され、小説をめぐるコンテクストが揺らいだこの時期には、「批評めきたる註解」の表現を作中に括り込み、小説読書の協約を形成すると共に自らの小説を価値付ける必要があったのである。「批評めきたる註解」は拙であると共に同時代に要請された表現でもあった。それは「作者」の影を作中に出すことを戒めながら、同時に自らの小説に〈作者の顔出し〉表現を用いた逍遙の問題とも通じるものであり、*15 同時代の課題であった。どちらにも要請があるとき、ならばどのようにしてその問題は解決されるのであろうか。おそらくそれは、創作と〈批評〉とをめぐる文化的機構にひとえにかかっているのである。

3 〈作者の顔出し〉表現の文脈

坪内逍遙の『小説神髄』は小説について次のように説明していた。

・小説は見えがたきを見えしめ曖昧なるものを明瞭にし限なき人間の情欲を限ある小冊子のうちに網羅し之をもてあそべる読者をして自然に反省せしむるものなり

・ひたすら世間にあるべきやうなる情態をのみ描きいだしてさながら真物のごとく見えしめむことを望み力めて天然の富麗をうつし自然の趺宕を描き読者をしてしらずしらず其仮作界に遊ばしめて而して隠妙不可思議なる此人生の大機関をば察らしむるにいたるものなり

小説の書き手の改良にその主眼が置かれている『小説神髄』では、読者を「自然に反省」させ、あるいは「しらずしらず」のうちに「仮作界に遊ば」せるような小説が目指されていた。その『小説神髄』が「小説中の人物を作るに当りて最も注意を要すべき事は作者の性質を掩ひ蔵して之を人物の挙動の上に見えしめざるやうする事なり」、「小説作者と其人物との関係をば読者に知らしめては不妙の極なり」と述べ、読者に作者の影を感じさせることを戒めたのは当然のことであった。

「性急短慮なる著者先生」が「自家の演説」を始める小説を「拙劣」であると述べた徳富蘇峰が「嘗て名家の小説を繙」いたときの感想は次のようなものであった。

未た始より著者が如何なる寓意あるか、如何なる懐抱あるかを知らす、興に乗して読む、未た嘗て著者か説法するを聴かす、然れとも愈よ読めは愈よ感する所あるか如し、我れ自から何の故たるを覚へさるなり、恰も芳醇に酔ふたるが如く、電気に感したるが如く、魔術に迷はされたるが如し、たゝ精神恍惚として、何時の間に

やら著者の魔酔剤を喫したるかと疑ふなり、小説の妙それ此の如きのみ（「近来流行の政治小説を評す」前掲）

「著者か説法」によらず「何の故たるを覚へ」ることなく小説世界に心酔していくところに「小説の妙」を見た蘇峰は『小説神髄』の圏内にある。『捨小舟』が議論に傾く点を批判した蘇峰の見地はここに胚胎しているのである。また、「「お八重」の著者は何故に読者作者等の文字を濫に挿入して悲哀的の趣向を破りしや」と述べた不知庵は、「人情小説の妙」について「読者をして主人公と同感を起さしむるにあり」と述べていた。松下芳が「人ノ五感々情ヲ写出シテ歴然其人ニ接シ其地ニ在ルカ如ク、読者ヲシテ知ラス識ラスノ間、其主公ト同感情ヲ起サシムルモノ是レ小説ノ目的ト云フ」（「小説ノ目的」『穎才新誌』明治二二（一八八九）・七）と述べるように「主公ト同感」になることが「知ラス識ラスノ間」に行われるのであるとすれば、不知庵の「読者作者等の文字を濫に挿入」することへの批判も先の『小説神髄』の規定に拠ると考えることができよう。〈作者の顔出し〉表現は読者を「自然に」、「しらずしらず」のうちに小説世界に遊ばしめることを妨げる表現として排除することが求められたのであった。

不知庵には同工の〈批評〉がいくつかある。福地桜痴の『もしや草紙』（明治二一（一八八八）・八、文海堂）に対して不知庵は「議論に流れ極微を写すに拙なし」と述べ、作中人物の清水と夢野に対して「著者の口吻に随ひ縦横に馳騁すれども神魂あるにあらず」と指摘する（「もしや草紙に就て」『女学雑誌』明治二二（一八八九）・一）。また、竹栢園女史「胸のおもひ」（『都の花』明治二二（一八八九）・一～二）についても、「小説は勿論美術の一部なれども審美学にあらざればナドカ「美」の講義を望むべき。（中略）「美」の意義に泥みて小説の本義を誤られし乎」と指摘し、作品の筋にとってそれほど必然性を持たない梅園秀雄と小島五郎との和歌をめぐる議論を批判していた。さらに、作中に「歌論」を挿む傾向について「才子演説なる政治小説の趣向に基かれしなるか」と述べており、蘇峰の政治小説に対する指摘と同位置にあると言えよう（「竹栢園女史の「胸の思」」『女学雑誌』明治二二（一八八九）・三）。不知庵の『お八重』に対する指摘もこの文脈に沿うものであり、「作者読者等の文字」が「彼は云々と其心裏の秘密を亮然と写されたれば余の如き流読者と雖ども少しも遺憾あるなし」と、その説明に流れる傾向が揶揄されるのである。[*16]

叙上の指摘が『小説神髄』以来の課題に相即していたことは今確認した通りである。しかし、『小説神髄』には例えば「小説にてはこれらの事をも悉皆美妙の文にものして読者の心の眼に訴ふさるからに小説にては読者の想像の精疎によりて得る所の興おのづから異なりあるは文外の佳境に入りあるは文面のみの佳境にいる」という指摘もあった。小説が読者に読まれる際、読者の差異によって小説の実現の仕方が異なることについても『小説神髄』は指摘するのである。作中に「作者」の影が見えることを繰り返し警戒した逍遙の小説が、一方で〈作者の顔出し〉表現を容易に払拭できなかった背景はこの逍遙の読者観に求められなければならない。啓蒙主義は、その論理的必然として啓蒙対象を過剰に見積もる傾向があるのだが、[*17] そうして見出された読者像に真摯に向き合った逍遙の実践が理論との間にズレを来した点には注意する必要があろう。

『一読三歎当世書生気質』（明治一八〔一八八五〕・六〜一九〔一八八六〕・一、晩青堂）の「已に第一回に出たる吉住といふ代言人」といったこの期によく見られる表現も、錯綜する物語に対して、誤解のないよう読者を導く表現であった。小室案外堂「自由艶舌女文章」（『自由燈』明治一七〔一八八四〕・五〜七）に「此処までは前回に少しづゝ其の端を出したる話にて聊か重複に似たれども読者の迷ひ玉はん筋もあるべしと思へば爰処に大綱を約めしるしぬ。読者前後を照し観て其の顛末を悟り玉へかし」とあるように、それは迷う読者に向けられた表現であった。小説そのものの刷新を目指した逍遙は、それと同時に自らの試みを読者に説明するという切実な課題を引き受けなければならなかったのである。[*18]

対読者意識を抱えたがゆえの逍遙の葛藤に対して、不知庵はその問題を共有しない。例えば、『二人比丘尼色懺悔』（明治二二〔一八八九〕・四、吉岡書籍店）について「「作者曰」はなくもがな、否エどうして——江湖の明盲目を教へらる、御深切の有難さ思はず涙を催し候（こ、らが主眼のある処か）」（「紅葉山人の「色懺悔」」『女学雑誌』明治二二〔一八八九〕・四）と述べたように、「作者」が読者を教導するような表現は不知庵の良しとするところではなかった。不知庵は以前にも「大人よ世間を愚にする勿れ世の中はめくら千人めくら千人なればとて千百の多き中には一二の感能力に富みしものなきとは云はれまじ（中略）よしや多数が明盲目なりとて尽く世間を愚にするは大人が為めに取らざるなり」（「山田美妙大人の小説」『女学雑誌』明治二一〔一八八八〕・一〇〜一一）と述べており、おそらく見巧者を自認する不知庵には〈作者の顔出し〉表現に通有の啓蒙意識が我慢ならないのである。『小説神髄』が「活眼なき四方の読者」から「大人学者の眼」に適う「美術の壇頭に煥然たる我物語」を目指したのに呼応して、不知庵は「大人学者」の境位に自らを置き、「活眼なき四方の読者」を対象とした表現をことごとく糾弾していった。

読者を導く表現を作品内に許した逍遙とそのような表現を指弾する不知庵と。小説を創作するにあたって読者を考慮する余地の可否は、新聞紙の小説をめぐる逍遙と鷗外との応酬にも顕在する。逍遙は「新聞紙の小説」（『読売新聞』明治二三〔一八九〇〕・一・一七〜一八）において次のように述べている。

小説は少年の注意を惹くものなれば記者力めて当世に注目し社会と我との関係を察せずば不本意の危害を醸すことあらん若しかの美術といふものが絶対的にいはるるものならば吾人は信ず裸体美人の像も浅しき筋の書も（其手際だに巧妙ならば）共に美術の仲間に入るべし併しさるは絶対的にいふ美術の美にて社会に見すべきものとは思はず

逍遙は「絶対的美術」と「社会」との差異に注意を促す。つまり、「絶対的美術」として肯定されるべきものであっても、社会性に照らして否定されるものがあるとする。なぜならば「社会には階級幾段もありて人の品さま

〴〵」であり、「人さま〴〵の見解」は「作者の思ふやう」にならないからである。故に社会性を多分に有する新聞紙の小説は「有益にして面白きものか又は無害にしてうるはしきもの」を載せるべきであるとする。作中世界に「作者」の影を感じさせまいとする主張と〈作者の顔出し〉表現による読者の教導との間で葛藤した逍遙の対読者意識は、この記事においてはそのまま小説を二分する主張へとスライドし、想定される読者によって小説そのものを選択することが主張されるのである。

このような逍遙の態度を批判したのが鷗外「明治二十二年批評家の詩眼」(『しがらみ草紙』明治二三〔一八九〇〕・二)である。鷗外は、小説が害を及ぼすとしたらその原因は逍遙の言うように「各箇人の見解に在」るとするが、そのことによって「強て其範囲、即ち美の存すべき範囲を褊狭」にして、方向付けをする逍遙には勧懲の傾向が認められるとする。鷗外は、逍遙のこのような態度の原因について、逍遙が「識字社会の開明の度の低きを認めたるが故に少しくこれを童孩視」していることにあるとする。そして鷗外は「社会の趣味」を「長せんとするには誤解すれば禍をも助成しぬべき小説をも――悔淫導欲の美術外目的あるものにあらざる以上は――これに授けて其本領の在る所を説き示」さなければならないと述べる。小説を読者のレベルに合わせるのではなく、読者を「絶対的美術」を感受できるよう教導すべきであると言うのである。

不知庵や蘇峰は、虚構空間に遊ぶ読者が自らの存在を意識してしまうような表現を批判していた。また鷗外は読者の差異を考慮に入れることで小説の範囲を狭めることを批判した。双方ともに小説創作に読者を考慮する余地を認めない点で共通していよう。創作から読者を志向する表現を取り除くとき、その表現の行方は何処に見出されるのであろうか。鷗外が「絶対的美術」を要請するとき、その「本領」を説明する役が措定されていたことに注意する必要があろう。だから問題は改めて「其本領の在る所を説き示」すと鷗外の言ったその位置にあると言わなければならない。

4　創作と〈批評〉

蘇峰や不知庵が忍月の小説に注文を付けたように、読者の側から「何故に心中を心理的に写して余味を読者の想像に任せざるや」とその自律を求める動きがあった。また鷗外のように小説創作の側からも読者を考慮することによって「絶対的美術」の境位を揺るがすことを批判する主張がなされた。それは二つながらに読者を創作の考慮に入れることへの批判として発現していた。鷗外の言う「其本領の在る所を説き示」す役割はもはや小説内に措定することはできないのである。とするならば、その役は何によって担われるのであろうか。その点で注目しなければならないのが、〈批評〉の台頭である。*19

明治十五年あたりから次第に書籍数が増加し、「汗牛充棟」が書籍界の鍵語になるに至って、書籍を弁別する〈批評〉の必要が盛んに説かれるようになった。例えば〈批評〉論盛行の初期のものである「明治年代ノ文学ヲ論ジ併セテ批評ノ必要ナル所以ヲ説ク」（『明治日報』明治一六〔一八八三〕・八・一〜四）は〈批評〉の役割について次のように説明する。

> 文学ノ進歩ヲ促スニ頗ル勢力ヲ有シ後進ノ者ヲシテ其ノ方向ヲ知ラシメ優等ノ著書翻訳ハ益世ニ顕ハレ劣等ナル者ハ愈其ノ跡ヲ社会ニ絶タシムルノ効アリ而シテ吾ガ国今日ノ勢ニテハ随分振起スルニ足ルベキ道ナリ是レ何ゾヤ曰批評是レナリ
>
> 抑批評ナル者ハ他人ノ著書ヤ翻訳ヲ事実ニ徴シ或ハ論理ニ照シテ其ノ理非曲直ヲ匡タシ其ノ理ニシテ直ナル者

ハ其ノ事由ヲ挙ゲテ称賛シ其ノ非ニシテ曲ナル者ハ一々其ノ欠点ヲ摘示シテ以テ褒貶スルコトヲ云フ

〈批評〉の役割は「優等ノ著書翻訳」を「世ニ顕ハ」し、「劣等ナル者」を「社会ニ絶タシム」ものというように、著書の弁別であった。それは読むに値するものと値しないものとを切り分ける点で書籍の〈伝承〉を担う表現であった。故に、「事実ニ徴シ或ハ論理ニ照シテ其ノ理非曲直ヲ匡タシ」と学問的な基準に則り「公平無私」であることが厳しく主張されるのである。「著書出版ノ批評ヲ専門トスル雑誌ノ嚆矢」を謳う『出版月評』の社友でもあった坪内逍遙もその流れの中にあり、「○批評の標準」（『中央学術雑誌』明治二〇〔一八八七〕・九。坪内雄蔵述、食田生筆記）で「文学の進歩を喜びこれが発達を熱望する者はまづ第一に熱中して批評学といへる者の大に進歩せんことを望まさる可らず」と述べている。忍月がこの時期ものした〈批評〉も、褒誉と貶毀とを相半ばさせることで「公平無私」を可視化する点や小説を学問的な基準によって論じようとする態度など、『出版月評』等の〈批評〉論に沿ったものであった。忍月の〈批評〉に対する強い意識は「露小袖を批評す」（『読売新聞』明治二三〔一八九〇〕・一一・一八。圏点原文）に見られる。

世人往々批評の字を尊重するの余り、批評の語を避けて「何々を読んで」若くば「何々に就て」などの表題を設けて、著書を判定するものあり、是れ其所業は実に謙譲の美徳なるが如しと雖も、翻へつて考ふる時は自ら責任を負はざる口実の符牒なり、責任なきの説は、縦令達眼家の説と雖も数々軽浮汗慢に流れ易し、故に吾人は自ら責任に重きを加ふ可し、是れ予が不肖僭越をも顧みず、明かに批評の名目を掲ぐる所以なり

忍月の小説に見られる〈作者の顔出し〉表現に、かかる〈批評〉意識との通底を確認する必要があろう。『捨小舟』

や『お八重』における〈作者の顔出し〉表現は、各々の作品において忍月が注目すべきであるとした点について指摘しており、〈伝承〉をよそおうことによって著書の弁別という〈批評〉の機能をも同時に果たしていたのである。蘇峰が『捨小舟』に関して「理窟めきたる事」を書き込むことが「初陣小説家の慣用手段」であるとした点を読み替えるならば、「初陣小説家」が自らにまつわるコンテクストの弱体を表現によって強化するごとく、新しい〈近代小説〉の始発期であり、十分に〈近代小説〉のコンテクストが共有されていなかったこの時期には、小説表現としての稚拙さとは別に、〈作者の顔出し〉表現は十分に機能する余地があったと言えよう。その表現は、小説の達意に関わるものであり、読者啓蒙を目指した忍月にとって表現の要請を認めなければならない。しかし、忍月の意識がそうであったにしろ、〈作者の顔出し〉表現は読者が作品世界に没入する妨げとなり、読者の自律を求める批評家から咎められたのである。

そのようなディレンマはどのように解消されるのであろうか。そこに二葉亭四迷の「小説総論」(『中央学術雑誌』明治一九〔一八八六〕・四)を置いてみることができるだろう。四迷は次のように指摘する。

偶然の中に於て自然を穿鑿し種々の中に於て一致を穿鑿するは性質の需要とて人間にはなくて叶はぬものなり穿鑿といへど為方に両様あり一は智識を以て理会する学問上の穿鑿一は感情を以て感得する美術上の穿鑿是なり

「偶然の中に於て自然を穿鑿し種々の中に於て一致を穿鑿する」方法として、四迷は「学問」と「美術」とを分節する。小説は「美術上の穿鑿」に該当し、それは明確に「学問」とは区別される必要があるのである。そして次のように「小説総論」を締め括る。

小説を編むも同じ事也浮世の形を写すさへ容易のことではなきものを況てや其の意をや浮世の形のみを写して其意を写さゞるものは下手の作なり写して意形を全備するものは上手の作なり。意形を全備して活たる如きものは名人の作なり蓋し意の有無と其発達の巧拙とを察し之を論理に考へ之を事実に徴し以て小説の直段を定むるは是れ批評家の当に力むへき所たり

「之を論理に考へ之を事実に徴し」といった表現が、『明治日報』論説の「批評ナル者ハ他人ノ著書ヤ翻訳ヲ事実ニ徴シ或ハ論理ニ照シテ其ノ理非曲直ヲ匡タシ」といった表現と同類であることは言うまでもない。四迷は「小説の直段を定むる」という著書の弁別の機能を、学問に由来する〈批評〉へと連接させたのである。[*20] そこには当時『出版月評』の発刊を促すような〈批評〉要請の気運を見る必要がある。このようにして小説の説明に関わる側面は〈批評〉に託され、小説創作はそれとは別の仕方で、つまり「美術」の方法によってつくられなければならないと四迷は主張するのである。[*21] 小説の説明に関わる側面を〈批評〉に託し、外在化した時、はじめて閉じられた空間として小説世界を描き出すという課題に直面することができたのであろう。「学問」としての〈批評〉と「美術」としての小説創作とを分節化する小説機構が形成される過渡期に位置した忍月の初期作品は、それに対する言説も含めて〈近代小説〉成立期の問題を集約的に表現しているのである。

これまで〈作者の顔出し〉表現を用いた小説家に対しては、表現史的な未熟さが指摘されたり、あるいは内面の欠如が指摘されてきた。[*22] しかし、本稿で明らかにした小説機構の成立を抜きにして、単純に表現の現象的な未熟さを指摘したり、内面の欠如を言い立てるわけにはいかない。閉じた世界を描くといった課題や小説は作家の内面が描かれるべきだといった問題構成は創作と〈批評〉とを切り分ける小説機構と密接な関係を有しているのである。

読者を志向する表現が創作の側から排除され、読者と作者とが極めて疎遠な関係へと移行したことが、この小説機構の一つの帰結である。その行く末を国木田独歩の「忘れ得ぬ人々」（『国民之友』明治三一〔一八九八〕・四）に展望して稿を閉じたい。

旅先の亀屋で出会った田宮と秋山は宵の無聊を慰めるため火鉢を囲んで語り合う。そこで、田宮は『忘れ得ぬ人々』の原稿を取り出し、秋山に読み聞かせる。

「僕はなるべく詳しく話すよ、面白ろくないと思つたら、遠慮なく注意して呉れ玉へ。その代り僕も遠慮なく話すよ。なんだか僕の方で聞てもらいたい様な心持に成つて来たから妙じやあないか。」

秋山は火鉢に炭をついで、鉄瓶の中へ冷めた煖陶を突込んだ。

「忘れ得ぬ人は必ずしも忘れて叶ふまじき人にあらず、見玉へ僕の此原稿の劈頭第一に書いてあるのは此句である。」

田宮は一寸と秋山の前にその原稿を差しいだした。

「ね、それで僕は先づ此句の説明をしやうと思ふ。そうすれば自から此文の題意が解るだらうから。しかし君には大概わかつて居ると思ふけれど。」

「そんなことを言はないで、ずん〳〵遣り玉へよ。僕は世間の読者の積りで聴て居るから。失敬、横になつて聴くよ。」

口承の場において相手の反応を見ながら、ときに説明を加え、協約の場を形成することは当然の所作である。しかし、秋山は「世間の読者」であることを自らに任じ、田宮の〈顔出し〉表現である「説明」を拒否したのである。

おそらく秋山は明治二十年前後に形成された小説機構をそっくり身につけている。語り手を目の前にしながらその関係を断ち切ろうとすること、作者と読者とを分節する小説的コミュニケーションが口承の場を侵すという奇妙にねじれた事態に、今や我々は直面しているのである。

注

＊1　吉田精一「評論の系譜――石橋忍月（一）」（『解釈と鑑賞』昭和四六〔一九七一〕・四）。引用は『近代文芸評論史　明治篇』（昭和五〇〔一九七五〕・二、至文堂）に拠る。

＊2　亀井秀雄『感性の変革』（昭和五八〔一九八三〕・六、講談社）

＊3　宇佐美毅「近代小説と批評――石橋忍月の初期――」（『中央大学文学部紀要』平成一一〔一九九九〕・三）。引用は『小説表現としての近代』（平成一六〔二〇〇四〕・一二、おうふう）に拠る。

＊4　林原純生「初期忍月の文学理念――併せて森鷗外「舞姫」及び「恋愛と功名」とのこと――」（『森鷗外研究』平成五〔一九九三〕・一）

＊5　関良一『逍遙・鷗外――考証と試論』（昭和四六〔一九七一〕・三、有精堂）

＊6　ジョナサン・カラーは文学の性質の一つに「過保護的な協調原理」を指摘し、「「文学」とは、われわれの読書活動の結果が「それなりに価値がある」と期待させるような制度的なレッテルなのである」と述べる（J・カラー『文学理論』荒木映子、富山太佳夫訳、平成一五〔二〇〇三〕・九、岩波書店）。安藤宏は「虚構世界」には「その内容が伝承に値すること」の指標が必要であるとして、それを〈伝承性〉と名付けたが、それは「協調」を形成する場であると考えることができよう。さらに〈伝承性〉の様態について安藤宏は「伝承性とはこのように常に、コンテクストに依存する要素と、表現自体の〝よそおい〟に依存する要素との綱引きから成り立つ」と指摘する（「近代の小説機構――小説

はいかにしてみずから「伝承」をよそおい得るのか――」『文学』平成一九〔二〇〇七〕・一。『近代小説の表現機構』平成二四〔二〇一二〕・三、岩波書店、所収）。本稿ではこれらの議論を参照し、小説読書の協約を形成する過程を〈伝承〉と呼称する。

＊7　久保由美「近代文学における叙述の装置――明治初期作家たちの〝立脚点〟をめぐって――」（『文学』昭和五九〔一九八四〕・四）

＊8　「叙述者1」について久保由美は「物語世界の中の叙述者は、多くの場合作者を自称し、事件や登場人物について解説し批評する、あたかも人格を持つかのような人物」（「近代文学における叙述の装置」前掲）であると指摘する。本稿では同種の表現を〈作者の顔出し〉表現と呼称する。

＊9　「二書房」については千葉眞郎『石橋忍月研究――評伝と考証』（平成一八〔二〇〇六〕・二、八木書店）に錦栄堂、顔玉堂である旨考証されている。

＊10　野口武彦『小説の日本語』（昭和五五〔一九八〇〕・一二、中央公論社）に「まず一般的に風俗批評を述べ、それから会話中心の模写に移ってゆくというのは、滑稽本の話法である」との指摘がある。

＊11　坪内逍遙『一読三歎当世書生気質』（明治一八〔一八八五〕・六〜一九〔一八八六〕・一、晩青堂）の第七回にも、「貸坐敷」や「娼妓」に関する議論が述べられた後、「是また作者の出放題なり。まじめで信るは。野暮なり。野暮なり。」という〈作者の顔出し〉表現が置かれている。

＊12　福泉雅一「捨小舟を読む」（前掲）には「第十一回江沢ノ詞ニ「河井の値段か下ると読者が心配するだらう」トハ著者ノ洒落カハ知ラザレトモ予ハ感服スル能ハズ」とある。

＊13　林原純生「初期忍月の文学理念」（前掲）

＊14　宇佐美毅「近代小説と批評」（前掲）

＊15　坪内逍遙における〈作者の顔出し〉表現の問題については、宇佐美毅「『新磨妹と背かゞみ』の方法――作中人物の内面表現をめぐって――」（『国語と国文学』昭和六一（一九八六）・六。『小説表現としての近代』前掲、所収）、同「坪内逍遙論――小説表現の模索」（『国語と国文学』平成五（一九九三）・五。『小説表現としての近代』前掲、所収）を参照した。

＊16　不知庵の作者を思わせる描写に対する批判は、もう一つ硯友社流の穿ちの優った描写にも向けられる。不知庵は「殆ど鋭き矢の根で胸さきのぶかに貫かれた様に覚へた（中略）返へし矢を喰ふと思たか直様顔をそむけてハンケチの盾を頬に当てた」という箇所と「胸にピン……処じやない二ツ弾丸でヅドーン、その弾丸が咽へつかへて一言半句も出ない」という箇所とを比較して「前者はシンパシーの心を起す事が出来るが後者ではドウしてもフヽンと云ひたくなる」と述べている。それは、「文章は願はくは真摯でありたし。日本で小説家を戯作者と云ふが爾後戯の字を取ってまじめにしたきものなり。滑稽物ならば兎もかくも真面目なる「初紅葉」に諧謔の句調が交つては折角の興味をメチヤクチヤにする」という見解の反映である（「漣山人の「初紅葉」」『女学雑誌』明治二二（一八八九）・五）。『お八重』の「作者読者」の文字に対して「悲哀的の事実を諧謔の文字にて写す法はあるまじ」、「真率の文字に読者の倦呻せん事を慮ぱかりて滑稽諧謔を交へられし狡猾手段」と述べた点はこの文脈にある。

＊17　ひろたまさきは『明六雑誌』の啓蒙思想について「啓蒙思想家たちは自らを先覚者と自負する強烈なエリート意識をもち、民衆を愚昧とし、それゆえに民衆啓蒙の使命観にせきたてられた」（『文明開化と民衆意識』昭和五五（一九八〇）・三、青木書店）と指摘する。

＊18　林原純生「『妹と背かゞみ』小論――「小新聞」との関係から」（『神戸大学文学部紀要』平成九（一九九七）・三）は『妹と背かゞみ』の中にある「…の印はすべて口隠りしところまたはいひきらぬ言葉と思ふべし」といった欄外注について、「読者への小説の読み方の指示であり、この小説は叙述の言葉とは形式的に相違するこのような注釈を必要としている（中略）そのことは、この作品が、それまでの小説と読者との間での小説の読み方の協約の場とはことな

る場に移行したことを意味しよう」と指摘する。

＊19　この辺の事情については第三章「『出版月評』の〈批評〉論」を参照。

＊20　学問に由来する〈批評〉が持つ論理と実際の作品との間には時に裂け目が生ずる。例えば外装の美麗さを事とした木版和装本に対する〈批評〉のまなざしについては第六章「思想としての木版和装本」を参照。

＊21　大西祝「批評論」（『国民之友』明治二一〔一八八八〕・五）にも「夫れ文学及美術上の創作は主として結構的の作用に属し、理解的の慧眼を以て其結構の妙処を穿つは蓋し批評家の得意とする所なり、批評家と創作家とは頗る其才能の趣を異にするを以て、一人にして此両者の極処に達するは殆ど望む可らざるの難事なり」とあり、「批評家」と「創作家」とが切り離されている。また、「真理の発揮／人生の批評／社会の説明」を「小説家の責任」とした嵯峨の屋おむろ（「小説家の責任」『しがらみ草紙』明治二二〔一八八九〕・一一）に対して、森鷗外が「蓋し人生の説明と社会の批評とは小説の材に対する外観的約束なり」（「現代諸家の小説論を読む」『しがらみ草紙』明治二二〔一八八九〕・一一）と述べたことも創作と〈批評〉との分離の問題と関わっていよう。

＊22　内面の欠如に関しては、山田有策に「〈文学改良〉〈小説改良〉〈文体改良〉などいずれも他者（＝社会）を意識した非文学的と言ってもよい行為に他ならなかった。逍遙も美妙もその意味では非文学的行為に賭けた奇妙な文学者たちだったと言える。〈改良〉行為を推し進めれば推し進めるほど彼らの文学者としての意識や内面は疎外されていったのである」（『幻想の近代』平成一三〔二〇〇一〕・一一、おうふう）との指摘がある。

第三章　『出版月評』の〈批評〉論――「書籍ノ品質」が切り出されるまで――

はじめに

明治二十年八月、高橋健三を発起人とする月評社から、「我国ニ於テ著書出版ノ批評ヲ専門トスル雑誌ノ嚆矢」（「出版月評ノ発兌」『出版月評』明治二〇（一八八七）・八）を謳う『出版月評』が創刊される。のちに『早稲田文学』の彙報欄（「文学界」明治二九（一八九六）・一二）において、「二十年八月既に批評盛行の趨勢ほの見え、批評専門の雑誌『出版月評』さへ出でたり」と評され、また饗庭篁村によって、『出版月評』は「批評といふことを重きもの」にした雑誌であると回想されたように（「逸事の十」、川那邉貞太郎編『自恃言行録』明治三二（一八九九）・八）、〈批評〉が言論空間に位置づけられるにあたって、『出版月評』の果たした役割は小さいものではなかった。

これまで、この時期の〈批評〉に関する研究は、たとえば、「日本において、文芸評論がジャンルとして独立し、職業的な批評専門家を生じたのは、明治時代以後である。小説と評論とは、近代日本文学の二支柱というべきものとなった」と始まる、吉田精一『近代文芸評論史　明治編』（昭和五〇（一九七五）、至文堂）に顕著なように、文学研究の枠組みのなかで、文芸批評の存在を前提とし、それのみを取りあげてきた感がある。明治期の〈批評〉概念の見取図をえがくことを目的とした林正子「近代日本における〈批評〉概念成立への道程・序」（『岐阜大学国語国文学』平成一五（二〇〇三）・六）もまた、「近代日本の学芸ジャンルにおける〈批評〉の位相を考察する」と、文芸批評の外部への視座を見せながら、全体としては坪内逍遙や森鷗外などの文芸批評の検討が中心となっている。

一方で、文芸批評の枠組みの外側に眼を向けた研究として柳田泉『明治初期の文学思想　下』(昭和四〇〔一九六五〕・七、春秋社)に所収されている「批評文芸の要求」がある。「文学論の発展という立場」での立論ではあるが、明治十年代後半における〈批評〉論の見取図がえがかれており重要である。たとえば、柳田泉の次のような指摘は、明治初中期における〈批評〉のあり方を大局的に説明したものとして尽くされていると言えよう。

批評は、殊に建設時代の批評は、第一に積極的でなければならぬ。一国の文明を進め、ひいては世界文明の進歩に寄与するところのあるものでなければならぬ。批評の対象を規正し、それをより好くし、将来にそれの力をのばしてやるものでなくてはならぬ。それには、まず批評家には、およそ確乎とした進歩の理想がなければならない、これがなければ規正も是正も出来ないからである。その理想とはただ主観的な好悪ではなく、彼我の将来を見通すほどの見識と学問で貫ぬかれたものであることを要する。その行き方として、建設的とはいっても、ただ対象をほめ上げるだけがよいのではない、あるときはほめ、あるときは貶する。貶するときは破壊的ともいえよう。要は批評対象の如何によるので、しかも論法は公平にやらなくてはならぬ。その建設的とは、好きものをより好くする意志からし、破壊的とは、わるきものを好く改める意志からする。そのときは、正面的に批評するのみでなく、諷刺などの技巧もつかう。批評方法としては、論理的、学問的(始め哲学的、後に科学的を唱える)にやって感情に走らない、感情論と人身攻撃は、正しい批評の敵である。

この箇所にえがかれている〈批評〉のあり方は、本稿でも繰り返し言及されることになるはずである。「進歩の理想」を前提とすることで、〈批評〉対象の「規正」や「是正」をすること、あるいは、「主観的な好悪」や「感情論」、「人身攻撃」を排し、「見識と学問で貫ぬかれ」、「公平」であって、「論理的」にすじ道のたった議論をモットーとすることなどは、明治初中期の〈批評〉を考えるにあたって重要なことがらである。

近年の研究としては、小森陽一「近代批評の出発」(『批評空間』平成三(一九九一)・四)を挙げることができよう。小森は、『国民之友』や『出版月評』などを取りあげながら、「出版ジャーナリズムと商業出版市場をめぐる、自己言及的な言説」として〈批評〉を捉える。いささか議論が性急な面があるが、いわゆる文芸批評を自足的に捉えるのではなく、共時的な文脈のなかで考察する刺激的な論である*1。

関良一は、高田半峰「当世書生気質の批評」(『中央学術雑誌』明治一九(一八八六)・二)、徳富蘇峰「近来流行の政治小説を評す」(『国民之友』明治二〇(一八八七)・七)、石橋忍月「浮雲の褒貶」(『女学雑誌』明治二〇(一八八七)・九～一〇)などを挙げ、「「近代小説」ないし「近代作家」の「誕生」期は、「近代批評」の「誕生」期とも重なり合っていた」(『逍遙・鷗外――考証と試論』昭和四六(一九七一)・三、有精堂)と指摘するが、関良一のいう「「近代批評」の「誕生」期」と『出版月評』の創刊とが時期を同じくすることは偶然ではない。つまり、〈批評〉言説の「盛行」とは文芸の領域に限られた現象では決してなく、ひろく著述社会全体をおおうものであったと見なければならないのである。

Criticism の語のもっとも早い紹介者のひとりである西周は、Criticism を「鑑裁術」と訳し、「即ち看定《メキ》といふことにして、文字を目刺《メキ》し是非を弁別して文に書く所の学なり」(『百学連環』『西周全集　第四巻』昭和五六(一九八一)・一〇、宗高書房)と説明したが、西の指摘に見られるように、〈批評〉は「文字」*2の圏域すべてを対象とするものであった。そうであるならば、文芸の領域で生じた〈批評〉の意味もまた、〈批評〉言説の共時的なひろがりのなかで検討される必要があるであろう。

〈近代小説〉と〈批評〉との関係に注目した、木村直恵「〈批評〉の誕生――明治中期における〈批評〉〈改良〉〈社会〉――」*3(『比較文学』平成一五(二〇〇三)・三)は、坪内逍遙の『一読三歎当世書生気質』(明治一八(一八八五)・六～一九(一八八六)・一、晩青堂)に触れ、「小説というジャンルの嚆矢である以上、それは小説を読むという実践そのものの新たな組織化を伴わねばならなかった。〈批評〉はそのような読解行為の様式を規定すると共に、ここに誕生した近代小説は批評されることを前提として書かれるテクスト、批評的読解の対象となるべきテクストとして、批評言説の生産の挑発という新しい力を発揮し始めるのである」と指摘する。木村の言う小説読書の「新たな組織化」、あるいはそれを構成する〈批評〉と〈批評〉を前提として書かれる〈近代小説〉とのせめぎ合いといった図式も、これまで述べてきたように、文芸批評の枠組みのなかでのみ発想すべきではない。

本稿は、『出版月評』に着目することで、文芸批評の領域だけでなく、よりひろい文脈のなかで〈批評〉の意味を捉えることを試みる。『出版月評』は、〈批評〉雑誌の嚆矢を謳った雑誌であり、〈批評〉の枠組みが明確に問題化されている点で、〈批評〉にまつわる認識の枠組みが集約的に表現されることになる。つまり、『出版月評』に注目することによって、当時おこなわれていた〈批評〉のあり方を確認することができるのである。そして、そこで確認された〈批評〉に関する議論と、従来にいわゆる文芸批評とをつき合わせることで、両者を同時代の〈批評〉観にそくした同一平面において認識することができると考える。そのような作業によって、これまでの文芸批評研究とはことなった視野を確保し、小説読書の変容を考察する端緒とすることが本稿の目的である。

1　「出版月評ノ発兌」について

明治二十年八月に創刊された『出版月評』は、四年後の明治二十四年八月まで計四十号の刊行が確認されている[*4]が、それにしても何故「著書出版ノ批評ヲ専門トスル」『出版月評』は企画されたのであろうか。言い換えれば、〈批評〉が強く要請される背景とは何であったのか。その点について、まず第一号巻頭に掲載された「出版月評ノ発兌」という記事によって確認してみたい。

「出版月評ノ発兌」の記者は、〈批評〉が求められる背景について「方今書籍出版ノ景況ヲ観ルニ新刊ノ数日一日ヨリ多キヲ加ヘ最近ノ調査ニ拠レハ平均一日ノ発刊十四五部ノ多キニ達ス」と述べ、隆盛する出版状況について指摘する。『出版月評』第六号（明治二一〔一八八八〕・一）の雑録「最近七年間の出版書籍並に新聞雑誌の数」[*5]には、次のような表が掲載されている。

	出版書籍数		新聞雑誌数	
	数	前年トノ多寡比較	数	前年トノ増減比較
十四年	五、九七三	――	二五三	――
十五年	九、六四八	三、六七五多	二四四	九減
十六年	九、四六二	一八六寡	一九九	四五減
十七年	九、八九三	四三一多	二六九	七〇増
十八年	八、五九七	一、二九六寡	三二一	五二増
十九年	八、一〇五	四九二寡	四〇三	八二増
二十年	九、五四九	一、四四四多	四九七	九四増

この表によれば、「出版書籍数」は明治十五年を境に急増しており、また、「新聞雑誌数」は明治十七年から漸増し、明治十六年と明治二十年の発行紙誌数を比較すると、その数は約二倍半の増加を見せている。

しかし、このような「新刊書籍増加」の事態は、それ自体では「文学進歩」を測定することはできない。「書籍ノ品質」が考慮されなければならないと記者は言う。そのような眼で近時の出版界を眺めたとき、記者の眼には

「著作翻訳ノ如何ヲ問ハス其趣旨結構文辞等ヲ通覧スルニ概ネ杜撰粗雑ニシテ良著ト称スルニ足ルモノハ殆ト罕ナリ」と映ったのである。そのような「杜撰粗雑」な状況とは、具体的には次のような状況を指していた。

今日ノ著者ハ往昔ノ著者ノ如ク謙譲ナラスシテ其著書ノ真価ナキニモ拘ラス仍ホ且之ヲ公ニスルモノアリ、今日ノ著者ハ往昔ノ著者ノ如ク風教ヲ重シトセスシテ其著書ノ猥雑俗ヲ紊ルノ虞アルモ世俗ノ嗜好ニ投シ利ノ為メニ之ヲ眩ルモノアリ、今日ノ著者ハ往昔ノ著者ノ如ク自重自恃ノ心ナクシテ其著書ニ縁故モナキ大家ノ題辞序文ヲ籍リテ其招牌ト為シ高ク之ヲ掔ケテ己レヲ欺キ併セテ公衆ヲ欺クモノアリ、此他翻訳ヲ以テ著作ト号シ剽窃ヲ以テ編述ト称スル等其拙劣陋醜実ニ名状スルニ忍ヒサルモノアリ而シテ此徒ノ手ニ成ル所ノ書籍ハカノ印刷ノ容易ナルト其出資ノ寡少ナルトヲ以テ日ニ益々増殖シ跋扈陸梁愈々其暴勢ヲ逞フシ偶々良著述アルモ孤薫群蕕ニ蔽ハレ世人ヲシテ竟ニ其真価ヲ識ルコト能ハサラシメントス

記者は、「新刊書籍増加」の要因として、「印刷費ノ低廉ナルコト其一大要素ナリ」と述べており、書籍刊行に必要な出資額が低下したことにより、書籍出版が容易になり、新刊書籍数の増大をもたらしたと指摘する。しかし、そのことは同時に「書商ガ一時射利ノ目的」で出版する「拙劣陋醜」の書籍が「跋扈陸梁」する事態を招くことにもなったのである。量の増加が質の低下を来たし、「偶々良著述アルモ孤薫群蕕ニ蔽ハレ」てしまうような状況になるならば、「新刊書籍増殖」の事態は「文学進歩」とは逆に、「其増殖ハ寧ロ我文学社会ヲ闇黒ナラシメタルモノ」となってしまう。現今の出版界の景況をそのように認識することで、〈批評〉の必要性が主張されることになる。

今之ヲ此闇黒ヨリ救出スルノ方法ハ公正ニシテ厳粛ナル批評ノ法灯ヲ点シテ新刊書籍ノ真相ヲ照現シ世人ヲシテ容易ニ其善悪ヲ鑑別セシムル一方アルノミ

『出版月評』の主張する「公正ニシテ厳粛ナル批評」の使命とは、新刊書籍の「真相」を明らかにして、その「善悪」を弁別すること、つまり「一ハ以テ良著書ヲ顕揚シ一ハ以テ悪著書ヲ排斥スル」ことにあった。目前にある多量の新刊書籍群のなかから、真に読むに値するものを選び、読むに値しないものを排除する役を〈批評〉はみずからに課したのである。

書籍に対するメタ言説としての〈批評〉の必要を訴えた「出版月評ノ発兌」は、同じように書籍に言及するメタ言説の現況についても指摘している。「新著評論雑誌刊行按」の「目的ノ事」には次のような指摘がある。

方今著訳出版ノ業ハ日ニ盛大ニ赴クト雖モ世間著書批評ノ道ナキヲ以テ玉石混淆シ読衆ヲシテ常ニ望洋ノ嘆ヲ懐カシム偶々新刊書ノ性質等ヲ示スカ如キモノアルモ要スルニ出版人自賛ノ広告文若クハ新著ノ寄贈ヲ受ケタル新聞記者ノ批評等ニシテ此迚モ其紙上ニ寄贈ノ謝礼旁記載スルニ過キサレハ寧ロ賛辞ニ外ナラス此ノ如キヲ以テ新書ノ良否如何ハ親シク其書ヲ繙クニ非サレハ之ヲ知ルヘカラス或ハ否ラスシテ出版人自賛ノ広告文又ハ新聞記者ノ賛辞ニ信憑スルトキハ往々騙瞞ヲ免カレサルナリ

新刊書籍数の増大は、「玉石混淆」「読衆ヲシテ常ニ望洋ノ嘆ヲ懐カシム」事態を招来する。そのなかで、ちまたに流通している「新刊書ノ性質等ヲ示ス」言説とは「出版人自賛ノ広告文」や「新聞記者ノ賛辞」など、「信憑」するに足りないしろものばかりであり、結局読者みずからが、その書籍をひもとくほかに「新著ノ良否」を知ることはできないのである。しかし、読者みずからが新著を手にとって内容を吟味するといっても、座売りで行われていた当時の本屋で、あれこれの書籍を自由に取りかえ引きかえしてじっくり検討することは困難であったにちがいない。あるいは地方の読者は、本を手にとることすら容易にはできない。これらの困難を排して、ゆっくり書籍を検討する機会をもった読者があったとして、その読者が初学者であった場合、いったい何を基準に書籍を選択すればよいのか。おびただしい書籍群をまえにして読者がいだく「望洋ノ嘆」は切実であり、そのような読者を瞞着するように、売らんかなの広告が氾濫しているとする状況認識が、『出版月評』の〈批評〉要請の背景をなすのである。「出版人自賛ノ広告」や「新聞記者ノ賛辞」といった書籍評とみずからとを差異化することによって『出版月評』の〈批評〉は規定されることになるのである。

〈批評〉が広告や賛辞のような言説と差異化する原理は、端的に言えば金儲主義との間に截断線を敷くことである。「月評発兌ノ旨趣」（第二号から第三十七号の見返しに掲載）には、〈批評〉の役割について「一ハ以テ著述社会ノ進歩ヲ計リ一ハ以テ著書ノ真価ヲ評定シ之カ購読者ノ便宜ヲ計ルモノナリ」とある。「出版月評ノ発兌」の記事では、「世人」に対して書籍の「真価」を知らせると述べ、また書籍の「善悪ヲ鑑別」させると言った点が、ここでは「購読者ノ便益」と言い換えられている。書籍の選択は、購読という金銭行為と直結する問題として提出されているのである。それゆえ、内容の良い書籍については、「従来我国ニ動物学書数多アリト雖トモ此書ノ右ニ出ツルモノ無キハ余ノ確ク信スル所ナリ此外敢テ贅言セス只読者諸君ノ此書ヲ購読シ以テ余カ言ノ謬ラサルヲ知ランコトヲ望ムノミ」（石川千代松「〇中等教育動物学教科書第二巻」『出版月評』明治二三（一八九〇）・六）とその本の購読を呼びかけるのであるし、そうでないものについては、「吾未タ北村氏ヲ知ラサレトモ従来ノ著述ニ拠レハ無学ノ人ニ非ルヲ信ス惟フニ此編ハ白面書生ノ編輯ニシテ名ヲ北村氏ニ仮リシモノナルヘシ世ノ之ヲ購読セント欲スル者徒ニ耳ヲ恃ンテ而シテ目ヲ賤ンスルコト勿レ」（柳田槙可「〇和漢名家文粋上巻」『出版月評』明治二三（一八九〇）・八）と注意を促すことになる。

もちろん、このような呼びかけは、「文学進歩」を理想とする〈批評〉の論理にしたがっており、内容の「善悪ノ鑑別」が優先されることになる。しかし、営利を目的とする出版者にとって読者は、何よりも顧客として存在する。「出版人自賛ノ広告文又ハ新聞記者ノ賛辞」のような、内容の如何の先に商売の目的が来るような書籍評が書かれるゆえんである。〈批評〉はそれらの金儲主義ときびしく対立する。つまり、一冊の著書にまつわる出版者や著者の思惑とは切り離されたところで、「書籍ノ品質」のみが純粋に評価の対象として浮上してくる枠組みが〈批評〉によって形成されるのである。

ここまで、『出版月評』に掲載されたいくつかの記事を参照しながら、〈批評〉の必要性が主張される背景を確認してきた。印刷費が廉価となり、書籍出版の費用が低下することで、出版が容易にできるようになり、そのことが新刊書籍の出版数を増大させたこと。そして、そのような状況は杜撰な書籍の増大をともなって進行していること。読者は、そのような状況をまえにして、書籍の善悪を判別しかねていること。それにもかかわらず、ちまたに流通している書籍評は、阿諛追従の広告や賛辞ばかりで、とても信頼するに足りないこと。それらのことが、〈批評〉専門の雑誌である『出版月評』の発兌を促したのである。

このような状況認識と、それと対峙するかたちで形成される〈批評〉の論理は、以後『出版月評』の〈批評〉観として共有されていくことになる。ただし、わかるとおり、これまで縷々述べ来たったことは、あまりにも皮相な事柄に属する。『出版月評』の創刊の言として高らかに掲げられたマニフェストには、とくに独自の見解が述べられているわけではなかった。さきに『明治日報』の社説を紹介したが（注（1）参照）、矢野文雄『訳書読法』（明治一六（一八八三）・二、報知社）に付された序文にも、出版書籍数の増大と書籍選択の困難について、次のような指摘がある。

方今訳書出版ノ盛ナルヤ其ノ数幾万巻、啻ニ汗牛充棟ノミナラサルナリ是レ誠ニ好事ナリト云フヘシ然レトモ利弊相ヒ伴フハ数ノ免レサル所ニシテ訳書ノ数随テ多ケレハ世人モ亦タ随テ之ヲ読ムノ先後ニ迷ヒ或ハ其ノ題名ノミヲ知ルモ其ノ書中ノ事柄ヲ知ラス何レノ事ヲ知ルニハ如何ナル書ヲ読ムヘキヤ又如何ナル書ガ其ノ類ノ書籍中ニテ最モ有益ナルヤヲ知ル能ハサルニ至レリ故ニ漫然訳書ヲ繙キ書中ノ事其ノ意ニ満タスシテ大ニ其ノ望ヲ失フ者比々皆是レナリ広ク先輩学士ニ問合スノ便アル都下ノ士人スラ尚ホ且ツ然リ況ンヤ地方ニ在テ交際ノ便ヲ欠ク者ヲヤ仮令ヒ幾多ノ訳書アリトモ其ノ孰レノ事ヲ知ルニハ孰レノ書ノ最モ有益ナルヤヲ明知セスンハ無数ノ書類アルモ亦タ書ナキニ同シ是レ今日都鄙ノ士君子カ有益ナル訳書ヲ指示スルノ書アランコトヲ望ム所以ニシテ余ノ如キモ亦タ之ヲ渇望セシコト久シカリシ一人（中略）是書一タヒ出ル後チ世人ヲシテ復タ渺茫タル訳書海ニ迷フノ憂ナカラシムル者蓋シ余ノ志ナリ

このような問題意識と『出版月評』のそれとは通じている。書籍の購入に際して、「其書ヲ選択スルニ何ヲ標準トスヘキヤ」と問いかけた矢田部良吉「○出版月評発兌ニツキ所感ヲ述フ」（『出版月評』明治二〇〔一八八七〕・八）は続けて、次のように述べている。

新著ノ書ヲ選定スル為メノ標準トナルヘキモノアランコトハ世人ノ斉シク希望スル所ナリ東京ノ如キ学術技芸ニ達シタル士ノ多キ地ニ於テハ平常之ト交ハル人ハ之ニ就テ其読マント欲スル所ノ書籍ノ良否ヲ質問シ誤謬ニ陥ルコトヲ免カルヘシト雖モ其他ノ人殊ニ諸県ニ住居スル人ハ書籍ヲ選択スルニ当リ困難ヲ感スルコト実ニ少ナカラス頃日有志ノ諸子相計テ出版月評トイフヲ刊行シ新著ノ書ヲ評シ其賞揚スヘキモノハ之ヲ賞揚シ其排斥

スヘキモノハ之ヲ排斥シテ書籍ノ真価ヲ知ラシメ以テ世ノ公益ヲ計ラントスルノ挙アリ

この矢田部良吉の言葉と先に引いた矢野文雄の言葉はあきらかに似かよっているが、このような行文の類似は偶然ではない。「汗牛充棟」は、この時代の出版界をめぐるキイ・ワードであるが、そのような状況のなかで、書籍の選択の基準を示すことがもとめられていた。福沢諭吉は、啓蒙期知識人の使命に関して、「人心ノ騒乱斯ノ如シ世ノ事物ノ紛擾雑駁ナルコト殆ト想像ス可ラザルニ近シ此際ニ当テ文明ノ議論ヲ立テ条理ノ紊レザルモノヲ求メントスルハ学者ノ事ニ於テ至大至難ノ課業ト云フ可シ」（『文明論之概略』明治八〔一八七五〕、福沢諭吉）と述べたことがあったが、矢野文雄や矢田部良吉らの言葉には、読者に対する幅広い啓蒙の必要性を読みとることができよう。つまり、出版界の「紛擾雑駁」な状況に対して、「条理紊れざる」規矩を示すことが、〈批評〉に求められているのである。

『出版月評』は、高橋健三を中心として、陸羯南や杉浦重剛など、いわゆる「日本派」の人々によって作られたことがしばしば指摘される。しかし、『出版月評』の主張する〈批評〉の必要性は、「日本派」のみが考えていたことではなく、出版界全体の問題として広く共有されているものであった。『出版月評』の発刊よりはやい時期に、『読売新聞』に松屋主人「批評の必要」（明治二〇〔一八八七〕・五・四）が掲載されたが、そこには〈批評〉の必要性について次のように述べられている。

近頃出来る本がくだるかくだらないか旨いかまづいかは主人と雖も断定する能はずこれを断定せんには近頃出来る本を残らず読まざる可からざればなり主人いくら本が好きでも豈これを能くせんや然れども近頃出来る本の中にはくだらないのが有るまづいのが有るといふことは誰も気が付て居る事ならざるを得ず故に何とか一工

夫してまづい物を抑へ旨い物を揚げくだる物は売れる様にしくだらぬ物を売れぬ様にせざる可からず玉石混淆の弊を防ぎて卞和をして徒らに楚山に号泣せしめざること肝要ならんと存ずるなり

このように述べて、「之を為すの方法は一あるのみ批評を盛んにするにあり」と、〈批評〉の必要性が確認されるのである。『出版月評』の状況認識は、「誰も気が付て居る事」であり、新刊書籍の〈批評〉を専門とする『出版月評』の企画は、知識人たちの間に潜在化されていた。[*6]『国民之友』もまた、「出版物の流行も亦た盛んなり」と述べつつも、「若し書籍の分量さへ増加すれば、文運の進歩なりと云はゞ、実に文運の進歩に相違あらず、然れども文学上の趣味は、果して之れと共に進歩したるか、抑も又寧ろ退歩に属する事はあらざりしか」（「文学世界の現状」『国民之友』明治二一（一八八八）・二）と反問することになる。「文学進歩」の呼び声高く、〈批評〉創出の論理は定型句のように繰り返し語られ、誰もが〈批評〉の必要性を感じ、すでに試みられてもいた、そのような時代状況であった。そして、そのような声を集積するメディアとして『出版月評』が創刊され、それゆえ、その試みはひろく著述社会に受けいれられることになったのである。

増大する書籍のなかで『出版月評』が「書籍ノ品質」を純粋に〈批評〉するために依拠した基準は学術的な「公正」さであった。「批評ノ事タル固ト其関係スル所該博ニシテ其論述スル所深邃ナルヲ要スルカ故ニ批評ヲ専門トスル雑誌ハ諸専門学士内外ノ応援ヲ要スル」とあるように、さまざまな書籍について内容を吟味し〈批評〉するためには、はばひろいジャンルに対応しなければならないし、また各ジャンルにおける専門性も求められる。その試みは容易ではないが、『出版月評』は、各方面の知識人にわたりをつけることに成功し、その点も『出版月評』の売りであった。創刊号には各界にわたる五十六名の社友が列記され、第四号の巻末には九十名が名を連ねることになる。「批評ノ精神ニ乏シ」く「時好ノ奴隷」となる「人民」に対して、学問的な「公明正大」さを課すことによって〈批評〉はみずからを特出化するのである。

さきにも指摘したが、『出版月評』の主張は決して目新しいものではない。ゆえに〈批評〉は「文学進歩」をもってみずから任ずる知識人にとっては、ひろく合意を得ることになる（おそらくそのことが、『出版月評』のもとめに多くの知識人が応え、社友を増やしていった理由でもあろう）。学問的な理想の対極にあるとしばしば考えられた金儲主義や「時好ノ奴隷」である「人民」とみずからとを分節化することによって自己規定する〈批評〉は、しかるべき責任を持して出版メディアに関わろうとする人々を強く規制する記号となるであろう。

「出版月評ノ発兌」から読みとることができる〈批評〉の役割をまとめると、「書籍ノ品質」つまり書籍の内容を特化して評価すること、そして「書籍ノ品質」を品隲する基準を学問的「公平無私」の態度にもとめることである。著述社会すべてに関わろうとする〈批評〉は、その程度の皮相さにおいてしか規定することはできない。何よりも、荒廃する出版状況への認識にもとづく〈批評〉の役割の規定は、書籍論の色合いが濃く、書籍の内容を具体的に〈批評〉するための指標とはなりえない。[*7] その内実はきわめて空虚でありながら、あるいは、その空虚さゆえに〈批評〉という記号はひろく流通し、権威化されるのである。そして、その〈批評〉をメタ言説として、また実践として再生産し、強化しつづけた場こそが『出版月評』にほかならないのである。それでは、具体的にどのような〈批評〉論が誌上で展開されていたのか、ここではとくに「書籍ノ品質」を特化する仕方について、次節以降で検討していきたい。

2　評者・著者・著書

『出版月評』第一号の「論説」欄には、中村正直「出版月評ノ発行ヲ喜ヒ聊カ所見ヲ陳ス」、小中村清矩「出版月評発行の祝辞」、依田百川「出版月評の発行を賛成するの書」、矢田部良吉「出版月評発兌ニ付キ所感ヲ述フ」といった『出版月評』の発行をことほぐ一連の論説が掲げられている。そのような論説のあとに、杉浦重剛の「匿名出版ヲ許ス事」という論説がいささか座り悪くならべられているのだが、本節ではまずこの論説に注目することから考察をはじめてみたい。

杉浦は、この論説で、「文学ノ進歩ヲ謀ラント欲セハ益々著書ノ出版ヲ奨励セサルヘカラサルナリ」と述べ、著書の出版を盛んにする方法として「匿名出版ヲ許スノ一事ハ其最モ緊要ナルモノ」であると述べている。その理由を、杉浦は次のように指摘している。

> 著書ヲ以テ自ラ任スルノ士ニアリテハ敢テ差支モ無之ト雖モ是等ノ士ニ非スシテ其平常執ル所ノ持論ヲ吐露シ其精神ノアル所ヲ敲カントスルモ或ハ其名ヲ直接ニ顕ハサヽルヘカラサルヲ以テ其出版ヲ見合セ或ハ慰メ半分ニ筆ヲ執ラントスルノ士アリテモ直接ニ其名ヲ世間ニ出サヽルヘカラサルヲ憚リ為メニ之レカ出版ヲ思ヒ止リ折角ノ新考奇案モ空シク其人ノ脳底ニ埋没シテ世人ハ之レヲ知ルヲ得ス

著述業に従事しており、みずからの名前を世間に出すことをはばからない人は良いであろうが、世間にはそのような人ばかりあるわけではない。実名を公にすることをはばかる人もいるであろう。その場合、それらの人が何らかの「持論」、あるいは「新考奇案」を有していたにしても、それを出版し発表することはかなわない。そのようにして、言論が停滞してしまうことを、「文学ノ進歩」をめざす杉浦は惜しむのである。

名前が世間に出ることをはばかって、出版を見あわせるという事態は、名前が現実の人間関係を召喚し、そこに不都合が生じるからであろう。たとえ条理があろうとも、「苟も課長たる者に向つてあんな差図がましい事」を言って、「免を食つた」のは『新編浮雲』（第一篇、明治二〇〔一八八七〕・六、金港堂）の山口であったが、現実にある人間関係のしがらみのなかで、あるいはさまざまな人のおもわくに配慮するなかで、利害を考量したうえで発言しなければならないのならば、みずからの持論や条理あるところをはばかりなく言うことは難しいであろう。そのような現実の人間関係に起因する利害から切り離されたところに言論がおかれることを杉浦は望んだのである。

さらに、本稿において重要であることは、杉浦が〈批評〉においても同様の見解を示していることである。

著書ニ付キ文学上最モ必要トスル所ノ批評ノ如キ或ハ之ヲ試ミント欲スルモ其名ノ灼々タルカ為メ幾何カ充分ニ公平ニ尽評スル能ハス堂々タル議鋒論弾モ空シク黙々ニ付シ為ニ文学上ノ研究ニ妨害ヲ来タス等其掣肘ヲ被ルモノ尠少ナラス

名前があらわれることによって「充分ニ公平ニ尽評スル」ことができないということは、やはりここでも現実の人間関係のしがらみが生じるからであろう。高田半峰は「西洋の批評家屢々其尖鋭なる毛頴を弄して少壮の著述家をして綿々絶ゆるの期なき怨恨を懐かしむる」（「当世書生気質の批評」前掲）ことがあると述べているが、「尖鋭」なる〈批評〉が、ときに著者の「怨恨」を買ってしまうことがあり、そのことを考慮して〈批評〉をおこなうとするならば、「充分ニ公平ニ尽評スル」〈批評〉は困難であろう。「文学上最モ必要」とされる〈批評〉が充分に展開できない状況に直面した杉浦は、出版者や著者と評者との間に生ずる現実の人間関係を絶ち、厳密に書籍の内容のみを評価の対象とすることで「充分ニ公平ニ尽評スル」ことができるようなしくみとして、匿名批評の必要性をうったえたのである。『出版月評』が批判した阿諛追従が、現実の人間関係におもねることに多く起因するならば、杉浦の意見は〈批評〉の重要な側面に言及していると言えるであろう。[*8]

しかし、逆の側面から考えるならば、匿名批評は無責任な言論を呼び寄せることになりはしないか。中野三敏『江戸名物評判記案内』(昭和六〇〔一九八五〕・九、岩波書店)は名物評判記の作者が「その場限りの戯名」を用いることに対して、「これは内容や対象がいかにたわいのない事柄であれ、評判という以上は、実在の事柄に関して何がしかの毀誉は避けられぬものであってみれば、その場限りの戯名を用いることによって、ともかくも責任の所在を朧化し、また毀誉の文章の角を丸めようという配慮のしからしめるところであったろう」と指摘するが、匿名や戯名の使用が「責任の所在を朧化」する構造を内包しているとするならば、名前を匿すことは、それ自体で公平な〈批評〉につながることにはならない。結局、〈批評〉に対する強固な責任をみずからに課すことが条件として求められるわけであるが、しかし、評される側にしてみれば、それがいかに真摯な〈批評〉であろうとも、朧化された責任主体に対して不快感を懐いたとしても仕方ないであろう。みずからの著書*Japan in days of yore*(明治二〇〔一八八七〕・九、博聞社)に関して波上月仙と論戦を交わしたウォルター・U・デニングは「本来我朋友中如此無名ノ評論ニ答弁スルハ無用ナリト為スモノアリ予モ斯ク思考スルモ其書ノ出版ニ係ル博聞社ニ関スル所アルヲ以テ繁劇中聊カ復ヒ答フル所アラントス必竟無名ナルモノト戦フハ暗夜ノ戦ニ等シク其相手ハ如何ナルモノナルヤ聞ク所ノ轟々タルハ真実ナル大砲ノ響ナルヤ或ハ虚喝ノ鼓噪ナルヤ更ニ知ル能ハス故ニ其匿名ヲ止メサル以上ハ力ヲコ、ニ尽スハ無用ナリト信ズ」(「再ヒ波上月仙君ニ答フ」『出版月評』明治二一〔一八八八〕・一)と述べ、その論戦を打ち切ることになる。また、『国民之友』(明治二〇〔一八八七〕・一一)に掲載された「出版月評ヘノ助言ヲ請フ」には、『出版月評』の〈批評〉に対して、「誰ニモ解セラル、事柄ニ至リテハ間長文ヲ以テ之ヲ批評シ種々ニ詰難シ、終ニハ此書ノ如キハ本誌ノ批評ニ上ボス可キ価値ナシトシテ百方排斥シ、排斥シ乍ラモ長々ト批評シ、其批評者ハ往々匿名ニテ之ガ責ニ当ル無シ」との指摘もあった。それは、具体的に「本月評は元斯かる著書の詳評をまて掲載するの余白至て少なき者なり、予も亦斯かる著書を詳評するの間隙に甚た乏しき者なり」とする鉄椎子の「〇世界列国の行末」（『出版月評』明治二〇〔一八八七〕・九）を指すのだが、中村正直、島田三郎、箕浦勝人、額賀天籟といった「有名家」に対する忌憚の無い〈批評〉も、それが攻撃的である分だけ、『国民之友』の投書家には、その匿名性は無責任な非難とのみ映ったのであった。

名前を出すことが現実の人間関係のしがらみの中で充分に公平な〈批評〉を行うことを妨げ、また名前を匿すことが無責任の構造を内包しているとするならば、一体どのようにして〈批評〉者は自らの主体を立ち上げれば良いのであろうか。阪谷芳郎の「〇統計詳説上」（『出版月評』明治二〇〔一八八七〕・一〇）は、その点について一つの示唆を与えてくれる。

余ハ本書ノ批評ヲ為スニ先チ本書ノ著者並ニ世上一般ノ読者ニ向テ一言ノ誓ヲ為スノ必要アリト信ス抑モ他人ノ著書ヲ批評シテ之ヲ刊行シ世上ニ公ニスルハ欧米諸国ノ文学社会ニ在テハ最モ有益ノ事業ト認メラレ敢テ疑フ者ナシト雖モ本邦ニ於テハ新事業ト云ハサルヲ得ス（中略）而テ此新事業ノ果シテ我文学社会ニ有益ナル猶ホ其欧米諸国ノ文学社会ニ於ケルト同一ナルヤ否ヤハ世人ガ批評者ノ心ノ公正ナルヤ否ヤヲ信スルノ厚薄如何ニ在テ存ス故ニ余ハ余ノ心底ノ公正ナルコトヲ世人ニ証明スル為メ明ニ余カ姓名ヲ冒頭ニ記シ且左ノ如ク誓フヘシ曰ク余ハ本書ト本書ノ著者トヲ全ク分離シ余ト本書ノ著者トノ間ニ存スル情実ノ羈絆ヲ切断シ本書ヲ著者ナキモノト視ナシ余カ学術上公正ト信スル所ニヨリ批評ヲ下スヘシ而テ余カ下セル批評ニ誤謬アラハ余ハ世上

ノ読者及ヒ本書ノ著者ヨリ烈シク反撃ヲ被ムルコトヲ最モ喜フナリト

阪谷は、〈批評〉という新事業が欧米社会におけるような有益さを獲得するには「批評者ノ心ノ公正」が重要であるとする。そして、その「公正」さを証明するために「余カ姓名ヲ冒頭ニ記シ」たのである。阪谷は自ら〈批評〉を行うにあたって、著者と著書とを切り離し、同時に評者と著者との「情実ノ羈絆」をも切り離すと宣言し、自らを現実の人間関係から切り離された存在として自己規定するのである。そして「学術上公平」であるか否かの審問のためにのみ、逆に言えば、そのことへの強固な責任の所在として「余カ姓名ヲ冒頭ニ記」すなどと仰々しく書き立てなければならなかったのである。匿名の評者を相手にしたデニングの言う「暗夜ノ戦」から一転して、「学術上公平」であるかをめぐって「反撃ヲ被ム」り得る応答＝責任主体が登場したことになる。「公正ニシテ厳粛」という〈批評〉の磁場に立脚する限り、現実の人間関係とは切り離された、言い換えれば「公平無私」な主体が立ち上がる。〈批評〉という確固とした後ろ楯のもとに初めて可能な「無私」なる主体、それをここでは〈批評主体〉と呼ぶことにしたい。

このような主体形成は阪谷だけのものではない。阪谷の〈批評〉に応えた横山雅男「○呉氏に代て阪谷岡松両氏の批評に答ふ」（『出版月評』明治二一〔一八八八〕・九）は「余は統計詳説の評者に答ふる前先づ一言の感謝せさるへからさるものあり幵は他にあらす評者か統計詳説を批評するに方り統計詳説と其著者とを全く分離し且つ評者か著者との間に存する情実を切断し統計詳説を著者なき者と見做し評者か学術上公平と信する所により批評を下たすへしと誓はれたる事是なり」と述べ阪谷の〈批評〉の態度を全面的に支持する。同様の言説は何度も繰り返される。中橋徳五郎「○英米私犯法論綱」（『出版月評』明治二〇〔一八八七〕・二）は「英米私犯法論綱ノ著者ハ批評者ト最モ親密ノ交際アルモノ」であるが、「英米私犯法論綱ヲ批評スルニ当リ著者ヲ以テ丸ノ他人ト為ス」と述べている。土子金四郎は「〇経済学大意ノ批評ヲ読ム」（『出版月評』明治二一（一八八八）・六）で、「経済学大意ハ已レカ著書ナリ之レカ批評ヲ下シタルハ浜田君ナリ君ハ已レカ学友ニシテ最モ親交ヲ為スノ人ナレハ欣ンテ其批評ヲ読ム」として著者自らと評者との学友関係を言いながら、「学問ノ真理ト認メタルモノ、為メニ愚考ヲ吐露」すると述べ、また、「親友ト争ヒテ勝ツモ喜フニ足ラス負クルモ亦憂フルニ足ラス惟真理ヲ見出スヲ得ハ何ノ快カ之ニ過キン」とも述べている。「余ハ著者ト断金ノ交アルモノナリ著者ハ余ノ師表ナリ」と断りながら「注意ノ及フタケ公平ニ之ヲ評論セントス」（岡松径「〇応用統計学」『出版月評』明治二一（一八八八）・七）と述べることも、「設令名家の作たりともこれを批評するに於て何の憚る事かこれあらん」（忍ヶ岡の隠士「〇文覚上人勧進帳」『出版月評』明治二一（一八八八）・一一）と冒頭に記すことも、その「情実ノ羈絆」を切り離すことを宣言することで、「公平無私」な〈批評〉が強調されることになる。

　著者と評者との人間関係を切り離し書籍の内容を特化することは、著者に対する人身攻撃を慎むことでもある。『明治日報』の記事（前掲）には既に「人若シ他人ノ書ヲ批評セムト欲セバ其ノ批評ハ必其ノ書ニ陳ブル所ノ件々ニ限ルベシ決シテ著者訳者一身上ノ毀誉褒貶ニ陟ルベカラズ若シ夫レ其ノ論鋒ニシテ此ノ一点ニ陟ルトキハ批評ハ忽チ誹毀ト変ジ評者ハ必其ノ責ニ任セザルベカラザルナリ」と指摘されていた。中橋徳五郎もまた「批評者カ批評ヲ為スニ当テハ著者ノ毀誉栄辱ヲ問ハサルコト」と述べ、著者を〈批評〉の対象としないことを宣言していた。それゆえ、吹毛山人が「著書は龔南山田君なり著者は法律家にして詩は其の本業にあらす又恐らくは其長する所にもあらさるへし本業にもあらす長する所にもあらさる人を以て選輯したるものとすれは余は備はらんことを此の書に求むるの酷なるを知るなり然れとも已に一部の著書として世に顕れたる以上は之か批評の労を取らさるへからす何となれは批評の義たる其人を評するにあらすして其の書を評するにあれはなり」（「〇学生必誦慷慨詩」『出版月評』明治二二（一八八九）・六）とするように、その著者の素性とは関係なく、著書のみが〈批評〉の対象となる。また、ゝ山居士が

「○ヴヰクトル、ユゴーの訳者に望む」（『出版月評』明治二二（一八八九）・三）の中で、その訳者に対して、「好みてユーゴーの著を訳す」、「箇も亦自慢ほとのものに非りし」、「訳者は自ら誇るらく」、「せめて自慢丈はお廃止なされたきなり」と述べたことを、「身事上の非難」と受取った森田文蔵は「○、山居士ノ寄書ニ就キテ月評社ニ贈ルノ書」（『出版月評』明治二二（一八八九）・四）において、「凡そ批評には当さに批評の礼節あるへし可を可とし否を否として直言諱む無きは最も大切なる徳操なれとも亦た一方には延て其人の身事《ペルソン》に侵し入ることあらさるやう慎慮せむこと更に大切なる礼節なり苟も批評にして一たひ此の礼節を失は、批評も亦た殆と其の批評たるを成さゝるに終るへし夫れ批評は高潔ならさるへからす而して身事上の非難は其辞をして卑汚ならしむ批評は謹厳ならさるへからず而して身事上の非難は其辞をして縦逸ならしむ」と厳しく忠告している。

評者と著者との「情実ノ羈絆」を切り離し、著者の「身事上の非難」に堕することなく、著書の内容のみが純粋に〈批評〉の対象として浮上する制度が、以上のメタ〈批評〉言説から確認することができる。そこでは、「学術上公平」であることの責任を強く負い、現実のしがらみから切り離された「無私」なる〈批評主体〉が要請されるのである。宗像和重「文芸批評の発生」（『時代別日本文学史事典　近代編』平成六（一九九四）・六、有精堂）は「独立したジャンルとしての「批評」」が成立する要因の一端に「個人の署名」を見て、「個我意識の覚醒」がそのことを可能にしたと指摘するが、『出版月評』を参照する限り、「個人の署名」は公平無私なる〈批評主体〉というねじれた様相を呈している。それは「文学進歩」という著述社会の目的を共有することで可能となるような、極めて均質化された主体であったと言えよう。しかし、当時にあっては学問は極めて強い権威を帯びていたのであり、知識人の棲む言論界において、それはほとんど絶対的ですらあった。つまり、『出版月評』の圏域では、〈批評〉を行う際の署名とは「個我意識の覚醒」というよりは、学問的普遍性へと自らを抽象化することであった。

石橋忍月は、そのあたりの呼吸を十分に心得ていた。

余は是れ迄批評家の資格を有したり故に堅固なる城内に籠つた積りで攻撃者のなきを幸ひとし生意気と高慢とを合併したる様子口先を以て勝手放第なる妄言を吐けり然れども批評を書き終れば余は批評城と云ふ防御を失ひたり（「浮雲の褒貶」前掲）

この場合「批評城」という比喩はいかにもふさわしい。その内部でのみ「批評家の資格」を有するのであり、逆に言えば批評家である限り「批評城と云ふ防御」が保証され、現実の人間関係とは別に学問的基準に照らして「公正ニシテ厳粛」、時に辛辣な〈批評〉を十分に展開することを自らの任とすることが出来たのである。そして、「批評を書き終」り「批評城と云ふ防御を失」った時、見えてきたものは現実の人間関係を律する節度に他ならなかった。忍月は「余は春のや二葉亭両主人の前に於て謹んで兜を抜き平身低頭其多罪を謝せんと欲す」と述べるのである。

3　序跋文批判について

〈批評主体〉は、著者と評者との間にある現実の人間関係の外に規定されていた。同様に書籍もまたその著者とは切り離された存在として規定されるのである。前掲した阪谷は「本書ト本書ノ著者トヲ全ク分離」すること、「本書ヲ著者ナキモノト視ナ」すことを主張していた。この指摘は、書籍の内容が〈批評〉の対象として特化されることを意味するのであるが、その問題は『出版月評』で盛んに行われていた序跋文に対する批判と問題を共有している。

「出版月評ノ発兌」（前掲）は、当時の新刊書籍の問題点として「其著書ニ縁故モナキ大家ノ題辞序文ヲ籍リテ其招牌ト為シ高ク之ヲ擎ケテ己レヲ欺キ併セテ公衆ヲ欺クモノアリ」ということを挙げていた。中橋徳五郎は「〇英米私犯法論綱」（前掲）で「余ハ著者カ金儲主義ノ破廉恥漢ノ如ク其広告文ヲ宏大ニセサリシ一感服スルナリ広告ニ単ニ本書ノ性質目的ヲ直書シタルニ感服スルナリ自序ヲ掲ケテ他人ノ序ヲ請ハス卓然独行スルノ勇気ニ感服スルナリ」と述べる。中橋が感服するとした点は、逆に言えばその点が問題として認識されていたからに他ならない。誇大な広告文と「他人ノ序」の掲載は密接に関連した問題である。

例えば、『出版月評』第一号の広告欄に掲載された『応用論理学』の広告には、「澳国中学校哲学博士ドルバル氏著／元老院議官従五位中村正直先生序／内務参事官独逸哲学士従五位子爵久松定弘君校閲并序／今井恒郎君訳」とあり、さらに第十三号の『新編紫史』の広告には「従二位伯爵東久世通禧君題／正三位子爵福羽美静君題詞／大教正本居豊頴大人閲／従五位末松謙澄先生叙／従六位小中村清矩大人序／松風増田于信訳」などと壮観である。

さて、〈批評〉の辛辣さとは、〈批評〉という理想的空間と現実における行為とのずれを指摘された時、顕著に現れる。『出版月評』で代表的な役割を担っていた中村正直は「出版月評ノ発行ヲ喜ヒ聊カ所見ヲ陳ス」（前掲）において「此出版月評ハ、吾意フニ公論ノ奴隷タルモノニ非ラス、特ニ世上ノ著書及ヒ翻訳書ノ、尋常出版セルモノヲ評論シ、序跋等過当ノ称賛アリテ、其実ハ、空疎誤謬、読ムニ足ラサル者アルヲ指示シ、後学ヲシテ珠玉モ換ヘ難キ歳月ヲ以テ無用ノ渉猟ニ虚擲セサラシメンコトヲ欲ス、其用意洵ニ嘉スヘキ也」と述べる。序跋文は書籍の内容の自律を妨げるものとして認識されており、その点で〈批評〉の論理を代表するものであろう。しかし、そう述べた中村自身も例外とはならない。鉄椎子「〇世界列国の行末」（前掲）は通例著者と出版者のみが記される欄に「中村敬宇氏序、島田三郎氏箕浦勝人氏額賀天籟氏合評、東洋奇人高安亀次郎氏著　金松堂発兌」と記し、次のように評する。

我輩（中略）更に有名家の序評に驚きたり中村敬宇先生か韻語の題辞は大体より著者の主義を賛成せられし者と見えつるか著者は朝鮮と支那とを亡ほして日本に合し東洋の覇国とか成すことを専説せしに係はらす先生は平気にて「日本支那及朝鮮、三邦合盟金石堅、補車相依唇歯全」なと左りけ無く書かれしそ奇なりける是嘗て先生の所謂「序跋等過当ノ称賛アリテ其実空疎誤謬読ムニ足ラサル者アリ」との高論に全く交渉無きものなるや否や聊か疑無き能はす

其評語に至りては徹頭徹尾称賛嘆美の筆を以て通編を充たされたるが我輩は深く其実有るや否やを怪むなり

鉄椎子の指摘は、中村正直による序文が著書内容と異るということであり、他ならぬ中村自身の言った「空疎誤謬読ムニ足ラサル」序文という点にある。そのことが来す事態とは、もはや序文は著書内容と無関係に存在するということであり、序跋者の名前や揮毫のみが前景化するということである。書籍を売りたいと願う出版者の側から言えば、購買意欲をそそるような大家の名前や肩書が重要なのである。「書籍ノ品質」こそが「文学進歩」にとって必要であるとする『出版月評』にとってこのような事態は見過ごすことができない。自らを「金儲主義」と厳しく対峙させることで〈批評〉は形成されるのであった。

『出版月評』の思想によれば、書籍の物質性とは内容を支える限りでのみ要求されるのであり、その逆ではない。広告や表紙、書籍の紙面を賑わせる序跋者の氏名や肩書、それらと著書の関係を論じたのが羯南陳人「著書ト人爵トノ関係」（『出版月評』明治二〇（一八八七）・九）である。羯南は「著書ノ価格ハ其品質ノ如何ニ因ラス重モニ著者ノ肩書如何ニ因リテ定マルモノヽ如シ」と述べるが、それは次のような書籍をめぐる現状認識によっている。

凡ソ新著書ハ皆ナ其標題ノ側ニ何官某著トカ何学士某訳トカ単ニ其姓名ヲ掲クルニ止マラスシテ筆太ニ其官名

学位ナトヲ特書シ若シ不幸ニシテ此等ノ人爵ナキトキハ人爵アル者ノ名称ヲ仮リ来リテ著者姓名ノ側ニ何大臣勲何等何爵某題字トカ何書記官従何位某序トカ又ハ何々学士某閲トカ誇リ顔ニ之ヲ掲出シ以テ其著書ノ価位ヲ高メンコトヲ望ム

「人爵」とは「官等、位階、爵号等ノ名目ヲ指スモノニシテ即チ才智学識、徳望、技能ナトノ実力即チ天爵ト相対スル詞」である。羯南は「著述社会ハ智識ノ世界ナリ天爵ノ支配スヘキ所ノモノナリ実力ノ優劣ニ因テ自然淘汰ノ行ハルヘキ所ナリ」と述べ、故に「人爵ヲ借リテ其著書ノ外面ヲ装飾スルニ至リテハ如何ニ売高ノ多キヲ欲スレハトテ苟モ著述ニ従事スル者ノ為スヘカラサル不見識ノ手段ト云フヘシ」と指摘する。*9

「大審院長従三位勲二等尾崎忠治先生は此書に題字して「精而不繁簡而不粗」と言はれたり然れ共予輩より見る時は本書は繁なる所はなけれとも毫も精なる所なし粗略に失して疑点多し此題字は此書に掲く可きものに非らす又た司法次官従三位勲三等法学博士箕作麟祥先生は此書に序して曰く「……凡そ裁判官検察官弁護士等此篇によりて以て疑義を釈せは必す能く一人だも冤に泣き屈を訴ふるものなかる可し真に迷津の浮舟霧海の指針と謂ふ可し」とまで言はれたり予輩は大に其効益を疑ふもの也」（「●刑法実用　完」『出版月評』明治二二（一八八九）・二）と肩書ばかり仰々しく、内実を伴わない序文が付され、また時には「此書の上に題し重恭居士題、東海散史序なと有り新聞紙の広告にも亦玲々と此字を見受けたり因て此題字序文を一覧すれは吾輩の知れる所とは筆勢文格皆同日ならすハテ変なりと復たひ善く之を視れは是れ全く似て非なる者にて某姓なる重恭居士と何処かの東海散史なり」（「●退去者人物論　全」『出版月評』明治二一（一八八八）・二）とあるように、有名家の名前を剽窃したと思しい事例もあった。それら内容と一切関わらない序文は、「本書に載せたる貴顕の題字題辞題詩序跋是非とも掲けんと欲せは今少し有用の文字を掲けられたし不相変なから素人をどしの空文字は著書の価値を上くるものと心得るは大なる量見違なり」（「●

婦女の教育　全三冊」『出版月評』明治二二（一八八九）・二）というように、無用物であり、「素人をどし」として厳しく指弾される。

金城法史「〇新著訳書批評一斑」（『出版月評』明治二〇（一八八七）・一〇）は「銅臭アル著訳書ヲシテ世間ニ流布シ其弊毒ヲ流サシメ」る一端に「序文ヲ綴リ題字ヲ書スル者」を挙げ序跋文批判の議論を展開する。金城法史は序跋文をめぐる現状について次のように言う。

> 我国ノ如ク著者自カラ膝ヲ屈シテ顕門大家ノ間ニ奔走シ其題字序文ヲ請フテ之ヲ新聞紙ニ広告シ曰ク誰某題ス曰ク誰某序スト特書大筆官名記号ヲ筆太ニ掲クルニ至テハ著者ノ羞恥ナキモ亦甚シト謂フ可シ又一方ニ於テハ購読者モ亦明盲者ノ多キコトナレハ其序者題者ノ官名記号ヲ認メ其著訳書ノ価格ノ票準トナシ既ニ之ヲ購テ之ヲ披キ之ヲ披テ之ヲ読ミ始メテ其杜撰ニ驚クモノアリ

金城法史は序跋文が求められる「心情」を「分析」して二種に分かち、特に「高位高官ノ者ノ仮声ヲ借リ来リ其訳書ノ売レンコトヲ希フ者」についてその弊害を指摘する。このような「銅臭」に満ちた序跋文は「書籍ノ品質」の自律によって出版界を規制しようとする『出版月評』の企図とかけ離れており、『出版月評』内において繰りかえし批判されることになる。逆に、序跋文を付さないということが称賛されることもある。「近来著書其美悪に関せす名公鉅卿の序跋を得て以て世に誇耀する者比々皆是なり有識の士と雖も未た能く此弊を免るゝこと能はす此編巻首自序の凡例とを載するに止り復他人の題辞序跋を付せす以て隠士か識見の流俗に超軼するを見る」（春畊野人「●東京地理沿革志」『出版月評』明治二三（一八九〇）・五）、「有爵者の題辞もなく鑑定書めきたる博士の序文もなく唯兆民生著の四字を以て物せられたるは彼の他人の人爵学位を仮り虎皮羊質にして以て天下の目を愚にする者と固より径庭せり」（局外迂夫「●選挙人目ざまし」『出版月評』明治二三（一八九〇）・五）等、今から見れば「他人の題辞序跋」や「博士の序文」を付さないことだけで「流俗に超軼」するとは大仰の感もあるが、これらは他人による序跋文がそれほど普通に行われていたことを逆証するのである。

後年、坪内逍遙は「三絶披露の事」（『新小説』大正一五（一九二六）・一）で「序文書き廃業」を宣言する。「何の因果か、明治十八年の駆出しのそも〳〵からさへ、不思議にもいろ〳〵の人に頼まれて、序文を書かされたことのたび〳〵なのには、思ひ出してもぞゝげが立つ。明治、大正へかけて、苟も純文学に籍をおいてゐて、序文書きといふやうな下らぬ役目を私ほどたび〳〵させられた人間があるだらうか？」と手厳しく回顧しているが、逍遙にとって「序を書くのは無駄骨の折れる厭な仕事」なのであった。

それでも書いて貰ふ当人が喜べばまだしもだが、実は無くてもいゝのだが、無いと淋しいからぐらゐに思つてゐるのが少なくないらしい。つまり、序文書きを暗の夜の提灯持と思つてゐるのだ。或ひはまた頭から「自分は強ひて必要とも感じないのですが」る〔ママ〕私が持論の序文無用論、時代おくれ論を楯に断つたのに対して、答へた正直な著者も二三人あつた。「では幸ひだ、お断りすると、〔ママ〕といふと「でも、書肆が是非いたゞいて来いといひました」と答へた。かうなると、序文書きは十字街頭のビラ撒き男にしか当らない。

逍遙がどの時点で「序文無用論」を抱くに到ったか明確でないが、例えば、明治二十一年六月に発兌された文廼家たより『改選余談田舎紳士』（明治二一（一八八八）・六、隆港堂）の序文に「嗚呼今の世は看板にも詭り多し仮令ひ主人が世話役ぶり口上をいひ看板す〔ママ〕掲ぐるともさしたる利目も有ざるべしこゝにはホンの目標ばかりソト提灯を出しておく良きと悪しきとは自から世の人の眼といふ松炬にてみらるべしとぞ」とある。提灯の比喩が、「三絶披露の事」

と重なるが、ここに序文に対する自己言及を認めることが出来よう。月評社の社友であった逍遙が、『出版月評』誌上の序跋文をめぐる議論を眼にしていないはずはない。この時期には既に序文に対して無反省ではいられなかったにちがいない。しかし、例えば花圃女史『藪の鶯』（明治二一〔一八八八〕・六、金港堂）に付された序文を見ると、逍遙は「序文無用論」とは別の可能性を探っていたようにも思われる。序文という性格上、贔屓に傾くのは致し方ないとしても[*10]、例えば、「第二回お貞の言葉アマリあどけなさ過るやうにぞんぜられ候まゝ天真爛漫たる御筆の跡をおほふことの惜しけれど「あのネわたしもネ」のネの字二つだけ削り去り申候」といった具体的な内容に踏み込んだ指摘がなされており、それは〈批評〉と呼んで差支えないものであろう。つまり、著書の内容と無関係に、序跋者の名前や肩書のみが前景化されるような形骸化した序跋文に対し、著書内容を〈批評〉するような序文が構想されたのではないか[*11]。

同じ『藪の鶯』には福地源一郎も序文を寄せている。

> 序文ほど無用のものは無し、此書を著したる次第は云々なりと述べねはならぬ事あらば、著者みづから書がよし、他人の筆を仮るに及ばず、此書は面白し必らず読み給へと、世間に披露する為ならば、其巻首に載せて何の詮あるべき、新聞紙もて広告するに如かざるなり、他人の為に序を書くに、ひたすら其書を誉そやさんも心苦し、さりとて己れ大家気取で小言を並べんも気恥し、序文なきこそ自他の都合なれ

何ともへんてこな序文には違いない。しかし、「序文の無用なるを言ひながら、猶この無用の言をなす」という倒錯した序文の存在もまた、序文無用論の喧しい時代性を物語るであろう。

そのような悩みはしばしば出版者には共有されない。「新著百種」の序文を請われた逍遙は「せめては「色懺悔」

の原稿御示し被下候はんには妄評を試み候はんものを天機洩しがたしとて韜みたまふ上はそれも不叶」（尾崎紅葉『二人比丘尼色懺悔』明治二二〔一八八九〕・四、吉岡書籍店。序文）と、紅葉の『二人比丘尼色懺悔』を見せてもらえないことに不満を漏らし、「『新著百種』については今は一言も言はぬ事とし」て硯友社の褒詞を連ねるに止める。挙句、「本号には春のや先生の序文をも加へられたりしが、これは余と云へば当雑誌に縁遠々しく、し〔ママ〕読み終りて呰と失望せり」（緑葉山人評「朝野新聞寄書」。引用は、饗庭篁村『掘出し物』明治二二〔一八八九〕・五、吉岡書籍店、に拠る）、「春のや隠居の序文一向に面白くなし、兎に角文壇の元老に一生懸命で賛められたる硯友社員の羨ましさ」（藤の屋評「女学雑誌」。同上書より引用）といった不評を被ってはやるせないが、吉岡書籍店が『新著百種』といった新しい企画を立ち上げるにあたって必要としたのは、委曲を尽した序文などではなく、「文壇の元老」である「春のやおぼろ主人」の名前に他ならなかったであろう。後年、逍遙自身「肝腎の本文は未だ見ぬ花の品さだめ」（嵯峨の舎『通例人の一生』明治三〇〔一八九七〕・九、春陽堂。序文）と記すに至っては、もはや、序文の責務など何処吹く風である。序跋文をめぐる緊張関係は済し崩しに消え去り、「厭な仕事」のままに書き続けられることになる。

二葉亭四迷が「最初は自分の名では出版さへ出来ずに、坪内さんの名を借りて、漸と本屋を納得させるやうな有様であつたから、是れ取りも直さず、利のために坪内さんをして心にもない不正な事を為せるんだ。即ち私が利用するも同然である。のみならず、読者に対してはどうかと云ふに、これまた相済まぬ訳である……所謂羊頭を掲げて狗肉を売るに類する所業、厳しくいへば詐欺である」（「予が半生の懺悔」『文章世界』明治四一〔一九〇八〕・六。引用は『明治文学全集17　二葉亭四迷　嵯峨の屋おむろ集』昭和四六〔一九七二〕・一一、筑摩書房、に拠る）と述べる事態も名前をめぐる問題を有している。この点がいかに二葉亭の「正直」に発していようとも、それを二葉亭個人の潔癖さにのみ帰することはできない。〈批評〉の問題系の延長線上において捉える必要があろう。二葉亭が『出版月評』と一線を画すのは、「之は甚い進退維谷《ヂレンマ》だ。実際的《プラクチカル》と理想的《アイディアル》との衝突だ」とする点にある。この葛藤を『出版月評』は共有しない。付会して二葉亭の言葉を借りれば、彼の言う「実際的」という悩みは、「書籍ノ品質」を中心化する『出版月評』にあっては「金儲主義」として矮小化され切り捨てられるであろう。書籍にまつわる雑多な要素が排除され、あるいは書籍内容に関わる限りで副次的に扱われることで、内容のみが厳密に抽出される極めて「理想的」な空間が、〈批評〉の意味論的磁場となる。その意味で〈批評〉の語は曖昧さを許さない。故に極めて権力的である。〈批評〉の語によって監視され、均質化される出版社会、理想的な言論空間の形成によって書籍は常にそのようなまなざしにさらされるのである。[*12]

おわりに

これまで〈批評〉の対象とする「書籍ノ品質」が切り出される様相を確認してきた。それは、著者や出版者との情誼関係を切り離した〈批評主体〉を創出すること、そして、書籍の内容とは関係なく、商売が先行することによって生じた、有名大家による序跋文への徹底した批判に現れていた。[*13] しかし、それは言論社会に身をおく知識人にとって決して目新しい主張ではなく、故に、〈批評〉の前提として広く共有されるものであった。「出版月評ヘノ助言ヲ請フ」（前掲）には「少シク六ヶ敷キ事柄ハ大体讃メテ極手短ニ切リ上ゲ（中略）誰ニモ解セラル、事柄ニ至リテハ間長文ヲ以テ之ヲ批評シ種々ニ詰難シ」とあるが、『出版月評』の〈批評〉は「誰ニモ解セラル、事柄」、つまり書籍を明視することから始まった。[*14] そして、誰もが共有し得る〈批評〉の論理が繰り返し語られ、〈批評〉を強化し続けた空間が『出版月評』であった。個々の批評が、ということではなく、繰り返される〈批評〉言説は純化され、肥大化する。このように抽象化された〈批評〉は、現実的な行動や判断の上で中村正直、二葉亭四迷、福地源一郎等に生じたねじれ[*15]を共有せず、極めて均質的な空間を作り出す。

そして、書籍である限り、小説もまた〈批評〉のまなざしの対象となる。著者や出版者との関係を切り離し、「文学進歩」を標榜する〈批評〉家によって、小説が〈批評〉されるという事態。それは、何よりも小説が他の学問ジャンルの書籍と同一の語られ方で語られることであった。坪内逍遥が『小説神髄』で、小説を「大人学者」の読書対象とすることを目指したことは周知の事だが、〈批評〉が小説を対象とする事態はそのことに寄与したであろう。しかし、それはこれまでの小説読書の有り様とは極めて異質なものである。その点に関しては、〈批評〉のもう一つの特徴として挙げられる学問的基準による「公平無私」の態度とも深く関係し、小説というジャンル形成の問題も含んでいるため、次章で改めて考察を加える。

最後に、極めて均質な〈批評〉空間への違和を表明した文廼家たより『改選余談田舎紳士』（前掲）の序文を掲げ、〈批評〉と小説との間に溝が横たわっていることを示しておきたい。

いひわけ
一此書は銭儲の為に著作れり故に寓意もなければ趣向もなし著作て可笑しいこともなければ読んで面白い筈はなし、面白からざるを知つて猶ほ書く作者の存意果して如何……曰く財貨が欲しい
一此書を読んで無用の書となすヱライ人あらん無用の書とおもはゞ初めツから読まぬがよし強いて読んで呉れとはお頼み申さず又無用なりとおもひ玉はゞ勝手に無用の書とせられよかゝるヱライ人には作者の本意は知れざるなり我豈に其様なヱライ人に関わんや
一読んで癇癪に触はるものあらん癇癪に触らば自狂酒でも鯨飲つて散々太平楽を言ふがよし我れ豈に其様な癇癪持の為めに著作らんや
戊子三月　著者しるす

注

＊1　小森陽一の議論が性急である点について指摘しておく。たとえば、大西祝の「批評論」（『国民之友』明治二一〔一八八八〕・五）について、〈批評〉の要請される背景を「活字印刷による、空前の規模での出版ジャーナリズムの展開」に見てとり、その点について「事実、明治十九年における新刊図書の年間発行総部数が八千百九部だったのに対し、二十年には千四百四十部増の九千五百四十九部になっている。これは当時としては驚異的なのび率である」と裏づけている。小森はこの数字の典拠を示していないが、この指摘は「文学世界の現状」（『国民之友』明治二一〔一八八八〕・二）の「官報の報する所に拠れば、昨二十年中、新刊図書の総部数は、九千五百四十九部にして、之れを一昨十九年中発行の部数に比すれば、千四百四十部を増加せりと、出版物の流行も亦た盛んなりと云ふ可し」という箇所から、算出してもとめたと考えられる。しかし、『出版月評』に付された表（本文中に掲出）を見れば、「文学世界の現状」の記者が数字をはしょった分だけ数字に誤差が生じており、また、増加の点でも「驚異的」であったかどうか疑問も残る。問題は、「文学世界の現状」の記者の認識であるが、この点について本稿では、『明治日報』の記者が、「吾ガ国近来活版印刷ノ術大イニ進歩セシヨリ著書翻訳書類ノ発兌モ大イニ其ノ便ヲ得殊ニ政治法律ニ関スル書ニ至リテハ政治思想ノ発達ト共ニ日ニ月ニ増加シ其ノ繁盛ナルハ古来未曾有ノ事ナリトス」（「明治年代ノ文学ヲ論ジ併セテ批評ノ必要ナル所以ヲ説ク」明治一六〔一八八三〕・八・一～四）とするように、〈批評〉の要請に際して提出される、ほとんど定型化した論理ではなかったかと考える。

＊2　稲垣達郎「批評の成立をめぐって」（『研究と批評　上』昭和五一〔一九七六〕・四、岩波書店）は、ここで言われている「文字」について、「「文字」は、知られているように、文章、文学に通じた。Belle-letteres であり、Literature でもあり、また Humanity でもあり、Mental Civilization でもあった」と指摘している。

＊3　木村の論考は、〈批評〉誕生の過程を追及すると同時に、〈批評〉を可能にした背景として〈社会〉観の変容を指摘しており、興味深い。

＊4　『出版月評』の沿革については、朝倉治彦「『出版月評』解題」（朝倉治彦監修『出版月評　第一巻』昭和五八〔一九八三〕・一二、龍渓書舎）に詳しい記載がある。

＊5　この記事に記載された数字は、明治十九年までのものについては総務局報告課編纂『大日本帝国内務省第二回統計報告』（明治二一〔一八八八〕・二）の数字と一致し、明治二十年のものは「昨二十年中新刊図書及新聞紙雑誌ノ数」（『官報』明治二一〔一八八八〕・一）の数字と一致する。

＊6　『明治日報』の「明治年代ノ文学ヲ論ジ併セテ批評ノ必要ナル所以ヲ説ク」（前掲）には、「彼ノ英国ノ「エジンバルフ、レウヰユ」（雑誌）ヤ「ウエストシンスター、レウヰユ」（同上）ノ数十年来同国ノ学術ノ進歩ヲ助ケタルヤ今日世人ノ皆承認スル所ナリ」とあり、〈批評〉雑誌の効能について触れられている。

＊7　誤解の無いよう言い添えておくが、「出版月評ノ発兌」における〈批評〉の役割の規定が皮相であることは、『出版月評』に掲載される個々の〈批評〉が皮相であるということを意味しているわけではない。『出版月評』の〈批評〉と言ったばあい、それは個々の具体的な〈批評〉の内容を指すのではなく、それらから抽出されるメタ〈批評〉の言説を指す。また、〈批評〉の必要性の背景に荒廃する出版状況をおく認識は、ひろく『出版月評』に共有され、その傾向はとくに初期に色濃いが、それは決して一様のものではなかったことも付言しておく。

　大西祝「批評論」（前掲）は、「出版月評ノ発兌」とは異なる批評の役割の規定を示している。「社会に飛奔する種々雑多の思想を判別批評して其真価を明にし以て当時の思想界に先だつ者は蓋し批評家なり」（傍線引用者）とあるように、批評を要請する背景に、出版界ではなく、思想界をおいている。また、「出版月評ノ発兌」には「書籍出版ノ事ニ限ラス凡ソ事業ノ改良進歩ヲ促スモノハ批評ナリトス故ニ批評ナキノ事業ハ決シテ改良進歩セス偶々批評ナクシテ改良進歩スルカ如キモノアリト雖モ要スルニ一時ノ外相ナレハ早晩具眼者ノ批評ニ遭ヒ本来ノ真相ヲ暴露スルノ日アラン」とあり、全ての事業において「批評ノ精神」が必要であると述べられている。そのことを踏まえた上で、本稿では〈批評〉の語を「著書批評」に限定して用いる。

*8　漫遊生「〇匿名の著述を許すべし」（『読売新聞』明治二〇（一八八七）・二・二四）は匿名による出版を許可することの意義について次のように述べている。

今や我国の出版社会を見るに空しく虚名のみに拘泥して虚名で書を売らんと望む者のみ多し読者も又之に釣られて虚名の書籍をのみ繙くことを悦ぶ、故に書の真味をあぢはふ事は尠く作者の虚名にのみ眩めくが多しされども此風儀を一変して匿名の良書が現はるゝに至らば読者もおのづから活眼を開きてホントに書を読むに至りつべし虚名のあるなしに係らずして真に品評を下すやうになるべし爰に於て乎匿名出版の便益は更に甚しく其区域を増し（第一）に文学を奨励し（第二）に読書家の活眼を養成し（第三）に虚名を撲殺する利益あるに至らん

*9　羯南の指摘は、具体的には次のような批判となって現れる。T.I.「●民法釈義第一編」（『出版月評』明治二三（一八九〇）・八）は、「此書を一見する者は第一に著者の肩書の大層なるに驚くへし曰く大審院検事、法律取調報告委員、明治法律学校、東京専門学校、日本法律学校講師、日本法律学士、仏国法律学士従五位磯部四郎先生著と之に帝国衆議院議員の数字を加へて都て六十余字となり迚も一息には読下し難し此肩書を拝見すれば書中は一読するに及はすして先つ其真価あるを徴するに足らん」

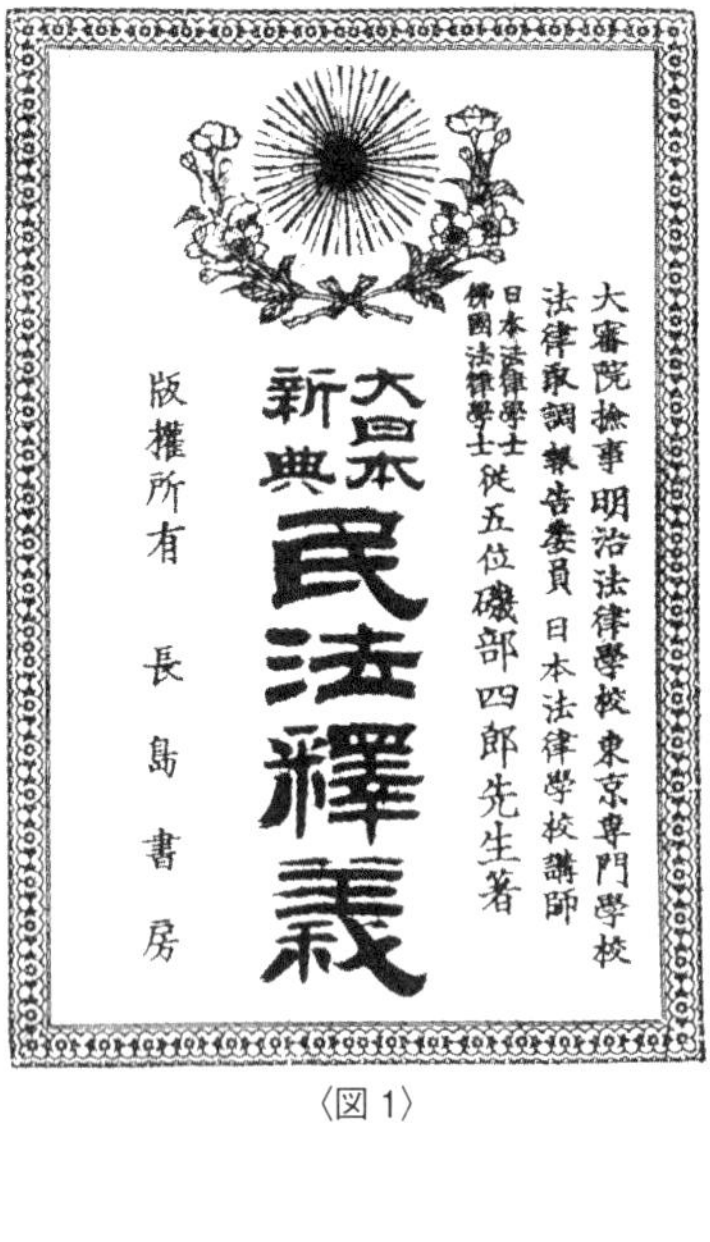

〈図1〉

として、その著者に付された肩書を揶揄している。〈図1〉著者の「人爵」「肩書」を特筆大書することへの批判は、著者と著書とを切り離すという問題とも深く関係している。

また、著者の名前のみを求める出版者と著者との関係をめぐる以下の笑話も参考までに掲げておく。

独逸の或る新聞記者同国有名なる文学博士某氏に書を贈り「先生千五百語乃至一千語余りの小説一編を御起草手元まで御送り届け被下候得は三百弗の御礼金差上可申候尤も我か社普通の規則にては先生の御名前に二百九十五弗小説に五弗を払ふ割合に御坐候間左様御承知被下度候」と申し通せしに文学博士は之に対し御申越の趣承知仕候へとも拙者は小説起草の暇無之且つ又好みも無之候に付甚た遺憾の至りに候得共御断り申上候尤も茲に拙者の名前を封し込み御手許迄差上候間御使用可被成且つ二百九十五弗の謝金は匇々御贈有之度候との返書を送りたりと（鳳の家あるし「●新聞記者と文学博士」『穎才新誌』明治二二〔一八八九〕・一一）

*10 石橋忍月は「福地坪内の二氏も亦た其序文に於て、比ひ稀なる好著なりと感服せられたり。予は二氏の具眼者にして、眼前に横る大穴隙を看過せられたるを怪訝せざるを得ず」（「藪鶯の細評」『国民之友』明治二一〔一八八八〕・七）と指摘する。

*11 もちろん、逍遙の序が『藪の鶯』の閲読依頼に対する返信書簡の写しであったことは考慮しなければならない。逍遙は序文を意識して執筆したのではないだろうし、また、逍遙の指導を受けたということの記述は、それだけで充分な広告効果を持つであろう。ただし、金城法史「○新著訳書批評一斑」（前掲）が「専門学家ノ事故学術講究ノ為メ且ハ世人ヲシテ其有益無益ヲ知ラシメンカ為メ」の序文については「序文ノ正当ナルモノナレハ社会ニ弊害ヲ与フルコトナク購読者ヲ誤ツヨリハ寧ロ益スルト謂フモ可」と述べていることを考え合わせると、逍遙の序文は「序文ノ正当ナルモノ」に該当すると考えられる。

*12 吹毛山人「○学生必誦慷慨詩」（前掲）の言う「已に一部の著書として世に顕れたる以上は之か批評の労を取らさるへか

らす何となれは批評の義たる其人を評するにあらすして其の書を評するにあれはなり」とは、書籍として世に出た瞬間、〈批評〉のまなざしにさらされ得る状況を顕著に示している。

＊13　これに加え、内容と題名との関係についても付け加えておく。例えば、「近来坊間ニ流布セル数多ノ著書ノ表題ハ新論。新編。詳説。論綱等ノ語ヲ用ヒ一書ニ二名ヲ付シ尚ホ足ラストシテ更ニ表題ノ頭ニ一読三嘆。開巻驚奇ナト種々奇異ナル語ヲ付スルモノアルハ之皆ナ彼世ニ所謂ユル書籍製造家 Bookmakers ト呼ハレタル先生カ書名ヲ以テ俗人ノ注意ヲ引キ販路ノ広キヲ求ムルノ奇策ニ出ルモノニシテ真誠ニ学理ノ論究ヲ目的トセル著述家ノ関スル所ニアラサルナリ」（阪谷芳郎「○統計詳説上」前掲）、「美名ヲ求ムレハ其実ナカルヘカラス其実ハ旧朽腐敗ニ近クシテ精巧新鮮ノ名ヲ題セハ人往々其名ヲ信シテ其実ヲ謬ル者有ラン」（慕顧学人「○支那開化小史」『出版月評』明治二一〔一八八八〕・四）等に見えるように、内容と食い違う題名もまた批判の対象となる。石橋忍月と森鷗外のいわゆる「舞姫論争」で、題名が重視された背景には、あるいはこのような〈批評〉言説が想定されるかもしれない。

＊14　『出版月評』の〈批評〉に対して、「余は評者に望む所は全く内部論説上詳細の批評にてありしなり然るに如何なる故か評者か下たされし批評は外部に精にして内部的に粗なり」（横山雅男「○呉氏に代て阪谷岡松両氏の批評に答ふ」前掲）との指摘もあった。

＊15　中村正直が自らの述べた論理で〈批評〉されたと同様、「批評は他人の著作を褒貶するものなるを以て他の名誉利害に関する亦尠しとなさす評者たるものは宜しく明に氏名を署し以て其責に任すること可なり」と述べた月評愛読老婆（「婆心」『出版月評』明治二四〔一八九一〕・七）もまた、次号において「老婆にして其名を署せさるは如何なる訳や」（須山豊治「月評愛読老婆に一寸一言」『出版月評』明治二四〔一八九一〕・八）と反論される。

※『出版月評』の引用は朝倉治彦監修『出版月評』第一巻〜第六巻（昭和五八〔一九八三〕・一二、龍渓書舎）を用いた。

第四章　小説と〈批評〉――『出版月評』・『穎才新誌』と『しがらみ草紙』――

はじめに

本章は前章の問題意識を引き継ぐものである。前章では、「我国ニ於テ著者出版ノ批評ヲ専門トスル雑誌ノ嚆矢」（「出版月評ノ発兌」『出版月評』明治二〇（一八八七）・八）を謳って刊行された『出版月評』に注目し、そこで展開される〈批評〉をめぐる言説から、特に〈批評〉が「書籍ノ品質」、つまり書籍の内容に視線を特化する仕方に焦点をあてた。その様相を確認しておくならば、それらの言説は、「書籍ノ品質」を切り出すために、評者と著者との「情実ノ羈範」を切り離すこと、あるいは、著者と著書とを切り離すことを主張していた。また、「書籍ノ品質」の独立をさまたげる序文や跋文なども批判の対象とされていた。小説に対する〈批評〉の方法も、『出版月評』の〈批評〉言説と密接な関係にあり、小説〈批評〉のあり様もこのような同時代的なコンテクストに即して把握されなければならないのである。

しかし、一方で、学問に準拠する当時の〈批評〉は、それまでの戯作の水脈とは折り合いがつかない。学問に依拠することで権威的であった〈批評〉にさらされることを良しとしない戯作者は少なくなかった。そこで、第三章では、そのような〈批評〉への違和を表明した文廼家たより『改選余談田舎紳士』（明治二一（一八八八）・六、隆盛堂）の序文を掲げることで、その一端を示した。注意しなければならないことは、稗史小説というジャンルが〈批評〉を揶揄するポテンシャルを備えていたことである。二世花笠文京『壮士の浮沈芸者の苦楽色の革命』（明治二三（一八九〇）・三、文事堂）の

序文にも

拙者は元来、小説を美術だとか技芸だとか、高尚の地位に置は嫌ひ、左なきだに世の中の穴と云る穴をほじりて、三寸の筆に物を云はせ、何に限らず我が胸に痞へる不平の溜飲を硯の海に吐出し、我面白の人困らせ、自ら以て得たりとするは小説家の特質なるに、今又美術とか何とか云ふ御大層な尊号を与ふる時は、いよ〳〵ます〳〵小説家の鼻と鼻とが衝突つて、折角平和な小説界に飛だ波瀾の起らんも知れず

とあり、小説を「美術」や「技芸」といった「高尚の地位」に置くことを嫌い、「「絢爛たる」「面白さ」を描くことにみずからのアイデンティティを確認した戯作者」[*1]の姿をここに確認することができる。

ただし、この時期、小説を取り巻こうとしていた学問の跫音に対する違和感は戯作者だけのものではなかった。時代は下るが、明治三十年四月「雲中語」（『めさまし草』）に「うもれ木」評が掲載される。「雲中語」は、同じく『めさまし草』に掲載されていた「三人冗語」と同様の形式で、「頭取」や「贔屓」といった役柄を演じながら行われる合評である。「うもれ木」評には、「公平」が名を連ねている。「公平」は、「うもれ木」について「要するにこれおも未だ発達せざる一葉の作にて、好小説とすべきものにはあらざるべけれど、今の所謂閨秀作家にはかやうなる材料に手を出す意気込みもなかるべく、又この位達者に書き飛ばす筆力もなかるべきを思ひて、坐ろに亡き人の惜まるゝなり」と述べる。しかし、これに対して「小説通」が「公平氏の言は公平に過ぎ、ひいきに過ぎたり。一葉全集中第一の悪文字は、この編なるべし」と反論する。「公平」の見解は、「うもれ木」の悪い点と良い点を並べて述べており、そうであるならば、「公平」とは、褒めることにも、貶すことにも偏らない態度であると考えることができる。しかし、この当時、「公平無私」が〈批評〉の標語であったことを考えるならば、「公平」の語の背後

に〈批評〉のコンテクストを読み取ることができるのではないか。そのように考えるならば、「公平」を批判する役割を与えられたのが、他ならぬ「小説通」であったことの意味は、重く受け止める必要があるように思われる。

明治二十年前後の時期、小説と〈批評〉とは決して容易に結びつかない。とするならば、本章の関心は小説と〈批評〉との界域に据えられなければならない。「公平」な〈批評〉が小説に向けられるという事態は、結果・効果として小説界にどのような変動をもたらしたのであろうか。さらには、「小説通」はそれらの〈批評〉に対していかなる差異化をはかって現れたのか。言い換えるならば、学問の要請する〈批評〉基準に立脚した〈批評〉と、それを批判的契機として現れた小説の〈批評〉との間をめぐる考察が本章の課題である。この点について、「公平無私」の態度を重んじた『出版月評』の〈批評〉論と「審美的の眼」を主張して創刊された『しがらみ草紙』との関係に焦点をあて、考察を加えていきたい。

1 「公平無私」とは何か

〈批評〉は「公明正大」、「公平無私」でなければならないと『出版月評』は主張する。『出版月評』第一号の巻頭「出版月評ノ発兌」（前掲）には「公正ニシテ厳粛ナル批評」の必要性が述べられていた。「素ヨリ批評ノ公平無私ナルヘキハ本評社友ノ一人ナレハ今更ラ喋々ヲ要セサルコトナリ」（土子金四郎「○経済実学講義」『出版月評』明治二一〔一八八八〕・一～二）ともあり、〈批評〉が「公平無私」を要求することは言うまでもないことであった。『出版月評』の「公平無私」の態度について小森陽一は「おそらく「公平無私」という態度ほど、「批評」という行為と本質的に矛盾するものはないと思われる」[*2]と指摘するが、それは氏の批評観の表明にほかならないのであって、当時の〈批評〉言説に照らす限り「公平無私」は重要な指標としてあった。

〈批評〉の始発期には、「公平無私」が方法化され、可視化されることがあった。たとえば、石橋忍月「○新磨妹と背鏡」(『出版月評』明治二一〔一八八八〕・一〇)には「予輩は是れ迄、力を尽して此書の感服す可き点を賞賛せしを以つて、是より其穴を挙け、疵を求め、主人千慮の一失と思ふ箇条を非難せんと欲す」とあり、褒める点と貶す点を均等に配分する方法が用いられていた。高田半峰「当世書生気質の批評」(『中央学術雑誌』明治一九〔一八八六〕・二)には「一抑一揚」、忍月「妹と背鏡を読む」(『女学雑誌』明治二〇〔一八八七〕・二)には「此書最も世人の愛読を受くるも未だ是非の点をほじくり出し、以て純然たる批評を下したる者あるを聞かず。いでや忍は是より横贔屓心と阿諛主義とを去り、公平無私の眼を以て、之れが批評を下さんと欲す」とあり、それぞれ自らの〈批評〉態度について説明している。「一抑一揚」や「是非の点をほじくり出」すことが「公平無私」の態度を保証する趣きである。「褒誉」と「貶毀」とをバランスよく配置する忍月「浮雲の褒貶」(『女学雑誌』明治二〇〔一八八七〕・九〜一〇)なども含めて、褒貶を相半ばさせる形式がしばしば用いられた。*3〈批評〉には「党同伐異の傾斜」を避けることが求められており、毀誉褒貶を偏りなく配置することで「公平無私」の態度をよそおう傾向があったのである。

しかし、いくら「公平無私」が要請されていたにしても、良い点と悪い点をバランスよく配して事足れりとするのではいささか粗末の感は否めない。それは、良書と悪書の弁別を事とした〈批評〉の要請にも適わないであろう。坪内逍遙「○批評の標準」(『中央学術雑誌』明治二〇〔一八八七〕・九。坪内雄蔵述、食田生筆記)は、〈批評〉について次のように述べている。

今の所謂批評家は往々公平といふ事を以て「褒貶の過度ならぬ」といふ意味に取りたるが多し果して然らんにはそは大なる謬見なるべし公平といへる事は偏に標準の誤らざる事をいふ也苟も標準にして誤る無くんば如何程褒るとも貶すとも決して不公平といふ可からず理を非に曲くればこそ不公平ともいふなれ非を非なりとして

痛論するに何の不公平の嫌ひやある上けたり下したりツマリ五分〳〵ですますが如きは可としたるの歟不可としたるの歟サツパリ解らず余計な言葉費しの批評といふべし

逍遙にとって「公平」の意味は、褒貶を「五分〳〵」に並べて済ませることではなく、「標準を誤らざる事」であった。〈批評〉に「標準」が要請される背景には、逍遙の次のような現今の〈批評〉状況に対する認識があった。

我国今日の批評学はいまだ生れてより久しからず十分贔屓目に評すればとて幼稚なる批評学といはざるを得す其名は批評なりといふと雖も其実妄批たるに過ぎざるなりされば文学の進歩を喜びこれが発達を熱望する者はまづ第一に熱中して批評学といへる者の大に進歩せんことを望まさる可からず蓋し批評にして其正鵠を得ず妄に善著述を難駁し若くは悪著述を称揚する等の事あらんには前途の文学を害する事実は小少にあらざるべければなり

元来批評といふ事は六かしき事なり「アリストートル」は之れを以て「正当の判断の標準」と義解したれど今の所謂批評はなか〳〵正当の判断とはまゐらず多くは批評家の独断（ドグマ）に基き若しくは感情（好嫌ひ）に拠る者のみなり

『出版月評』は、「本社は趣意書に掲けたる如く公平無私に近時に現出する著書を評論し其善きものは賞賛顕揚し其悪きものは駁撃排斥するを務むるものなれは及ふ可きたけ公平無私の水平を維持し党同伐異の傾斜を避けんか為めに著書の種類に就き各専門に由りて評論すること丶せり」（「本社社友」『出版月評』明治二〇〔一八八七〕・八）と述べ、仲間内の情実に縛られた言論を退けるために、「専門」の学術的基準に則ることを目指していた。『出版月評』の創刊が明治二十年八月である。月評社の社友であった逍遙が同年九月に「〇批評の標準」で「独断」や「感情」ではなく「正当の判断の標準」に拠る「批評学」の必要を言ったことと正確に符合しよう。[*4] 逍遙は特に「感情」に拠る〈批評〉について厳しく糾弾する。

感情を土台として批評を下すことは不当なるが如し蓋し心理より考ふるも批評判断といへる事は智力の作用たるに外ならざれば是非ともまづ道理のある所を講究して之を標準とせざる可らずかりそめにも一時の感情または各個人の好悪に因りて黒白の判断を下すべきにあらず又下すことを得るとしても決して正鵠を得可からざるなり

〈批評〉とは「智力の作用」に拠るものであり、正当な〈批評〉を行うには、「一時の感情」や「個人の好悪」に依拠してはならず、「道理のある所を講究」して、それを「標準」としなければならないと逍遙は述べる。感情を排し、科学的・学問的な道理を求める姿勢は、啓蒙期知識人に通有のものであり、逍遙の〈批評〉もそこに根ざしている。「感情」よりも「道理」に依拠することが知識人の態度として求められることは、末広鉄腸「感情ハ道理ノ判断ヲ誤ル」（『朝野新聞』明治一八（一八八五）・三）の記事にもうかがうことができる。

我我ハ一時ノ感情ニ因テ容易ニ道理ヲ判断ス可ラズ虚心平気ニ彼我ノ形勢ヲ比較シ彼ノ国勢ハ如何ン彼レノ人心ハ如何ン彼レニハ何程ノ軍資ヲ儲フルカヲ観察シ又自ラ顧テ自国ノ有様ヲ思考シ精細ニ之ガ事実ヲ推究シ始メテ勝敗利鈍ノ在ル所ヲ予定スルヲ得可キナリ一定ノ尺度ニ基カズ浮沈動揺シテ定処スル所無キ感情ニ従テ国家ノ大計ヲ決セントスルトキハ為メニ国家ヲシテ非常ノ危険ニ陥ラシムルニ至ラン諸君幸ニ之ヲ思考セヨ

この記事では、「感情」に拠る判断にかわって「観察」「思考」「推究」に基づく判断が求められている。「浮沈動揺」し、「定処スル所無キ」「感情」に基づく判断は「危険」なのであり、「一定ノ尺度」に基づく判断が必要とされているのである。「感情」を批判するかたちで求められる態度こそが、「虚心平気」の態度である。宮川鉄治郎の『学問之方針』（明治二五〔一八九二〕・七、博文館）という名の書物には、「己レノ感情ヲ支配スル能ハザル人ハ生活ノ法ヲ知ラザルナリ　英国俚諺」という箴言が掲載されているが、学問的な態度とは「感情」の統治の上に成立するものなのである。「一時の感情」、「個人の好悪」、「浮沈動揺シテ定処スル処無キ感情」を批判する形で、「一定ノ標準」、「法」、「正当の判断の標準」が主張されるのである。*5

叙上のことを確認すると、〈文芸批評〉の最初期について、『早稲田文学』彙報欄（「文学界」『早稲田文学』明治二九〔一八九六〕・一二）に記された次のような指摘も理解しやすいであろう。

二十年八月既に批評盛行の趨勢ほの見え、批評専門の雑誌『出版月評』さへ出でたり、之れが初号には竹の舎が春水の『梅暦』評出で、翌年の同誌に忍月が春の舎の『妹と背鏡』評等漸く精覈穿細のもの現る、機運に向かひき、而して当時は評論の冒頭に小説の定義やうのものを述ぶるの風行はれき這は逍遙半峰等が脈を承継せるもの、如し、例へば竹の舎が『梅暦』評に

凡そ小説の趣意とする所種々あれど、先つ第一に人情を穿つ、第二には仕組か面白い、三には文章か麗はしい、女で云へば気立てもよくて、美しくて、衣装付立派といふ如し

といへる類也、忍月のにはレツシング、シルレル、シユレ・ゲル等が語を引きて、此の役を済ませたる多し

彙報欄の記者が言う「冒頭に小説の定義やうのものを述ぶる風」が『出版月評』の圏域にあることは明確である。それは逍遙の言う「批評の標準」の要請に他ならない。饗庭篁村の「定義」づけは、いかにもやっつけ仕事であるが、逆に言えば、篁村ほどの人物でさえ、〈批評〉を行う際には、「標準」や「定義」を定めるような振る舞いが求められたのである。忍ヶ岡の隠士「〇文覚上人勧進帳」(『出版月評』明治二一(一八八八)・一二)にも

予、平居我国の戯曲を愛し名家の作を読みて手巻を措く能はさる事屡々なり然れとも未た我国戯曲の定則を知るにあらす其定則を知らすして我戯曲の著作を読むこれ既に他人の咲を招くに足るしかるを況んや他人の著作を批評するにおいておや去れとも予か慫慂の切なる黙しかたけれは聊か茲に泰西戯曲家か論定したる原則を標準とし且つ論点を六項に分ち敢て評語を試みんとす

とあり、「定則」や「原則」に則ることが表明され、論旨が明快になるよう順序配列を正すという秩序を志向する態度がうかがわれる。

これまで、〈批評〉における「公平無私」について、偏頗な「感情」に流されることなく良い点と悪い点を均等に指摘するという側面と、一時的な「感情」に基づくのでなく「道理」に基づく「標準」を規定し、それに即して判断を下すという側面の二つの側面について確認してきた。しかし、どちらにしても、「一時の感情」や「個人の好悪」とは別の場所に小説読書が据え置かれたということは、あらためて指摘しておく必要がある。

坪内逍遙は、『小説神髄』(明治一八(一八八五)・九〜一九(一八八六)・四、松月堂)で「大人学者の眼」にかなう「美術の壇頭に煥然たる我物語」を目指し、小説が学問の対象となりうることを示した。内田魯庵が逍遙の仕事を回想して、「従来戯作と賤んじた小説が一足飛に天下の人文に貢献する大文学、堂々たる学者の事業としても恥かしく

ない立派な仕事となつて了つた。夫まで政治以外に青雲の道が無いやうに思つてゐた天下の青年は爰に於て乎此の新しい光栄ある世界を発見し、俄に目が覚めたやうに翕然として皆文学に奔つた」(『きのふけふ』大正五〔一九一六〕・三、博文館)と述べたように、小説は「学者の事業」という「高尚」な地位に置かれようとしていたのであった。『小説神髄』が、その大きな起爆剤となったことは認めるにやぶさかでないが、これまで確認してきたような〈批評〉と小説との関係にも注意しなければならない。学問に依拠した〈批評〉の論理を引き受けることによって、小説は他の学術書と同等のまなざしのもとに置かれようとしたのである。

2 学問と小説

谷川恵一は明治二十年前後の小説をめぐる状況について「当時、いまだ文学は科学にたいしてみっともないほどに従順であったし、そして、そうであることにおいてみずからを新しく創りだそうとしていた」[*6]と指摘するが、それは小説を〈批評〉することの振る舞いにおいても同断である。『小説神髄』は小説の社会的地位を上昇させることを目指したが、小説読書の側から見るならば、それは、学問に依拠する〈批評〉になぞらえる形で小説を〈批評〉していった振る舞いにおいて確認することができる。小説の側からの学問に対する接近の相はそのように確認されるのであるが、しかし、それらの営為によって小説が素直に学問の世界に受けいれられたかと言えば、決してそうではない。学問の側はそうやさしくは迎えいれなかった。なにぶんにも小説が「婦女幼童」の玩具、あるいは一時の消閑の具であるという意識は、そうやすやすとはぬぐい去られなかった。[*7]

後述するように森鷗外は『出版月評』の小説観に疑義を示しているが、知識人のつどう『出版月評』には、しばしば小説を見くだすような視線を確認することができる。海西釣徒「●小楠遺稿」(『出版月評』明治二三〔一八九〇〕・

二）は、文章校正の不備を言う文脈のなかで「此書の如き小説雑誌等の一読醤瓿を覆ふものと同しからす」と述べているし、植田豊橘「◯科学教科書第一巻」（『出版月評』明治二三（一八九〇）・四）にも「本書ノ如キ学術ノ書ハ一般ノ小説ノ如ク素読ニシテ能ク文章ヲ解スヘキモノニアラス」とある。このように学術の書と小説を比較して、学術書の高尚さを言う言説には事欠かない。後者の説を敷衍するならば、小説の〈批評〉など不要であると読むことも不可能ではないであろう。『出版月評』の端々に顔をのぞかせながらも、かならずしも顕在的ではないこれらの小説観を浮上させ、それらの意識が、小説の社会的地位の向上を目指した企図との間にいかなる葛藤を生ずるのかを確認するためには、『出版月評』だけを見ていては見えてこない。そこで、学問の側からの小説に対する認識を確認するために、『穎才新誌』の議論を参照して考察を加えていきたい。『穎才新誌』には、小説を高尚なものにしようという動きを受けた論考や、投稿者同士の論争なども見られ、学問と小説との葛藤の様相が見やすいと思うからである。

明治二十年前後の小説流行の風潮は、『穎才新誌』の投稿者に恰好の議論の対象を用意した。小説が『穎才新誌』誌上でまともに議論の対象となること自体、この時期、小説をめぐる動きが無視できない領域として彼らのまなかいに飛びこんできたことの証左である。「近来小説ノ流行盛ンニシテ何レノ雑誌何レノ新聞ハ勿論小説ノミヲ掲クル雑誌続々刊行セリ」（渋谷亀吉「●小説ヲ読ムノ利害」『穎才新誌』明治二二（一八八九）・三）という状況、就中、

> 小説流行ノ盛ンナル学士大家ノ称号ヲ戴キテ往々小説ノ編輯ニ従事セラル、ヤ小説家ノ名誉更ニ大ニシテ古人ノ如ク小説ハ大人君子ノ見ル可キ者ニ非ラストシテ賤メラル、事ナク其潤筆料モ亦従テ貴（永田正雄「●小説ノ流行」『穎才新誌』明治二二（一八八九）・一〇）

今日ノ文学世界ハ、小説ノ世界ナリ、学者ノ過半ハ小説ヲ著述シ、其著述ニ衣食シ、其著述ニ洋行シ、書店ノ棚上其二分ハ、小説ノ冊子ヲ以テ充填シ、新聞雑誌ノ広告欄内、小説出版ノ広告アラサルハナシ、実ニ驚ク可キハ小説ノ流行ナリ（糸田長作「●小説改良論」『穎才新誌』明治二四（一八九一）・四）

のように、小説界に「学者」や「学士大家」が立派に名を連ねるという新たな事態が、小説を論議の対象とすることに彼らを向かわせたのである。

しかし、そこでの議論は小説流行の風潮に対して必ずしも迎合的ではなく、敵愾心を剥き出しにした論説も少なくない。「元来小説ニ就テハ、其青年社界ニ害毒アルノミナラス、全社会ニ対シテ、有害無益ナリト謂フ者ハ、独リ吾人一個ノ説ニ非ラス」（萩原孤村「●賤シムヘキハ小説家」『穎才新誌』明治二四（一八九一）・一二）とまで言い切るのは極端であるが、「今日ノ青年タル者ハ常ニ各種ノ学術ヲ研究シテ日本国ノ名誉ヲシテ万国ニ輝カシメ泰西人ヲシテ瞠若タラシムルノ精神ナカル可ラス」（永田正雄「●小説ノ流行」前掲）という知識人像を抱く者が、「各種ノ学術」の「研究」と、従来「大人君子ノ見ル可キ者ニ非ラストシテ賤メラ」れてきた小説とを秤にかけるにはあまりにも時期が早すぎたと言えよう。永田正雄の論説の主旨も、

小説ハ（中略）其ノ事業タル机上ノ業ナルヲ以テ他ノ実業ニ比スレハ安楽ナリ未タ一個ノ目的ナキ子弟進ンテ小説ノ編輯ニ従事シ雷名ヲ博セントスル者輩出スルニ至ル可シ又既ニ一個ノ目的アル者ト雖モ往々小説ノ崇拝者トナリ己レカ本業ヲ捨テ、小説ノ著述ニ従事ス可シ以上ノ如キ形勢ニ至ラハ其結果如何ナル可キヤ幕府ノ盛ンナルトキ文学勃興シ小説ノ如キ演劇ノ如キ大ニ進歩シ不世出ノ才芸ヲ有ツ、空シク小説ノ為ニ一生ヲ過スモノアルニ至リ同時ニ士気衰弱シテ文弱ノ社会トナリ刀剣ハ空シク宝蔵ニ錆ヒ冑ハ遂ニ鼠ノ巣トナルニ至レリ

のように、小説流行の風潮を「士気衰弱」と結びつけ、「豈小説ノ如キ不急ノ学術ヲ研究ス可キ時ナランヤ故ニ小説ノ流行ハ決シテ悪キニ非ラストスルモ之カ為ニ青年ノ精神ヲ惑乱セサランコト予輩偏ニ希望スル所ナリ」というところにある。永田の見解は穏当な方であるが、確認しておきたいことは、批判の矛先が小説が流行すること自体に向けられているのではなく、「青年」の間で小説が流行することを推進するような新たな現象に向けられているということである。「大人学士」の眼にかなう小説を創出することは、『小説神髄』が目指した方向性であった。しかし、『穎才新誌』では、前途有為の「青年」が小説を読みふけることは、繰り返し諌められ、ときには害毒のように言われてしまう。

嘗テ聞ク小説ハ婦女子ノ見ルヘキ者ニシテ決シテ有為男子ノ読ムベキ者ニアラス然ラサレハ長夜ノ徒然ヲ慰ムル者ニシテ決シテ今日ノ如キ繁雑ナル世ニ於テ手ニ取ルべキ者ニアラズト余ハ正ニ此言ノ虚偽ナラザルヲ信ズ（渋谷亀吉「●小説ヲ読ムノ利害」前掲）

生曾テ小説店主ヨリ聞ケリ、吾人青年ハ購客ノ第一位ヲ占ル者ナリト、此有害ナル小説ニシテ実ニ斯ノ如シ、世ノ著述ニ従事スル者、少シク考フヘキナリ、生ハ実ニ小説ヲ好ムコト甚シ、故ニ其大害アルヲ知ルモ亦周密実地ナリ、請フ我カ同胞青年ノ士ヨ、吾人ハ眼前ノ欲望ニ躊躇セス、永遠ニ重大ノ目的ヲ抱ケリ、雲ヲ突キ巍然トシテ聳ユル大丈夫ノ心魂、何ソ稗史小説ヲ藉テ娯ム可ケンヤ（松本豊吉「●小説ノ利害」『穎才新誌』明治二三〔一八九〇〕・二）

学生は小説を読むへきか、吾人をして之を謂はしめんか、一刀両断其の読む可らさるを可とす（北牧生「●学生は小説を読む可きか」『穎才新誌』明治二三（一八九〇）・二）

このように、「有為男子」や「雲ヲ突キ巍然トシテ聳ユル大丈夫ノ心魂」を持つ「青年」、あるいは「学生」が小説を読むことが戒められている。そして、彼らの指弾のやり玉にあげられたのが「人情小説」であったことも確認しておく必要があろう。

小説ノ口ニスル所ヲ聞クニ無丁字ノ童蒙婦女ヲシテ愉快ノ中ニ見聞ヲ広フセシメ不知不識勧善懲悪ノ理ヲ悟ラシム小説ノ効偉ナラスヤト夫レ或ハ然ラン果シテ此ノ語ノ如クンハ真ニ益世補育ノ良材料トナシテ可ナリト雖モ如何セン近刊ノ新聞挿絵ノ如キハ往々醜状見ルニ忍ヒサルモノアリ其旨全ク前語ニ背ケリ反ツテ色情ヲ誘惑センカヲ危マシム挿絵已ニ此ノ如シ文章語解ニ至リテハ不可言ノ艶語猥説殆ント全紙ニ充溢スルヲ見ルヘシ少シク憂世愛国ノ情アルモノハ眉ヲ顰メテ密ニ■■（印刷不分明――引用者注）心セサルヲ得サルナリ（森田碧海「〇小説家ノ頭上ニ一鍼ヲ加フ」『穎才新誌』明治二一（一八八八）・六）

夫レ小説ノ世ヲ益スル、蓋シ鮮微ニ非ルナリ、夫ノ当世ノ景情ヲ写出シ、深ク人心ニ感激ヲ与へ、懦夫モ為ニ勇気ヲ鼓舞シ、頑童モ為ニ文明ノ沢ニ沐浴スルヲ得ルカ如キ、其功ノ尤ナル者ニシテ、且ツ文学上ニ影響ヲ及シ、其発達ヲ扶助スル如キ、敢テ喋々ヲ要セザルナリ、知ル可シ、小説ノ世ヲ益スル其力ノ偉大ナルコトヲ、然レトモ目下我カ小説界裡ヲ一瞥セバ、大ニ此点ニ違フノ感ナキ能ハス、見ズヤ新著百種ノ如キ、都の花ノ如キ、斬新奇抜、実ニ現行小説中ノ大王トモ称スベク、吾人ノ賞讃シテ措カザル所ノ者ナリ、而シテ其趣向骨子ニ至テハ如何、巻中一ノ愛ヲ説クアルノミ、新著七冊、都の花三十一巻、首尾ヲ充填スル者ハ何ソ、読ミ去リ読ミ来リテ、唯俗漢淫婦カ隆ンニ情ヲ通ハシ、艶ヲ衒ルヲ覚得スル耳、魁タル小説已ニ然リ、況ヤ其他ノ稗史ヲヤ、此種ノ小説ニシテ果シテ頑童ヲ文明ニ導クコトヲ得ル乎、懦夫モ為メニ奮励スル事ヲ得ル乎、生ハ現今ノ小説ハ往古ノ春情画、即チ枕草紙ト一般ニシテ、徒ニ有為果敢ノ青年ヲシテ英気ヲ挫キ、淫欲ヲ誘起スルノ一具タルニ過キサルヲ信セリ、（松本豊吉「●小説ノ利害」前掲）

婦女子ノ痴情ヲ描ス、能ク神髄ヲ抉出シテ、其妙殆ト云フ可ラサルハ、為永春水ヲ以テ第一トス、然レトモ其巻中ノ主人公タル者、悉ク下等人物ニシテ、人類ノ品格ヨリ云ヘハ、一モ取ルヘキ者ナシ、蓋シ春水ノ作ハ、妓女娼婦ニアラサレハ、商家ノ遊冶郎ノ卑情卑態ヲ描スニ過キサレハナリ、故ニ士君士ノ喜フ所トナラス、徒ニ無教育ノ子女ヲ喜ハシメ、世ニ淫風ノ媒介トナルモ、諷刺警醒スルノ具トナラス、其品格ナキ、其見識ノ低キ、文学上最モ卑ムヘキ、最下ノ小説ト云ハサルヘカラス、（中略）当今ノ小説家ハ、馬琴流ニアラスシテ、寧ロ春水ニ類似セリ、但春水ノ如ク、露骨的ノ淫卑ニアラスト雖トモ、天浮羅的ノ卑猥小説ニシテ、幾分カ品格ヲ具フルノミト、（石沼滑川「●現今ノ小説」『穎才新誌』明治二五（一八九二）・三）

これらの記事が「人情小説」を批判するあり方は、「其文繊弱軟巧、絶えて雄厚絶大の象なし」（島田三郎「文学極衰」『女学雑誌』明治二二（一八八九）・一二）のような、文学極衰論者の口吻に極めて近い。しかしそれは、

今の小説家は、只だ小愛を描て、大愛を描かず。痴情を描て、正情を描かず。小人を描て、君子を描かず。匹夫匹婦の肉慾を描て、英雄豪傑の肝胆を描かず。（中略）宇宙は大なり。之を縮小して、涙、愛、情等の三四字

以内に局促せしむる者は、是れ今の小説家にあらずや。然れども之を宝の紛失、御家の災厄、貞女の不遇、毒婦の跋扈、遂に善は栄え、悪は衰へ、子孫繁殖、一家円満に終るの旧小説に比すれば、稍優る所あるに似たり

（「文学世界の近況」『朝野新聞』明治二三〔一八九〇〕・二）

の記事を引いて越智治雄が述べたように、「記者は旧態を墨守するの徒ではない。文学の進歩を認めつつも、文学に対するイメージの相違を表明せずにはいられない」*8 というものではない。石川滑川「●現今ノ小説」の記事は『朝野新聞』の「文学世界の近況」の認識に近いと言えるが、先に掲げた『穎才新誌』の論説はどれも「広大無辺の小説世界」（「文学世界の近況」）のように、自らの抱く小説イメージを示すことは無い。いや、イメージだけであれば示されないこともなかったが、例えば、いきなり「吾人ハ大喝シテ、以テ此種ノ学者ニ向テ、忠告セント欲ス、願クハ、汝ノ満身皆錦繍的ノ腸ヲ去テ、鉄腸ニ換ヘヨ、桜花桃李ノ如キ物ヲ去テ、梅花ノ如キ者ヲ求メヨ、巍々乎トシテ泰山ノ如クナレ、洋々乎トシテ大河ノ如クナレ、其森厳正粛ナルコト、厳霜烈日ノ如クナレト」（太田勘助「●当代ノ文学」『穎才新誌』明治二四（一九八二）・七）と言われても、何のことやら一向に要領を得ない。ここには、自らが読者として、ないし作者として小説の改良に参画しようとする意志が見られない。つまり、『穎才新誌』に掲載される小説論の多くは、小説に真摯に関わっていくことを忌避し、高みから小説を見下す知識人のエートスのみが先鋭的に発現している気味合いなのである。先にも引用したように、松本豊吉は小説の利を認めるにやぶさかでないのだが、例えばそれは、「夫レ小説ノ世ヲ益スル、蓋シ鮮微ニ非ルナリ、夫ノ当世ノ景情ヲ写出シ、深ク人心ニ感激ヲ与ヘ、懦夫モ為ニ勇気ヲ鼓舞シ、頑童モ為ニ文明ノ沢ニ沐浴スルヲ得ルカ如キ」（「●小説ノ利害」前掲）のように、「懦夫」「頑童」に対象が特化され、小説を啓蒙の具としてのみ見るものであり、『小説神髄』が言うような「大人学者の眼」にかなう小説という側面からは捉えられていない。そうであるならば、小説を肯定するような

言説も、それが啓蒙や消閑の具を言うに止まるならば、『小説神髄』が企図した新たな小説の位置づけに応答できていないという点で、小説を批判する言説と土俵を同じくしていると言える。

実業社会即農工に従事し朝には星を戴き原野を耕し夕には月を踏んで家に帰る労働者流は実に不学不識にして相当の教育を受け普通の文章を解読するものは百人中の一人なるへし（中略）稗史小説なるものは今日に在りては実に教育の一具と謂つ可し此の他通俗の新聞雑誌も亦た同種たるへし是を以て吾人は此器械に由りて実業社会の知識を伝播せんと欲す（高木蛟雲「○小説家に望む」『穎才新誌』明治二一（一八八八）・三）

少年ノ教育ニ於テ、最モ必要ナルハ小説ニシテ、少年ノ心裏ヲ支配スル勢力アル者ハ、小説ニ如クハナシ、（糸田長作「●小説改良論」前掲）

「労働者流」や「少年」を導く「教育の一具」として小説の役割を位置づけるならば、それは「素ヨリ戯作ハ識者ニ示スニ非ス不識者ヲ導クモノニ候」（「仮名垣魯文條野有人教部省へ差出シタル書面ノ略」『新聞雑誌』明治五（一八七二）・七）という規定と何変わるところはない。それならば、次のように返答されて小説の命脈は長くない。

小説家ノ弁スル所ニヨレハ小説ノ徳ハ知ラズ識ラズ善ニ導キ悪ニ遠サカラシムル者ニシテ所謂勧善懲悪ノ利器ニシテ決シテ社会ニ益ナキカ如キ者ニアラス云々ト此言一理アルガ如クナレトモ熟々思考スレバ実ニ無用ノ贅言タルニ過キサルナリ何トナレバ普通教育ヲ受ケタル者ハ小説ヲ読マサルモ既ニ善悪ノ差別ヲ知得シ居レハナリ況ンヤ今日ノ如ク山間僻地ト雖モ教育洽ク普及シ人智漸ク発達セントスルニ於テオヤ且又苟モ口ニ男女同権

ヲ主張シ口ニ自由権利ノ拡張ヲ喋々呶々スルノ婦女子ニシテ何ソ女大学ヲ暗誦セシ卑屈婦女子ト一般視スルヲ得サルニ於テオヤ然則風俗ヲ乱シ活溌ナル精心ヲシテ卑屈心ト変セシムルカ如シ小説ノ今日ニ必要ナキ素ヨリ喃々スルヲ要セサルナリ（渋谷亀吉「●小説ヲ読ムノ利害」前掲）

小説の役割が「教育の一具」に止まるのであれば、渋谷亀吉の批判は当を得ているかもしれない。そもそも小説の役割が教導にあるならば、それは知識人の共通認識としてさほどの議論を呼ばなかったであろう。不必要との認識があったとしても、目くじらを立てるほどのことでもなかったはずである。あらためて確認しておくならば、問題は小説を「大人学者」の対象にまでせり上げるという『小説神髄』などの主張によって生じた、小説をめぐる認識の変容にこそあるのであり、さらにそのことを支えとして「学者」や「青年」たちがおおっぴらに小説に触れはじめたという情況が出来したことが議論のはじまりなのであった。その意味で「大人学者」と小説との関係を問わない論説は、肯定否定の別を問わず争点を準備しない。どれほど激しい言い合いに見えようとも、それは学問の世界よりも低い位置に小説を据え置き、有為の徒との関係を絶ちきることで、無傷のままに自らの棲む世界を温存している点で何ら変わりはないのである。

ならば、『穎才新誌』誌上には珍しく、『小説神髄』などの主張をよく敷き写した松下芳の「●小説ノ目的」（『穎才新誌』明治二二（一八八九）・七）は注目に値しよう。

小説ノ目的ハ青年壮士ノ悲歌慷慨ヲ写シテ政治得失ヲ論スル者ニ非ス、又痴禿愚僧ノ長嘆大息ヲ聞テ宗教ノ利害ヲ議スル者ニ非ス、小説ノ目的唯一アツテ存スルノミ、何ヲカ小説ノ目的ト云フ、曰ク人ノ五感々情ヲ写出シテ歴然其人ニ接シ其地ニ在ルカ如ク、読者ヲシテ知ラス識ラスノ間、[*9]其主公ト同感情ヲ起サシムルモノ是レ之ヲ小説ノ目的ト云フ、（中略）彼勧善懲悪ヲ以テ小説ノ目的ト心得タルカ如キハ腐儒ノ愚論ナリ、又彼諷戒寓意ヲ以テ小説ノ神髄トナセルカ如キモ未タ小説ノ美光ヲ拝セサル俗物輩ノ管見ナリ

小説の目的は「政治」論でも「宗教」的教導でも「勧善懲悪」でもなく、「人ノ五感々情ヲ写出シテ」読者に「主公ト同感情ヲ起サシムル」ことにあるという松下の見解は、啓蒙の具としての小説という認識とは異なるものである。さっそく渋谷亀吉「●小説之目的豈夫然」（『穎才新誌』明治二二（一八八九）・七）が反論を加える。

余輩ハ一言論者（松下芳――引用者注）ニ問ハントス何故ニ小説ハ勧善懲悪ノ具ニアラス又諷戒寓意ノ器ニアラスト云フヤ「細民ノ悲哀トナリ或ハ罪囚ノ惨状トナリ或ハ炮烟弾雨トナリ或ハ舌戦筆争トナル云々ト紙上ニ写出シ斯スレハ斯ル現象ヲ呈シ此手段ヲ用ユレハ此ノ如キ惨状ヲ現出スヘシト予メ人ノ注意ヲ呼ヒ人ノ感覚ヲ起ス者ニシテ之レ諷刺寓意ノ手段ニアラスシテ何ソ善事ヲ行ヒ美事ヲナセハ遂ニ此ノ佳報アリ悪事ヲ働キ不正ヲ行ヘハ終ニ此ノ悪果アリ云々ト懇切ニ無学無識ノ徒ヲシテ之ヲ鑑ミシムル者ニシテ是レ勧善懲悪ノ方法ニアラスシテ何ソヤ然則論者カ小説ノ目的トハ果シテ如何ナル者カ余輩耳ヲ欹テ、之ヲ聞ン

渋谷は、小説の目的が勧善懲悪には無いと言い切った松下の議論を批判する。渋谷は相変わらず「無学無識ノ徒」を小説読者と措定することに一切疑いをいれようとしない。ここに見られる葛藤は、小説の目的に関わる議論の形を取りながらも、小説の地位にまつわる認識である。松下は小説の目的を述べるに際して、政治や宗教、あるいは勧善懲悪などの道義を説くことを小説の目的とすることを否定していた。松下はそれらの領域と小説の間に上下優劣を認めるのではなく、それと拮抗しうる独自の領域を確保することを議論の基幹としていたのである。それは、

竹芙蓉の議論にも引き継がれている。

西哲モ曰ヘリ、凡ソ人心ノ感化ハ、人ノ伝記ヲ読ムニ過クルハナシ、ト彼ノ小説ナル者ハ、凡テ是レ人ノ伝記ナレハナリ、蓋シ彼レ孔孟ノ遺書ト雖トモ、賢哲ノ著述ト雖トモ、人ノ伝記ヲ載セサルニハ非スト雖トモ、小説ノ如ク微細ヲ写サヽルナリ、小説ノ如ク読者ノ身辺ニ密接スルノ関係ヲ写サヽルナリ、小説ハ鏡ナリ、彼ハ撮影ナリ、是レ其ノ人心ヲ感動スルニ於テ、大径庭アル所以ナリ、小説家カ社会ニ及スノ勢力、何ソ如斯広ク且ツ大ナルヤ、嗚呼夫レ社会ハ遂ニ小説家ノ園囿乎（竹芙蓉「●小説家」『穎才新誌』明治二四（一八九一）・一一）

「孔孟ノ遺書」や「賢哲ノ著述」と同等に、というよりも小説はそれに優る独自の価値を有しているという竹芙蓉の認識は、小説が学問と伍するにあたってあって然るべき主張である。「英民に及ほしたるセイキスピヤと聖経の感化力に優劣の差を分つこと殆むと難きを思はしめたり、否な民友記者をして其優劣なきを信せしめむとせり」（天民生「西学東漸以来、日本文学界の新趣味将に生せむとす」『国民之友』明治二二（一八八九）・八）とあるように、「セイキスピヤ」と「聖経」との間に優劣を置かないような小説の地位に関する認識を竹芙蓉は提出した。このような認識に対して、萩原孤村は「抑聖賢ノ書ヲ以テ、小説ト比較スル、足下ハ実ニ道徳ノ罪人、乱理ノ賊ト云フヘキノミ」（「●賤ムヘキハ小説家」前掲）と述べ、「聖賢ノ書」と「小説」を対置することに嫌悪感を示し、小説を蔑視する態度を隠そうとしないが、萩原孤村の論説に対しては、いくつかの反論が書かれており、もはや小説を有害無益として葬り去ろうとする論は行き過ぎの感を免れない。ただし、例えば坂従正策「●小説家ハ」（『穎才新誌』明治二四（一八九一）・一二）のように、「萩原孤村ナル論者」の説を「小説ハ有害無益ナリ、士心ヲ腐敗セシメ、進取ノ気ヲ消耗セシム、ト嗚呼何等ノ暴言ソヤ」と批判しながらも、「道義上ノ小説」を著して「不徳義不道徳」の矯正を望んだり、

「冒険小説」によって「冒険心」の涵養を望むのでは、小説の地位にまつわる問題意識の点で萩原孤村の認識と径庭はない。

明治二十年前後の時期に『穎才新誌』誌上に小説論がしばしば見られるようになった背景には、知識人を志す青年たちが小説に携わるような情況が出来したことがある。また小説の社会的地位を向上させようとする試みも『穎才新誌』の投稿者の議論を誘発した。しかし、小説が「大人学者」の営為であるという認識は、ついに『穎才新誌』の議論の前提とはなり得なかった。そのような認識を持つ論説が掲載されれば、すぐさま争点として取りあげられたり、あるいは劣位に止まるよう馴致される。小説が「大人学者」の営為として図々しくも知識人の世界に入り込んで来る事態に対する違和感は、明治二十年代前半の段階では、そう易々と克服できるものではなかったのである。

『出版月評』誌上には、それほど激しい物言いはないが、「文学進歩」を目指して多くの学術書に対する〈批評〉を掲載する中に小説の〈批評〉が同列していることは、果たして見慣れた風景であったろうか。後述するように、森鷗外が『出版月評』の小説観に満足しなかったことは、『穎才新誌』の論説に見られる小説の地位をめぐる争点が、『出版月評』の底にも存していたことを示している。小説を〈批評〉することをめぐって『出版月評』はその内部に重いきしみを沈潜させていたと言えるのである。

3 『しがらみ草紙』の創刊と小説の〈批評〉

小説は学問の側から必ずしも積極的に迎えられたわけではなかった。しかし、同じことが小説の側からも指摘できることに注意する必要がある。戯作者による小説の高尚化に向けた批判や、〈批評〉に対する違和感については冒頭に触れておいたが、〈近代小説〉においても学問と自らとを切り離す主張がなされていた。小説創作の側から見るならば、例えば二葉亭四迷が「偶然の中に於て自然を穿鑿し種々の中に於て一致を穿鑿するは性質の需要とて人間にはなくて叶はぬものなり穿鑿といへど為方に両様あり一は智識を以て理会する学問上の穿鑿一は感情を以て感得する美術上の穿鑿是なり」（「小説総論」『中央学術雑誌』明治一九（一八八六）・四）と述べ「学問」と「美術」とを分節していた。

森鷗外は〈批評〉の側面においてそのことを問題化し、「文学の評論を専門とする」（S.S.「●柵草紙」『出版月評』明治二二（一八八九）・一二）雑誌として『しがらみ草紙』を創刊する。鷗外にとって『出版月評』の小説〈批評〉、ひいては『出版月評』の小説に対する認識は満足のいくものではなかった。

去年の評家は何をか機関とせし、先づ眼を着くべきは「出版月評」なるべし——而れども此着眼は終に肯綮に中らず、是れ職として出版月評が詩学、即ち美術的文学に対して特異なる識見を懐けるに由る其麹橋一人といふ名を署したる「色懺悔」の評に曰く「蓋し小説は詩歌と同く時代の進歩に従ひて衰頽するものなれば今人の小説が古人の小説に及ばざるは無論の事なれども、時代、益々進むに従て万端の人事、益々多きを加へ百般の智識、愈々精きに至るものなれば其小説の脚色結構は愈々新奇駁雑に至るべきは当然の理なり之に反して文章と想像の二者は漸次衰頽に赴くべきもまた自然の勢なりといふべし」と、見るべし、出版月評はエルネスト、レナンに等しく将来の善美を尽し、天地にては真学ありて美術なしと思ふものに似たるを、又た見るべし、出版月評が学海居士の八犬伝細評などを出しゝことはあれど今の小説に対しては略評をのみ出すことの故なきにあらざるを、夫れ彼は既に美術を以て退歩するものと看做し詩法を以て却走するものと看做すときはその此漸く衰へゆく美術詩法に対して冷然たるや宜ならむ、その学問をば古今に通じて価あるものに思惟すれど美術を

ば古昔のみ精かりしものに思惟して彼を待つこと厚く此を遇すること薄きや宜ならむ

「明治二十二年批評家の詩眼」（『しがらみ草紙』明治二三〔一八九〇〕・一）を探る鷗外は、『出版月評』の小説観をこのように見て取り、「余等は此批評国を離れて他に適かんと欲す」と見捨ててしまう。〈批評〉機関として「先づ眼を着くべき」『出版月評』が「学問」を重んじる反面、「美術」を疎んじていると見た鷗外は「美術」専門の〈批評〉誌が必要であると考え、『しがらみ草紙』をつくったのである。鷗外も、「本国、支那、西欧の種々の審美学的分子は此間に飛散せり此混沌の状は決して久きに堪ふべきものにあらず余等は、その澄清の期に近きにあるを知る而してそのこれを致すものは批評の一道あるのみ」（S．S．S．「「しがらみ草紙」の本領を論ず」『しらがみ草紙』明治二二〔一八八九〕・一〇）と述べるように、〈批評〉の役割を重んじていた。しかし、鷗外が「混沌の状」と述べているのは、あくまで「審美的分子」についてであった。それゆえ、鷗外は「余等が「しがらみ草紙」の発行を企てしも亦た聊か審美的の眼を以て天下の文章を評論しその真贋を較明し工窳を披剝して以て自然の力を助け蕩清の功を速にせんと欲するなり」と述べ、「審美的の眼」に拠る〈批評〉の必要性を説くのである。ここで重要なことは、『しがらみ草紙』の主張が、小説を含めた「美術」を対象にした〈批評〉の必要性を言うに止まるものではなく、「審美的の眼を以て天下の文章を評論」するというように、〈批評〉の方法の問題に力点を置いていることである。「小説の意匠を説て孔丘の思無邪説をのみ遵奉する或は成心の娯なきにあらず況やこれを推して情詩の一体に及ぼし彼も卑俚なり此も世教に益なしと塗抹し去らんとするをや」ともあり、小説の評し方が問題にされているのである。つまり、『しがらみ草紙』の創刊は『出版月評』などの学問の観点からする小説〈批評〉との差異化に基づいてなされたのである。それでは、学問から自らを分節する「審美的」〈批評〉とはどのようなものなのか。『出版月評』の社友でもあり、「○批評の標準」などで『出版月評』の〈批評〉圏に位置した坪内逍遙と『しがらみ草紙』を創刊した森鷗外との論戦を参照することで、その問題を考察する端緒を探ってみたい。

逍遙は明治二十三年十二月七日から十五日にかけて「新作十二番のうち既発四番合評」を『読売新聞』に連載する。逍遙はそこで小説を「固有派」「折衷派」「人間派」の三派に分類する「小説三派」の理論を打ち立て、それを基準として「新作十二番」の既発表四作品を〈批評〉する。「固有派」は「物語を作るに事を主として人を客とし事柄を先にして人物を後にする者」、「折衷派」は「人を主として事を客とし事柄を先にして人物を後にする者」、「人間派」は「人の性情を因として事変を縁とするものなり」と各々説明される。そして、「新作十二番」のうち、饗庭篁村『勝鬨』と宮崎三昧『かつら姫』を「固有派」に、尾崎紅葉『此ぬし』と山田美妙『嫁入り支度に教師三昧』を「折衷派」にそれぞれ配し、「人間派」はまだ現れてないと述べる。

小説を三派に分類することについて逍遙は「今の批評家中には間々第二派の眼をもて第一派を評し徹頭徹尾取る所無しと抹殺する者あり」、「今の批評家所謂人情派の小説だにいと〳〵稀にある我小説壇に向ひていと〳〵幼稚なる小説壇に向ひて唐突にドラマ（中略）を標準として物語派の作を批判し叱咤一声して是小説にあらずと喝破す」と述べ、小説の分類のあることを弁えず、自らの理想を作品に押しつける現今の批評家への批判として、「標準」を定めた上でそれに基づく〈批評〉を展開したのである。この分類を「標準」とするならば、「人間派人情派の作としては甚だ妙ならずと見ゆる作も之を物語派の作とすれば甚だ妙なること」があり得るのであり、「此別を非なりとする人」は「事物の平等を見て差別を見ざる人」であると述べる。各々の作品の「差別」に注目する逍遙は小説三派について、「此等の比喩は偏に其質を評せるのみ三派の優劣をいえるにはあらず」と述べ、三派の間に「優劣」を措定しない。〈批評〉対象の四作品に対しても、「此四者の優劣を判ぜんとにはあらず其質の異なれる所以を分析せんとす」と述べている。「判」じるの語と「分析」の語との間に、学問的な基準に禁欲的であろうとする逍遙の意志が垣間見えよう。しかし、この「優劣」を措定しないという点については、越智治雄が「「小説三派」では、価値評価を含まぬ分類と言いながら、最もすぐれていた小説をドラマの名で呼んだ[10]」と指摘するように、必ずしも厳密に守られてはいない。例えば、「いと〳〵幼稚なる小説壇に向ひて唐突にドラマ（中略）を標準として物語派の作を批判し」の言に見られる「幼稚」の語や、「『此ぬし」を評して理想派と云は敢て貶したるにあらず人間派の更に高かる可をいへるのみ」といった表現からは、逍遙が小説三派の間に「優劣」を見ていたことが確認される。そのような傾向を有していたのにもかかわらず逍遙が「優劣」を措定しないと述べたことは、科学的な「分析」の境位に自らを自制したことを意味していよう。

逍遙の「既発四番合評」に対して鷗外は「逍遙子の新作十二番中既発四番合評、梅花詞集評及梓神子」（『しがらみ草紙』明治二四（一八九一）・九）で批判を加える。この論説で鷗外は、逍遙の小説三派の区分をハルトマンの分類にあてはめ「固有派」を「類想」、「折衷派」を「個想」、「人間派」を「小天地想」に置き換える。その上で、「然はあれど固有、折衷、人間の三目は逍遙子立て、派となしつ。類想、個想、小天地想の三目はハルトマン分ちて美の階級としつ」とし、「優劣」を措定しない「逍遙」の「派」に対して、階級化された分類を持ち込む。そして、逍遙の〈批評〉態度について次のように述べる。

逍遙氏おもへらく。批評は著作の本旨の所在を発揮することをもて専とすべし。帰納的なるべし。没理想なるべし。（中略）人の著作を批評せむとするときも、先づ観察し、探求せではかなはじ。是科学的手段なり。是帰納的批評なり。然はあれど観察し畢り、研究し畢りて判断を下さんずる暁には、理想なかるべけむや、標準なかるべけんや。理想とは審美的観念なり。標準とは審美学上に古今の美術品をみて、帰納し得たる経験則なり。

鷗外は逍遙の〈批評〉が「科学的手段」「帰納的批評」である点は認めるが、その「観察」や「研究」が終わったのちに、「審美的」な「理想」や「標準」に則った「判断」の必要性について述べ、「演繹的批評」を主張する。この箇所に続けて鷗外は「哲学者経験則を経験則として応用せず、これをおのが哲学統理に収めたる上にて活かし使はむとするのみ」と述べている。このような〈己〉に立脚した「理想」や「標準」は、「独断」や「感情」による放恣な態度を矯める秩序の側面を強く持つ逍遙の「標準」の要請とは異なったものであろう。そして、その点こそが『出版月評』の〈批評〉論を準拠枠とする〈批評〉と、『しがらみ草紙』が主張した「審美的の眼」に拠る〈批評〉との差異なのである。

ここで、先に引用した「われから」評を思い出してみたい。「公平」に反論する「小説通」という構図の背景には、これまで述べてきたような文脈が想定される。それは、「公平無私」という〈批評〉方法への批判を通してなされた審美眼による〈批評〉の主張である。また同時に、「公平無私」が抱え込む学問のイメージを批判して形成された美術に独自の〈批評〉法の主張でもある。

『出版月評』の〈批評〉論は学問的な厳正さを希求して「公平無私」の態度を標榜していた。そして小説の〈批評〉もそれを引き受けていた。そこには、小説を学問へと接近させ、社会的地位を引き上げようとした逍遙等の意図があったと考えられる。しかし、小説の社会的地位を向上させる試みがある一方で、学問の側は容易にはそれを受け入れようとはしていなかった。あるいは、一見受け入れているように見える言説にも、小説独自の価値を主張する『小説神髄』などに対して充分な理解があったかといえば甚だ疑わしいのであり、学問の側の杓子定規で小説が測定されることが少なくなかった。小説は役に立つのか立たないのかという形で問題化されたり、聖賢君子の書籍と比較した瞬間に議論が生じてしまうあり様であり、学問の世界に対して従属的な位置に小説が止まるという認識は容易に払拭されることはなかった。そのような中で、学問的な世界から自らを切り離すようにして『しがらみ草紙』が美術独自の〈批評〉領域を形成したのである。そして、それは〈批評〉法の問題として、「公平無私」から「審美的の眼」への移行を伴ったものであった。

『しがらみ草紙』の営為は、同じく小説が学問の対象になることを批判したにしても、「小説を美術だとか技芸だとか、高尚の地位に置は嫌ひ」という文京ら戯作者達のように自らの世界に居直った態度ではない。『しがらみ草紙』の創刊は、学問を批判対象として呼び込み、そのことによって小説の地位を学問に比肩し得る地点にまで高めること、そしてその上で学問の世界を批判すること通して小説独自の領域を形成する、あるいは小説をめぐる認識の布置を編み直すという、そのような出来事の一幕だったのである。

注

＊1　磯部敦「活字翻刻本の思惑」（『国語と国文学』平成一五〔二〇〇三〕・一〇）。引用は『出版文化の明治前期――東京稗史出版社とその周辺』（平成二四〔二〇一二〕・二、ぺりかん社）に拠る。

＊2　小森陽一「近代批評の出発」（『批評空間』平成四〔一九九二〕・三）

＊3　宇佐美毅は「忍月の批評は、「感服」「賞賛」する点と「非難」「貶毀」すべき点を列挙していくというところに特徴があった」（「近代小説と批評――石橋忍月の初期――」『中央大学文学部紀要』平成一一〔一九九九〕・三。引用は『小説表現としての近代』平成一六〔二〇〇四〕・一二、おうふう、に拠る）と指摘するが、それは、このような文脈と関係があろう。

＊4　逍遙は「独断に基く批評も感情に拠れる批評も共に不当なるや明なり然らは其孰れを採るやと問はば予は甘んじて前者を取るべし何となれば仮令独断の理屈にもせよ理屈ある以上は標準あるにひとしければなり己に標準の存する以上は批評の不当なるを駁するに臨みて頗る便利なるを覚ゆればなり即ち其標準の不当なるを論じて批評家の根拠を破壊すれば彼が妄断の妄なる由は強ち論ぜすとも明なればなり」（「〇批評の標準」前掲）と述べ、「感情」に基づくより

は「独断」に基づく〈批評〉を可とする。また、「雪中梅（小説）の批評」（『学芸雑誌』明治一九〔一八八六〕・一〇、一二。引用は、石田忠彦『坪内逍遙研究　附・文学論初出資料』昭和六三〔一九八八〕・二、九州大学出版会、に拠る）にも次のようにある。

総じて新著述の批評といふものは当る著述家の為には更也後の著述家の目安としもなれば元来軽々しうものすべきものにあらず十分大切に念を入れて正しき標準をあらかじめ定めて扨これに因りて評すべきなりしかるに我国の批評家は（歯をはだかにして評せんには）多くは間に合せの「クリチイク」なり概して批評の理をわきまへぬ人のみ故に動もすれば軽々しくおのれか独断を目安として怪しき評言をいひ並ぶる事ありこれらは評さるゝ当人は更也後の著述家の不利益ともなるらんおのれは内々に心配するなりかくいへばとて遊人の批評は真理に相違なしと自惚るゝにはあらずおのれは兎も角標準を定めて扨評するぞといふまてなりよしや臆断の標準にもせよこれが目安なりと公言すればまことに難ずるにも都合よけれど何が標準とも明言せず稗史の神髄は云々ともいはず漠然評さるゝは最もつらし故に遊人は批評するに臨みて「小説の要は哲学の講究し得ざる真理を発揮するにあり」といふ事を以て終始の標準となすべしと思ふ

仮に「独断」に過ぎないとしても、「標準」を定め、明示することで反論に開くあり方は「余カ学術上公平ト信スル所ニヨリ批評ヲ下スヘシ而テ余カ下セル批評ニ誤謬アラハ余ハ世上ノ読者及ヒ著者ヨリ烈シク反撃ヲ被ムルコトヲ最モ喜フナリ」（「〇統計詳説上」『出版月評』明治二〇〔一八八七〕・一〇）と言う阪谷芳郎にも通じていよう。

＊5　「感情」よりも「智力」に依拠することを重んじる学問的な態度の要請は、進化論の色合いを帯びてもいる。『小説神髄』（明治一八〔一八八五〕・九〜一九〔一八八六〕・四、松月堂）では、「外面」と「情欲」の関係を論じる際に、「未開蒙昧の世」の人については、「一時一旦の情欲をば抑へ止むることかなはで心に思ふことをさへにあらはに外面にうちいだしつまたは挙動にも見えたるなり」と述べ、「人智いま一層進」んだ世の人については、「人も智力の進める

ま、我情欲を抑制してあからさまには其面にあらはさゞるやう力めつべし」と述べている。

＊6　谷川恵一『言葉のゆくえ——明治二〇年代の文学』（平成五〔一九九三〕・一、平凡社）

＊7　有為の徒が小説を読んだり書いたりするのに、病気が言い訳として使われることが、しばしばある。矢野龍渓は、「明治十五年春夏ノ交、予疾アリ。臥蓐連旬、無聊ニ勝ヘズ。眼、史冊ニ倦ム。則チ和漢ノ小説ヲ求テ、之ヲ読ム」（「齊武名士経国美談自序」『齊武名士経国美談　前篇』明治一六〔一八八三〕・三、報知新聞社）とあるように、病床の読書によって『経国美談』の想を得たという。また、執筆に際しても、「之ヲ筆セント欲セシガ、世事忙匆ニシテ未ダ著作ニ従事スルニ遑アラザリシナリ」という状況が続き、「第十二月ニ至リ不幸ニシテ報知新聞停止ノ事アリ。又当時歳晩ニシテ四方ノ招聘ヲ断チ、少シク身心ノ間ナルヲ覚フ。乃チ一切客ヲ謝シ、屏居シテ著作ニ耽ル」とあって、ようやく執筆に取りかかれたのである。それが事実であるか否かよりも、同様の記述がしばしば現れることが、小説が有用の世界の外側に位置するという認識を示していると考えられる。

一日田邊龍子ぬしのとひきて物語の序に。やぶ鶯と名付たるさうしとう出ていはるゝやう。此ごろいたはる事ありて学校へもえゆかず。つれ〳〵なるまゝに。ふとかゝるまされ事をものしたりとて（中島歌子「跋」、『藪の鶯』明治二一〔一八八八〕・六、金港堂）

井上貫一君有為ノ材ヲ懐キ、宿疾ノ為ニ放浪自適シ、世ト相ヒ関セザルモノ多年、頃ゴロ疾、間ニシテ筆硯ニ従事スルニ意アリ（矢野龍渓「西洋仙郷奇談序」、井上悾斎訳述『西洋仙郷奇談』明治二九〔一八九六〕・五、東陽堂支店）

＊8　越智治雄『近代文学成立期の研究』（昭和五九〔一九八四〕・六、岩波書店）

＊9　前引した渋谷亀吉「●小説ヲ読ムノ利害」にも「知ラズ識ラズ」の語が見えるが、この語は小説を「知」「識」の

外部に据え置く認識を示している。渋谷亀吉が進化論などに基づきながら階層性を導入し、知識の外部を劣位に位置づけるのに対して、松下芳は知識による理解と感情による理解とを等位に位置づけていると言えよう。

＊10　越智治雄「逍遙における「ドラマ」の問題」（『国語と国文学』昭和三五〔一九六〇〕・一一）。引用は『明治大正の劇文学』（昭和四六〔一九七一〕・九、塙書房）に拠る。

第二部　制度に挑戦する小説

第五章　〈浮雲〉という物語――二葉亭四迷『新編浮雲』論――

はじめに

二葉亭四迷『新編浮雲』（第一篇、明治二〇〔一八八七〕・六、金港堂。第二篇、明治二一〔一八八八〕・二、金港堂。第三篇、『都の花』、明治二二〔一八八九〕七～八。以下『浮雲』）[*1]について森鷗外が「「浮雲、二葉亭四迷作」といふ八字は珍らしい矛盾、稀なるアナクロニスムとして、永遠に文芸史上に残して置くべきものであらう」[*2]と述べたことはよく知られている。鷗外は、『浮雲』の「筆が心理的方面に動き出した」ことと「二葉亭四迷」という「月並の名」との隔たりに「アナクロニスム」を見たのであるが、『浮雲』という表題の清新な響きもまた、鷗外の「アナクロニスム」の認識を助けたと思われる[*3]。

しかし、『浮雲』の題が新鮮な印象をもたらす一方で、その簡素で象徴的な表題が何を意味しているのかという点になると、同時代以来さまざまな解釈にさらされて、いまだにそれは一定しない。もちろん、譬喩に富む〈浮雲〉の語に一つの確定的な意味を与えることは困難である。作者の意図、作品の主題、読者の意味論的解釈共同体など、（意識的であれ無意識的であれ、単一的であれ複合的であれ）どのような視点を自らに課すかによって表題の解釈に幅が生じるのは当然であり、それは今日までの〈浮雲〉の解釈の揺れを見ても明らかである。ただし、だからといってその語の解釈が何でもよいということにはならない。本章では、『浮雲』の作品内における〈浮雲〉及び関連語彙の用法に着眼するという観点に立ち、『浮雲』の題意について考察を加える。さらに、同時代テクストの用例なども併せて参照することで〈浮雲〉の意味の広がりを確認し、その中に『浮雲』を定位することで、『浮雲』の表題の持つ問題性について考えていきたい。

1 先行研究における〈浮雲〉

『浮雲』の題意の考察に先立って、先行研究においてこの表題がどのように捉えられてきたのかについて確認しておきたい。

まず注釈書の説明を参看してみると、『日本近代文学大系第4巻　二葉亭四迷集』[*4]の畑有三による注では、「浮雲はしがき」の「アラ無情始末にゆかぬ浮雲めが艶しき月の面影を思ひ懸なく閉籠て」にある〈浮雲〉の語に頭注を付し、「不安定なものの象徴として、この作品の題意を暗示している」と指摘されている。さらに補注において、「この作品の意図が当時の不安定な「国家の大勢」の描出であった」とし、〈浮雲〉の語を「当時の不安定な「国家の大勢」」の象徴と捉える。また、『坪内逍遙　二葉亭四迷集　新日本古典文学大系明治編18』[*5]の十川信介による注では、畑注と同一箇所に脚注を付し、「月にかかる雲に、作品の題名を利かせる。「浮雲」には不安定の意があり、江戸時代から明治時代にかけて「アブナシ・あぶない」という訓みかたがよく用いられた（『書言字考節用集』）」とされている。二つの注釈は共に、〈浮雲〉を「アフナシ」（畑）、「アブナシ・あぶない」（十川）と訓ずる江戸時代以来の用例を紹介し、それに基づいて〈浮雲〉の語に「不安定」の意があることを指摘する。

このように〈浮雲〉の語を不安定や浮動性、あるいは浮薄さの意とする解釈は広く行われていた。関良一[*6]は『浮雲』の作品構造を、新旧と善悪という二つの対立軸の複合と捉え、新善に文三、旧善に孫兵衛、新悪に昇、旧悪にお政をそれぞれ配し、「その四人の構成する「磁場」の中央に、可能性としてのお勢が措定される」とする。その上で『浮雲』の題意について「『浮雲』という題は、おそらく、直接にはお勢を象徴し、彼女が、他の四人のつくる対角線の交点に位置しつつ、その四方に牽引され、漂える雲のごとくその線上を行き来して定まらない状況を意味している」と指摘する。さらにその解釈を押し広げ「「浮雲」という題名は、お勢の、みずからはからざる動揺・不安・危機の象徴であり、それにともなう文三の不安の象徴といってもよい。あるいはお勢の心情・行動・運命を媒介として、当代青年男女の、中途半端な「開化」による矛盾・動揺・不安定・自己喪失のごときものを暗示し、ひそかに批判したものと言ってもよいであろう」と述べている。[*7]

十川信介[*8]は関良一の「四辺形の構想」を批判し、二葉亭の当初の意図について、「新時代の想世界の住人」である文三とお勢を主人公とし、その二つの焦点の「距離の変化が、世界の姿を変えて行く」「楕円形」の構想を提出する。その説に即して『浮雲』の題意について次のように述べている。

二葉亭の当初の意図を復元すれば、ほぼ次のようなものになろう。主人公は新時代の想世界の住人、文三とお勢。それに対して、新時代と旧時代の現実的生き方を代表する昇、お政。彼らの力学が構成する悲喜劇が、文明社会の戯画になるはずであった。「浮雲」という題名は、彼らの不安定で浮雲《あぶな》い言動に由来し、日本の将来危うしの意がこめられているのであろう。

ただし、十川は『浮雲』の構想が篇を進めるにしたがって文三へと焦点が移行し、次第に二葉亭と文三が癒着していくと考える。そして、「当初の構想において、登場人物の不安定な行為を揶揄していた浮雲という題名は、文三と二葉亭の不安な心理を、さらには、小説そのものの不安定な運命を象徴する言葉に変わった」と述べるように、構想の移行に伴い『浮雲』の題意も変化したと指摘する。

十川は『坪内逍遙　二葉亭四迷集　新日本古典文学大系明治編18』（前掲）の「解説」においても、第一篇における『浮雲』の題意について「おそらくは鹿鳴館時代の皮相な西洋化に対する警告を含んでいた」と指摘し、さらに第二篇、第三篇へと移るに従って題意が変化するとして、次のように述べている。

しかしこのような「学問」「智識」の偏重は、ひとり文三だけのものではない。福沢諭吉や中村正直らの啓蒙思想の俗流化は、「学問」こそ立身出世の礎という時流を作り上げていた。その有様は小・中学校を中心とする投書雑誌『穎才新誌』に明らかだが、その無邪気な信仰が崩れ、「近代」を形成する支柱としての「学問」に疑問を投げかけた点にこそ、この物語の真の批評性がある。前半の皮相な文明に呼応する冷やかし気味の批評に対して、第三篇において解体していく文三の「学問」の姿にこそ、まさに浮雲のような近代日本の浮動性がおのずから表れているからである。

『浮雲』の第一篇に「皮相な文明」への批評を読み取り、第二篇・第三篇に「文三の「学問」」、さらに敷衍して「近代日本の浮動性」への批評を読み取る十川の考察は、作者二葉亭の影が薄くなっているという相違は認められるものの、『浮雲』の題意に関しては、かつての論と径庭はない。

〈浮雲〉の語について、「アブナシ・あぶない」との読み方が同時代に行われていたことを指摘し、「不安定」の意を読み取る解釈は、それが象徴する対象として、①お勢の浮動性、②浮薄な文明社会、③文三・二葉亭の不安や不安定性の三点にまとめることができる。そして、いずれの解釈も、その対象への批判を基盤として、浮薄な開化や「近代日本の浮動性」に対する批評性へと敷衍されるのである。〈浮雲〉の語を不安定・浮薄・浮動性の意と捉える先行研究は、どれもこの範疇を大きく出るものではない。

ただし、問題なのは〈浮雲〉の語を「アブナシ・あぶない」と訓ずる用例が同時代にあることを根拠として〈浮雲〉を「不安定の意」と捉える解釈や、その「不安定」性を、「日本文明の裏面を描き出してやらうと云ふやうな意気込みもあつた」（「予が半生の懺悔」『文章世界』明治四一〔一九〇八〕・六）という二葉亭の回想に結びつけて、「近代日本の浮動性」を導く解釈が、どれほど妥当なのかという点である。これらの先行研究は、〈浮雲〉の語釈と、二葉亭の構想・意図や『浮雲』の主題分析とをつき合わせることで『浮雲』の題意を解明する方法を採用している。しかしそれらの分析には、それぞれに見出された意図や主題に馴致させるようにして〈浮雲〉の語義が剪定されてしまうきらいがある。鄭炳浩[*9]は、先行研究における『浮雲』の題意の解釈について、「作品の具体的な分析よりも、〈浮雲〉という言葉そのものの語彙的な意味という、これも外部の語彙を通して作品の世界を分析しようとする方法に終始して」おり、そこでは「作品の中のいくつかのところで登場する〈浮雲〉ないし〈雲〉という言葉が、どのようなイメージとして使われているのかに対する考慮」が払われていないと指摘するが、先行研究において語彙研究や主題分析に比して、作品内に現れる〈浮雲〉及びそれに関連する語の用法に注意が向けられていなかったことは改めて考え直してみる必要があろう。

越智治雄[*10]は、「「浮雲」をあぶないとよむ例は明治十年代にも多く見いだすことができる」のであり、このような「同時代通有の「浮雲」イメージを無視することは正しくあるまい」と述べる一方で、「浮雲はしがき」における〈浮雲〉の語の使用例について、「第一篇作中の、「真理」の語から月に移ってゆく第三回の文脈をも思い合わせると、「浮雲はしがき」の月に真如の意味が含まれていなかったとは言い切れない。そしてこの憶測が成立するとすれば、二葉亭が、見えないという不安を所有していたという想像も、不可能ではなくなるのである」と指摘する。越智は、菊亭香水『惨風悲雨世路日記』（明治一七〔一八八四〕・六、東京稗史出版社）の「浮雲明月ヲ蔽ホヒ」を引用し、月に浮雲の付け合わせが「一種の常套句めいたもの」であるとも述べており、その観点から「見えないという不安」を導き出すのである。この指摘は注目すべきものであると思われるのだが、越智は即座に「もとより、いままでに挙げてきたいくつかの解釈例は、それぞれ全く異質なものではなく、明らかに関連性があるから、問題は「浮雲」の語義、ないしイメージの厳密な確定にあるのではない。ただ、浮動する不安定な状況と、その中にいる作者自身の不安とが一体となって「浮雲」という題意が生きてくることを確認すればそれで足りる」と身を引いてしまう。たしかに越智の言う通り、〈浮雲〉の語の様々な意味は「それぞれ全く異質なものではなく、明らかに関連性があ」り、「「浮雲」の語義、ないしイメージの厳密な確定」は困難である。しかし、だからといって『浮雲』の題意として「不安定な状況と、その中にいる作者自身の不安」を「確認すればそれで足りる」という訳ではない。自らの方法的態度に従って、その限りにおいて、可能な限りの語義の「厳密な確定」を目指すべきではないだろうか。

出原隆俊[*11]も〈浮雲〉の題意について、「〈浮雲〉には〈浮雲《あぶな》い〉という読みがあり、このことが『浮雲』読解の上で注意されなければならない」と述べつつも、「しかし、『浮雲』に〈浮雲《あぶない》〉という読みを与えることがヒネリとしての機能の発揮であるからには、やはり、当時の一般読者にとって〈浮雲〉という題名は、〈月に浮雲〉の〈浮雲《うきぐも》〉として理解されることを示していよう」と指摘する。「月に浮雲」の連想が同時代において当たり前の発想であったことは留意すべきである。月に雲という歌語的連想は言い古されたものであり、ここには〈浮雲〉を「あぶない」と訓ずる時代特有の語感は無いのかもしれない。しかし、新しい小説の表題には新味ある語義が用いられなければならないということはないし、後代から見て目新しい用法を率先して解釈として採用しなければならないということもない。

本章では、『浮雲』の作品内における〈浮雲〉や雲、あるいはそれに近接する語の用法の検討を通して、同時代の〈浮雲〉の語のさまざまな意味の広がりの中にあって、『浮雲』作品内のそれがどの辺りにおいて「優勢的意味」[*12]を発揮しているのか考えていきたい。その際、先行研究において十分に検討されてこなかった一方で、「浮雲はしがき」の用法に明らかに見られる「月に浮雲」という連想を重視する。さらに、同時代の他のテクストをつき合わせることにより、『浮雲』の持つ問題性を見定め、その意義について考察していきたい。

2　月と〈浮雲〉

『浮雲』の題意を考察するにあたって、『浮雲』中唯一の〈浮雲〉の語の使用例として、これまでにも取りあげられることの多かった「浮雲はしがき」の一節を、あらためて確認するところから始めてみたい。

お先真闇三宝荒神さまと春のや先生を頼み奉り欠硯に朧の月の雫を受けて墨摺流す空のきほひ夕立の雨の一しきりさら〳〵さつと書流せばアラ無情始末にゆかぬ浮雲めが艶しき月の面影を思ひ懸なく閉籠て黒白も分かぬ烏夜玉のやみらみつちやな小説が出来しぞや

坪内逍遙の号である春の屋おぼろから、朧の月を引き出し、その光を閉じこめてしまう〈浮雲〉に自らの無能を託したこの一節が逍遙に対する挨拶であることは、これまでにも指摘されてきた通りである。ただしここでは、〈浮雲〉の語がどのような使われ方をしているのかを確認しておきたい。ここでの〈浮雲〉が月との取り合わせで使われていることは、既に指摘されている通りである。その〈浮雲〉は「無情《うたて》」きもの、「始末にゆかぬ」ものという意味を付帯されている。つまり、こちらの思いをくみ取らず、勝手気ままに動く嘆かわしいもの、あるいは自分の意志によって処理できないものという意味をここに確認することができる。また、「艶しき月の面影を思い懸なく閉籠て黒白も分かぬ烏夜玉のやみ」に見られるように、この〈浮雲〉は月の光を覆い隠し、暗闇をもたらすものでもある。*13

〈浮雲〉の語が用いられる例は『浮雲』中この一例のみであるが、月と雲の取り合わせであれば次の一節が見いだされる。

庭の一隅に栽込んだ十竿ばかりの繊竹の葉を分けて出る月のすゞしさ月夜見の神の力の測りなくて断雲一片の翳だもない蒼空一面にてりわたる清光素色唯亭々皎々として雫も滴たるばかり初は隣家の隔ての竹垣に遮られて庭を半より這初め中頃は縁側へ上つて座舗へ這込み稗蒔の水に流れては金瀲灔、簷馬の玻璃に透りては玉玲瓏、座賞の人に影を添へて孤燈一穂の光を奪ひ終に間の壁へ這上る涼風一陣吹到る毎にませ籬によろぼひ懸る夕顔の影法師が婆娑として舞ひ出しさては百合の葉末にすがる露の珠が忽ち蛍と成つて飛迷ふ、草花立樹の風に揉まれる音の颯々とするにつれてしばしは人の心も騒ぎ立つとも須臾にして風が吹罷めばまた四辺蕭然となつて軒の下草に集く虫の音のみ独り高く聞える、眼に見る景色はあはれに面白い、とはいへ心に物ある両人の者の眼には止まらず（第三回）*14

この箇所は、文三がお勢に自らの思いを告げようとしてならず、お勢にはぐらかされるままに二人で月見という場面である。ここには「蒼空一面にてりわたる」「月夜見」の清らかな光があるばかりで、それをさえぎる「断雲一片の翳」すら見られない。月光に照らされ、澄明に映し出された庭の景色は、和文脈・漢文脈を駆使して描写されており、「眼に見る景色はあはれに面白い」と語り手によって確認される。しかし、その月、あるいは月に照らし出された景色は、「心に物ある両人の者の眼には止まら」ない。空に雲はかかっていないにもかかわらず、〈心にある物〉のためにお勢と文三は月光に照らし出された、透きとおった世界を見ることができない。そうであるならば、お勢と文三の〈心にある物〉は月の光を遮蔽する雲の役目を代行していると考えることができる。越智治雄は「浮雲はしがき」の月に「真如の意味」があることを指摘していたが、〈浮雲〉とは真如の月、あるいはそれによって照らし出された清かな世界を覆い隠し、見えなくさせるものであり、それは〈心にある物〉の象徴としての意味を持っているのである。*15

〈心にある物〉に眼を蔽われ、眩まされることによって対象の真相が見えなくなるという事態は、お勢と席を同じくした時の文三の身に既に起こっていた。

> 唯怪しむ可きはお勢と席を同した時の文三の感情で何時も可笑しく気が改まり円めてゐた背を引伸して頸を据え巽う済して変に片付る、魂が裳抜れば一心に主とする所なく居廻りに在る程のもの悉く薄烟に包れて虚有縹緲の中に漂ひ、有る乎と思へばあり無い乎と想へばない中に唯一物ばかりは見ないでも見えるが此感情は未だ何とも名け難い（第二回）

第二回の章題が「風変りな恋の初峯入」である通り、この文三の「感情」は恋の萌芽である。もちろん「新しき感じとはまだ判然とは風間の胸の中に成立ざる感じなれば此時已に此感じが此人の心に成立しといふは此人に対し甚だ不正なる評」（坪内逍遙「松の内」『読売新聞』明治二一（一八八八）・一・五〜二・八）であり、いまだ名付け得ないそれが文三の心に成り立っていたわけではない。しかし、この「恋の初峯入」において、お勢を前にした文三は、その眼を「薄烟」に蔽われてしまい、「居廻りに在る程のもの」がすべて「虚有縹緲の中に漂」い、はっきりと見定めることができないのである。それと対照的にお勢の姿という「一物」だけは、見ようとする意識を持たずとも、彼の眼にはっきりと映ずるのである。世界を透明に公平無偏に照らし出す真如の月は、いまやその光を蔽われ、文三の視像はお勢を中心点として歪みはじめる。「我等は有の儘に物を見ずして、吾等のかく有る儘にかく物を見る。即ち吾等は外界を有の儘に見ずして、吾等が心意の偏性に由りて其様を変へたる儘に之を見るなり」（パトリック「偏見心理論」『出版月評』明治二三〔一八九〇〕・五〜六。二葉亭四迷訳）という「偏見心理」第二原理がここに適合するだろう。もちろん『浮雲』第一篇の時点で「偏見心理論」が応用されたのだということを言いたいのではない。ここでは、「心意の偏性」によって視像が歪められるという事態が、「薄烟」の喩によって効果的に表現されており、その表現の機制によって現れた世界が「偏見心理」の原理と近接しているということを確認しておきたい。そして、「薄烟」の機能が〈浮雲〉と同等のものであることは明らかである。「嬉しきは我疑ひの残りなく消えて痕なき春の雪清きは彼の人の胸なりし卑しき心あり明の月蔵す雲と見たりしは我おろかなる迷ひの霧惑ひの霞ひき渡し」（坪内逍遙「松の内」前掲）に見られるように、眼を眩ますものの喩えとして雲・霧・霞・煙などが用いられるのである。

　文三の胸に「生た」「虫」は、「自分には気が付かぬ」内に文三の内に棲みついたのであり、文三からすればそれは自らの意識とは関係なくどこからともなくわいたものであった。それはまた、自らの意志によってはどうにも制御することができないものでもある。その「虫」は次第に「何時の間にか太く逞しく成」り、文三が「彼女に何したのぢやアないのか知らぬ」と自覚しはじめた時には、すでに「「添度の蛇」といふ蛇」となって彼を苦しめるまでに成長するのである。

　このような履歴を記しつつ、場面は「今年の仲の夏」の「有一夜」（第三回）に絞りこまれる。文三の「余程風変な恋の初峯入」に沿って配置されたプロットは、ここで具体的な場面として展開する。文三が散歩から帰ってくると、お政とお鍋は留守で、お勢の部屋にのみ明かりが灯っている。文三が二階の梯子段を往きつ戻りつしていると、お勢が「誰方」と声をかける。これをきっかけとして文三とお勢との会話がはじまる。男女交際論や朋友談義を経て、「貴君の学識が有つて品行が方正で親に孝行で…」と言ったお勢に対して、文三は「私には…親より…大切な者があります……」と述べ、お勢への恋心を匂わせる。それに対してお勢は「親より大切な者は私にも有ります」と答え、それは「真理」であると文三に返す。この言葉を聞いた文三は次のようにお勢に述べる。

ア丶貴嬢は清浄なものだ潔白なものだ……親より大切なものは真理……ア、潔白なものだ……しかし感情とい
ふ者は実に妙なものだナ人を愚にしたり、人を泣かせたり笑はせたり、人をあへだり揉だりして玩弄する玩弄
されると薄々気が附きながら其れを制することが出来ないア、自分ながら……[*16]

文三はお勢の口にした「真理」という言葉を聞き「清浄」で「潔白」であると述べる。そして逆に「感情」を自制することができない自らを嘆かわしく思うのである。〈浮雲〉とは自らの意志では処理できないものであり、それは〈心にある物〉の象徴であることは確認したが、ここでも自身を「玩弄する」と「薄々気が附きながら其れを制することが出来ない」「感情」が〈浮雲〉の性質を帯びていることを確認することができる。文三は、自身の内に「真理より大切な者があり」、「その者のために感情を支配」されているとも述べており、何もわからないままに「感情」に支配されているのではなく、この段階では、「感情」の性質を自身の言葉で把握していながら、それを制することができない点を嘆かわしく思っているのである。

文三はお勢のことを「思い切れない」自身の思いを伝えようとするのであるが、「アラ月が……」とお勢にそらされてしまう。そこで、先に確認した月見の場面に移るのであるが、このように確認してくれば、対象を透明に見通す眼を蔽い眩ませることで、視像をぼんやりさせ歪ませる「感情」、及び「真理」の対極にあり自らの意志では制御することができない「感情」が、〈浮雲〉の象徴するものであり、そのあり様を象徴的に表現したのが月見の風景描写であったことが判明する。

ついに文三は「独りクヨ〳〵物をおもふ胸のうやもや、もだくだを払ふも払はぬも今一言の言葉の綾……今一言……僅一言……其一言」が言い出せず、格子戸の音とともにその場はそれきりのこととなる。文三の恋の行方は「海へも附かず河へも附かぬ中ぶらりん」となるが、その後のお勢やお政の振る舞いを見ても分かる通り、それは決して悪い方向に向かっていたわけではなかった。その矢先に文三は「思懸けなくも……諭旨免職となつた」のである。その意味で免職は明らかに恋物語の障害である。しかし、文三の眼がお勢への恋の「感情」に曇り、その「感情」に翻弄されるようにして疑念・妄想を募らせていく物語と捉えるならば、その物語は免職によって動き始めるのである。

文三は「性質が内端」であり、「独りクヨ〳〵物おもふ」ように、煮え切らない男であった。ただしそうだとしても、社会の中で生活し、学業や事業に専心していれば、そのような思い悩みは自ずと抑制されるであろうし、一所に凝り固まることもない。「蓋シ事業ヲ勉レバ光陰ハ吾実有ノ物トナル懶惰ナレバ光陰ハ空閑ノ物トナリ妄想ノ門開ケテ誘惑ノ鬼速ニ入リ方寸ノ田地忽チ悪念ノ居処トナル」（『西国立志編』明治三〔一八七〇〕、須原屋茂兵衛）とあるように時間を有益に費やすならば、妄想がそこに立ち入る隙は生まれない。文三もまた、「某省の准判任御用係」となった当初、その職に「異な感じ」を覚え、「曾て身の油に根気の心を侵し眠い眼を睡ずして得た学力を斯様な果敢ない馬鹿気た事に使ふのかと思へば悲しく情なく」思っていたのであったが、次第に「境界に移る習ひとかで日を経る随に苦にもならなく成る」のであった。つまり「妄想の門」が開くには「空閑」な時間が必要なのである。さらには独り居の、それも暗所であればなおよろしい。

単趣ハ、主観ニ凝リ、自覚ニ過グル時ニ、最モ苦痛多シトス、故ニ客観ノ心意ヲ引ク者無クシテ、長ク継続スルトキハ、心意ハ殆ント困倦ニ勝ヘザラントスルニ至ル、殊ニ暗処ニ潜居スルカ、又ハ職務無ク閉居スルトキ

ハ心意ノ困倦、勝ヘ難キナリ[17]（倍因『心理新説』井上哲次郎訳、明治一五〔一八八二〕・一一、青木輔清）

文三が〈浮雲〉的「感情」に苦しめられ、自意識を募らせることで、独白を肥大させるのは、免職によって退屈で倦怠な時間が用意され、「ほとんど下宿屋の一室同様に階下の世界から切り離され、孤立している」「暗室同様の二階の一室[18]」に閉じこもるようになってからである。「夜静かなる部屋に只一人、誰話しかくるものなき折からなれば、人は一分時も無念無想にてはありがたき」（尾崎紅葉「夏痩」『読売新聞』明治二三〔一八九〇〕・五・一～六・七）、このようなトポスの成立によって文三の妄想は約束されたのである。[19]次節では、そのような場におかれた文三の妄想のあり様を見ていくことにする。

3 妄想と〈浮雲〉

文三はお勢への恋の「感情」に支配され、真相を見透かす眼を曇らされていた。それが〈浮雲〉の象徴するものであった。このように「感情」を雲によって喩えることは珍しいことではない。文三の眼を蔽った〈浮雲〉の性質を把握するためにも、本節ではまず同時代テクストの用例の検討から始めたい。

例えば、「煩悩の、雲」（饗庭篁村「聟撰み」『むら竹　第三巻』明治二二〔一八八九〕・八、春陽堂）や「「さりながら万一のむら〳〵の雲」（尾崎紅葉「夏痩」前掲）など、煩悩や疑念といった「劣情」（坪内逍遙『小説神髄』明治一八〔一八八五〕・九～一九〔一八八六〕・四、松月堂）を喩えるのに雲が用いられやすい。もちろん「友達が悪いとばかりお前の思ふのは、恩愛の雲に蔽はれて居るからです」（饗庭篁村「つり堀」『むら竹　第十一巻』明治二二〔一八八九〕・一一、春陽堂）のように必ずしも「劣情」に限られるものではないが、私情によって正しい判断が眩まされるという好ましくない側面が強調されることに違いはない。「昔しは煩悩といふ字の下には、必らず闇と置据の炬燵」（饗庭篁村「煩悩の月」『むら竹　第十三巻』明治二三〔一八九〇〕・二）のように、「劣情」は「闇」を招来するものであり、月を遮蔽する雲にもこのイメージは響いている。

それでは、〈浮雲〉によって覆い隠された月とは何なのか。「村雲を帯びた月同様、しばらく真如の影を匿したのかも知れません」（山田美妙「この子」『都の花』明治二二〔一八八九〕・三～五）や「月は無いもの、闇の戸の透間からも見える空、それも我身に似た境遇、わづかに闇を穿つ月影がかすかながら凛然として、名づければ真如の光りを輝かして居ました。風そよ〳〵、浮雲がしづかに追ひ除けられました」（山田美妙「いちご姫」『都の花』明治二二〔一八八九〕・七～二三〔一八九〇〕・五。引用は『いちご姫』明治二五〔一八九二〕・二、金港堂、に拠る）のように、それは「真如の光」を宿す月である。真如の月とは、物事の本質をあまねく照らし出すものであり、真如の月の光に照らされるならば、総てのものは透明に見ることができる。真如とは「蓋し水の静かに江湖に湛へ、無動、無色、無声の侭にあるに当りては、正に本来真如の面目、所謂ゆる無欲にして其妙観るの時なり」（宮崎湖処子『帰省』明治二三〔一八九〇〕・六、民友社。引用は藤井淑禎・新保邦寛校注『国木田独歩・宮崎湖処子　新日本古典文学大系明治編28』平成一八〔二〇〇六〕・一、岩波書店、に拠る）とあるように、静謐にして「無欲」の境地において発現するものである。そうであるならば、それを蔽い遮るものは波立つ情欲に他ならない。この真如の月は、人の心にも宿る。

鳴呼長後学士誤れり足下の疑ひ一つとして根拠なし足下に対する彼の人の挙動は今も昔しもかはる事なし包ましげに見ゆるも非礼に見ゆるもまた軽蔑の如く見ゆるも是皆足下の心の月の負惜みといふ雲に掩はるればなり何事にも優らんと思ふ足下の自惚が此良友をも嫉むなり嫉妬が疑ひの元と知らぬ乎足下は学者たるの分に安んじ政治家を羨むな文人を羨むな只彼の負惜みの病を去らば終に多才多能の碩学たるを得べし足下は良友に富む

人なるべし（坪内逍遙「小説外務大臣」『読売新聞』明治二一〔一八八八〕・一一・一七〜四・二七）

「負惜み」「自惚」「嫉妬」「疑ひ」といった「感情」の雲によって「心の月」は蔽われる。「彼の人の挙動」という眼に映る客体に変化があったのではなく、主体の側の「感情」の変化によって客体の見え方が変わったのだという考え方は、「偏見心理」の原理を思い出させるが、要するに「感情」に起因する見え方の相違といった問題は同時代の課題であった。

さて、物の本質を正しく見通すことのできる「心の月」とは、別の言い方をすれば良心や道理と呼ばれるものである。「親父が栄利に良心を曇らせて」（尾崎紅葉「やまと昭君」『文庫』明治二二〔一八八九〕・四〜七。引用は『紅葉全集　第一巻』平成六〔一九九四〕・三、岩波書店、に拠る）のように情欲は良心を曇らせるのであり、また「身抜きの金が欲しいと、思ふ矢先へ落た入札は、取抜無尽の当り鬮、跡はどうとも工夫がならうと、向ふ見えぬ迷ひの雲、暗ともがいて望み通り、お前の身体は引抜いたが、足は抜かれぬ請負の」（饗庭篁村「走馬燈」『読売新聞』明治二〇〔一八八七〕・九・一七〜一〇・一二）のように迷妄の雲によって後先を見通す道理的判断が眩まされるのである。

恋は思案の外という言葉があるように、良心や道理を蔽う「感情」の代表的なものは恋の「感情」である。坪内逍遙は「我を是とし我を尊み他を非とし他を卑しむこゝらがソレ浮世の人情承知して居ても其時にはわからず彼の恋をのみ思案の外道といふは寔の心理通の言葉にあらず」（「旅ごろも」『読売新聞』明治二〇〔一八八七〕・一・二七〜二・五）と述べるが、この言葉は恋が「浮世の人情」の代表として捉えられている様子を逆証するものである。逍遙自身「夫れ小説は人情を主となす。人情は愛に於て最も切なり。古人已にいふ。神祇釈教恋無常と。此四の者の基本を探れば。自愛と他愛とに外ならざるなり。而ふして愛情の切なるもの。男女の恋情にまされるは稀なり」（『妹と背かゞみ』）と述べて、「「道理」によって「情欲」の火を消すべしという対立意識で一貫して」[*20]『妹と背かゞみ』を描ききっていた。『妹と背かゞみ』には、「迷の雲」や「疑念の雲霧」といった言葉が用いられており、〈浮雲〉を恋の「感情」と近接させて使用した例も見られる。

又もや起る煩悩は。お雪に望を失ひたる。其反動ぞと悟るに由なく。恍惚として三田台に。住ける頃を思ひいでて。過こし方を思ひやれば。月は折しも浮雲に。蔵れてあたり小昏けれど。心の眼に瞭然と見ゆるはお辻の姿なり。我を慕へる真心も。我を恨める其様も。画くが如く我胸に。浮べるからに可憐や。とまた踏迷ふ思案の外道。意馬心猿の載てゆく此煩悩の旅路こそ。行衛定めぬものなりけれ

また、「敷妙の手管に迷ふ土手八丁恍惚の雲は眼に遮り眷恋る、霧は心に鎖し」（斎藤緑雨「善悪押絵羽子板」『今日新聞』明治一九（一八八六）・一・二〜二・六。引用は『斎藤緑雨全集　第五巻』平成九（一九九六）・三、筑摩書房、に拠る）や「愛さ増る朝な夕な月に訴へ花に詰ひ閨に音づる鐘の音のうつゝか夢かまぼろしか迷ひの雲は晴遣らず間隙洩る風もそれかとぞ起つに甲斐なき蝶々の眼元にうるむ花の露濡れて見たさが病ひなるべし」（斎藤緑雨「巷説街談雨夜の狐火」『今日新聞』明治一九（一八八六）・二・一五〜四・二。引用は『斎藤緑雨全集　第五巻』前掲、に拠る）といった例に見られるように恋の「感情」は雲となって眼を遮るのである。

恋慕。これの影となりて離れぬものは疑念なり。恋慕が募れば募る疑念。つまりは「恋ふ」とは「思ふ」にして、「疑ふ」とは「思ひ過す」に外ならざれば、恋のさむる暁には、疑念の雲はなきに極まれり。いよ〳〵これが高じて、嫉妬となるときは恐ろしき事多し。（尾崎紅葉「やまと昭君」前掲）

恋の「感情」とそれに纏わる「煩悩」「恍惚」「眷恋る、」「迷ひ」「疑念」「嫉妬」の情、これらが文三の眼を遮る〈浮雲〉の同時代的な意味の広がりなのである。月と〈浮雲〉ないし月と雲という連想が同時代において広く行われていたこと、それらが「感情」によって良心や道理の眼を蔽うという機能を共有していること、そしてその「感情」として恋の「感情」が問題となることが多かったことなど、〈浮雲〉の意味をめぐる同時代的背景を確認しておいて、あらためて文三の眼を蔽った恋の「感情」のあり様について見ていきたい。

「旧暦で菊月初旬という十一月二日」、お勢は昇の誘いによって「団子坂の観菊」に出掛ける。観菊の支度に慌ただしい階下の様子を気にしながら、文三は落ち着くことができない。文三は「一昨日昇に誘引た時既にキッパリ辞つて行かぬと決心した」にもかかわらず、その決心を通して澄ましていることができない。語り手によれば、この「決心」も昇に対する「僻み」に由来するものであり、文三は昇への僻みとお勢への恋情との間で葛藤するのである。「行くも厭なり留まるも厭なり」や「何か火急の要事が有るやうでまた無いやうで、無いやうでまた有るやうで」のように二つの間を行き来する心情はそのことの現れである。また、「モシ罷めになつたら……／ト取外して言ひかけて倏忽ハツと心附き周章て口を鉗んで吃驚して狼狽して」のように、この「感情」は自分の意志では制御できないものでもある。「「畜生」ト言ひざま拳を振挙げて我と我を威して」自らの迷いに決着をつけようとしても、「悪戯な虫奴は心の底でまだ……矢張り……」といった始末なのである。〈浮雲〉の浮動性、不安定性とは、文三の「感情」や言動の揺れ動きに顕著に見ることができる。

「お勢母子の者の出向いた後、文三は漸く些し沈着て徒然と机の辺に蹲踞つた儘、腕を拱み顋を襟に埋めて懊悩たる物思ひに沈」む（第八回）。一行が観菊に出かけ、一人家に残された文三。「懊悩たる物思ひ」のトポスはこのようにして準備される。

文三は「凡そ相愛する二つの心は一体分身で孤立する者でもなく又仕様とて出来るものでもない故に一方の心が

歓ぶ時には他方の心も共に歓び一方の心が悲しむ時には他方の心も共に悲しみ一方の心が楽しむ時には他方の心も共に楽み一方の心が苦しむ時には他方の心も共に苦しみ嬉笑にも相感じ怒罵にも相感じ愉快適悦不平煩悶にも相感じ気が気に通じ心が心を喚起し決して齟齬し扞格する者で無いと今日が日まで文三思つてゐた」と当時の男女交際論や婚姻論などに拠りながら、「今文三の痛痒をお勢の感ぜぬは如何したものだろう」という疑念を抱く。文三はお勢の過去の行為をたどりながら、「イヤ妄想ぢや無いおれを思つてゐるに違ひない」と断案を下しながらすぐに、「……ガ……」と元の疑念に差し戻され、「そのまた思つてゐるお勢が、そのまた死なば同穴と心に誓つた形の影が、そのまた共に感じ共に思慮し共に呼吸生息する身の片割が従兄弟なり親友なり未来の……夫ともなる文三の鬱々として楽まぬのを余所に見て行かとて云つても勧めもせず平気で澄まして不知顔でゐる而已か文三と意気が合はねばこそ自家も常居から嫌ひだと云つてゐる昇如き者に伴はれて物観遊山に出懸けて行く……」と、自らの抱く過去のお勢像と昇と共に観菊に出かけたお勢の行動との矛盾に突き当たって、「解らないナ、どうしても解らん」と煩悶する。文三は、この「解らな」くありながら「気懸りなお勢の冷淡を解剖」しようと試みるのだが、その中に「何か物が有つて其中に籠つてゐるやうに思はれる」ところにまでは辿り着くも、それが「何だか地体は更に解らぬ」のである。文三は再三の穿鑿に精根尽き、目を閉じ頭を抱えて横になるが、「倏忽勃然と跳起きて」、お勢は本田に思いを寄せているのではないかと疑う。

「もしや本田に……

ト言ひ懸けて敢て言ひ詰めず、宛然何乎捜索でもするやうに愕然として四辺を環視した
それにしても此疑念は何処から生じたもので有らう天より降つたか地より沸いたか抑もまた文三の僻みから出た蜃楼海市か忽然として生じて思はずして来り恍々惚々として其来所を知るに由しなしとはいへど何にもせよ

彼程までに足掻きつ踠きつして穿鑿しても解らなかつた所謂冷淡中の一物を今訳もなく造作もなくツイチョット突留めたらしい心持がして文三覚えず身の毛が弥立つた

文三にはこの「疑念」が「何処から生じたもので有らう」か判然としない。架空の空中楼閣のようにも思われるその「疑念」は、「忽然」と、「思はずして」文三の内に生じる。「恍々惚々として其来所を知るに由しなし」という性質もあわせて、この「疑念」は〈浮雲〉の特質を色濃く有している。もちろん、これが「疑念」であり真相を蔽う〈浮雲〉かもしれないというのは文三の側からの認識である。少なくとも文三の内にさえ「彼程までに足掻きつ踠きつして穿鑿しても解らなかつた所謂冷淡中の一物を今訳もなく造作もなくツイチョット突留めたらしい心持」がしたように、お勢が昇に思いを寄せているかもしれないという「疑念」は、お勢の行動の説明として成立してしまう。しかし、「とは云ふものゝ心持は未だ事実でない、事実から出た心持でなければウカとは信を措き難い」というように、この判断とて文三の観念の産物にすぎないのであり、だからもう一度「今迄のお勢の挙動を憶出して熟思審察して見るに」と過去のお勢像、つまり「文三の眼より見る時はお勢は所謂女豪の萌芽だ見識も高尚で気韻も高く洒々落々として愛すべく尊ぶべき少女」としてのお勢へと回帰し、そのようなお勢であってみれば「昇如き彼様な卑屈な軽薄な犬畜生にも劣つた奴に怪我にも迷ふ筈はない」と断定する。「シテ見れば大丈夫かしら……ガ……」

トまた引懸りが有る、まだ決徹しない、文三周章てゝブル／＼と首を振つて見たがそれでも未だ散りさうにもしない、此「ガ」奴が、藕糸孔中蚊睫の間にも這入りさうな此眇然たる一小「ガ」奴が眼の中の星よりも邪魔になり地平線上に現はれた砲車一片の雲よりも畏ろしい然り畏ろしい。此「ガ」の先には如何な不了簡が竊まつてゐるかも知れぬと思へば文三畏ろしい、物にならぬ内に一刻も早く散らして仕舞ひたい、シカシ散らして仕舞ひたいと思ふほど尚ほ散り難る、加之も時刻の移るに随つて枝雲は出来る、砲車雲は拡がる今にも一大颶風が吹起りさうに見える気が気で無い……

ここで「ガ」という疑念ははっきりと「砲車一片の雲」の形象をとって現れている。そしてその疑念が募る様子も「枝雲は出来る、砲車雲は拡がる今にも一大颶風が吹起りさうに見える」として雲の喩によって描かれているのである。[*21]

叙上の検討を踏まえるならば、〈浮雲〉の意味論的構造は以下のように把握される。それは、文三のお勢に対する恋の「感情」であり、その「感情」は自らの意志で自由になるものではなく、そのような情欲によって真如の月――対象を遍く偏りなく見通す力としての良心・道理・理性の眼――が蔽われ、曇らされることである。さらに、恋情によって生じた疑念によって、文三は「決徹《さつぱり》」とした決断を下すことができず、つねに揺れ動く浮動性、不安定性を抱え込むことになる。そしてそのような「感情」にとらわれることで、行動、思考の両面において、往きつ戻りつを繰り返す文三のあり様にこそ〈浮雲〉の性質がはっきりと看取されるのである。[*22]『浮雲』の作品内における〈浮雲〉及び雲の用法、さらには関連する語の検討を通して浮かび上がってくる『浮雲』の題意とはそのようなものであると考えることができよう。

斎藤緑雨「小説八宗」（『東西新聞』明治二二〔一八八九〕・一一・五～一二。引用は『斎藤緑雨全集　第一巻』平成二〔一九九〇〕・六、筑摩書房、に拠る）は『浮雲』について次のように述べている。

二葉亭宗　又の名を四迷宗と云ふ迷宗は迷執なり或ひは曰く妄執なり妄執の雲晴れやらぬ朧夜の恋に迷ひし吾

心と長唄鷺娘にあり蓋しこの宗の宝物「浮雲」をよみ込み且おぼろ宗と縁引の由を言現せるものならん

緑雨の指摘は、『浮雲』の題意に恋の「妄執の雲」を読む解釈が同時代において行われたことの証左である。それは、長唄の「鷺娘」にひっかけて捉えられているように、決して孤立した解釈ではなく、〈浮雲〉ないし雲の比喩の伝統に即したものであり、同時代における意味の広がりに照らしても、容易に得られる発想であったと考えることができるのである。

4　知識人と〈浮雲〉

文三はお勢への恋情、あるいはそれに起因する疑念や嫉妬によって理性の眼を蔽われてしまう。そして、彼の見る世界は「虚有縹緲」の内に漂い、符節をあわせるようにして彼の言動も往きつ戻りつを繰り返す。そのような文三のあり様を『浮雲』が描き出しているのだとしても、恋に迷った人間が、うじうじと思い悩み何事をも決断し得ない様を描くことに、どれほどの意義が認められるのだろうか。既に同時代における月と雲との用例について確認しておいた通り、〈浮雲〉を「感情」(特に恋情)の比喩として用いた例は広く見られた。[*23] また、斎藤緑雨が『浮雲』の題意から長唄「鷺娘」を想起していたように、『浮雲』の題意及びそれが召喚する題材そのものは決して目新しいものではなかった。あらためて言えば、『浮雲』はどこが新しかったのか。

『浮雲』第三篇が『都の花』に掲載された時、二葉亭四迷は次のような添え書きを付していた。

固と此小説はつまらぬ事を種に作つたものゆゑ、人物も事実も皆つまらぬもののみでせうが、それは作者も承知の事です。
只々作者にはつまらぬ事にはつまらぬといふ面白味が有るやうに思はれたからそれで筆を執つてみた計りです。

この言葉が徳富蘇峰「浮雲（二篇）の漫評」（『国民之友』明治二一（一八八八）・二）の「元来此の小説たるや、面白くもなく、可笑くもなく、雄大なる事もなく、美妙なる事もなく、言はゞつまらぬ世話小説なれども、斯のつまらぬ題に依つて、人をして愁殺、恨殺、驚殺、悩殺せしむるは、天晴れなる著者の伎倆と謂はざる可からず蓋し其故たるや他なし、夫れ唯極めて小、極めて微、極めて俗、極めて雑なる者なれども、著者が一種顕微鏡的の眼光を以て、之れを観察し、之れを絵画し、之れを解剖し、之れを説明するが故なりとす」という評言に応えたものであることは周知の通りである。

二葉亭は「つまらぬ」という評言を引き受けて、そこに面白味があると主張するのだが、このような主張は『小説神髄』によって既に述べられている事柄である。『小説神髄』は「時代小説の脚色」の項において「小説と正史との間の最も重大なる差別といふは脱漏を補ふといふことに外ならざるべし」と述べた後、ナポレオンを例に採り次のように述べている。

読む人試に仏の帝那ポレオン第一世が夕餐を終りたりといふ事を思へ此事実や実に疑もなき事実にして必然さる事のありしならめど之を正史中に叙しいださば「くだらぬ」事実なりといはざるべからず

このような「くだらぬ」「小事件を事々しくも正史の中にて詳叙なさまく企てなばまた繁雑の譏をう」けてしまうのであり、正史においてはこのような「くだ〳〵しき些細の事実」は描かれないのである。しかし逍遙は、「さはあれ其実此等の事実は大に人心を感ぜしむるものなり」と述べる。なぜなら「此等のくだ〳〵しき些細の事実」が描かれることによって「那帝に因縁ある当時の事蹟を知得る毎にさながら帝と身親しく相接するの感覚」を生じさせるからである。「細微の模様を叙し」「さながら当時の実況をば今眼のあたりに見るが如き夢幻の思想を抱かしむる」ことこそが「正史のなし得ざる所にして小説の得意とする所」なのである。蘇峰は『浮雲』を評して「極めて小、極めて微」と述べていたが、『小説神髄』では、「くだらぬ」「小事件」を「細微」に「些細」に描き出すことが小説の課題とされていたのである。

また、それは人物についても言うことができる。『小説神髄』の有名な一節を次に掲出する。

小説の主脳は人情なり世態風俗これに次ぐ人情とはいかなる者をいふや曰く人情とは人間の情欲にて所謂百八煩悩是なりそれ人間は情欲の動物なるからいかなる賢人善者なりとていまだ情欲を有ぬは稀なり賢不肖の弁別なく必ず情欲を抱けるものから賢者の小人に異なる所以善人の悪人に異なる所以は一に道理の力を以て若くは良心の力に頼りて其情欲を抑へ制め煩悩の犬を攘ふに因るのみされども智力大に進みて気格高尚なる人にありては常に劣情を包みかくして苟にも外面に顕さゞるからさながら其人煩悩をば全く脱せしごとくなれども彼また有情の人たるからにはなどて情欲のなからざるべき

小説は「人情」を描かなければならないと逍遙は述べる。「人情」は「人間の情欲」や「百八煩悩」あるいは「劣情」とも言い換えられている。そして「人間は情欲の動物」であり、「賢人善者」であっても「情欲」を持たないということはなく、「賢者」や「善人」は「道理の力」「良心の力」によって「情欲」「煩悩」「劣情」を抑制しているから外面には現れないだけであり、内面には「いくらか迷ふ心」があると述べる。「人間といふ動物には外に現る、外部の行為と内に蔵れたる内部の思想と二條の現象があるべき筈」であり、「此人情の奥を穿ち所謂賢人君子はさらなり老若男女善悪正邪の心のうちの内幕をば洩す所なく描きいだして周密精到人情をば灼然として見えしむる」ことが「我小説家の務」であると逍遙は言うのである。このような発想を逍遙は心理学から得ており、作中人物をつくる際には「心理学の道理に基づき其人物をば仮作すべき」であり、「心理学の理に戻れる人物なんどを仮作りいださば其人物は已に既に人間世界の物」ではないと指摘する。

批判の矛先は「八犬伝中の八犬士」に向けられており、彼らは「肚の裏にて思へる事だに徹頭徹尾道にかなひて曾て劣情を発せし事なし剱や一時瞬間といへども心猿狂ひ意馬跳りて彼の道理力と肚の裏にて闘ひたりける例もな」い、「仁義八行の化物にて決して人間とはいひ難」い人物なのである。

逍遙はこのような考えを持って『一読三歎当世書生気質』（明治一八（一八八五）・六～一九（一八八六）・一、晩青堂。以下『当世書生気質』）を描いたのであり、『当世書生気質』末尾において「当編の小町田の如きは。一個の見すぼらしき神経質なる。未練の少年に過ぎざれども。若し五六年の経歴を積みなば。如何に変りゆくか知るべからず。世に神童などいふ例もありて。天稟英智なるも稀にはあれども。それらは常例の外の者にて。主実稗史家（Realist）の好むところにあらず」と述べている。小町田粲爾は学問を積んだ人物であり、「謹慎な性質」の持ち主でもあるが、田の次への「ラブ（恋）」に迷いもし、「フホルリイ（痴情《ばかなこと》）」もした、「見すぼらし」く「未練の少年」なのであった。つまり逍遙が仮作した小町田は、「神童」や「天稟英智」といった「常例の外の者」、つまり学識においても倫理的にも完全無欠の人間ならざる化物ではなく、「不完全にして主人公たる能はざる」（高田半峰「当世書生気質の批評」『中央学術雑誌』明治一九（一八八六）・二）人物であり、それを描き出すことが目指されたのである。蘇峰の言を借りるならば「極めて俗」な人物ということになろう。

二葉亭が自作について「人物も事実も皆つまらぬもののみ」だが、「つまらぬ事にはつまらぬという面白味がある」と述べ、「つまらぬ」ことを価値として押し出した背景には、近代小説をめぐるこのような課題があったのである。このはしがきに続けるようにして、『浮雲』第十三回冒頭には、「心理の上から観れば、智愚の別なく人咸く面白味はある。内海文三の心状を観れば、それは解ろう」と記されている。この言葉はこれまでの文三への解釈コードの付与であるとともに、第三篇の読解コードの提示でもある。「心理の上から観れば、智愚の別なく人咸く面白味はある」という言葉が、『小説神髄』の焼き直しであることは言うまでもないし、そこから「内海文三の心状を観れば、それは解ろう」と続くということは、「智」者である文三の「心理」や「心状」、『小説神髄』の言葉で言えば「情欲」、「劣情」、「煩悩」が『浮雲』には描かれているということになる。和田繁二郎が「明治初頭からの啓蒙家が一般に自己を確認し表現する主体ではなく、自己は棚に上げて他へ上から知識を伝達し、啓発する性格が濃厚であった」*24と指摘するように、知識人の「情欲」や「劣情」を問題化することは新しい課題であった。そうであるならば、恋の「感情」に迷った文三が学問を修めた知識人であったという点について考える必要があるだろう。

例えば、疑念の雲や迷妄の雲は次のような使われ方をする。

> 世間の人の迷妄をときまた疑の雲をも払ひて好奇の癖をば慰するにあり人此般の書を読みなばよし其深理は解し得ずとも尚人世の評判記の興あることを覚ゆ（坪内逍遙『小説神髄』前掲）
>
> 凡俗を以て充たされたるこの世界は不知不識惑の雲につゝまれて一年三百六十五日真の御光を拝し得ることなく（斎藤緑雨「初学小説心得」『読売新聞』明治二三〔一八九〇〕・二・一四〜三・一四。引用は『斎藤緑雨全集　第一巻』前掲、に拠る）*25

ここでは、「迷妄」、「疑」、「惑」の雲が「世間の人」や「凡俗」とセットにして用いられている。もちろんこの対蹠には知識人が置かれる。疑念や迷妄の雲に眼を蔽われている「世間の人」や「凡俗」を教え導くことで、雲に閉ざされた闇に真理の光を差し込み、物事を透明に照らし出すことが知識人の任務であり、「啓蒙」（enlightenment）とは端的にその意である。「今之ヲ此闇黒ヨリ救出スルノ方法ハ公正ニシテ厳粛ナル批評ノ法灯ヲ点シテ新刊書籍ノ真相ヲ照現シ」（『出版月評』明治二〇（一八八七）・八）のように闇に光を差し込むことで真相を照らし出すという比喩はしばしば眼にするところである。

文三は学問を修めた人物であり、啓蒙主義の分節に従うならば、「凡俗」を教導する知識人の側に配されるべき人物である。彼の「六畳の小坐舗」は「秩然と取旁付ている」。部屋が片付いているということは、彼の頭脳が整理されているということである。[*26]「人心ノ騒乱斯ノ如シ世ノ事物ノ紛擾雑駁ナルコト殆ト想像ス可ラザルニ近シ此際ニ当テ文明ノ議論ヲ立テ条理ノ紊レザルモノヲ求メントスルハ学者ノ事ニ於テ至大至難ノ課業ト云フ可シ」（福沢諭吉『文明論之概略』明治八（一八七五）、福沢諭吉）というように、雑然とした事物に対して、「条理」をもって秩序を与えることが知識人の役割なのである。部屋が雑然としていれば、その住人は知識人として未熟であり、反対に部屋が整頓されていれば、その住人は謹厳実直な知識人である。同時にその部屋の様子から、その住人は細かいところにまで気を配り、神経を行き届かせる「神経質」の人物であると鑑定することもできるかもしれない。ともあれ、文三は学問の世界に身を置く人物であった。

文三は父親によって子どもの頃から学問を仕込まれていた。

デモ感心には多も無い資本を吝まずして一子文三に学問を仕込む、まづ朝勃然起る、弁当を背負はせて学校へ出て遣る、帰つて来る、直ちに傍近の私塾へ通はせると言ふのだから、あけしい間がない、迚も余所外の子供では続かないが其処は文三性質が内端だけに学問には向くと見えて余りしぶりもせずして出て参る

文三は「学校」と「私塾」に通い、暇もなく学問に励む。文三自身も「性質が内端だけに学問には向く」のであり、学問が進むに従って自ら書物を繙くようになり、そのことがさらなる「学業」の「進歩」につながり、十四歳の春、首尾よく小学校を卒業する。それから幾ばくもなく父の死に遭い、文三は叔父の孫兵衛を頼って上京する。しばらくは私塾に通って月日を費やしていたが、「某学校」の給費生の募集に応募し、試験を通って入学する。文三はそこでも、「寸陰を惜んでの刻苦勉強に学業の進みも著るしく何時の試験にも一番と言つて二番とは下らぬ程ゆゑ得難い書生と教員も感心する」ほどであり、「朝夕勉強三昧に歳月を消磨」し、卒業証書を得るにいたる。第三篇の文三の錯覚では、彼が「外国教師」に「物理」を教わっている風景が描かれており、また「さるれえの「いるりゅうじよんす」」（James sully, *Illusions*, 1882, London, Kegan Paul, Trench & Co.）を二日一晩で読み切ったことが回想されており、文三の学問風景の一端を垣間見ることができよう。

このように学問を修めた知識人の文三の眼には『当世書生気質』の守山が持っていた「keen eye〔慧眼〕」がふさわしい。それは、「お春嬢は遠から気が有る人は知るまいと思はうが、そこは甘いも粋いも嘗め分けた経験に富み人情に通じてゐるおれにやア一見して分る此の間も河井のことをそれとなく賞めそやしてやるに眼の色がどことなく変るから不思議だ、あの眼の中の光線が忽ち光沢を増す呼吸の測量は常人には分るまい」（石橋忍月『一喜一憂捨小舟』明治二一〔一八八八〕・三、二書房）のように、「常人」には分からない真相を一見して見抜く活眼であり、公平無私に物事を観察する眼である。私情に流されることなく透明に世界を見通す眼こそ学問を修めた知識人の有すべきものなのである。

だから、そこでは感情は排されなければならない。「心意ノ感応ハ、総ベテ依信上ニ勢力ヲ有スル者ニテ、真理ヲ壅蔽シ、人ノ断定ヲシテ誤マラシムル者」（倍因『心理新説』前掲）というように、感情は「真理」を覆い隠し、判断を誤らせるものなのである。逍遙も学問に依拠する〈批評〉を要請する際に「一時の感情または各個人の好悪に因りて黒白の判断を下すべきにあらず」（「批評の標準」『中央学術雑誌』明治二〇（一八八七）・九。坪内雄蔵述、食田生筆記）と述べている。また末広鉄腸「感情ハ道理ノ判断ヲ誤ル」（『朝野新聞』明治一八（一八八五）・三）では次のように述べられている。

我我ハ一時ノ感情ニ因テ容易ニ道理ヲ判断ス可ラズ虚心平気ニ彼我ノ形勢ヲ比較シ彼ノ国勢ハ如何ン彼レノ人心ハ如何ン彼レニハ何程ノ軍資ヲ儲フルカヲ観察シ又自ラ顧テ自国ノ有様ヲ思考シ精細ニ之ガ事実ヲ推究シ始メテ勝敗利鈍ノ在ル所ヲ予定スルヲ得可キナリ一定ノ尺度ニ基カズ浮沈動揺シテ定処スル所無キ感情ニ従テ国家ノ大計ヲ決セントスルトキハ為メニ国家ヲシテ非常ノ危険ニ陥ラシムルニ至ラン諸君幸ニ之ヲ思考セヨ

「浮沈動揺シテ定処スル所無キ感情」とは〈浮雲〉的「感情」と言い換えても差し支え無いように思われるが、ともあれ、そのような「感情」によって物事を判断すべきではなく、「虚心平気」な「比較」や「思考」、あるいは「精細」な「事実」の「推究」をもって物事の判断を下すべきであると指摘されている。「感情」によるのでは「道理ノ判断」を誤ってしまうのである。「己レノ感情ヲ支配スル能ハザル人ハ生活ノ法ヲ知ラザルナリ」（宮川鉄治郎『学問之方針』明治二五（一八九二）・七、博文館）という箴言が学問の方針とされていた時代であった。「感情」を抑制し、克服することが知識人としての第一歩なのである。

それにもかかわらず、文三の眼はお勢への恋の「感情」という〈浮雲〉に蔽われてしまった。文三は「稍々学問あり智識ありながら、尚ほ軽躁を免がれ」ることができなかったのであり、学問を修めた知識人でありながら「感情」を抑制することができない文三のあり様が『浮雲』において描かれているのである。それは、「感情」の雲という比喩を「世間の人」や「凡俗」に配し、真如（真理）の光を知識人に配する、それまでの分節構造とは明らかに異なる。人間は「情欲の動物」であり、「賢人善者」といえども「劣情」を有しているのであり、その「人情」をこそ描かなければならないという『小説神髄』の提出した新たな課題に呼応して、『浮雲』は「智」者である文三の「心状」に焦点を当てたのである。

5　「知」と〈浮雲〉

学問を修めたにもかかわらず、文三はお勢への恋の「感情」を支配することができなかった。ただし、心理学の観点から見るならば、誰にも知・情・意は存するのであり、そこに「智愚の別」はない。「智」者であろうとその内には「劣情」を抱えているのであり、それを描き出すことが、小説の課題なのであった。そうであるならば、「愚」者が疑念の雲に眼を蔽われるように、「智」者ですら迷妄の雲を避けることができないということが『浮雲』において問題とされていたのであろうか。おそらくそうではない。知識人だからこそのとらわれ方が問題とされていたのではないか。いや、これも正しい言い方ではない。問題は一にかかって「知」に対する根本的な懐疑にある。その問題を考えるために、まず知識人における「感情」のとらわれについて考えることからはじめていきたい。

例えば文三を当時の性質論で説明するならば、彼は「神経質」ということになる。第一回で文三は次のように紹介されていた。

一人は年齢二十二三の男顔色は蒼味七分に土気三分どうも宜敷ないが秀た眉に儼然とした眼付でズーと押徹つた鼻筋唯惜哉口元が些と尋常でないばかり、しかし締はよささうゆゑ絵草紙屋の前に立つてもパックリ開くなど丶いふ気遣ひは有るまいが兎に角顋が尖つて頬骨が露れ非道く癯れてゐる故か顔の造作がとげ〳〵してゐて愛嬌気といつたら微塵もなし醜くはないが何処ともなくケンがある背はスラリとしてゐるばかりで左而已高いといふ程でもないが痩肉ゆゑ半鐘なんとやらといふ人聞の悪い渾名に縁が有りさうで、

このような容貌と体軀を持つ文三の同族に『当世書生気質』の小町田粲爾がある。

其容体はいかにといふに。年の比は二十一二。痩肉にして中背。色は白けれども。麗やかならねば。まづ青いといいふ。皃色なるべし。鼻高く眼清しく。口元もまた尋常にて。頗る上品なる容皃なれども。頬の少し凹たる塩梅。髪に癖ある様子なんどは。神経質の人物らしく。俗に所謂苦労性ぞと傍で見るさへ笑止らしく。

青ざめた顔色、やつれてこけた頬、痩せ肉といった外形を文三と小町田は共通して持っている。小町田の外見を傍観した語り手が推測している通り、骨相学に徴するならば、このような外形からその人物の性質が「神経質」であることが判明する。『百科全書動物及人身生理』（明治九（一八七六）、文部省）によれば、「神経質　此質ノ外貌ハ毛髪麗明稀疎ニシテ多ク捲縮シ躯体薄弱ニシテ一般瘠削シ筋肉細小ニシテ筋ノ作用敏捷及ヒ諸感覚過敏等是ナリ」とあり、文三や小町田が「神経質」に分類されることは一見して明らかなのである。「神経質」の人間は「鋭敏ナル感受性ヲ有スル者」であり、それゆえ「君はネルウバス〔神経質〕だもんだから。何かすると無益なことに心配して。自分で身体を不健するヨ」（『当世書生気質』）と言われるように、あれやこれやと無益なことに気を回してしまう。また、

「兎角小町田は苦労性だから。些細な褒貶を意に介して。怏々鬱々として居る」ともされ、細かいことを気にして、煩悶し気が鬱ぎがちになるのである。あまりにも神経を鋭敏に労するならば脳病を病むだろうし、鬱ぎ込んで内にこもるばかりでは肺病を病むことにもなろう。『当世書生気質』にある任那の英国からの手紙に「体操運動」の利益を説いて、「利とは何ぞや。五感の鋭利に過る者を鈍くし。架空の想像をおさゆる事是なり。神経の鋭敏に過るを防ぐは。体操より外に良法無之と存候」とあり、「五感の鋭利に過る者」や「神経の鋭敏に過る」を防ぐには「体操」が良いとされている。頭ばかり使ってないで体を動かしなさいというわけである。「架空の想像」とは『当世書生気質』の文脈で言えば、「俗に所謂心の迷ひで。アイデヤリズム〔架空癖〕」であり、「架空癖とは（中略）世の中にありそうにない事を実際に行ふて見たく思ふ癖」と注されているから、空想・妄想の類であると考えて良い。「僕があんまりアイデヤルだもんだから。時々妙な妄想を興して」ともある。つまり「神経質」の人間とは、あれやこれやと気を回し、細かい点にまで神経を使い、頭ばかり使う故に体を悪くし、果ては疑念や妄想に取りつかれる、そのような人間なのである。

　しかし、別の側面から言えば、そのように細緻な点にまで気を配り、神経を使うことは学問をするにはふさわしい性質ということでもある。『百科全書動物及人身生理』を再び参照すれば、「神経質」の人間は「其学術進歩多ク神速ニシテ之ヲ理解スルコト特ニ容易ナルノ性アリト雖モ其人耳目ノ欲ヲ恣ニシ能ク一事ヲ修ムルモ忽チ他件ニ転移スルコト最モ著キ力ヲ具フル者」であるとされている。対象を細部にいたるまで観察し、頭の中で丁寧に思考し、咀嚼する。文三もまた「性質は内端だけに学問には向く」とされていたが、性質が「内端」であることと「学問」に向くということは、「神経質」の論理を介して接続されるのである。*27

　知識人でありながら、「感情」にとらわれることで理性の眼を曇らせ、判断を狂わされるといったテーマは、例えば坪内逍遥『当世書生気質』の小町田粲爾にも見られるところであるが、このテーマをさらに追究したのが逍遥の『妹と背かゞみ』である。そうであるならば、『浮雲』の問題を考えるためにも、『妹と背かゞみ』について確認してみる必要があるだろう。

既に確認したとおり、『妹と背かゞみ』のはしがきには、「小説は人情を主となす」とあり、「人情は愛に於て最も切な」るものであり、その「愛情」のうちでも「男女の恋情にまされるは稀なり」と述べられている。そして、『妹と背かゞみ』は「妹と背の交情」を主意とするとされるのである。

そのような主意が仕組まれた『妹と背かゞみ』において主人公の水沢達三は「名誉を尊む心極めて深く。さしも大切にてなき事をだに。二度三度までも反省顧慮して。扨やう〳〵に行ふ癖あり。学識もあり才智もあれども。所謂怯がちの気象なれば。イザと活物に向ひたる折には。却つて不覚を取る事もありけり」と説明されており、そうであるならば、「学識もあり才智もあ」る水沢達三において「恋情」の問題がどのように現れるのか、その点が『妹と背かゞみ』の見所の一つとなろう。語り手は水沢のお辻への恋情について「水沢達三のおろかならぬも。一たび心猿の躍りそめてより。危く煩悩の暗路に迷ひて。さきに三田台に住ける頃。已に母親の遺言をも忘れてお辻を娶らんずる心あり」と述べており、身分の違うお辻を娶ろうとする水沢は「心猿」や「煩悩の暗路」に迷っているのだとする。第五回には「情欲は火なり道理は水なり」とあり、情欲と道理の関係が縷説されている。そこで大事なことは、知識人も常人と同じように「感情」に惑わされるというよりは、知識人特有の惑わされ方が記されていることである。「生中に学識ありて而して情欲に溺るゝものは。彼の煩悩の目なし鳥。理非曲直の差別もなく」のように知識人でありながら「情欲」に溺れる人物は「理非曲直」を区別することができないという。「只管に痴情に溺れて。道理の何たるをば知らざる族は。一朝善悪の道理を聞得て。偶然覚る所あるべきなれども。みづから我痴情に道理をつけて。其非を道理として行ふ族は。尋常一般の説諭をもてして。之を醒さんこと難ければなり」との指摘は、知識人は学識を有しているが故に、みずからの「痴情」に道理を与えてしまい、「痴情」に眩まされた眼を醒ますことが困難であるという、知識人固有の「感情」のとらわれ方を記したものである。水沢は「口先には道理を講じて。其非を悟り貌に論ずれども。寔は煩悩をば脱する」ことができない人物なのである。この様な水沢を描くことは「童児は其痴情を表面に示し。丈夫は其痴情をかくして見せず。されども其痴たるや。此彼一なり。嗚呼賢と不肖の別。単に隠顕の二字にある乎」とあるように、『小説神髄』の課題に相即したものなのである。

見てきた通り『妹と背かゞみ』には知識人特有の「感情」のとらわれ方が描かれていると考えられるのであるが、「賢と不肖の別」が「隠顕」の違いのみであり、「痴情」である点においては「此彼一」であるとする『妹と背かゞみ』及び『小説神髄』の認識は、やはり情欲と道理を対立させる思考に立脚している。学識は時に「情欲」を助長し、それによって道理がつけられてしまうことがあるが、それはねじ曲げられた道理であり、真正な道理とは異なるものである。「情欲」を克服し、正しい道理を手に入れなければならない。だから、『妹と背かゞみ』には、水沢が「情欲」に惑わされていることが常に指し示し続けられていたのである。第一回には母親からの忠言として「若いうちは誰しも同じ事で。好いたと思ふのが胸一盃で。眼も心もくらんで居るから。むやみに其女が恋しくなり。又は其男が可愛くなり。傍で見ればわるい事も。当人の目にはちつともはいらず。痘痕も靨と見えるとやらで。よいもわるいも迷つた目にはみんなよいやうに見えるけれど。よく〳〵気を静めて考へて御覧」と記されていた。また「嗚呼誤れるかな水沢達三。あさましうも一旦の痴情に溺れて。遠き後の事に思ひも及ばず。婚儀の大事たるを打忘れて。怱卒其妻をば定めたりしは。寔に歎く可きの限ならずや。生中物の理を弁へたるから。我非をことわりぞと思ひ誤り。只管相慕ひて結婚するをば。自由の結婚ぞと思ひたりし事。最も憫むべき誤失にぞある」と語られるように、水沢の結婚は「一旦の痴情に溺れ」た「誤失」であり、「生中物の理を弁」えているがゆえにこのような「誤失」を来してしまったことが確認されているのである。

物語後半、水沢自身もまた、「学識なく教育なき辻が如き者を娶りたるは。実に一生の誤」であったと反省する。[*28]

そして、それに引き換えるようにして、お辻が「疑念の雲霧」に蔽われる様子に多く筆が割かれるようになり、「条理を弁別せずして無暗に情のみに溺」れることは、「道理といふ渡し守をば。傭はで船を行るに因る事ぞかし」として、今度は道理が無いことに責めが向かうのである。そして、「年若き女子にして。絶えて学識なき輩にありては。兎角に感情の奴となりて。たちまち逆上する事共多し」の注記を伴いながら、お辻の悲劇で結ばれるのである。石橋忍月が「我国従来の小説と称する者皆な無理牽強めでたし〳〵を以て大団円となし和合長久睦まじく幾代の春を迎へけるとの句を見ざれば未だ以て真の小説となさず」（「妹と背鏡を読む」『女学雑誌』明治二〇（一八八七）・二）と述べるように、『妹と背かゞみ』の悲劇的な終末は、新たな試みであったに違いない。主人公が障害を克服し、最後には円満に結ばれるという約束事は果たされなかった。しかし、「情欲」という観点から考えるならば、水沢は過去の「情欲」にとらわれた自分を反省しており、さらにそのことがどのような結果を来してしまうのかを、お辻の「情欲」をスケープゴートとして、「情欲」を二重に抑圧しながら示しているのであり、悲劇という形ではありながら、「情欲」は克服されているのである。局内にいたときには気付かなかった自らの「情欲」を反省・克服し、局外に立ってそれが過ちであったことを悟るというプロットによって、『妹と背かゞみ』では、「前車のくつがへるは後車の誡」が達成されているのである。

あらためて確認しておけば、『妹と背かゞみ』では、道理と情欲とが問題になっていた。そして、そこに「学識」という媒介項が加えられることで知識人の「情欲」が問題とされていた。「学識は死物とおなじく。之を利用せんず心となりて。おのれが煩悩を制ゆるときには。十分道理力の助ともなりて。いと能く其役目に適ふと雖も。一朝情欲に深く溺れて。之を利用せんず心なければ。学識はなか〳〵敵方となりて。理を非に曲るための道具ともなり。ます〳〵其痴情をさかんならし」めてしまう。「我と父母との関係」や「社会に対する関係」によって「理性」が涵養されることが「痴情を制」するには必要であり、この二つがないことが「達三が学識ありて。尚且誤ちたる大本」とされるのである。つまり、「情欲」は排されるべきものであり、その外に真の道理が措定されているのである。[*29]

しかし、恋愛問題の当事者である水沢が、自らの「学識」によって何らかの筋道を立て「道理」を組み立てたとき、その「道理」が歪んだものであるか否か、どのようにすれば見極めることができるのか。「迂闊な読者である文三を小説構成の作法上から相対化し、批判することはできるが、そこに住まいつつ自力で作品世界を対象化しようとする文三の視野そのものに「妄想」(八)として一方的に無効を宣告すること」[*30]が、彼の内的論理に即して、はたして可能なのか。後先を考えず、「学識なく教育なき辻」を娶ってしまった水沢、「根生の軽躁者」のお勢を見誤った文三、読者は彼らの「誤失」を容易に指摘することができるだろう。水沢は第一回の母親の忠言に耳を貸すべきだったし、お勢が「根生の軽躁者」であることは、すでに第二回に記されていたではないか。そして、回が進むにつれて、こう言うかも知れない、ソレ見たことか…。情欲にまみれた眼によって物を見、情欲にまみれた思考で物を考えなければならない水沢や文三と、始めから終わりへ向かうプロットに従って物語世界を意味づける読者とでは、水沢や文三にあまりにも不利である。ただし、「判断の真偽じたい」を問題とするのではなく、「他者了解の機制の認識論的な根拠そのもの」[*31]を問題とするのであれば、発端の意味づけと結末との「脈絡通徹」(『小説神髄』)に依存して、彼らの判断が誤りであると決めつけることはできない。「学識」が「理を非に曲るための道具」となり、「ますく其痴情をさかんならしむ」という『妹と背かゞみ』の提出した問題意識を、真偽の問題としてではなく、認識論的に捉えかえすという観点から、彼らの言動を「誤失」と意味づけるように使嗾する語りの枠組みに、例えばこう問うてみるのは見当違いの所作であろうか。ところで、あなたの言う道理は「情欲」にまみれていないのか、と。

文三が向き合っている問いとは、そのようなものではなかったか。知識人も「情欲」に眼を曇らされてしまう、あるいは知識人特有のとらわれ方というのが問題の初発であったとしても、そこから知と情とをめぐる認識論的な懐疑への距離はあと一歩である。

『浮雲』第十六回、お勢やお政との間に諍いを起こした文三は、それでもまだ園田家を去らず、「真闇な坐舗に悄然として、始終何事をか考へてゐる」。ただし、「かう静まつてゐるは表相のみで、其胸臆の中へ立入つてみれば、実に一方ならぬ変動」とあるように、文三は物思いにふける。そこで彼は、「情慾の曇が取れて心の鏡が明かになり、睡入つてゐた智慧は俄に眼を覚まして決然として断案を下し出す。眼に見えぬ処、幽妙の処で、文三は――全くとは云はず――稍々変生つた」のである。「情慾の曇」が〈浮雲〉であることは、言うまでもない。〈浮雲〉が取れることで「心の鏡」（心の月）が明らかになり、〈浮雲〉に蔽われていた「智慧」の眼が覚醒し、ぼんやりと往きつ戻りつした判断に変わり、「決然」と「断案」を下すのである。彼の眼は、彼の思考は「変生つた」のである。その眼により、「お政の浮薄」を見通す。さらに「過まつた文三は、――実に今迄はお勢を見誤まつてゐた」と過去の自分の過誤に気付き、「今となつて考へてみれば」、お勢は「移気、開豁、軽躁」であり、「それを高潔と取違へ」たのは「文三はお勢に心を奪はれてゐた」からであると反省する。かくして文三は、ものの「真相を看破める」眼を獲得し、「識認」を得る。

しかし、ここでの文三の思索が、「始終何事をか考へてゐる」「実に一方ならぬ変動」の渦中の出来事であったことは注意すべきであろう。文三の「情慾の曇」が晴れ、「識認」を得たのも、「変動」の一角にすぎない。彼の思索は「変動」しながら、今度は自分を「お勢の眼を覚ます者」と措定し、「お勢を救」うためには「どうしたものだらう?」と煩悶する。そして答えを出せないまま、文三の「健康な智識は縮んで、出過た妄想が我から荒出し、抑へても抑へ切れなくなつて、遂にはまだどうしてといふ手順をも思附き得ぬうちに、早くもお勢を救ひ得た後の楽しい光景が眼前に隠現き、払つても去らん事が度々有る」という状態にいたる。お勢を救う方法の模索と妄想との間で「悶へ苦しむ」文三は、「人の心といふものは同一の事を間断なく思つてゐると、遂に考へ草臥て思弁力の弱るもので。文三もその通り、始終お勢の事を心配してゐるうちに、何時からともなく注意が散つて一事には集らぬやうになり、をり〳〵互に何の関係をも持たぬ零々砕々の事を取締もなく思ふ」のである。そして、彼は天井の木目を見ながら「おぷちかる、いるりゆうじよん」（視覚的な錯覚）を眼にするにいたる。

文三はこのように思弁と妄想とを繰り返すのであるが、この両者が截然と区別されるわけではない。文三が錯覚を認識したとき、「さるれえの「いるりゆうじよんす」」（James sully, *Illusions*、前掲）を想起したことは注意して良い[32]。サリーは初発の問題設定として"To be the victim of an illusion is, in the popular judgment, to be excluded from the category of rational men. The term at once calls up images of stunted figures with ill-developed brains, half-witted creathres, hardly distinguishable from the adomittedly insane."と述べている。錯覚を理性的な人間とは無関係な領域に据え置くという一般的認識を確認しておいて、しかしサリーは"most men are sometimes liable to illusion. Hardly anybody is always consistently sober and rational in his perceptions and beliefs."と述べ、さらに"Our luminous circle of rational perception is surrounded by a misty penumbra of illusion."と指摘する。この指摘は「賢不肖の弁別なく必ず情欲を抱ける」と言った『小説神髄』の認識や「学識」が「理を非に曲るための道具」となり、「ます〳〵其痴情をさかんならし」めることがあるとする『妹と背かゞみ』の認識と問題を共有している。ただし、様々な錯覚を数え上げるサリーの著書も、認識論という観点から、正しい認識はいかに得られるのかといった問題については答えを出さない。谷川恵一[33]は次のように指摘する。

サリーの著書には、錯視にはじまり、「信念（Brlief）の錯覚」にいたるまで、さまざまな錯覚についての記述があり、その説明がなされている。しかし、いったいどのようにすれば正しい認識を手に入れることができるのか、あるいは、そもそも正しい認識とはなにか、といったことに関しては、せいぜい「普通（common）で正常であることは、真実であるか、あるいは、客観的現実と一致している」（『錯覚』第十二章「結論」）といういかにも貧弱な解答を用意するか、進化論を導入して、人間の知的能力が向上し、相互理解が格段に深まるバラ色の未来を描いてみせることによって読者の気が滅入るのをまぎらすしかなかった（同第九章）

もちろん、サリーの『イリュージョン』の主旨は「正しい認識」の考察にあるのではない。その主旨は、理性と錯覚を隣接させるという新たな認識の布置を用意することに向けられていたはずで、その点で『小説神髄』や『妹と背かゞみ』と同様の問題圏に属しているのである。だから、〝all men habitually err, or that illusion is to be regarded as the natural condition of mortals.〟という懐疑主義を批判する以上、どこかに「バラ色」の「正しい認識」が措定されることになる。ただし、サリーの『イリュージョン』の主眼が理性を取り囲む錯覚に向けられている限りで、パトリック「偏見心理」第二原則との距離はほとんど無い。どのようにして「正しい認識」が得られるのか、「正しい認識」とは何かといった問題ではなく、理性を蔽う錯覚、妄想とは何か、それはどのようなあり様として発現しているのかが問題化されているのであり、その点が『浮雲』の課題なのではなかったか。

このような論理を推し進めていった時、おそらく一つの逆転が起こる。つまり、錯視とは理性をめぐる問題であり、だとすればそれは知識人の問題なのではないか、という顚倒である。*34

疑ひは蝙蝠に似たり薄暮の時に飛出るものなり明くなれば影もなし此奴群集へば心曇り味方離れ為ること成す事はかどらず其人君王なれば暴主となり夫なれば妬夫となる賢者といへども此奴に魅入らるれば果断を失ふ思ふに疑ひは情の病にあらずして智の病なるべし何となれば最も堅固なる性質の人にも此病あればなり（坪内逍

遙「松の内」前掲）

もちろん「疑」をめぐるこの問題設定は、まずは知・情・意という心理学のものである。しかし、風間銑三郎の場合がそうであるように、この問題は知識人の問題として形象化される。そしてこの段階では、〈浮雲〉とはもはや「凡俗」や「婦女幼童」を惑わすものから、知識人の煩悶、懊悩を招来するものという意味になるであろう。まず、人間は「情欲の動物」であるから「賢人善者」といえども「情欲」を持つのだという認識によって、「情欲」を知識人の問題としても捉え、次いで知識人特有のあり方として形象化し、最後に知の問題として簒奪する。この過程で知識人と「凡俗」、「婦女幼童」との分節線は温存され、「情欲」に気付きながらそれをどうすることもできない、あるいは「情欲」と知との葛藤に苦しむ知識人と、「情欲」にひたすら流される「凡俗」という構図が成立することになる。[*35]

ともあれ、『浮雲』の文三が直面した懐疑とは、このような知をめぐるものであったろう。「情慾の曇」が晴れて「識認」を得るも、またすぐに「変動」し、「妄想」が生じる。いや、「識認」自体が「変動」する「妄想」の一部ではないのか。彼の「識認」に錯覚はなかったか。このような知と「情欲」の問題は既に第二篇第八回に描かれていた。

解らぬ儘に文三が想像弁別の両刀を執つて種々にして此の気懸りなお勢の冷淡を解剖して見るに何か物が有つて其中に籠つてゐるやうに思はれる、イヤ籠つてゐるに相違ない、が何だか地体は更に解らぬ、依てさらに又勇気を振起して唯此一点に注意を集め傍目も触らさず一心不乱に茲処を先途と解剖して見るが歌人の所謂箒木で有りとは見えて、どうも解らぬ、文三は徐々ヂレ出したスルト悪戯な妄想奴が野次馬に飛出して来て、ア、では無いか斯うでは無いかと真赤な贋物、宛事も無い邪推を摑ませる贋物だ邪推だと必ずしも見透かしてゐるでもなく又必ずしも居ないでもなく、ウカ〳〵と文三が摑ませられる儘に摑んで、あえだり揉だり円めたり、また引延ばしたりして骨を折て事実にして仕舞ひ今目前にその事が出来したやうに足掻きつ踠きつ四苦八苦の苦楚を嘗め然る後フト正眼を得てさて観ずれば何の事だ皆夢だ邪推だ、取越苦労だ、腹立紛れに贋物を取つて骨灰微塵と打砕きホツと一息吐き敢へず、また穿鑿に取懸り、また贋物を摑ませられて、また事実にして、また打砕き、打砕いてはまた摑み、摑んではまた打砕くと何時まで経つても果しも附かず始終同じ所に而已止つてゐて前へも進まず後へも退かぬ、而して退いて能く視れば尚ほ何物だか冷淡の中に在つて朦朧として見透かされる

なぜお勢が「冷淡」にしたのか、文三はその理由を「解剖」してみるが、「有りとは見えて、どうも解ら」ない。そこへ、「妄想」が生じ「邪推を摑ませる」のだが、文三はそれが「邪推」であると「見透かしてゐるでもなく」「居ないでもな」い。これらの表現は、文三が完全に検討対象を見誤っていることを意味しているのではない。解りそうで解らない、見えていながら見えていない、という構造を確認しておかなければならない。さらに、「正眼」を得て「皆夢だ邪推だ」と見抜いた思ったのも束の間、すぐに「また穿鑿に取懸り」、また、また、また…と循環していく。文三の「妄想」は、「解剖」や「正眼」を伴っているのであり、そして彼の「正眼」は「妄想」に取り巻かれているのである。いったい文三は世界を「正眼」によって見ているのか、それとも「錯覚」なのか。いや、おそらくそうした問いはもはや無効なのであろう。もう一度、理性が錯覚に取り巻かれているというサリーの議論や、「学識」が「痴情」を助長するとした『妹と背かゞみ』の議論を思い出してみるならば、文三のまなざしは「正眼」で世界を見れば見るほどに、いよいよそれは「錯覚」であるかもしれないのである。このような懐疑を前

にして、文三は「妄想」にとらわれており、それを克服して真の道理に到達しなければならないと単純に断ずることはできないし、人間はついに「情欲」を脱することができないのだとシニカルに割り切ってしまうこともできない。もちろん、「妄想」の外に「識認」や「正眼」があると想定することもできない。この段階では、当初、月と〈浮雲〉というイメージによって形成されていた、知と「情欲」との安定的構図は崩壊する。〈浮雲〉の向こうに「本来真如」の月が輝いているという図式は失効することになろう。あらためて言えば、知と「情欲」とがあざなえる縄の如くに入り組み、組んずほぐれつの「変動」するあり様こそが文三をめぐって描かれているのである。

文三は、お勢にもう一度声を掛けてみよう、と思う。「今一度運を試して聴かれたら其通り、若し聴かれん時には其時こそ断然叔父の家を辞し去らうと、遂にかう決心して、そして一と先二階へ戻つた」と『浮雲』の末尾には記されている。しかし、この「断然」たる「決心」を信じて良いものか。お勢に対する「妄想」が生じ、「種々の取留も無い事が続々胸に浮」び、「喜んで宜いものか、悲しんで宜いものか、殆ど我にも胡乱になつて来たので、宛も遠方から撩る真似をされたやうに、思ひ切つては笑ふ事も出来ず、泣く事も出来ず、快と不快との間に心を迷せながら、暫く縁側を往きつ戻りつしてゐた」、そうした果ての「決心」であってみれば、やはりこれをそのまま受け取ることはできない。

知と「情欲」との果てしない懐疑を引きずったまま『浮雲』は終わる。

おわりに

本稿では、『浮雲』の題意を検討し、それを恋の「感情」に心の眼を眩まされた文三のあり様として捉えた。そのような用法として〈浮雲〉の語を捉えることは、『浮雲』作品内の〈浮雲〉及びそれに関連する語の用法からも導き出すことができるのであるし、同時代の用例に照らしても決して困難なことではない。しかし一方で、〈浮雲〉に眼を蔽われ、物の真相が見えないという用例は「世間の人」や「凡俗」あるいは「婦女幼童」とセットに扱われることが多かった。『浮雲』はそれらの用例を基盤としながらも、『小説神髄』などに見られた「知識人」の「情欲」という新たな課題に呼応して〈浮雲〉の用法を刷新した点に意義が認められる。そして、心の月を覆い隠し、揺れ動いて一定しない〈浮雲〉のイメージが、理性と錯覚との関係性をめぐる知的状況と結びついた時、知識人の「情欲」という課題においてはいまだ残存していた理性と情欲との二項対立が審問に付され、知のあり様そのものに懐疑の眼が向けられるのである。この点が〈浮雲〉の語を月との連関において捉え、作品内における〈浮雲〉及びそれに関連する語の検討を行ってきた本稿の結論である。

　しかし、『浮雲』という表題の持つ意味のひろがりは、決してこの点に止まるものでないことも最後に指摘しておきたい。そもそも、表題を作品内の読解から意味づけるという行き方が、表題というものの性質に鑑みて、必ずしも適切であるとは限らない。仮に、読みはじめの段階で〈浮雲〉という語について何らかの意味を（ぼんやりとではあっても）意識することになるならば、読者はそれにしたがって作品世界を意味づけることになるであろうし、読み進める過程で作品世界との交渉を通して〈浮雲〉の意味を変改していくことにもなろう。いずれにしても、はじめの段階で〈浮雲〉という語をどのようにイメージするかによって解釈そのものが多様になるという事態が生ずることになろう。〈浮雲〉が比喩的な語であるだけに、その度合いは甚だしい。例えば、同時代評における定型的な言い方に、『浮雲』は「浮世人情」（「雑報」『時事新報』明治二〇〔一八八七〕・七・五）を描いた「浮世噺の小説」（「新刊小説」『国民之友』明治二〇〔一八八七〕・八）であるという表現がある。石橋忍月は、『浮雲』の「褒誉す可き点」に「浮雲の著者は小説を知る故に卑賤の風俗浮薄の人情及び言行不伴の社会を実写したり」（「浮雲の褒貶」『女学雑誌』明治二〇〔一八八七〕・九～一〇）を挙げているが、「浮世人情」とは世上の「卑賤」で「浮薄」な「人情」という意味を帯びている。忍月はさらに踏み込んで、文三が「平凡なる不完全の人物」であり、「一決一迷躊躇両岐に彷徨」する点についても指摘する。忍月が、「花は盛りに月の隈なきを見んと欲するは人情なり。世人が完全の人物爽快の脚色を欲するの親切心は嘉す可し」と述べているように、文三の「不完全」性は、「月の隈」と捉えられるのである。そうであるならば、忍月は『浮雲』第一編の段階では、月と〈浮雲〉という連想によりながら、「浮薄の人情」と「不完全」な文三の両面を捉えていると考えられるのである。そして、この「浮薄の人情」の側面を「浮世」という社会的側面へと敷衍するならば、「勢利によりて炎涼の異なるを諷せし主意」を『浮雲』から読み取り、「この小説の主人公はお勢といへる女子」と指摘する依田学海「浮雲の評」（『出版月評』明治二二〔一八八九〕・一二）の見解も出てこよう。あるいは「月に浮雲の譬」には、突然身に降りかかる不幸といった意味もあるが、そのように〈浮雲〉を捉えるならば、「極めて俗物と見ゆる某官署の課長殿か依怙の沙汰より四個の間に一場の紛雑を醸せし浮世の雲の障ある人情噺」（「新編浮雲第一編」『出版月評』明治二〇〔一八八七〕・九）のような意味づけも行われよう。

これらの〈浮雲〉の解釈は、『浮雲』という作品をめぐって決して無理なものではない。各々の視座から、作品内にその証跡を見いだすことは容易ですらある。そうであるならば〈浮雲〉とは何なのか。しばしば、〈浮雲〉の解釈は『浮雲』の主題との関連において位置づけられ、主題論が行われなくなるに従って、〈浮雲〉の解釈も等閑に付されてきた感がある。しかし、〈浮雲〉が、多様な視座が入り組み、多彩な意味の飛びかう場であるならば、もう一度、〈浮雲〉／『浮雲』について考えてみても良いと思うのである。

注

＊1　『浮雲』の引用は『二葉亭四迷全集　第一巻』（昭和五九〔一九八四〕・一一、筑摩書房）に拠る。

＊2　森鷗外「長谷川辰之助氏」（坪内逍遙・内田魯庵編『二葉亭四迷』明治四二〔一九〇九〕・八、易風社）

＊3　稲垣達郎「『浮雲』前後――文学革命期と二葉亭四迷――」（『稲垣達郎学芸文集　一』昭和五七〔一九八二〕・一、筑摩書房）に「（『浮雲』という題は――引用者注）一九五〇年代のこんにち、小説の題としては、印象のきわやかなすっきりとした題だ。そのような『浮雲』と「二葉亭四迷」とは、まことに奇妙なとりあわせではある」との指摘がある。

＊4　畑有三・安井亮平注『日本近代文学大系第4巻　二葉亭四迷集』（昭和四六〔一九七一〕・三、角川書店）

＊5　青木稔弥・十川信介校注『坪内逍遙　二葉亭四迷集　新日本古典文学大系明治編18』（平成一四〔二〇〇二〕・一〇、岩波書店）

＊6　関良一「「浮雲」考」（『国語』昭和二九〔一九五四〕・一二）。引用は『考証と試論　二葉亭・透谷』（平成四〔一九九二〕・八、教育出版センター）に拠る。

＊7　稲垣達郎「『浮雲』概要b」（『稲垣達郎学芸文集　一』前掲）に、「この『浮雲』という題がなかなか問題なのである。この時代の用語としては、「あぶない」とルビをつけてあるのをよくみかける。戦後に出た鶯亭金升の『明治のおもかげ』にさえこの用法が残っている。そういうニュアンスをふくめて作品の主人公の問題にひっかかってくる。つまり、主人公お勢説の可能性をはらんでいるのである。柳田泉氏も早くこの点に注目しているが、第一篇から第二篇へかけてのかぎり、この見方はいちがいに退けられない点がある。お勢の心持は、文三にともつかず、昇にともつかず、ふらふらしたところがあり、あとで昇の方へ落着くことにはなるが、はじめのうちは両方の間にはさまって浮遊している。こういう心持の不安定な、また危険な状況を「浮雲」ということばであらわしていると理解しようとするのである。それが、その状況で充実したかたちで完成されず、ちがった方向へいってしまったので、「浮雲」というテーマも題も行方不明になっていると考えるのである。」との指摘がある。

＊8　十川信介「『浮雲』の世界」（『文学』昭和四〇〔一九六五〕・一一）。引用は『増補　二葉亭四迷論』（昭和五九〔一九八四〕・一〇、筑摩書房）に拠る。

＊9　鄭炳浩「二葉亭四迷の『浮雲』論――〈浮雲〉という題意の問題をめぐって――」(『文学研究論集』平成一〇〔一九九八〕・三)

＊10　越智治雄「浮雲のゆくえ」(『国文学』昭和四六〔一九七一〕・七～一〇)。引用は『近代文学成立期の研究』(昭和五九〔一九八四〕・六、岩波書店)に拠る。

＊11　出原隆俊「「無味気」の系譜――明治二十年代前期文学の一端――」(『文学』昭和六〇〔一九八五〕・一一)

＊12　「優勢的意味」については、井筒俊彦「意味論序説――『民話の思想』の解説をかねて」(佐竹昭広『民話の思想』平成二〔一九九〇〕・一二、中央公論社)の「ここでは「意味」はひとつの有機的フィールド構造としての内部分節的拡がりなのであって、それを構成する個々の要素、がシニフィアンに対応する「意味」、すなわちシニフィエ、なのではない。ただ、それらの要素のうちのどのひとつに注意の焦点を合わせるかによって、全体が違ったものとして現われてくるだけのこと。そして、そのたまたま選び出されたひとつの要素が全フィールドの中核的意味となり、残りの全てはこの優勢的意味にたいして劣勢的意味要素としてそれを取り巻くのだ」との指摘を参照した。本稿においても、「劣勢的意味」と定位される意味を排除することはしない(できない)し、優劣、つまり図と地とは視点の取り方によって常に反転し得る可変的位置を占めると考えている。

＊13　鄭炳浩「二葉亭四迷の『浮雲』論」(前掲)は、「浮雲はしがき」の箇所を引いて「第一篇の序文における「浮雲」とは、望ましいものを遮る機能と、その結果として否定的な状況を生み出す機能を喩える言葉として用いられている」と指摘する。鄭の議論は、作品内における〈浮雲〉の語の用法を追究していて貴重であるが、「作品内で唯一自覚した人物である文三」が「堕落した、望ましくない現実」としてのお勢や園田家を救済するという主題を提示しながら、「〈浮雲〉という題意は、近代の理性と感情にいまだ迷妄なままの園田家とお勢の世界をよく象徴しており、当時の社会状況を文明批判の立場から捉えようとする主題を表出するもの」とする結論は、本稿の論旨とは大きく異な

る。

＊14　小森陽一『文体としての物語』（昭和六三〔一九八八〕・四、筑摩書房）はこの箇所を引いて「文学的装いを最大限凝らした、美しい庭の景、「あはれに面白い」と読者との共感を確認した「眼に見る景色」が、実は作中人物であるお勢と文三、「心に物ある両人の者の眼には止ま」っていなかったのだと、語り手は自らあかすことになる。つまり、ここまで読者が一所懸命古典的ジャンルのコードを引き寄せながら解読してきた、月に照らし出される庭の景物の描写は、お勢と文三がつくり出す、物語世界とは無縁であることが暴露されているのである」と述べ、異ジャンルの葛藤の様相をここに確認している。また、磯田光一『鹿鳴館の系譜――近代日本文芸史誌――』（昭和五八〔一九八三〕・一〇、文芸春秋）は「「繊竹」（なよたけ）とは「なよたけのかぐや姫」（竹取物語）であり、だから月は「まるで竹の中から出るやう」なのである。ここでは「月」がお勢の喩となっている。「断雲一片の翳だもない」夜空の月が、理想化されたお勢のイメージであり、それをおおいかくすような〝浮雲〟が明治の世相の影響であったろう」と述べ、月を文三の美化するお勢像の象徴として、〈浮雲〉を俗化したお勢の象徴として捉えている。

＊15　坪内逍遙『新磨妹と背かゞみ』（明治一八〔一八八五〕・一二～一九〔一八八六〕・九、会心書屋。以下『妹と背かゞみ』）の次の描写も参照されたい。

かくまで道理をわきまへても。悟りかねつゝ一旦の。痴情に心を奪はれしは恥かしかりき。おぞましやとうちつぶやきつゝ。かきかけたる自筆の肖貌画手にとりて。パラリと裂きて投棄ても。尚写真のみは其儘に。机にのせて悄然と太息つきだす鐘の音は芝の寺内の夕暮乎。ねぐらに急ぐ群鳥の声もろともに。漸々と。騒ぐ心はおさめても。真如の月の冴かねたる。庭の木陰も我胸も今薄ぐらきかはたれ時黒白さだかに弁へかねて。しばし踏迷ふことわりぞかし。

＊16　十川信介「二葉亭四迷」（『岩波講座　文学7』昭和五一〔一九七六〕・五。引用は『増補　二葉亭四迷論』〔前掲〕に拠る）

は、この箇所について「つまり文三は、「軽躁」なお勢に対する恋情に心を支配されて、「真理」に近づくことができない人物として設定されている。「条理」を武器として「真理」に到達しようとする彼の心は、免職前から不安定であり、彼に見える外部の世界はすでに不透明なのである。とすれば、小説がその当初から文三の敗北を予定し、その理由を彼内部の空白、「真理」の欠如に求めていたことは疑いない。おそらく、この感情に弄ばれて真理を所有できない「石地蔵」的人物の設定は、逍遥が『小説神髄』で力説した「人情」――「いかなる賢人、善者なりとて未だ情慾を有ぬは稀なり」云々の具体化であり、同時に、お勢や昇と同じく、「信」を持たぬ、あるいは持ちえぬ新世代を戯画化したものであった」と指摘する。

＊17　原文は以下の通り。

Monotony is often aggravated by the pain of excessive Subjectivity, or self-consciousness. The absence of objective attractions leaves the mind in the subjective condition, which, when long continued, give the sense of intolerable ennui. To be confined in the dark, or without occupation, is to be made the victim of subjective tedium.（Alexander Bain, *Mental Science*, 1868, New York D, Appleton and Company）

＊18　前田愛「二階の下宿」（『展望』昭和五三〔一九七八〕・五）。引用は『都市空間のなかの文学』（平成四〔一九九二〕・八、筑摩書房）に拠った。

＊19　宇佐美毅「小説表現としての〈近代〉――『浮雲』と初期柳浪をめぐって――」（『中央大学文学部紀要』平成七〔一九九五〕・三。引用は『小説表現として近代』平成一六〔二〇〇四〕・一二、おうふう、に拠る）は『浮雲』第二篇の表現と広津柳浪『女子参政蜃中楼』（『東京絵入新聞』明治二〇〔一八八七〕・六～八）とを比較し「両者はともに、他者との交わりから隔離され（あるいは自分からそのような交わり拒んで）、内面の葛藤に苦しむことで、更に他者との距離を拡大していってしまうような、人間のありようを描こうとしている」と指摘する。ただし本稿では、「他者との交わりから

隔離」し「内面の葛藤」を可能にする文化的装置として免（非）職、個室、独り居の状況などがあり、さらにそれが心理学において問題化されていたことに焦点を当てている。

＊20　高橋修「『新磨妹と背かゞみ』論――『花柳春話』を軸として――」（『国文学論集』昭和六〇（一九八五）・一。『明治の翻訳ディスクール――坪内逍遙・森田思軒・若松賤子』平成二七（二〇一五）・一、ひつじ書房、所収）

＊21　このような発想は「おのれ今一條を茲に加へて疑念は多児なり（Suspicion follows suspicion; or suspicion has many offsprings）トいはむとす。謂ふ心は一たび疑ひを抱き初むれば、それより色々の枝葉を生じて。ます〳〵疑ひは重なりゆきて。恰も「八重だすき」に入りたらんやうに。竟には其出口を失ふをいふなり。」（『妹と背かゞみ』前掲）を踏まえていると思われる。ちなみに『妹と背かゞみ』では、続く箇所で「故に疑が生ぜしとき。之を除却せんと欲するならば。空しく妄想してたゆたふことなく。直ちに前の方へ進みゆきて。面と其物に打向ひて。人か妖物かを見定るぞ宜き。さらずばいやましに疑団を重ねて。妄想なか〳〵に堅くなるべし」と記されている。

＊22　高橋修「二葉亭四迷『浮雲』を見直す」（『文学芸術』平成二三（二〇一一）・二）に、「「行きつ戻りつ」は『浮雲』という小説を読み抜くキーワードといっていい。いや、それどころか、「行きつ戻りつ」こそがこの小説のテーマだと言ってもいいのではないでしょうか」との指摘がある。

＊23　前節では、特に時代の先後を気にせず用例を引用したが、それは先行する言説からの影響のみを確認するためでなく、〈浮雲〉の同時代的な意味の広がりの中に『浮雲』という作品を位置付けてみることを目的としたためである。作品受容の観点から言えば、『浮雲』と並行して、あるいはその後にも〈浮雲〉という語の意味やそれに纏わるモチーフの広がりが見られることが、『浮雲』受容の様態の一角をなしていると考える視座が必要だと思う。

＊24　和田繁二郎『近代文学創成期の研究』（昭和四八（一九七三）・一一、桜楓社）

＊25　坪内逍遙『妹と背かゞみ』にも「世の人の軽躁なる。只管目前の情欲を主として。後の幸不幸を思ひも図らず。色

に溺れて娶り。欲にくらみて嫁ぐ。」とあり、「目前の情欲」に眼が眩み「後」先を考えずに行動することの特性を「世の人」に見ている。そのことが「軽躁」の語で表現されており、『浮雲』を考える上でも興味深い。

＊26　このように部屋の様子によってその住人の性質を換喩的に形象することは、この時期、しばしば見られる事柄である。別の側面から言えば、部屋の様子の傍観によって住人の性質を鑑定し、描き出す方法が、この時期にはしばしば用いられるのである。

拾畳の間の正面には。一間の床あり。薫りかへりし半切の軸には。精神一到何事不成といふ。八字を大書し。落款には。牛首山人書すとあれど。何処の馬の骨の。書いたのやら。弁らぬものなり。一辺に安置せる。新調の机子。引出シのツマミ。已に損じたるは。所有主の使用の粗暴なるによる乎。五六冊の洋書表紙いたく磨れたるは。折々枕にする加減なるべし。燐燧の空箱。ひとふたみ。やう枝と共に散じ。人情本。上中下。下宿屋の書出シを挿はさめるは十五日払の勘定。いまだすまぬと思はれたり。彼方の一隅にも。また一脚の机あり。白金巾もて掩ひ倣したる。秩序さすがに整ひて。硯あり筆立あり。ウエブストルの大辞典は。ランプと共に。書箱の傍に並立し。一巻の洋書は。繙きて机の上にあり。但見れば。処々に鉛筆もて。注意の――印を附したるは。まづ読人の苦学の程。思ひやられて何となく。奥ゆかしき心地ぞする。書箱のほとりには衣紋竹あり。勧工場で買ひとりたる。出来合物とは。見ゆるものから。壁の折釘へ直接に。衣裳を引かけぬ用心は。上方出の書生にや。此社会にはいと希なる。注意家とこそ思はれたれ（『当世書生気質』）

＊27　十八世紀イギリス文化の「憂欝」言説について、富島美子は「憂欝をイギリス文明の果てにある病として定義する」動きがあることを指摘し、「イギリス／病を語る憂欝男の声には、奇妙なほど劣等感と優越感が入り交じっている」と述べている（『女がうつる――ヒステリー仕掛けの文学論』平成五〔一九九三〕・一二、勁草書房）。そのような認識は「世代ヲ経テ精神漸ク発達スルニ従ヒ其病モ共ニ増育シ目今開化ノ度ニ在テハ狂病ハ必ス贖フヘキノ罰銀」（顕理

貌徳斯礼（モーズレイ）『精神病約説』神戸文哉訳、明治九（一八七六）・一二、癲狂院）といった言葉にも見られる。「神経質」な知識人の精神病や神経病、あるいは憂鬱や妄想を執拗に取りあげることで「独白の系譜」（小森陽一『文体としての物語』前掲）を卓越したトポスとして作り上げた明治二十年前後の近代小説にも「劣等感と優越感」の混在したあり様を確認することができる。

＊28　ただし、「情欲」が全く取り去られた訳ではなく、水沢の「立聴」による疑念が悲劇的結末の要因となる。

＊29　山本芳明「「己惚」と「妄想」の果て――起泉、篁村、二葉亭、白鳥――」（『文学』昭和六〇（一九八五）・一一）は、明治十年代から二十年代の小説において「己惚」や「妄想」が問題化されていた状況を確認し、「対他関係において他者の言動を誤解して孤立したため、自分の内面に沈潜せざるを得ないという形で描かれる心理描写」は「「自惚」という枠組が必然的に導き出すもの」であり、「『浮雲』は当時ごく当り前だった認識を最大限利用したものなのである」と指摘する。一方で、饗庭篁村の小説との比較を通して、「篁村の主人公たちは青年期特有の「妄想」にとりつかれはするものの、それを相対化して「大人」へと成長することがプログラムされている」が、『浮雲』には、「「質朴な書生」となって予定調和の住人になることもできず、かといって新しい自己と世界との関係を直ちに樹立することもできない彼らに残されたことは「妄想」に耽ることだった」という状況が描かれていると指摘する。

＊30　谷川恵一「他者へのまなざし――『浮雲』の世界――」（『国語国文』昭和六一（一九八六）・一二）

＊31　谷川恵一「他者へのまなざし」（前掲）

＊32　谷川恵一「他者へのまなざし」（前掲）は、サリーの『イリュージョン』を参照しながら、文三の「識認」について、「それが彼女の「軽躁」を措定することから出発した推論の結果としてあるかぎりにおいて、断片的であり、錯覚に傾くことをまぬかれがたい。」と指摘する。

＊33　谷川恵一「他者へのまなざし」（前掲）

＊34　『妹と背かゞみ』のお辻をめぐる「情欲」の二重抑圧の機制は『浮雲』のお勢をも捉える。つまり知識人の「情欲」問題（「情欲」と知の葛藤）と、「女」「凡俗」の「情欲」問題（知がない故に「情欲」の虜となる）は別置され二重基準として据えられるのである。さらに、「女」「凡俗」は反転して「煩悶」なき「無垢」な「少女」「田舎人」として召喚される。山本良『小説の維新史――小説はいかに明治維新を生き延びたか――』（平成一七〔二〇〇五〕・二、風間書房）は、『妹と背かゞみ』におけるジェンダー規範の構造について「妻の無知無教育ゆえの「邪推」を、一方的に非難していた視点人物の「三沢《〔ママ〕》」は、自身の「妄想」を、語り手によって指摘される。女＝「邪推」をことさらに言い立てるのは、作中人物の男であって、語り手ではない。他方、「妄想」を男の特権であるかのごとく語るのは、語り手である。つまり、基本的には、男＝妄想／女＝邪推という構図が成り立っているのだが、男＝妄想は語り手による定義、女＝邪推は作中人物による定義で、非対称な構図なのである」と指摘する。

＊35　この構図によって「独白の系譜」が形成されるのであるが、それを女性の側から相対化した作品として樋口一葉の「われから」（『文芸倶楽部』明治二九〔一八九六〕・五）を挙げることができる。この問題については、第七章「〈神経病〉の文学誌――樋口一葉「われから」論――」で検討した。

第六章　思想としての木版和装本――「新作十二番」『此ぬし』の戦略――

はじめに

明治二十三年九月、春陽堂の企画したシリーズ「新作十二番」の第二番として、尾崎紅葉『此ぬし』〈図1〉が発兌される。出版界を活版印刷が席倦するその渦中にあって、この本が「半紙木版摺／極彩色表紙／口画入美本」（尾崎紅葉他『四の緒』明治二八（一八九五）・七、春陽堂。巻末広告）と謳われる広告文句に偽りの無い、極めて美々しい装丁を備えて刊行されたことは、一体どのような意味を持っていたのであろうか。

〈図1〉

前田愛が「木版式合巻が活版式合巻に切りかえられたのは、明治十五年ごろのことである」[*1]とし、また大沼宜規が「明治一八年から二〇年頃にかけて、和装本は装丁の主流の位置を洋装本に明け渡した」[*2]と指摘するように、おおよそ明治十年代半ば以降、書物のかたちをめぐる情況は大きく変容した。とするならば、明治二十三年九月の時点で『此ぬし』が木版和装本で出版されたということは、時流に反して際立った試みであったと言えよう。これまで、『此ぬし』が木版和装であることの意味については、特に紅葉との関係で論じられることが多かった。春陽堂の執筆依頼に対して、「二号に出すと云ふのと、木版の美本にすると云ふので、聊か心が動いたので、ツイ承諾した」（「作家苦心談」『新著月刊』明治三〇〔一八九七〕・七）という紅葉自身の回想がしばしば参照され、紅葉と木版和装との親近性が指摘されてきたのである。*3

一方で、『此ぬし』が「新作十二番」の一冊であることは、もう少し強調されて良いであろう。木版和装本から活版洋装本への移行が推し進められていた明治二十三年の時点で、敢て木版和装本の体裁を取って「新作十二番」のシリーズが企図されたということは、自ずとその書物形態へのメタ意識を抱え込むことになるはずである。活版印刷テクノロジーの台頭、「ボール表紙本」や洋紙製の簡易な洋装本の出現によって周縁に追い遣られつつあった木版和装本に依拠することは、新時代の装本形態を合せ鏡として独自の価値を生み出すことが要請されており、その意味で両者の関係に鋭く向き合わざるを得ないのである。換言すれば、その変化の界域における木版和装の試みは、印刷技術の問題に止まらず、思想を内包した表現として結果するのであり、「新作十二番」の企画はその一翼として特筆に値すると考えられる。

これまで『此ぬし』はその内容の旧套さのみが取り出され、批判の矛先が向けられてきた感があるが、翻って『此ぬし』を取り巻く情況に眼を向けるならば、そのような態度は見直されなければならない。先走って言うならば、『此ぬし』は〈見る〉／〈読む〉ことをめぐる書物論を内在した構造を有しており、書物全体でそのことを問いかける戦略的な書物なのである。そのことは、「新作十二番」のコンテクストに置いたとき、極めて明瞭な輪郭をもって現れてくる。さらに『此ぬし』の反時代的な意匠は、「近代」の枠組みを持つ〈批評〉を呼び込み、双方の間にずれを生ずる。おそらくそのずれにこそ、時代の変転を垣間見る機会があるはずなのである。それらのことを見通して、まず「新作十二番」と『此ぬし』を接続することから稿を起こしたい。

1　「新作十二番」というトポス

「一冊読切」の書き下ろしを標榜した「新作十二番」のシリーズ企画は、前年の明治二十二年四月、尾崎紅葉『二人比丘尼色懺悔』を筆頭に吉岡書籍店から刊行されていた「新著百種」の企画に倣ったものであった。「新著百種」の広告によれば、その企図するところは、「欧州に行はる丶「某氏文庫」の制に倣ひ雑誌の価を以て書籍を買得るの良方」であり、また「方今小説雑誌が一部に数種を掲げ加ふるに発兌の日を隔つるがゆへ読者をして残簡断編を見るの遺憾あらしむる通弊を矯正するもの」（『我楽多文庫』明治二二〔一八八九〕・二。広告）であるという。その企画は広く迎えられ、昌盛堂「小説群芳」、好吟会「新著叢詞」、駸々堂分店「小説無尽蔵」といった後追い企画を生み、「一冊読切の新雑誌」（『百千鳥』明治二二〔一八八九〕・九。「新著叢詞」についての広告）として流通するに至ったのである。このような流れを受けて春陽堂から「新作十二番」の刊行が開始され、それは「新著百種の亜となすも不可なるにあらす」（石橋忍月「勝関」『国民之友』明治二三〔一八九〇〕・五）というように読者にも了解されていたことであった。

しかし、おそらくその故に、「新作十二番」は「新著百種」との差異を明確にするため、幾つかの独自の方針を打ち出したのである。特に木版和装の贅を尽くした装本は、忍月が「之を雑誌と言はんより寧ろ表釘美装の著書と見做す方穏当なるが如し」（「勝関」前掲）としたように、瀟洒なつくりの「新著百種」とは大きく異なる。「新著百種」が「雑誌の価を以て書籍を買得る」値段を謳い、「新著百種」が一冊十二銭、「新著叢詞」が一冊十銭であったのに対して、「新作十二番」は一冊三十五銭であり、「雑誌の価」として決して廉価なものではなかった。紅葉は「新作十二番」の評価が低いことの理由を「想ふに十二番は蜀錦呉綾直不廉なれば買ふもの少なく看るもの従つて希なり。希なるがゆゑに評判揚らず、評判揚らざればいまだ読まざる輩の臆断より、無雑作にも之を拙作と流言せしなるべし」(「読新作十二番第四番」『読売新聞』明治二三〔一八九〇〕・一二・五)ということに帰して戯れているが、「新作十二番」が「直不廉」であることは否めないのである。

それでは、このような「新作十二番」の企画はどのように迎え入れられたのであろうか。忍月は「新作十二番」の第一番、饗庭篁村『勝鬨』(明治二三〔一八九〇〕・四)に対して次のように述べている。

表紙、製本、口絵等驚くべきほど凝りに凝つたものなり、(中略)又此勝鬨が此印刷術進歩自由の世の中に在りながら、活字を利用せずして木版とせしが如きは読者に一驚を吃せしむる一手段、復古の好奇も亦た茲に至つて極まれりと謂ふべし(「勝鬨」前掲)

「印刷術進歩自由」の時代にあって、「新作十二番」が活字を用いずに木版で発兌されたことは、読者を驚かせる趣向であり、「復古の好奇」の極みであるという。このような認識は、「気運段々昔日にもどりて木版半紙摺の新作十二番之内第一巻勝鬨出版になれり」(「勝鬨」『国民新聞』明治二三〔一八九〇〕・四・三〇)とする紹介文にも共通して見られるところである。これ程美装を凝らした「新作十二番」は、「此頃饗庭篁村氏の著小説勝鬨なるものを府下春陽堂にて出版すと其体載を問へば曰く木板彫刻和製美本と之れなる哉〳〵吾人は信ず追々書籍の時代となるべし」(華村居士「雑誌の時代新聞の時代　而して書籍の時代」『女学雑誌』明治二三〔一八九〇〕・六)と見えるように、新聞や雑誌といった簡素で消費的な媒体に対して、書籍の時代を告げるメルクマールとさえ捉えられたのである。

これ程までに木版和装の装本が驚きをもって迎え入れられた一方で、作品内容への評価は極めて低く、「篁村降参勝鬨を洒落に揚げ」(仙謫識客「文学兄弟」『国民新聞』明治二三〔一八九〇〕・六・二一)と揶揄されるほどであった。後年、江見水蔭は『勝鬨』について「美装は当時の人目を驚かしたが、其作は甚だ不評であつた」(『自己中心明治文壇史』昭和二（一九二七）・一〇、博文館）と回想しているが、水蔭が指摘するように作品が「不評」であることが、対照的にその「美装」なる装丁にまなざしを傾注させた気味合いなのである。紅葉は「新作十二番は何ぞ好で瓦礫を裹むに蜀錦呉綾を用てするや」（「読新作十二番第四番」前掲）と述べているが、「瓦礫」の内容以上に「蜀錦呉綾」の美装こそが「新作十二番」の評価の枠組みとして働いてしまったのである。

第二番として発兌された『此ぬし』も例外ではなく、というよりも『勝鬨』に勝るほどに贅を尽したその装丁は、装本意匠への注意を喚起せずにはいない。忍月は「本書は春陽堂が一生懸命に力を尽して発兌せしなりといひしが、成程夫れに違ひなし、表紙を見ても口絵を見ても、贅沢といふ贅沢、力の及ぶ丈は仕尽してある様に思はれたり」（「此ぬし」『国民之友』明治二三（一八九〇）・九）と述べ、豪華な装丁に言を費やしている。さらに、「予は最初勝鬨を見て其美なるに驚く、今又此ぬしに遭ふて一層眼をツリ上ぐるなり」として、『勝鬨』以上の美麗さを『此ぬし』に認め、「新作十二番が此の如くにして漸次進んで第十二番目の書に至らば、果して如何様なる美麗言ふに言はれぬ書を出すべきや」と続ける。「新作十二番」がシリーズ企画である以上、シリーズという系を意識した作品受容の枠組みが存し、忍月はその位置に「美麗」なる装丁を置いたのである。その一方で、行き過ぎた装本意匠を咎める指摘も幾つか見られる。内田不知庵は『此ぬし』に対して、「製本一切の御嗜好は流石に世間を驚かす事と出来ぬ前より想像致し候にたがはず誠に〳〵類なき美しさ天晴御手柄と感佩仕り候左りながら小生より申せば物体に卑近に流れ――何も高等振るにはあらねどチト嫌味にて候」（「「此ぬし」に就て」『国民新聞』明治二三（一八九〇）・一〇・二三）と述べ、また巌本善治も「表装、題紙、凝りに凝りて寧しろ厭気を催ふす計り也」（「新作十二番の内、此ぬし」『女学雑誌』明治二三（一八九〇）・一〇）と述べている。美麗なる装丁は批判の対象にも転化するのであるが、注意したいことは、その褒貶の別にかかわらずその装丁へと言を及ぼすことである。「新作十二番」の装丁は無視することのできない要素として多くの評家の眼に飛び込んだのであり、とするならば木版和装の美麗な書物であることの意味は再度確認されなければならない。

活版印刷時代において木版摺りで刊行することの意味について、春陽堂から同時期に刊行された木版美術雑誌『美術世界』（明治二三〔一八九〇〕・一二～）の広告を参照してみたい。[*4]

美術世界は全国諸大家の賛成を得て曩に出版発売の運びに至れり本誌は活版印刷器械にて印刷する小説雑誌の類とちがひ木版彩色摺を以て極めて鮮明美麗に印刷する絵画叢書に候へば彫工の苦心摺師の手際緻密巧妙を極めざるはなし（『四の緒』前掲。巻末広告）

木版印刷の価値が活版時代から遡行的に発見されていくのであるが、ここで活版印刷が「器械」によって行われるのに対して、木版印刷が「彫工の苦心摺師の手際」といった職人の技術の産物であると規定していることに注意しなければならない。機械化が推し進められた活版印刷の台頭は、木版印刷に手工芸性を付与する契機となったのである。そして、機械製の「小説雑誌の類」の無機的な刷面に対して、「鮮明美麗」さが主張されるのである。「近代の書物、活字印刷された書物は、（中略）あくまでもテクストを享受するための媒体として、それ自身の存在を読者の意識から消してしまえるような、透明化が強いられていた」[*5]とするならば、木版印刷の試みはその方向に異を唱えるものでなければならない。一方で、この『美術世界』の広告は、印刷の量や速度の側面からは木版の弱点を露呈してもいた。

随つて摺高の加はるに従ひ版木の磨滅を免かれざるを以て板おろしの当座に摺立てたるものと数千部を摺立てたる後の物とは其の緻密巧妙の上に於ておのづから其出来栄を異にせざるを得ず精くこれを言へば印刷の高を

加ふれば加ふる程絵画の美妙を失なふなり鮮明美麗を減ずるなりされば彫刻彩色の精巧果して弊店の予言に違はざるや否やは本書御一覧の上御判定下され速かに御注文ありて可成初刷の美麗精巧無類飛切なる向を御購求被下候様予め広告仕候（『四の緒』前掲。巻末広告）

要は「速かに御注文」ということに尽きるのだが、木版印刷にとって摺り高が重なるに連れ板木が磨り減り版面がつぶれてしまうことは事実である。この点は木版印刷の弱点であるが、『美術世界』はその事を逆に商品として価値付け、読者の欲望に訴えたのである。つまり、活字印刷は文字面が同様であることによって同一性を確保するのに対して、木版印刷は刷りの早晩によって一冊一冊の書物が異なった価値を有するとされるのである。そのことが美術雑誌によって謳われていたことは象徴的であるが、木版印刷の価値の一端は工芸的な装本の美に存するのである。このことは、木版印刷に内在していた価値というよりは、活版印刷の出現に対して春陽堂が付した価値と見なければならない。機械による活版印刷が台頭する中で、木版印刷は失われゆく職人による工芸性を――その限界をも価値として取り込みながら――呼び戻そうとしたのであった。「新作十二番」もこの木版ネットワークの内部に位置しており、そこでは木版和装本であることは、技術の問題である以上に思想としておかれているのである。

それでは、美麗な外装を纏った「新作十二番」は、小説とどのように関係していたのであろうか。尾崎紅葉『此ぬし』はその点に関して極めて興味深い問題を提議しているように思われる。次節では『此ぬし』に即して検討していきたい。

2　装本と表現

小説における口絵の役割は、例えば、挿絵と本文とのずれに対する高畠藍泉や山田美妙の弁解に見ることができる。藍泉の『怪談深閨屏』第一回には「記者曰ふ此挿画の趣きは本文に適せざれどもこの物語りの始終を著したる物にて絵入読本なれば口画と見做し賜はん事を希ふ」（『絵入朝野新聞』明治一七（一八八四）・二・五）と記されていた。また、美妙は「胡蝶」の冒頭部に付された挿絵と本文とのずれを指摘されたとき、「文学の挿画」には「本文と全く同じにする画」と「意匠を別に加へる画」の二つがあり、「胡蝶」の挿絵は「非常な趣向の物になつて居」り、「本文と違つて何処に不都合が有りましやう」（「国民之友三十七号附録の挿画に就て」『国民之友』明治二二（一八八九）・二）と述べている。両者において弁疏がなされていること自体、挿絵と本文とを丁寧に照合させる読者の存在に支えられているのであるが、両者が新聞や雑誌に掲載されていることは注意しておきたい。藍泉が「絵入読本なれば口画」とし、美妙が「文化文政頃最も盛であつた口画」と記すように、書籍の口絵の機能とすれば、読者の了解を得られると考えているのである。挿絵は特定の一場面と相即的に関わり本文との間に齟齬を許されないのに対し、書籍における口絵は集約的に本文内容の意匠を表現する場として機能していたのである。

『此ぬし』の口絵にも、本文の内容と深く関わる小道具が点描されている[*6]。龍子の肖像、吹矢、犬の「あんぢうゑ」等を見て取ることができるが、そのように本文の内容を集約的に表現している口絵にあって一段と目を引くのは「登徒子好色賦并序」（以下「好色賦」）の図〈図2〉と龍子像〈図3〉である。この二図に着目した石橋忍月の『此ぬし』評は、書物のページを一枚一枚めくる行為が驚きや悦びに満ちた出来事であったことを思い起こさせる稀有なテクストである。

登徒子好色賦 并序　宋玉

大夫登徒子侍於楚襄王短宋玉曰玉爲人體貌閑麗口多微辭又性好色願王勿與出入後宮王以登徒子之言問於宋玉玉曰體貌閑麗所受於天也口多微辭所學於師也至於好色臣無有也王曰子不好色亦有說乎有說則止無說則退玉曰天下之佳人莫若楚國楚國之麗者莫若臣里臣里之美者莫若臣東家之子東家之子增之一分則太長減之一分則太短著粉則太白施朱則太赤眉如翠羽肌如白雪腰如束素齒如含貝嫣然一笑惑陽城迷下蔡然此女登牆闚臣三年至今未許也登徒子則不然其妻蓬頭攣耳齞脣歷齒旁行踽僂又疥且痔登徒子悅之使有五子王孰

〈図 2〉

〈図 3〉

序文の代りに文選の登徒子好色賦の序を半葉程見せられたり、人は一寸表紙を開きて、さても六ヶ敷事を書きたるものならんとの感あらん、而して其六ヶ敷さうなる所を開けば、忽ち目に入る艶麗なる美婦人あり、剛柔相反照せしめたるお手際天晴れなり殊に紅点のお心遣ひ、斯く細処にまで行届くとは読者アツと言ひ放つて暫らく讃辞を打忘るゝ程なり（「此ぬし」前掲）

忍月が「美麗なる書」である『此ぬし』に対したとき、書物を〈見る〉技術を遺憾なく発揮していることは、十分に確認されなければならない。忍月にとって「文選の登徒子好色賦の序」は、その文句の穿鑿以前にまず見るものとして迫ってきたのである。書型や装丁の常識から言って、贅沢美麗な表紙をめくってすぐ堅い楷書の漢文が目に入ることは、違約としなければならない。「人は一寸表紙を開きて、さても六ヶ敷事を書きたるものならんとの感あらん」とは、予期に反した驚嘆の意なのである。そして、その「六ヶ敷さうなる」漢文を開くと「忽ち」「艶麗なる美婦人」が現れる。その瞬間の出来事を忍月は捉えたのである。忍月は、単に二様の図を並べて見比べるのではなく、冊子体の空間構造に根ざした、めくるという読書運動の所産として意味が生成してくる事態を動態的に把握しているのである。漢籍をめくると錦絵風の極めて美麗な龍子像が現れるのであるが、それは漢籍との間に緊張関係を生じ、双方に際立った印象を与える。そして、「剛柔相反照」の些か劇的に過ぎるこの口絵の構図は、後に述べるように本文の表現と明確に呼応していると考えられるのである。

「好色賦」について笹瀬王子は、「半丁全面を用いて掲げられているが、これは「登徒子好色賦一首并序」（中略）全篇のおよそ半分にしかならない。最後のところが途中で切れていることもあって、何とも中途半端な掲げ方である。しかも、この後に（中略）肝心の問いかけがしるされているだけに、一体何のためにこのようなことをしたのか、些か謎めいている」[*7]と指摘する。しかし、同氏の執筆による『紅葉全集　第二巻』（前掲）の解題を含めて、この文選の引用が『文選正文』（天明四（一七八四）、風月庄左衛門）の体裁を模したものであることには触れられていない。実際には柱まで忠実に模されてあり、読者に望まれていることは、単に文字テクストとして意味を抽き出すことではなく、図様として眺めることなのである。戯作様の装本の内部に漢籍が侵犯しており、裏の錦絵風の口絵とも衝突するような、明確に違和を引き起こす図柄として見取ることが大切なのである。さらに、堅い楷書の文字と本文の柔和な連綿体との差異は、活字印刷によって失われたジャンル間のエクリチュールの差異を生み出している。[*8]活字印刷の中で失われた木版の特徴が意識的に再現されているのである。

さらに、忍月が「紅点」の意匠を正確に捉えていることも注意したい。「好色賦」の図には、三箇所「紅点」即ち不審紙の意匠があり、そのことは「好色賦」が単に読者の解釈を待つ文字テクストとしてのみ存するのでないことを示している。不審紙が付されているということは、この『文選正文』が既に何者かによって読まれた痕跡としてあるということなのである。読書行為自体が内在されているこの図は、その現前として読者の身体が想像されるのであり、『此ぬし』の読者は、この図から『文選正文』を読んだ読者の影を含めた解釈を要請されているのである。

　この口絵に見られる漢籍『文選正文』と錦絵風の龍子像の差異は、物語内容に対照させるならば、俊橋と龍子の差異に他ならない。この文字と絵という決定的な対比構造は表現の領域に影響を与えずにはおかない。例えば、人物描写にそのことを確認してみたい。物語冒頭、全知の視点から俊橋の現況や出自を説明した後、語り手は俊橋について次のように述べている。

> 俊橋二十五歳なれど、痩方小男にして容貌醜からねば、一見は二つほども若く、音声細くして艶あり、低調子にて優しきこと女人のごとし。されども放言を好みて、大石頭上に落懸らば、吹いて飛ばすべき気勢あり。頭髪薄く柔軟を梳分け、或は脳痛しとて三四分の毬栗にする事あり。色白の円顔にして、広額に皺一筋深く、眉毛常に顰みて憂愁心中に絶えざるごときは、年少より艱難に悩まされしゆゑか。眼清しく笑むには情籠れど、これにも深慮に沈む色あり。鼻は隆きにあらねど形調ひて難なし、頬豊に肉つき、唇薄くして丹色濃く、口髭春の小草ほどに柔かく短かく、之あるゆゑに乳臭して愛嬌あり。

この描写は、坪内逍遙『一読三歎当世書生気質』（明治一八〔一八八五〕・六〜一九〔一八八六〕・一、晩青堂）や二葉亭四迷『新編浮雲』（第一編、明治二〇〔一八八七〕・六、金港堂。第二編、明治二一〔一八八八〕・二、金港堂。第三編、『都の花』明治二二〔一八八九〕・七〜八）の人物描写と同系のものである。例えば、小町田粲爾の人物描写は次のようなものであった。

年の比は二十一二。痩肉にして中背。色は白けれども。麗やかならねば。まづ青白いといふ。貌色なるべし。鼻高く眼清しく。口元もまた尋常にて。頗る上品なる容貌なれども。頬の少しく凹たる塩梅。髪に癖ある様子なんどは。神経質の人物らしく。俗に所謂苦労性ぞと傍で見るさへ笑止らしく。

「明治以前の小説では、登場人物の顔が描かれることはほとんどなかった」として、明治に至って顔の描写が登場したことに注目した亀井秀雄は、「顔とは自意識の身体的な部位」であり、「強烈な自我意識」を「作中人物に喚起する（中略）一つの重要なきっかけとして顔が与えられた」[*9]と指摘する。これは、「人物の性質」を記す「陽手段」の試みの一つで、「心理学の綱領」や「人相骨相の学理」に基づいて「まづ人物の性質をばあらはに地の文もて叙しいだして之を読者にしらせおく」（『小説神髄』明治一八（一八八五）・九〜一九（一八八六）・四、松月堂）方法であった。このような近代表現の基底の一つに「形容を記するはなるべく詳細なるを要す我国の小説の如きは従来細密なる挿絵をもて其形容を描きいだして記文の足らざるをば補ふから作者もおのづから之に安んじ景色形容を叙する事を間々怠る者少からねど是ははなはだしき誤なり」（『小説神髄』前掲）とする思想があり、前田愛が強調するように、「新時代の作者は挿絵が果していた役割を言葉の世界に奪いかえ」[*10]すことが課題なのであった。『此ぬし』の語り手の俊橘に対する表現の仕方は、近代表現の獲得した描写だったのである。「広額に皺一筋深く、眉毛常に顰」んでいることから、「憂愁心中に絶え」ない性質が読み取られ、「年少の艱難に悩まされしゆゑか」とその境遇が推測される。また「眼」からも「深慮に沈む色」が読み取られるのである。

それに対して龍子の描写はどのようなものであろうか。龍子に対しては、俊橘に為されたように容貌から性質を読み取るような描写はない。龍子の容貌についての詳しい描写は、俊次が龍子の部屋に連れてこられたとき、俊次の目線から語り手によって語られる。

龍子の風俗を見れば、帯といひ、衣物といひ、胴紐といひ、半襟といひ、孰れか新らしづくめの美しからざるはなし。高島田に結ひて鬢ゆたかに張らせ、蒔絵の櫛に銀の後挿して、何となく懐しさに児心をも動かす有情の眸、莟口しほらしく、物いふ度片頬に笑渦見え、首を少し傾けながら、声清しき中に色を含めるは、心蕩々となりて、無口もおのづから開く可し。

視覚的な美しさに感じる俊次の眼は、「善美を尽し」た室内の装飾から龍子の衣装、そして龍子の顔へと視線を移しながらそれらを連続した相で捉えており、「綺麗な女と俊次深く感じぬ」という俊次の感動に収斂されていくのであり、それは龍子の「性質」を志向した表現ではない。その後、語り手による龍子の描写は散見されるが、それらは特定の場面における衣装描写等として描かれている。〈個人〉を志向する「陽手段」の表現は最初が肝心なのであろう。[*11] 作中で様々に活動させた後、その人物の性質を記すことは読者との齟齬を来しかねない。その意味で龍子について口絵以上に雄弁な描写は無い。しかし、この龍子像から龍子の「性質」を読み取ることは不可能である。確かに紅葉が「半身美人身悶の状」（山田美妙宛書簡、明治二三〔一八九〇〕・九頃。引用は『紅葉全集　第十二巻』平成七〔一九九五〕・九、岩波書店、に拠る）と述べている通り、手紙を強く握りしめ身悶えする情念的な龍子像をそこに読み取ることは可能であるが、それは物語内の龍子の有り様を象徴的に表現した絵なのであり、人物そのものの超越的な性質の現れとして、「心理学」や「人相骨相の学理」から導かれたものではない。それは言葉による人物把握と絵による人物把握との決定的な差を示している。つまり、口絵において極めて記号に満たされた龍子が描かれている以上、それに〈個人〉としての性質を後から付与することは難しくなる。口絵が集約的に物語を説明する原理を有しているとするならば、そこに付与された絵は読者の読みの方向を定め、同時に表現の方法をも規制する力を持っているのである。ということは、逍遙が挿絵に頼らず言葉で表現すると志したことと、「人物の性質」が表現対象として視界に入ってきたことはほとんど同時的な出来事だったと言える。言うまでもないが、「人物の性質」が描かれているか否かは作品の優劣とイコールではない。今確認したいことは、俊橘を支える描写と龍子を支える描写が共存している『此ぬし』の表現構造であり、そのことが口絵の対比的構図と密接に関連しているということに他ならない。

3 メタ書物小説としての『此ぬし』

口絵に描かれていた俊橘と龍子の対比構造は、作品内の表現方法に影響を与えており、そのことは口絵が表現の重要な一端を担っていることを証している。そこに現れた対比を言葉と絵の差異と規定するならば、それは作品構造にも通底するものである。

「信州上田」から上京し、「帝国大学政科二年」に在籍する小野俊橘は、「『西国立志編』の禁欲主義と『学問のすゝめ』の知識主義とを二本の基軸[12]」とする立身出世の申し子である。「私立学校の教授」をしながら俊次を学校に通わせる苦学生の俊橘は、「質素に歩み、質素に語り、質素に食ひ、質素に衣、質素に思ひ、此二字影のごとくに身を去らねば、此男「美」の感想は一分子もなきがごとし」とされるように、「『西国立志編』の禁欲主義」を地で行く存在なのである。その俊橘が開化の道具として絶対の信頼を置いていたものは他ならぬ書物＝学問の力である。「千鐘の粟黄金屋おもふまゝの欲しき物は此中にと、机上の一冊を弾きて常に訓へぬ。我も此心を不乱に奉じて、及ぶだけの質素に身を嗜み、いつやら知らぬ間に、之なくては一字も読めぬ近眼鏡は、措大額上の桂冠なり」というように、「真宗皇帝勧学」（『古文真宝』巻一）を典拠とし、学問の力による上昇を志す俊橘にとって「机上の一冊」こそその象徴であった。書物の力が未来を約束するのであり、いかに「心を不乱」にして読書に励んでいるかは、「之なくては一字も読めぬ近眼鏡」がその傷痕として如実に証している。俊橋が視力を代償としてまで専心した書物が何であったか。そこに代入し得るものとして口絵の漢籍が置かれているのである。[*13] 俊橋は「上の文学」[*14]に属する人間なのである。

俊橋は「質素」を奉じて「美」を遠ざけたが、それに対して龍子の周辺は「美」の要素に覆われている。そして「美」への親しみは、龍子の元を訪れた俊次にも共通していた。俊次が龍子の家に入ったとき、「美麗目を驚かす坐敷三間」や「善美を尽し」た部屋の周囲を眺め渡し、「絵に見し御殿の実物も、なか〳〵之を越えじと難有く思う。同時に、「我姿を見れば、色は褪め、釘裂はせる小倉の洋服は、砂に塗れ垢附き、靴下は跟破れて汚腐れるを、今更浅ましく覚え」、「舎兄俊橋が散々持古しの手巾」も「見る眼むさくろしく周章て」隠すのである。「質素」の象徴でもある兄俊橋の形代を恥じるほど俊次は「美」なる龍子の周囲に感じている。そもそも俊次が芍薬の花を欲しがったのも、「鉛筆画の手本を、物珍らしげに開きけるに、芍薬一朶露重げなる風情、子心にもおもしろく」思われ、「婆や」に「お隣のお庭に見事なるが、数知らず咲乱れたる其美麗さ」と言われ、「真か実かと雀躍し」たことが始まりであった。

「美」に覆われた世界を背景とする龍子は、俊次を部屋に招いたとき書物を見せるのであるが、それは次のようなものであった。

> 棚より写真帖を取卸し、西洋の名所を見たまへ。地理を読みて知らるゝ「ないあがら」の滝は、是よと開きて見するに、此帖の立派なるは手出もなり難きばかりなり。

龍子が俊次に見せた「写真帖」は、視覚的な美しさを訴える点で、「鉛筆画」を好んだ俊次に適うものであり、一方で俊橋の「机上の一冊」とは全く異なる質の書物として機能している。その差異は「地理を読みて知らるゝ「ないあがら」の滝は、是よと開きて見する」（傍点引用者。以下同）という表現に明らかなように〈読む〉ことと〈見る〉ことの差異である。俊次は「写真帖」の中身ばかりか、「此帖の立派なるは手出もなり難き」として書物そのものにまで感嘆の意を表しているのである。

　龍子の家を辞した俊次が、龍子からの土産を俊橋に自慢すると、俊橋は俊次に対して激怒する。俊橋は「婦人女子に近く事」の禍を滔々と説くのであるが、「貴様史を読まば今にも暁るべし」の語に明らかな通り、彼が依拠するのは「史を読」む行為である。さらに俊橋は「婦人女子」による「外物の感化」のすさまじさを説き、俊次に「貴様も書を読む身の量見して見よ」と意見する。どこまでも書物を「読む」ことを主張して止まないのである。俊橋に意見された俊次は龍子の元を訪れることを思いとどまるが、龍子が俊次のために用意していたものは、「山水花鳥のこるむ画、くりすます土産の絵本」であった。俊橋との差異は歴然としている。俊次を争奪して、龍子と俊橋の対比は書物を〈見る〉あり方と〈読む〉あり方の抗争として顕在化しているのである。

　龍子と俊橋の駆け引きは「美」と「質素」の間で争われていた。それ故、相互に認識の齟齬は顕著に現れる。「読書人」俊橋は窓を開けて自分のことを伺う龍子に対して、「窓を開けて景色を見るは、我等にも有事にて、書見に倦み精神疲れし折から、野広き天地を見れば、眼清しく気霽々とするものなり」と誤解していた。龍子もまた俊橋が「美」を厭うことを信じず、俊次が「あんぢうゐ」に噛まれたときも、見舞うに外見を装うことを怠らない。「手早く鏡出して乱鬢を撫付け、此いそがしき中に着物も帯も替へて」俊橋宅を訪れる。以後の訪問も同様である。

　一ツ衣物を続けては被ず、彼よ此よと箪笥の底を引返して、あるほどのものを着尽し、衣類更らねば帯を更へ、帯更らねば胴紐を更へ、半襟を更へ、櫛を更へ、簪を更へ、根懸を更へ、手巾を更へ、指輪を更へ、束髪に更へ、島田に更へ、一日として更はらぬものなけれど、唯一不易の一念はいよ〳〵凝りて、我ながらの持余となりけり

語り手によって「しほらしからずや」とされるこの龍子の態度は、俊橋には「不潔物！」とされてしまう。様々に着飾る龍子は、俊橋にとって「男子に色を売り媚を商ふ」「卑劣卑屈」な「根性」であり、「色々に装立て、見せに来る」と受け取られてしまう。龍子が俊橋宅を訪れたときもまた「俊橋奥にて読書の折」であり、認識のずれは決定的と言えよう。

俊橋と龍子は極めて図式的に整序された存在であるが、それは口絵において劇的な対立の構図を抱え込んだ『此ぬし』にとって必然的なものであった。逍遙が『此ぬし』について「人を因とせずして事を本とし理想を先にして現実を後にした」（「新作十二番のうち既発四番合評」『読売新聞』明治二三（一八九〇）・一二・七〜一五）と看破した通り、極めて明確な構図を口絵において付与し、そのイメージを響かせる限り作中人物は「作物」とならざるをえない。『此ぬし』の同時代評においてその人物像の不自然さが攻撃の対象となっているのである。内田不知庵は『此ぬし』の人物造型について「小野俊橋と申し薄井龍子と申しいづれも小説家の着目すべき好キャラクターと存じ候然るに共に相矛盾する節多かるは或は大人の御観察足らずして徒らに其胸中より二箇の土人形を造出せしにあらざるかと臆測仕候」とし、「アヂソン」の言を引き「詩は身辺万物に就て作れ必ずライブラリーの中より作る勿れ」（「「此ぬし」に就て」前掲）と述べている。また逍遙は「頑固偏屈」なる俊橋という見方に異を唱え、俊橋は女を恐れるが故に自らを欺く「偽武骨」であると評するが、やはり「作物」であるとした（「新作十二番のうち既発四番合評」前掲）。俊橋像がどのような見方を許すにしても多くの評家の指摘するように「作物」然とした人物造型であることは否めない。しかし、

「観察」に基づく人物造型が要請されるのは、透明な身体の内部なのであって、口絵や挿絵といった記号に富むイメージが人物を説明する形が排除された、近代の装本の内部でのみ表現の必然性が生じるのである。『此ぬし』の人物造型に対する同時代評は端無くもその装本が時代の要請にそぐわないことを露呈しているのである。

これまで口絵の対比構造から作品の表現や構造が規定され、極めて劇的な作品として『此ぬし』が作られてあることを確認してきた。そのことは、小説内に登場する書物の対立としても現れており、『此ぬし』をメタ書物の小説として読むことを可能にする。とするならば、俊橘が依拠する〈読む〉ことに視線を傾注させる「質素」な装本こそ明治以降進められていた方向性の表象であり、俊橘における「無妻主義」こそそこに付された様々な美的要素、外装や口絵等の要素を排除することの謂いなのである。「無妻主義」にとって妻とは「経世済民」の「宿志」に対する「覊絆」であり、高等化を目指した小説本が切り捨てようとしたものであった。龍子の「美」と俊橘の「質素」の対決の劇は、吹矢の趣向によって唐突な終結を迎える。両者の葛藤は突き詰められることなく、俊橘について言うならば「貴様ごとき松の木が、得てぽつきと摧けるものなり」という朋友の言葉通りになったのであった。『此ぬし』が置かれていた時代は、小説における絵／言葉の差異が「婦女童幼」／「大人学士」の差異とパラレルな関係に置かれていた時代であった。「自由燈の如き傍訓挿絵以て平易普通を旨とし」（「祝辞」『自由燈』明治一七〔一八八四〕・五・二〇）といった類の言葉は至る所で見出せる。龍子・俊次と俊橘との対比もこの範疇で発想されている。しかし、この差異を転倒させることこそ、おそらくその一点に『此ぬし』の穿ちは賭けられていた。『此ぬし』の読者は、龍子・俊次と俊橘との対比構造の中で「大人学士」であることを自らの役割として引き受けることを拒否されている。『此ぬし』を読むことは、「美」と「質素」の対比の中で、常に『此ぬし』そのものの装本が極めて美麗であることに反省を迫ることになる。『此ぬし』の演技的な装本のあり方は、小説の高等化や活字化に対して揶揄的に機能する。例えば、装本をさみする不知庵が「何も高等振るにはあらねど」（「『此ぬし』に就て」前掲）

と断らなければならなかった心性に、そのことは見て取ることができよう。この点に紅葉から「体裁の工夫《くだらぬこと》とは失礼ながら《家暮の口から意気過ぎな》と申すの外は無御座候。」（「《此ぬし》の評を読で、国民新聞のFCA先生に答ふ」『読売新聞』明治二三〔一八九〇〕・一〇・六）と切り返される隙があった。『此ぬし』は活版洋装時代にあって木版和装を用いた戦略によって、書物全体で小説の有り様を問おうとした試みであった。そして、その故に、「近代」的な枠組みを持つ評家による散々な仕打ちを呼び込んでしまったのである。

4 『此ぬし』の行方

『此ぬし』は書物論を内包したテクストとして読めるのであり、そのことは書物全体で体現されていた。しかし、内容のみを取り出してみるならば、同時代評においては極めて低い評価が下されていたのである。発売元の春陽堂でさえ、「此ぬしは紅葉山人得意の作にあらずと雖も、其生平の苦吟遅筆に似ず、三日半夜にして一気呵成せるもの、軽々着筆して意を経ざる裏、自づから気韻の生動せるを覚ゆ」（『四の緒』前掲。巻末広告）という殆ど珍奇な広告を出すほどであった。外装との密接な関係によって成り立っていた『此ぬし』にとって以後どのような経路が準備されていたのであろうか、差当たり二つの見通しを示して稿を閉じたい。

一点目はテキストの問題である。「新作十二番」の第二番として木版和装本で刊行された『此ぬし』は、明治三十七年一月に博文館から刊行された『紅葉全集　巻之一』に再録される。紅葉の個人全集としてのそれは、活版洋装本であり、初出『此ぬし』の外装、口絵、版面は全て失われる。関礼子は「初出誌の口絵や挿絵を排除し、ほとんど文字テクストのみに限定した個人作家全集は（中略）私たちを一気にテクストの世界に誘う牽引力をもつ」[*15]と指摘するが、『此ぬし』もまた例外でなく、「新作十二番」というシリーズが持っていたコンテクストを解体され、作家尾崎紅葉の枠組みが強力に作用する場へと移管されたのである。活版と木版の緊張関係を強いる初出本の関係軸は最早機能する余地が無い。それはまた、書物論を内在させた意味をも奪ってしまう。そして、文字テクストによって構成されることが前提の評価軸において、初出の段階で内容が徹底して貶価されていた『此ぬし』は、闇に沈むことを余儀なくされたのである。全集の本文が特権的な位置を占め、『此ぬし』という作品が基底としての書物の存在を離れて文字テクストとして同一化されるとき、『此ぬし』の読み方は決定的に変わらざるをえないのである。

二点目に指摘したいことは〈批評〉の登場である。外装にこだわりを見せた『此ぬし』は「新作十二番」というシリーズの中でその装本が注目されていた。褒貶の別はありながらも、外装に言及することを『此ぬし』という書物から強いられていたと言えよう。しかし、この当時は〈批評〉論が喧しく叫ばれた時代であり、その先頭に立つ坪内逍遙によって「新作十二番のうち既発四番合評」（前掲）が書かれたことは、「新作十二番」にとって極めて重い意味を持つ。この批評で逍遙は、有名な「小説三派」の理論で「新作十二番」の前四作を評するのであるが、逍遙がその装本に言及するのは、「「新作十二番」とは春陽堂より発兌せる美本の読切物にていづれも名家苦心の小説也」という、広告の文句を敷き写した冒頭の一文のみであり、全体の分量に比して黙殺と言ってよい。装本に関するこのような批評実践は、例えば柳亭種彦を評する次のような意識に支えられている。

> 更に他の瑕瑾をとりいだして示さば毎に正本の趣向に泥みて只管眼にのみ訴へたる事なり真成の演劇はしばらく措き我国従来の演劇の如きは専ら眼と耳に訴へたる者にて「肚」を示すことは極めて稀なりされども小説は之に反して影なく形なき真理を写して之を活動して示すへきものたり故に外形の美麗と新奇は決して重立たる事にてはなし然るに此翁は其辺をば思はず稗史と演劇とを同じやうに心得「見栄」専一に工風を凝らして総て

の艸冊子を綴りたるゆゑ翁のものしたる小説の如きは文の必要を感ぜざるが多かり殊に其挿絵に手をこめしことゆゑ少しく注意して絵様を見れば文意は読まずして察し得べきなり現に予が如き艸冊子狂は大概絵のみを見て文意を知るなりさりとて他の作者の及ばぬまでに無双に巧緻なる絵組を成せしは種彦其人の想像に出たりこれをも悪くいふはヒガ事ならんト或は弁護なさる人もあらんが左様にいはるゝのがなか〳〵に「ヒガ」事なりいかさま此翁を下絵師としていはゞ無双のお上手かも図られねど翁を小説家と位附けて評せば件の巧緻なる挿絵なる者は却つて大瑕瑾の種とこそなれ其故はいかにといはんに幾度も申すとほり凡そ稗史家といはるゝ者は絵画に写しがたき妙想を描きてそれを活動して見すればこそ美術の随一ともたゝへらるゝに絵画に画き得べき真理のみを写さば件の効能は跡形なうなりて無下に価なき者となればなり（「柳亭種彦の評判」『中央学術雑誌』明治一九〔一八八六〕・八）

挿絵は「小説家」を評価する対象から排除されなければならない。「絵画に写しがたき妙想」こそが写されるべきであり、そして評価されるべきであるという。小説を芸術の領域に押し上げようとする逍遥にとって、小説の読み方を組織することは喫緊の課題であった。「人間研究」「人性研究」（「読法を興さんとする趣意」『国民之友』明治二四〔一八九一〕・四・一三、二三）を目指し、学問としての〈批評〉のあり方を模索した逍遥にとって、言葉で構築された世界が禁欲的に志向されたのである。そのような〈批評〉が試みられたとき、外装の美を誇った「新作十二番」がそのスケープゴートとなったことは、極めて象徴的な出来事であった。新しい機軸に沿った〈批評〉を提唱するとき、他の評価軸を抑圧的に読みかえることで自らの正当性が強調されるのであり、「新作十二番」はその矢面に立たせられ、評価の枠組みを大きく転回したのである。先に重視した石橋忍月の批評も人物評を中心とした内容に言及する箇所と装本への言及とは明確に分離されていた。活字テクノロジーが絵と文字を分離したように、この時期の〈批評〉も〈見る〉ことと〈読む〉ことを分離し、その間に位階性が作りだされたのである。忍月にとって『此ぬし』の装本に過剰に驚いてみせる奔放な物言いが可能であったのは、〈見る〉ことが〈批評〉の領分として意識されていなかったからであろう。結句、装本に言及する技術は〈批評〉には存在せず、鑑賞としてのみ可能だったのである。

木版から活版への変化が、見る本から読む本への変化を招来したことは、夙に指摘されてきた。しかし、活版が隆盛になった明治二十三年の時点にあっても、『此ぬし』のような美麗な木版和装の書物に対応して、忍月のように外装を〈見る〉技術が未だ残っていた。装本技術の進展と読み方の変化は厳密に軌を一にしていたのではない。漱石の豪華な装丁を挙げるまでもなく、この後も装本に悦びを見出す言説は少なくない。大事なことは、読書から〈見る〉あり方を分離し、排除することで〈読む〉ことを特権化する小説読書法の規範が「学問」や「研究」のもとに組織されることではなかったか。〈近代小説読書法〉の構築がどのように行われ、以後の小説界にどのような影響を与えるのかが明らかにされなければならないのだが、そのことは別稿の課題である。[16]

注

＊1　前田愛「もう一つの『小説神髄』――視覚的世界の成立――」（『日本近代文学』昭和五三〔一九七八〕・一〇）

＊2　大沼宜規「明治期における和装・洋装本の比率調査」（『日本出版史料』平成一五〔二〇〇三〕・五）

＊3　関肇は「半紙袋綴の和装本という前近代的意匠は、当時元禄文学に傾倒していた紅葉にふさわしいものであり、（中略）その古風な読物的な内容に対して、書物の物質的な形態は、メタテクストとして機能していくのである」と指摘している（「紅葉文学の界面――活字世界における作者と読者」『国語と国文学』平成一二〔二〇〇〇〕・五。『新聞小説の時代――メディア・読者・メロドラマ』平成一九〔二〇〇七〕・一二、新曜社、所収）。

*4　江見水蔭は「此時分、春陽堂からは『美術世界』といふ木版色刷の絵画雑誌が出てゐた。それからの思ひつきか如何か、同堂から木版刷で『新作十二番』といふのを出し始めた」（『自己中心明治文壇史』前掲）と回想しているが、春陽堂がこの時期に組織した木版和装のネットワークが読者の間にも共有されていたことが分かる。

*5　小森陽一「物としての書物／書物としての物」（北大国文学会編『刷りものの表現と享受』平成一（一九八九）・一二）

*6　表紙絵も口絵に近い機能を担うと考えられる。『紅葉全集　第二巻』（平成六（一九九四）・七、岩波書店）の「解題」では表紙絵の説明として「表紙は「命」の字、胡蝶、おみくじの画をあしらい、（後略）」とされているが、ここで「おみくじ」とある図は本文から察するに「玉章」、つまり結び文と解すべきである。『貞丈雑記』（天保一四（一八四三）、文溪堂）には「結び状」の項に「一結び状と云事昔は無之艶書などは結ひける也」とある。『此ぬし』において手紙は極めて重要な機能を有しており、それは「艶書」（「（十）吹矢」）であった。また、『国民之友』（明治二三（一八九〇）・九）の広告には、学生服に差し込まれた結び文が見える。

*7　笹瀬王子「好色の誡め――紅葉『此ぬし』成立の周辺――」（『駒沢短大国文』平成一四（二〇〇二）・三）

*8　磯前順一「近代エクリチュールの統一」（『現代思想』平成八（一九九六）・八）参照。

*9　亀井秀雄『身体・この不思議なるものの文学』（昭和五九（一九八四）・一一、れんが書房新社）

*10　前田愛「もう一つの『小説神髄』――視覚的世界の成立――」（前掲）

*11　石橋忍月『一喜一憂捨小舟』（明治二一（一八八八）・三、二書房）を評した福泉雅一は「お光ノ容貌」が第十回に至って描かれたことに対して、「第十回ニ至ル迄ニハ已ニ読者ノ想像上ニ其風丰ヲ映出」しており、「時節晩レノ心地セラル、ナリ」と述べている（「捨小舟を読む」『出版月評』明治二一（一八八八）・一二）。

*12　前田愛「文明開化」（『日本文学の歴史』9、昭和四三（一九六八）・一、角川書店）。引用は『幕末・維新期の文学』（昭和四七（一九七二）・一〇、法政大学出版局）に拠る。

*13　口絵に置かれた漢籍が「好色賦」であることの意味は、好色が戒められている点で、「…不好色…不貧財則天下之治安坐可俟也」（「逍遙日記」明治二一〔一八八八〕・七・二七。引用は『坪内逍遙研究資料第一集』昭和四四〔一九六九〕・九、に拠る）というように帝国大学の学生にとって当然表明されるべき理想であるが、一方でその内容は好色的な言辞に満ちており、「女護島の内務大臣になれ！」と述べる俊橋に好色物の語彙が刻印されていることを考え合わせると、両義的である。

*14　柳田泉『明治初期の文学思想　上巻』（昭和四〇〔一九六五〕・三、春秋社）

*15　日本近代文学会春季大会（平成一九〔二〇〇七〕・五・二七、於成蹊大学）発表レジュメより引用。

*16　その一端については第三章「『出版月評』の〈批評〉論」及び第四章「小説と〈批評〉」で考察した。

※図版には日本近代文学館稲垣達郎文庫蔵本を用いた。

第七章　〈神経病〉の文学誌——樋口一葉「われから」論——

はじめに

樋口一葉の「われから」（『文芸倶楽部』明治二九〔一八九六〕・五）[*1]は病にみちたテクストである。町子の癇癪をはじめとして、「日々に安からぬ面もち、折には涕にくるゝ事もある」美尾の物思い、与四郎の脳充血、かつての金村家の書生原田の脳病などを数えることができる。あるいは、美尾が「梅見の留守」の弁解に用意したのが母親の癪気であったことや、与四郎が繰り返し美尾の身の「病気《いたつき》」を心配し、医者にかかることをすすめたことなども考え合わせるならば、「われから」の至る所に病の痕跡を見出すことができる。ここで注意を要することは、これらの病の多くが当時において〈神経病〉や〈脳病〉と呼ばれる種のものであるということである。つまり、「われから」は〈神経病〉や〈脳病〉の蔓延するテクストなのである。

〈神経病〉や〈脳病〉は、『一読三歎当世書生気質』（明治一八〔一八八五〕・六〜一九〔一八八六〕・一、晩青堂）の「架空癖」や『新編浮雲』（第一編、明治二〇〔一八八七〕・六、金港堂。第二編、明治二一〔一八八八〕・二、金港堂。第三編、『都の花』、明治二二〔一八八九〕・七〜八）の「妄想」などを端緒とする〈近代小説〉の系譜において繰り返し取りあげられてきた題材である。[*2]これらの病は、「実学」を重んじる風潮にあっては、学問や政治といった有用な世界から排除される存在であった。〈近代小説〉に描かれた病の意味とは、端的に言って、世界からの疎外の文法である。学問や政治から切り離されることで、「〈語り合う〉ことの不在」[*3]化する情況が生み出され、「独白の系譜」[*4]が形づくられる。この点が〈神経病〉や〈脳病〉の〈場《トポス》〉であった。「われから」を〈神経病〉〈脳病〉のテクストとして捉えた場合、〈近代小説〉における病の表象との系譜が見えてくる。そこで本章では、病の文学の系譜を色濃く受け継いだ『文学界』を引照することで、「われから」について考察していきたい。また、同時代の医学書などを参照しながら、「われから」に伏在する〈神経病〉や〈脳病〉にまつわる言説を引き出してみたい。これらの作業を通じて「われから」における病の意味を考察し、同時に病の文学の系譜の中における「われから」の意義について検討を加えることが本章の目的である。

1　明治の屈原

「われから」を〈神経病〉の文学に系譜づけるという試みの端緒を、まず千葉に着眼することで開いてみたい。「われから」（十三）の千葉が金村家から放逐される場面は次のように記述されている。

かねてぞ千葉は放たれぬ。汨羅の屈原ならざれば、恨みは何とかこつべき、大川の水清からぬ名を負ひて、永代よりの汽船に乗込みの帰国姿、まさしう見たりと言ふ物ありし。

ここでは、「汨羅の屈原ならざれば」と否定の形を取りながらではあるが、屈原が千葉の比定の対象として取りあげられている点が注目される。一葉の表現の曖昧さはしばしば指摘されることだが、例によってこの箇所も、千葉がどの点において「屈原ならざ」るのか曖昧である。例えば、千葉と町子の「実事」を認める立場を取れば、臑に傷持つ千葉は屈原のようには潔白でないので、と解釈される。ただし、そうすると「恨みは何とかこつべき」の

「恨み」に該当するものが曖昧になる。いや、かこつべき恨みなどない、と反語的に読むにしても、「大川の水清からぬ名を負ひて」という表現で、わざわざ「名」と限定していることに抵触する。あるいは、「実事」の有無と関係なく、一般に屈原と千葉との差異を表現したものと捉えても、その差異が、怨言の有無にあるのか、それとも怨言の内実が異なるということなのか、あるいは入水の有無が問題なのか、いずれにしても解釈は混迷を極める。修辞の側面から考えるならば、主家に放逐された千葉が屈原と比較され、さらに大川を汨羅に擬えることで、清い河流に反して清からぬ名声を負ったという両者の境遇も重ね合わせられていると考えることができる。そうであるならば、千葉と屈原の接点を探る作業が有効であろう。放逐された千葉が屈原に比されることによって、千葉の背後に明治の屈原の文脈を読み込むことが可能となるのである。以下、その目論見に即して考察していきたい。

明治時代における屈原の文脈を考える前に、まず屈原について確認しておきたい。屈原は、楚の懐王に仕え、次第に頭角をあらわすものの、それを嫉んだ他の仕官の讒訴によって、懐王の怒りを買い追放される。以後も懐王の改心を期待し、忠義を尽くすが容れられず、懐王の死後、懐王の子の頃襄王によって、再び他の仕官の讒訴が原因で追放される。そこで、屈原は石を抱き自ら汨羅に身を投じるのである。

そのような屈原のあり方は、たとえば『史記』の「屈原賈誼列伝第二十四」[*5]によって、「憂愁幽思」と表現されたり、「屈平、道を正しくし行ひを直くし、忠を竭くし智を尽くし、以て其の君に事へしを、讒人之を間す。窮すと謂ふべし。信にして疑はれ、忠にして謗らる」などと言われ、忠信を抱きながらも世間から追放された存在として英雄視されてきた。また、屈原伝承の中核に位置する「漁父辞」[*6]は次のように言う。

屈原既放、遊於江潭、行吟沢畔、顏色憔悴、形容枯槁。漁父見而問之曰、子非三閭大夫與。何故至於斯。屈原曰、挙世皆濁、我独清、衆人皆酔、我独醒。是以見放。漁父曰、聖人不凝滞於物、而能與世推移。世人皆濁、何不淈其泥而揚其波。衆人皆酔、何不餔其糟而歠其釃。何故深思高挙、自令放為。屈原曰、吾聞之、新沐者必弾冠、新浴者必振衣。安能以身之察察、受物汶汶者乎。寧赴湘流葬於江魚之腹中、安能以皓皓之白、而蒙世俗之塵埃乎。漁父莞爾而笑、鼓枻而去、乃歌曰、滄浪之水清兮、可以濯吾纓、滄浪之水濁兮、可以濯吾足、遂去不復與言（傍線引用者。以下同）

放逐された屈原はやせ衰える。しかし、そうした中にあっても汚濁の世の中に染まず一人清くあろうとするのである。一葉もまた、その日記において、このような屈原像に仮託して自らを表現していた。

とかくは潔白の世を過し給へ　今御覧せよ　必らす善事は成べし　此事のみは我保証する也といふに我れも世の浮説は何といふやしらす天地神明に斗は恥ちざるつもりなり　もしも世に入れ（ら）されずば身を汨羅に没するともよし　決してにこりにはしまし（じ）と思ふなり　渋谷様此次参り給ふ頃は枝豆うらんか新聞の配達なさんか知れ侍らず　其時立寄らせ給ふやといへは　必〳〵立寄んもしも不義の営利にほこり給ふに逢は断じて顧みはせさるべし（「しのふくさ」明治二五（一八九二）・八・二二）

世に容れられず落魄の身となろうとも潔白であろうとする決意は、屈原の物語と相まって劇的でさえある。ただし、ここで確認しておきたいことは、屈原物語によって世間と我との間に距離を置く認識が生起されていることである。世間や衆人から切り離され、孤独のうちに内向していく思考、さらにはそれに伴って「我」が明確に意識されていくという構造を屈原のイメージは有しているのである。このような屈原のイメージを確認しておいて、次に明治時代における屈原のイメージを探っていきたい。

「われから」の発表からはいささか時代が下るが、上司小剣の随筆『その日〳〵』（明治三八〔一九〇五〕・九、読売新聞日就社）の記事を見てみたい。

（五一）汨羅の屈原

花道から一人の神経質らしい男が、腕組みをしながら出て来て、本舞台へかゝると、直ぐ池へ飛込んで死んで仕舞ふ。観客はこの訳のわからぬ芝居を、所謂腹芸の尤なるものとして、無暗に拍手喝采する。これは明後年あたり、歌舞伎座で演ぜらるべき、団十郎の腹芸『汨羅の屈原』の筋書であつたさうだが、惜しいことには、この腹芸を演ずべき大天才が死んで仕舞ふた。

花道から一人の男が現れ、そのまま池に飛び込んでしまうという「訳のわからぬ」筋書きは、滑稽に溢れており、小剣が腹芸の上々と認めたのもうなずける。ただし、九世団十郎の死が明治三十六年であり、この腹芸がその頃に考案されたものであるとすると、それは藤村操の華厳の滝への投身自殺に代表される当時の青年の自殺の風潮を嘲笑したものということになり、どうやら笑ってばかりもいられない。屈原は当時の煩悶する青年の表象として取りあげられていたのである。そうした屈原を笑いものにするまなざしは観客の側にあると言えるが、先に確認した孤独と世間の対立という屈原のイメージに見られた構図が、ここにおいては「一人」の男と、それを笑う観客という構図として現れているということになろう。

次に、明治二十年代に時代を戻して、『女学雑誌』の記事を確認してみたい。

世人皆酔へり我独覚むと転ご浮世を三分五厘に見積りて、遂に汨羅の淵に投ぜし屈原が死亡の日は此端午の日なりとて支那にては屈原を祀るの例ありとぞ。去れど是は俗説ゆゑ真偽は判しがたしと聞く。蓋し屈原は一種の東洋に流行せし厭世病の患者にして、只管浮世を浅間しく恨めしく情なきものに思ひなし、かゝる楽しからぬ世に露の身を置かんよりは、寧ろ汨羅の水に投して江魚の餌食となるの勝れるに若かずと、遂に一身を果したるもの、今日より見れば啻に賞賛の辞を与ふべからざるのみならず、甚だ厭ふべく悲しむべきの病者たるに過ぎずと雖も、其清廉潔白寸毫の私心なく、且文辞に長せし一種狷介の人たりしは蔽ふべからず、彼世比亜流の人に重んせられ尊ばれて遂に端午の節に祀られしも故あることにこそ、(「〇屈原の事」『女学雑誌』明治二六〔一八九三〕・五)

この記事では、屈原は「厭世病の患者」、「甚だ厭ふべく悲しむべきの病者たる過ぎ」ないとされている。「世比亜流」とは、無論ハムレットを念頭に置いての記述である。つまり、明治の屈原は、「神経質」であり、「厭世病」を病んでいる存在として捉えられていたのである。

このように、明治の屈原を「神経質」の「訳のわからぬ」ものとして笑い飛ばし、あるいは「厭世病」の「厭ふべく悲しむべきの病者に過ぎず」と突き放す〈健全〉の側からの声がある一方で、そのような屈原を積極的に評価する声もある。例えば、『文学界』に掲載された島崎藤村の文章には次のようにある。

噫悲哀よ。曾て屈原を沈め少陵を泣かしめ西行を驚かし兼好長明のともがらを枯槁せしめ、今また吾友孤蝶子を悲しめざる可らざるか。心たゞしきこと彼の如く情すゞしきこと彼の如くにして、猶天地の間に昏倒せざるべからざるか。(夢聲「かたつむり」『文学界』明治二六〔一八九三〕・三)

月前に離騒を読めば彼も泣く（古藤庵「朱門のうれひ」『文学界』明治二六（一八九三）・八）

言ふところは聴かれず、思ふところを行はれず、身は三閭の太夫といひながら独りかちはだしになりて汨羅の水のほとりを狂ひあさり、月は袖の影に随ひ、霜は心の花を払ひ、天を呼べども天こたへず、地をたゝけども地こたへず、かなしさのあまりにまだ死にもせず、ゆきだをれもせず、満腔の悲慨をあげて汨羅の水に投じたる屈原の怨を照したるは汝か。（藤村「月」『文学界』明治二七（一八九四）・四）

世を厭い悲嘆にくれながらも、我が身ひとつ孤独に清廉潔白であろうとするとき、しばしば引用されたのが屈原であった。『文学界』には、そのような明治の屈原であること、言い換えれば、神経質や厭世病、あるいは狂気と名指されることを辞さず、ときには自らをそのイメージに積極的に仮託しようとする姿勢が色濃く見られる。病であることを引き受けることで、孤独かつ清廉潔白という境位に自らを据え、〈健全〉をまなざし返す積極的な位置を獲得したと言えるであろう。

「われから」において千葉が屈原に比定されることによって、千葉の背後に明治の屈原の文脈が浮かび上がってくる。例えば「われから」（十）で福が語る千葉の物語を『文学界』と照らし合わせてみると、そのことははっきりする。ここでは、一葉が日記で言及しているむせい「哀縁」（『文学界』明治二六（一八九三）・一一）と孤蝶子「酒匂川」（『文学界』明治二六（一八九三）・一一）をあげておく。*7

「哀縁」は、破屋に住み「破れたる股引に草鞋をうがち」「水のほとりに釣をたる」、一童子」が、川を流れてくる「紅にさける」花とひと時のランデブーを過ごすものの、童子が「うろくづ」にからまった花を流れに返そうと手を伸ばし、もう少しで花に手が届きそうになったとき、「古苔幾百年のさびに滑りて童子は花と共に沈」んでしまうという物語である。笹淵友一は[*8]「童子と花との会話といふ発想」による「自然美に対する憧憬がこの作の主題」であると指摘する。童子は、教会堂に通う優美でたくましい若人に対して、「我は夕暮かけてひとり寂しき森の樹陰を徘徊し」、「凡そ世に我ほどあさましきものはなきかの如く、我ほど心弱きものはなきかの如く、我心はうろくづのあつまり、我胸は土砂のかたまり、我肉は腐れたる汚物、我血は死の水」というように、孤独で醜悪な自らの身を嘆く。また、「あゝ神仏は盲目なり。もし盲目にておはさざりせば、かく迄恨み多き人の世にはあらざりしものを」と述べるように、童子の自然に対する憧憬の背景には、人の世への恨みがあることも確認しておきたい。

「酒匂川」は、かつての思い人であった少女を訪ねて酒匂川の茶店に立ち寄った旅人が、茶店の老女からその少女が亡くなったことを聞き、淵瀬に身を投げるという物語である。この旅人は、「浮世の秋は　そが上か　いと疲れてや　うち沈み／踏む足音に　力なく　旅人ひとり　歩み来ぬ／二十年過きて　五とせか　六歳と見へし　若人の／血気も失せし　面痩せて　乱れし髪に　艶もなし」という憔悴した姿であり、「礫にさへも　躓くは　物思ふ身か　旅の疲れか」というように、物思いにふける身である。老女の話によれば、少女は、（おそらくそこで旅人と知り合ったのであろう）町から帰ると、「此の乙女子は　いぶかしや　過ぎにし年に　ひきかへて／沈みがてにて　なみだぐみ　なす事ごとに　手もつかず」というあり様で、「山端のぞみ　物思ふ　人をや待か　哀なり」というほどに物思いにふける。果ては「心にかゝる　事あるか、　病のかげや　襲ひけむ、　／乱れし侭に　髪も捨て豊頬さへも　色消えぬ」のように、〈神経病〉を思わせる病にかかり、ある朝、家人が少女の床をのぞくと、そこに姿はなく、「闇にも黒き　藪かげに／花の姿の　たゞよひて　問へど答ず　物云はず」というように、淵に身を投げてしまう。村人は「恋に消たる」少女を哀れんで丘の上に塚を築き、いまだに供養をしているという。

「神経質」の青年、「田舎」（自然）という舞台、少女との（純粋な）恋愛、釣りという題材、「神経質」らしき少女の「狂死」など、「哀縁」と「酒匂川」とをあわせてみれば、福が語った千葉の過去譚は完成する。釣りという題材こそ「哀縁」に特徴的であるものの、他のテーマは『文学界』からいくらでも拾い出すことができるものであり、つまりはありふれた物語であった。そして、この物語が、福には笑いの種にされ、町子からは哀れみを受けるのである。

たしかに「われから」(十)の千葉物語は、福がはぎ合わせた物語であり、そのまま事実として受け止めることはできない。しかし、作中に描かれている無骨一遍律義男で無口、勉強家である点などは、この物語を裏切るものではない。例えば、『太陽』の評家は「書生千葉がお町に対する隠然たる依恋の情は、下婢の間話の中にほの見えて、頼り少なき天が下に我一人の奥様の間に、一路の情糸を遊ばしめたる作者の手際など、にくらしき程床しや」(一葉女史の『われから』」『太陽』明治二九〈一八九六〉・六)と述べ、福の言葉を素直に受け止め町子に対する千葉の恋心を読み取っているが、それは必ずしも語りの構造を理解できていなかったためということではなく、千葉物語の背後に『文学界』の物語を想定すれば、容易に得られる判断であったと考えられる。*9

『文学界』には千葉と類縁の書生たちが少なくない。「時文　秋風一葦」(『文学界』明治二六〈一八九三〉・一一)には、「これまた大に喜び日夜額に手をあて丶その志のあるところをわづかだに探り得たらんにはと思へば、忽ち汝等は空想家なりなど罵られ」と額に手を当てて読書に励む男が描かれているし、また孤蝶「流水日記(二)」(『文学界』明治二七〈一八九四〉・四)には、「花枝の君は常に我を憐み給ふこといと深し、此日ごろ我が沈鬱に耽るを見て、しばしば我を慰めにとて、我が室を訪ひ給ふなり」のように、「頭の痛むをも厭はで、常に読書する」書生の沈鬱を慰めるため、恋人が部屋へと訪れる趣向もすでに用意されていた。「われから」(二)の町子と千葉をめぐるやり取りのあらましも『文学界』の物語を背景としていると考え得るのである。

これまで見てきたように、千葉は『文学界』の物語の枠内にある。ひたすらに勉強し、脳を病み、その一途さが恋愛へとかたむきながらも、最後に破滅するというお馴染みのテーマがまたしても繰り返されようとしているのである。ただし、『文学界』と千葉との関係はここまでである。この二つの物語を厳しく隔てる一線は、ひとえに、千葉が町子との「不義」をうたがわれ放擲されたのち、自殺もしなければ、亡き人の墳墓への哀悼といった趣向も無いことである。世間からの追放を契機として、孤独の中で百万言の恨みつらみを重ねることが厭世主義であった。しかし、千葉は死にもしなければ、独白を吐くこともない。『文学界』の物語をたどりながら生成された千葉物語は、ここにいたって宙づりにされ、結末を見失ってしまうのである。

そうであるならば、千葉が屈原になりそこねたことこそが、『文学界』という視座から見た「われから」の独創と言えないであろうか。そのように考えたとき、『文学界』のルールを頓挫させることで「われから」が切りひらこうとした地平とは何であったかという疑問が浮上してくる。その点について考えるためには、もう一度『文学界』の言説をたどり直してみなければならない。

2 『文学界』の方法──〈健全〉をうつまなざし

『文学界』の創刊は、各紙誌から少なくない反響を受け、その様子は「『文学界』第一号が受けたる批評」(『文学界』明治二六(一八九三)・二)に見ることができる。その中には、『文学界』の特徴について言及している批評がいくつか見られる。例えば『青年文学』は次のように評している。

> 文学界第一号は斯の如し其文は和、其想は高、其性は女、其病は不健全、見よ何ぞ夫れ自ら好んで涙に誇るの甚しき、涙元とより味あり意あり、天地由て以て観ずるに足る、然れども其涙を以て殊更に世の前に示し内自ら得意なるに至ては寧ろ卑陋の事にあらずや

『青年文学』の論調は、屈原に対する〈健全〉の側からの意見と同様の観を呈している。そこで敷かれている対立軸は和文／漢文、想／実、女／男、不健全／健全であり、それぞれ前者に「涙」があてがわれるという構図である。[*10] その具体的な様相を確認するために、まず残花「明智光秀」（『文学界』明治二六（一八九三）・四）の記事を見てみたい。残花は「中世の人は形体の上に於て暴逆の挙動ありと雖も、心霊の上に於ては頗る順良なる者多し」と述べ、さらに明智光秀について次のように述べている。

其人品を論ずれば彼は辞礼に嫻ひ、風流韻事を解し、盃酌に堪えず、他の宿将は眼に一丁字なく、都の手ぶりを知らず、其長技は痛飲罵詈して放言を快と為す人々なり、特に秀吉の如きは快闊豪放にして頗る主将信長に彷彿たる所多し、之に反して光秀は深沈寡言の性質なれば酒宴の席に非ずとも、殆んど常に酔客中に混ずる醒客の観ありしなる可し。

「深沈寡言の性質」や「酔客中に混ずる醒客」といった表現が、屈原から千葉へと至る系譜に明智光秀が位置づけられていることを示している。ただし、ここで注意したいことは、ある人物を評価するときに、「形体」によるのではなく、「心霊」に着目しようとする『文学界』の姿勢である。ここには、歴史上の人物について、勝ち負けという「形体」に基づいて勝者のみを評価するのではなく、敗者へのまなざしを救うための論理として「心霊」への着眼が提出されているのである。もちろん、このような態度の形成は、「心霊」と敗者の先後関係が転倒し、ひたすら敗者に与し、自らも敗者であることを装い、そのことで自らを「憂鬱男」として卓越化するといった事態を招きやすい。『文学界』にもそのような傾向は見られるのであるが、ともあれ、このように「心霊」に着眼することで、勝者の論理を相対化しようとすることが、『文学界』の依拠した方法であった。

このような『文学界』の特徴は、さまざまな記事において反覆される。たとえば秋骨「変調論」(『文学界』明治二七〔一八九四〕・一)では、健全と不健全という分節に疑義が突きつけられている。


春山は萌るが如くにして其実は眠なり、秋水は静かなるが如くにして其の内激せり、世には健全と不健全とを云ひ、甚しく不健全を恐るゝものあり、愚なりと云ふべし、静平は春の如くにして狂乱は秋の如し、大山名川に跡を潜むるもの躁乱狂暴にして秩序を乱すものは共に此の秋なり、西行の如きバイロンの如き然り、憐れむべし法規の世は彼等を容るゝ能はず不健全として蛇蝎視されたり、事業赫々光彩陸離四面風を生ずるが如きは人の春なり、白石の如きマコーレーの如き然り、幸なるかな彼等は時好に投じ一代の愛児となれり、熟慮せよ、前者必ずしも朽ちたるにあらず後者必ずしも生けるにあらず、前者は静かなるが如くにして激し、激せるが如くにして静かなり、後者は萌るが如くにして眠れり盛なるが如くにして死せり、世は何が故に前者を厭ふて後者を好むか、健全と不健全と抑々何の別ぞや、何ぞ其の言の妄なるや、何が故に活動が不健全にして静平が健全なるか、何が故に春の善くして秋の悪しきか、何が故に生命なき造花の美にして自然の花の醜きか、何が故に好んで腐水を飲み清泉を掬さゞるか、

秋骨は、「世」に容れられず「不健全」と「蛇蝎視」される立場に肩入れし、「激」する「内」にまなざしを向けていく。ここでの健全/不健全の分節線が、「時好に投」ずることと「法規の世」に「容るゝ能は」ざることとの間に敷かれ、「腐水」と「清泉」の比喩がそれぞれにあてがわれている点をあらためて確認しておきたい。

このようなかたちで「世間」からみずからを切り離す表現は、どこへ向かうのであろうか。禿木「薄命記」(『文

学界』明治二七〔一八九四〕・三〕には次のような記述が見られる。

我友の君をそしるといふ。我は其人々を知らざるにあらず、まこと其輩の明にならむには、我は固より友とは思はざるべく、否知り人とも思はず候。我友の多く何事につけても心を尽しくるれど、たゞこの事のみは我為す事をさぐり、我為す事を笑ふて、我死すとも明かさずと定めし心の秘密をあばかむとす。こをゆるせよと我はいひ得ず、我は再び其人々を見むともせざるべしと思ひ候。もし我をばうわさの種とし笑はむとならば、我は固より其仲間を脱すべきのみ、我等が恋のあやしき鏡にうつされて、かゝる輩の観物とせられむこと、如何にはづかしき事ならずや。たゞ世にひとり、たとへば再び君を見ぬとも、必ずや心の記念と永く君を忘れぬものあるを思ひ給はゞ、それ等のそしりもさら〳〵心にかけ給ふな。

自らの思い人である「君」を悪し様に噂された「我」は、独白の中で噂の主である友人に怨言を投げかける。ここで注目したいことは、世間の声に対する批判をばねとして、「我」の語が多用されていることである。言い換えれば、世間を対立軸とすることで「我」への意識が生起しているのである。破蓮「地獄の旅」（『文学界』明治二七〔一八九四〕・七）も、「われは世の失敗の子なり、世に破られしか世を破りしか、人に破られしか人を破りしか、道の為めに志をも果さず国の為めに恩をも報はで、げにうたかたの泡にも似たる一生のようなれども千歳不朽の誠ごゝろはとこしえに輝くらんと心強し」と世間から追放された「われ」が、そのことを契機として独白をはじめることになる。また、藤村「村居漫筆」（『文学界』明治二八〔一八九五〕・三〕では、「彼自ら狂せりとは思ひながら他人の彼を狂人と呼ぶを聴いて満足なりとせず。彼自ら愚なり痴なりとは感じながら、他人の彼を痴漢と呼ぶを聞いて極めて満足なりとせざるなり」と述べられており、「狂」、「愚」、「痴」の側にみずからを措定しながらも、世間から規定されることを拒否し、ひたすら自己認識にのみ住もうとする人間が描かれている。世間の常識に背を向け、孤独のトポスにみずからを位置づけようとする『文学界』の方法は、「我」へと内向する表現とともにあったと言えよう。『文学界』は、実／想、健全／不健全、出世／零落、健康／病といったいくつもの分節線を敷きながら後者につくことで社会をまなざし返す視点を獲得しようとしていた。本稿の論旨に引き付けて言えば、それは実学の世界への反措定として〈近代小説〉を立ち上げる動きとして捉えることができる。「われから」はそのような『文学界』の論理を引継ぎながら、女／男という分節線の中で女の立ち位置に力点を置くことで実の世界をまなざし返す視点を獲得しようとしたのではないだろうか。しかし、その営為が『文学界』の論理の根底を決定的に揺るがすことになる。社会にやぶれ、社会から隔絶された想世界の中で恋愛に身を捧げるも、病に冒されて成就を見ず、儚い運命を恨み独白に耽る、例えばそのような牧歌的理想郷が『文学界』の磁場であった。その限りで先に挙げた『文学界』の分節線は安定しており、想、不健全、零落、病、女は矛盾なく結びつく。しかし、その危うい均衡が崩れるならば、そこに亀裂が生じることになろう。先走って言うならば、女性の物思いを主題化した「われから」が直面した問題とは、女、病、独白といった『文学界』のテーマ群が容易に結びつかないといった事態であった。『文学界』の問題意識を引き受け物語を成形しようとした「われから」は、同時に『文学界』の限界を指し示すことになる。以下の節では具体的にその様相を確認していきたい。

3　〈病〉のテクスト

ここまで、千葉を起点として、〈神経病〉の系譜をたどり直し、同時に独白の系譜についても確認してきた。その視座から「われから」を捉えてみると、「われから」の物語が、「肝の気味」の町子が物思いにふける場面からはじまっていることは興味深い。冒頭から既に、〈神経病〉とそれに起因する独白というテーマが姿を見せているのである。そして、そのようにしてはじまった物語は、町子の癪によって閉じられており、「われから」一編は〈神経病〉に枠取られた物語と考えることができるのである。

本章の冒頭にも記した通り、〈神経病〉は町子に限られたものではない。千葉の前に金村家の書生であった「原田といふ勉強もの」は、脳病になりついに狂死する。また、町子の父親の与四郎は脳充血で死んでおり、町子の母親の美尾もまた「物おもひ」にふけったり、「日々に安からぬ面もち、折には涕にくるゝ事もある」という様子などから、〈神経病〉の徴候を読み取ることができる。千葉についても、「丸頭の五分刈」が「脳痛しとて三四分の毬栗にする」（尾崎紅葉『此ぬし』明治二三〔一八九〇〕・九、春陽堂）と重なるし、「両手に頭をしかと押へ」るという所作も〈脳病〉に近接したふるまいである。町子はそのような千葉の様子を見て、原田のことを想起し、忠告するのである。また、既述の通り、千葉の背後に『文学界』の文脈を置くならば、千葉と〈神経病〉の連関は明瞭である。さらに、千葉の「郷里の幼な友達」の少女も、「肝もち」で「はつきりとし」た心持ちであり、「平常の我慢が大抵ではなく、積つて病死した」のであった。千葉によればその少女は町子に「能く似て居た人」であったという。

このように、「われから」のテクストには〈神経病〉が蔓延している。千田かをりは「われから」の中に出てくる〈神経病〉について、ジェンダーの観点から次のように指摘する。

> 同じように心理的なものが原因でありながら、癪という身体症状は町子に、脳病は以前金村家にいた書生の原田にふりわけられる。女性には脳を病むという特権は与えられていないのだ。町子もその例にもれず、ものおもいによって身体のリズムが狂ってゆく。*11

〈神経病〉にジェンダーの問題が刻印されていることは指摘の通りである。ただし、本稿ではいったんその問題を棚上げし、「われから」が〈神経病〉に満ちたテクストであることについて考えてみたい。〈神経病〉に関するジェンダーの位置づけは、たとえば「ヒステリー」を女性の病に、「ヒポコンデリー」を男性の病に配することなどに確認できる。ただし、その配置を「われから」にそのまま当てはめてしまうのでは、千葉、千葉の郷里の少女、原田、町子、美尾、与四郎といった人々の複合的な関係が見えてこない。本稿では、「われから」に蔓延する〈神経病〉がどのような言説との対抗関係に据えられているかについて、まず考察してみたい。

〈神経病〉について落合泰蔵『漢洋病名対照録』（第二版、明治一七〔一八八四〕・三、自適堂）を参照すると、「ヒステリー」に該当する項目には、漢名には「心風／蔵躁亦属之矣」、和名には「気鬱或ハ鬱症、癇症、因循病血労ヲ以テ之ヲ汎称ス」とあり、洋名に「Hysteria」とある。頭欄には「〔心風〕此症詳二于四十一葉ノ欄外一於テ喜斯底里家ニ感二僅々ノ事物一ニ而シテ悲哀憂愁スル者漢家一般ニ呼テ曰レ癇ト」と記されている。ここで言われている四十一葉の欄外とは、漢名「心風」、和名「きふさぎ／又　気病」、洋名「Hypochondriasis（Hyperaesthesia psychica）」とされる「ヒポコンデリー」の項目を指している。その頭欄には次のように記されている。

〔心風〕此名出二于證治要訣、古今医統等ニ一素問ニ曰二心気痿ト一金匱ニ曰二心気不足ト一此為ス二心気病名所ト一レ出ル左伝ニ言二心疾ト一唐宋之医籍ニ呼二心恙ト一是脳病ニシテ而癇之変症也故有下初メ心気ニシテ而後変スル二于癇ニ一者上又有下初メ癇ニシテ而後変スル二于心気ニ一者上今医-通指シテ為シ二気病、気癖ト一或為ス二癇証、血証ト一而不レ言ハ二正名ヲ一所レ区三-別スル癇ト与二心気一蓋以テス二筋惕肉瞤搐麻痺等ノ症ヲ一見ハル二、於外部ニ一者ヲ為シレ癇ト以三七情ノ異ナルヲ二平生ニ一而諸症不ルレ見ハレ二於外部ニ一者ヲ為ス二心気ト一云々見二于内秘ニ一

「ヒステリー」と「ヒポコンデリー」は、ジェンダーの強固な差異を有しながらも、同時に相互参照の関係でもあったことを確認しておきたい。[12]

〈神経病〉という観点から「われから」を捉えるならば、美尾・与四郎の夫婦と町子をつなぐものが〈神経病〉であったことが見えてくる。明治九年十二月に癲狂院から刊行されたモーズレイ著、神戸文哉訳の『精神病約説』は、精神病の原因を「二親ヨリ受ル所ノ遺質ハ之ノミヲ以テ能ク精神錯乱ノ素因トナル事アリ」と述べているし、高橋真吉の『実用内科全書』（明治二三〔一八九〇〕・六、成功堂）も「歇依私的里」の原因の一つに「神経系遺伝」を挙げているが、この時期には〈神経病〉の原因はしばしば遺伝によるものと考えられていた。また、川村邦光は「色欲狂●精神病一切の発明特効新薬なり●狂人の親戚一回用ば必ずその症引ことなし」というサンダー商会の広告記事を紹介して、「「狂人の親戚一回用ば必ずその症引ことなし」というコピーは「脳病」の遺伝性を示唆しているのである」と指摘する。[13] あるいは、「搗て加へて祖父以来より血統にある精神病」（残花「月かげ」『文学界』明治二八〔一八九五〕・七）などから、〈神経病〉が遺伝によるものとする認識が世間一般にも広く行きわたっていたことがわかる。[14] 「一葉女史の『われから』」（前掲）の評において、

そもやお町、母の性を受けつぎて、高品にきやしや骨細に生れつき。家つきを冠りの気儘、よろづ派手好みに、下々の思ひやり厚く、情多く、嫉妬深く、気の軽き割りには心細く、憂しと思ひつめては一日一夜泣きつゞけもし兼ねまじく、エ、まゝよとやけの上にては何事にても為兼まじき神経質の女性は、お美尾のありし昔にくらべて親子の縁浅からず、

と記述されているのも、町子を「神経質の女性」と捉え、その点に美尾との「親子の縁」を見ていると言えよう。

ここに「脳充血」を病んだ与四郎の遺伝を付け加えることもできよう。「われから」を〈神経病〉の側面から捉えるならば、遺伝を経糸として、緯糸に「神経質」の少女、「脳病」の原田、そして千葉が位置するのである。

ただし、注意しなければならないことは、〈神経病〉をめぐる言説とは医学的な言説には止まらないことである。谷川恵一は、「ヒステリー、さらには汎く精神疾患とはすぐれて「解釈」の問題としてある」と指摘するが、[*15]〈神経病〉における「解釈」の振り幅を例えば次の広告によって確認してみたい。

●効能●依卜昆垤兒《ヒポコンデル》（俗に疳癪と称し頻に悲憤を発する男子の神経病）○歇依的里《ヘイステリ》（俗に血の道と称し些少の事を頻に気に懸人に面談するを嫌ひ太甚きは日夜暗処に蟄居し遂に自殺杯を為すに至る処の神経病）○癲癇○脳充血○日射病○鬱憂病《きのふさぎぶら〳〵やまひ》○頻に精神を労し或は劇き感動より来る処の心悸亢進《むなさわぎ》○頭痛○眠倒《めまい》○卒倒《たちぐらみ》○痙攣《ひきつけ》○麻痺《しびれ》○魔夢症《おそはれ》○健忘《ものわすれ》○的答尼私《はじやうふう》○不眠症《ねぶられぬしやう》○過房手淫より起る処の痴呆《ばか》○脱神《きぬけ》○神経痛○其他陽痿《まへのよわり》○遺精○夢精《まうぞう》○陰門瘙痒等男女生殖器の病総て神経系脳系の諸病及○強壮○補血為用て偉効有（「神経脳病長寿丸」『日本之少年』明治二三〔一八九〇〕・八、広告欄）

〈神経病〉とは、これらの解釈が無碍に行き交う場の名である。〈神経病〉については、医学書ですら当時はかなり曖昧であり、病名や病の定義の出入りは少なくないが、世俗の言説では、もはや取り押さえが聞かないほど曖昧であり、「訳のわからぬ」ものとして絶えず好奇のまなざしに晒されていたと言って良い。「ヒステリー」は広告後半部の性的なものと容易に関連づけれ、癇癪や、子宮病などといった語で言われるときには、さらに、興味本位の性的な言説をスキャンダラスに呼び寄せてしまう。

千田かをりは、町子の病について

みずからの心の状態を言説化できない町子は、身体的なレベルでそれをあらわしてゆくしかなかった。ところが、身体を賭しての内面の表出は周囲の者たちの好奇のまなざしにさらされ、おもしろおかしく興味本位の話の種として世間に流れてしまったのだ。*16

と指摘するが、それは町子に限られたことではない。〈神経病〉に対する医学的な視線とそれを取り囲む「好奇のまなざし」との相争うさまが「われから」一編には刻印されている。たとえば、「三人冗語」の「われから」評（『めさまし草』明治二九（一八九六）・五）には、町子の「癪」をめぐって「頑固」と「訳知り」の間で議論が行われている。「頑固」は町子の「癪」について次のように述べている。

つら〳〵世間を見渡して考ふるに、癪といふものは芸妓娼妓若くは其類似の悪業をなしたることあるものに多き病にて、普通の境遇に生長したる年若き女には少きものなり。然るに此篇のお町の挙動、万端芸娼妓くさきのみならず、癪まで有せるとは怪むべし。癪は我が儘の病気にて、介抱人無き時は起さぬものと見え、癪にて死したる女ありといへるを聞きたることなし。されば正体知れぬ、癪などいへる怪き病は、狸の捕へられたる時死を粧ふと同じく、女人の窮したる場合に自ら憑きて急に病むものと見做して可なり

それに対して「訳知り」は次のように返答する。

癪は普通の女子間には少くして、良からぬ婦人間に多き病なるが、我儘病と云はんは余りなるべし。昔の漢方

医の蔵躁といひ、今「ヒステリイ」など云ふはこれにて、中には随分おそろしき症になるもあるなり

「訳知り」の言葉も、「良からぬ婦人間に多き病」とあって、「ヒステリイ」を性的な領域で捉える視点を有している。しかし、「頑固」と「訳知り」の間で、「癪」の解釈が、分裂していることは注意しなければならない。世間に流通している「癪」と医学的言説としての「ヒステリイ」との間で町子の〈神経病〉が争われているのである。

このような観点から、「われから」の作品内において〈神経病〉の解釈が錯綜する様相について確認してみたい。さきに、「われから」の冒頭が町子の「肝の気味」による物思いに始まることは指摘したが、この一節は、「次第におもふ事の多く」なりゆき、ついに眠ることもままならなくなった町子の様子を描いて結ばれている。この町子の様子を『漢洋病名対照録』（前掲）に照会するなら、漢名「不寐／医言以テ㆓不寐ヲ㆒為ス㆓癇之候ト㆒」、和名「ねいられぬやまひ」、洋名「Insomnia」に該当し、「不眠症／又 不眠、不寐」、「此病ハ大脳ノ刺戟機亢進シテ睡眠シ克ハサル者ヲ謂フ是レ諸々ノ脳病ニ由テ起ル者ナリ」となる。この町子の様子に続けて、町子の部屋の様子が次のように描かれる。

八畳の座敷に六枚屏風たてゝ、お枕もとには桐胴の火鉢にお煎茶の道具、烟草盆は紫檀にて朱羅宇の烟管そのさま可笑しく、枕ぶとんの派手摸様より枕の総の紅ひも常の好みの大方に顕はれて、蘭奢にむせぶ部やの内、灯籠台の光かすかなり。

この部屋の描写は、客観描写ではない。「お枕もと」や「お煎茶の道具」のように敬語が用いられ、「朱羅宇の烟管」を「可笑し」と言い、「枕ぶとんの派手摸様」や「枕の総の紅ひ」に町子の「常の好み」を示唆する語り手は、

「奥女中的な語り手」*17であり、贅沢華美の暮らしに対する揶揄を含んだ声の持ち主である。その文脈に「蘭奢」が置かれるとき、それは「高尚優美」（「麝香香入　りすりんしゃぼん」『国民新聞』明治二六（一八九三）・二・二八、広告）の色合いを強く帯びる。明治二十五年には「人造麝香」の発明が日本にも紹介され、さっそく「進物用高尚品発売　広告」（『国民新聞』明治二六（一八九三）・三・二）の一角に名を連ねるようになるが、蘭麝のかおりは語り手の敷いた派手好みの町子という文脈に適うものであった。それは、遊廓や仙郷のかおりでもあり、別世界のかおりであった。

錦の幕ふかく垂れて灯火あかく漏れ出でぬ、蘭麝といふもの、香りさへ身を襲ふて心ときめかずといふことなし、密かに幾重の幕をひらきて身を深く忍ばすれば奇しき仙気膚にしみて綾の紅閨たゞならず見ゆ、屏風のかげより恐る〳〵閨の内を窺ふに思はず一歩退きたり、そは妙齢の御姿、此世のものとも思はれぬ美形の横はり給えばなり（星野天知「紅閨の灯火」『文学界』明治二七（一八九四）・九）

町子の部屋を語る語り手の口吻は、町子を遊女に擬えることに向けられており、相手の心をときめかせ、「馥郁たる蘭麝の香に鼻の翼を動かして、可笑までに官能を働らか」（流鶯散史「学術奇談中原の鹿」『都の花』明治二一（一八八八）・一〇～一二）せる効果を持つ蘭麝は、淫靡な香気すら帯びていよう。そのようにして、「奥様すつとお羽織をぬぎて、千葉の背後より打着せ給ふに、人肌のぬくみ背に気味わるく、麝香のかをり満身を襲ひ」の描写にある、千葉の満身を襲う麝香のかおりに町子の性的な意味がかぎ取られることになる。*18

ただし、蘭麝についての以上の解釈は、町子への揶揄に塗り込められた語り手の布置にしたがうならばの話である。〈神経病〉のテクストとして「われから」を読み始めた本稿の関心は自ずと別の方面に向けられる。例えば、広津柳浪『残菊』（明治二二（一八八九）・一〇、吉岡書籍店）の次の箇所を見てみたい。

お花が持て参つた薬――杯に八分目もあらうか――口をつければ鼻を貫ぬく麝香の匂ひ、味へば疑ひもない酒。あゝ、私の死期はいよ〳〵近づきました。（中略）今日明日に死なうとは、どう考へても思はれません。それに興奮剤を与へた医者、身贔屓かは知らねど、少し早まり過たのではあるまいか。（中略）其後は、あの嗅ぐも嫌な――以前は衣裳簞笥にも入たものを――麝香を飲せられるのです。此薬を飲の、辛さ、口に寄られても敲落したい程です。が、それを飲気にもなるのは、呼吸が促迫て気が遠くなり、眼迄が暗くなつて、之が死のかと思ふ時にも、此薬に呼返されるからです。この苦悩が度々続く中には、私もいよ〳〵――今をも知らず――死ぬのであらうと考へました。今死ぬかと思へば――死ぬと覚悟を極むれば、現在過去未来の妄想は胸の中に混雑して、眼を閉げば、あり〳〵と…。

ここでの「麝香」は「興奮剤」であり、それは意識の混濁を覚ます薬であった。『実用内科全書』（前掲）にも「歇依私的里 Hysteria」の治療法に「麝香」があげられており、ベイン『心理新説』（井上哲次郎訳、明治一五〔一八八二〕・一一、青木輔清）にも「新鮮ノ薫気ハ、肺ノ作用ヲ速ニシ、爽快ナル感応ヲ生ス、薄荷ノ如キ是ナリ、麝香モ亦激発ノ効ナリ」との記述がある。麝香には、気鬱を晴らし、精神を爽快にする効用を持つ薬としての意味がある。

蘭麝のかおりは、町子の華美な生活の表徴、さらに言えば淫蕩な性の証なのか、それとも、〈神経病〉の気付け薬であったのか。「われから」の物語は、この両者の意味を支える「言葉のイメージ」[*19]のせめぎ合いが顕著に見られる。端的に言えば、それは醜聞を嗅ぎ取る世俗の言説と医学の言説との葛藤である。

町子の父で金貸しの与四郎の死を語る言葉も、「人の生血をしぼりたる報ひか、五十にも足らで急病の脳充血」とあり、人の生血をしぼったことで充血したのではないかという与四郎に苦しめられた鬱憤を晴らすかのような俗言と、脳充血という医学的な病名との間に与四郎の死の意味づけをめぐる葛藤が見られる。
また、次の箇所を見てみたい。

昨日の朝千葉が私を呼びまして、奥様が此四五日御すぐれ無い様に見上げられる、何うぞ遊ばしてかと如何にも心配らしく申ますので、奥様はお血の故で折ふし鬱ぎ症にもお成り遊すし真実お悪い時は暗い処で泣いて居らつしやるがお持前と言ふたらば、何んなにか貴嬢喫驚致しまして、飛んでも無い事、それは大層な神経質で、悪るくすると取かへしの付かぬ事になると申まして、夫れで其時申ました、私が郷里の幼な友達に是れ〳〵斯う言ふ娘が有つて、癇もちの、はつきりとして、此邸の奥様に何うも能く似て居た人で有つた、継母で有つたので平常の我慢が大底ではなく、積つて病死した可憐な子と何れ彼の男の事で御座りますから、真面目な顔であり〳〵を言ひましたを、私がはぎ合せて考へると今申た様な事に成るので御座ります

仲働きの福は千葉に対して近日の町子の様子を「奥様はお血の故で折ふし鬱ぎ症にもお成り遊すし真実お悪い時は暗い処で泣いて居らつしやるがお持前」と述べる。おそらく、「お持前」の癪とでも続けようとしたのであろうが、千葉はその言葉を引き取って、「飛んでも無い事、それは大層な神経質で、悪るくすると取かへしの付かぬ事になる」と介入する。これまで散々世間の言葉にさらされてきた町子の病は、この千葉の言葉によって新たな領野を切りひらいたと言えよう。そして、「神経質」「癇もち」「はっきり」「我慢」の連続性において、千葉は町子と「郷里の幼な友達」を結びつけるのである。もちろん、この言葉は福による間接的なものであり、千葉の言葉はすぐに福に簒奪され、町子と少女の連続性は、千葉の恋心の対象へとすり替えられ、スキャンダラスなまなざしへと取り戻されてしまう。しかし、そこで切り裂かれた言説の裂け目は強い喚起力を持つことになる。「三人冗語」の解釈の

分裂も、このような言説の葛藤に起因するものであろう。

そして、町子の〈神経病〉が募り、千葉の介抱を受ける箇所で、その言説の分裂は決定的となる。

さま〴〵物をおもひ給へば、奥様時々お癪の起る癖つきて、はげしき時は仰向に仆れて、今にも絶え入るばかりの苦るしみ、始は皮下注射など医者の手をも待ちけれど、日毎夜毎に度かさなれば、力ある手につよく押へて、一時を兎角まぎらはす事なり、男ならでは甲斐のなきに、其事あれば夜といはず夜中と言はず、やがて千葉をば呼立てゝ、反かへる背を押へさするに、無骨一遍律義男の身を忘れての介抱人の目にあやしく、しのびやかの呫き頓て無沙汰に成るぞかし、隠れの方の六畳をば人奥様の癪部屋と名付けて、乱行あさましきやうに取なせば、見る目がらかや此間の事いぶかしう、更に霜夜の御憐れみ、羽織の事さへ取添へて、仰々しくも成ぬるかな、あとなき風も騒ぐ世に忍ぶが原の虫の声、露ほどの事あらはれて、奥様いとゞ憂き身に成りぬ。

棒線部は、皮下注射を必要とするほどに町子の病状が進行したことを示しており、症状として「運動機障害（声門痙攣、嘔吐、呼吸痙攣、吃逆、嚥下困難、尿閉、諸筋痙攣、涕泣、或ハ四肢ノ麻痺、強硬、心下搏動）」ないし、「精神症状（情意変シ易ク涕泣又タ嘻笑、精神発揚、刺戟過敏トナリ症状ヲ重大トナシ愁訴深憂傍人ヲシテ己レノ疾患ヲ憂苦心痛セシム或ハ精神抑圧、意識微弱、時トシテ失神、昏睡、眩暈、仮死）」（高橋真吉『実用内科全書』前掲）が現れている。しかし、その事態は、世間の声によって「無骨一遍律義男の身を忘れての介抱人の目にあやしく、しのびやかの呫き頓て無沙汰に成るぞかし、隠れの方の六畳をば人奥様の癪部屋と名付けて、乱行あさましきやうに取な」されてしまうのである。それは、「訳のわからぬ」〈神経病〉を性的なものとスキャンダラスに結びつけ、噂を肥大化させる言説である。

「われから」に蔓延する〈神経病〉の言説はさまざまな解釈のあいだでゆれ続けていると言えよう。この点は、語り手と町子との距離の問題とも関わっている。「われから」評の一つには、「われから」の語りが、「作者自から飛び出して草紙の地より、斯く〳〵と註釈を試むる」（「われから」『文学界』明治二九（一八九六）・五）ことを拒否しているることが指摘されている。つまり、語り手は特定の立場から一義的にそれらを意味づけることをしないのである。そうであるならば、千葉の意味づけも「正しい」と決定づけることはできない。千葉は、町子が〈神経病〉であるかもしれないと示唆するのみで、町子の物思いを代弁することはない。「われから」においては、千葉の言説は挫折しているのである。「われから」に描かれているのは、言説化できない物思いを抱え込んだ女性なのである。そうであるならば、物思いを言説化すること、つまり独白の問題が次に浮上してくる。

4　物思う〈病〉

〈神経病〉が我に内向する意識を生じ、独白表現が生成されてきた過程については既に述べた。そして、「われから」においても千葉の形象を起点として考えるならば、そのような系譜に位置づけられることは確認した。美尾や町子が物思いにふける場面は「われから」にも頻出しており、美尾や町子の意識が内向していることは指摘できる。しかし、あらためて確認しておけば、千葉は金村家から追放された折、あるいはそれ以前においても独白をすることは無かった。そして美尾や町子も自らの物思いを独白として言語化することはほとんど無い。「われから」は、独白へと近接するモチーフを十分に有していながら、それが実現されることは無いのである。独白が無いということは何を意味するのであろうか。「われから」における〈神経病〉と内向する表現について、もう一度『文学界』のコンテクストに置き直して考察してみたい。

『文学界』には、世間から追放され、反転して意識を我へと内向させ、独白表現を生成する構造を有する作品が多く見られた。それらの独白の特質を考えてみるために、醒雪「新聞売」（『文学界』明治二八（一八九五）・四）を見てみたい。当時、新聞売は書生の賃仕事、ないし零落書生の食い扶持をつなぐ仕事という意味を持っており、「新聞売」の主人公も立身出世に失敗し、新聞売になったという境遇である。恋に走り勉学を疎かにした主人公は、独白の中で過去を追想する。

そも惚ると云ふことの起こるのは、想世界に美人の幻影がほゞ大成して、盛に形世界に類似の体象を求めて居る、所謂色気盛りの時代だ、しかし、所謂幻影はほゞ成立したとは云ふ者の、未だ世界の観察も尠い頭の中に起る者だから、唯僅かに自分の知り得た美を連接した丈で、美と云ふ観念が不可思議的《ミスチック》に暁得されて、夫れから演繹したと云ふ訳ではない、只頗る不完全な帰納の果に外ならぬのだ、

このような調子の独白が続いていくのであるが、もはやこれは戯画寸前のものである。ここに〈神経病〉の懊悩や、世を儚んだ人間の言葉を読み取ることはできない。富島美子はイギリスにおける精神病を扱った文学の流行について、「イギリス／病を語る憂鬱男の声には、奇妙なほど劣等感と優越感が入り交じっている」[*20]と指摘するが、この「新聞売」の主人公もまた、「憂鬱男」の優越感に浸っているのである。つまり、明治二十年代に頻出する独白とは、「憂鬱男」の特権という側面を色濃く有していたのである。世間に容れられないことは、世間からの超脱と軌を一にする。「新聞売」の表現がいたずらに学識を誇示するのは、独白にまつわるイデオロギーの極端なあらわれと言えよう。『文学界』において女性が独白をしていなかったわけではない。孤蝶の「みをつくし」(『文学界』明治二七〔一八九四〕・一二)にそれが見られる。

此身の潔白なるは、暗きをも見給ふ神様のみ知り給ふのみなるを、不甲斐なき此身の、それと見ては、心も一

時に顛倒して、悲しさいぶかしさの胸にこみあげ、どう云ひわけのしやうも知らず。まして人様のこれを見給はゞ、いかで我身を一途に、大胆者よ、毒婦よと思さゞるべき。あゝ、夫れも此れも皆私しの運の拙ないからのことゝあきらめても、まだ未練なる此のこゝろは、よしなき事に人様を疑ひて、意地悪るき朋輩の徒らか、彼のお客の酔まぎれの悪洒落ではなきかなど思はぬにもあらず。ゑゝもヲ思ふまい〳〵、返らぬことをくよ〳〵考へ込みて、あらぬ怨みを人様の上にかけますこと、さても我ながら空恐ろしきわが心根なる。

ここにも自らの身が潔白であること、それは衆人（「人様」）には理解されず、「神」にのみ理解されるという『文学界』特有の論理が顕著に見られる。ただし、この独白には、「人には運といふ争ひがたきものありと、つね〴〵操さまの仰せられしが」との言葉が入り込んでおり、そうであるならば、この独白は恋人の書生の言葉の引用として提出されていると言えるのである。逆に言えば、物思いを言語化するためには、「憂鬱男」の言葉に頼らなければならないのである。「時文　一夕蝸牛」（『文学界』明治二七（一八九四）・六）は露伴の小説を評して、「数多のカラクターをかりて、一々の言葉、もの語りに重きをおくなど、全部はアクシヨンよりセエイングをもて示さるものゝ如し。男みなハムレットたるにあらねど」と述べ、「セエイング」つまり独白が前景化するときには、誰もがハムレットの影を有すると指摘する。そして、リアリストの小説と作者との関係について次のように述べる。

わが創作の影にかくれて、かつて姿をあらはさゞる事、これはリアリストの秘密なりといへり。されど人焉ぞかくさむや。（中略）凡そかいなでの作家が愚かなるうめき言は、さることながら、大家名人とてまたこの数を免れむや。ファウスト、ハムレットなど更にもいはず、こゝろみに細かに其作のあとをさぐれば、小人少婦みな其影を印せざるはなく、景に加はる犬、虫けらも其風情を示さゞるなし。

創作の背後に作者の姿を隠すことが「リアリストの秘密」であるが、作者の影は、ファウストやハムレットだけでなく、「小人少婦」などにも反映してしまう。この評言を「雲中語」の「にごりえ」評（『めさまし草』明治三〇〔一八九七〕・三）と結びつけると独白についての問題が見えてくる。

一葉が濁江は我国に於ける此流の作と看做して大過なかるべく、今様の大都会となりし東京に、巴里の Demimonde より地位卑く、伯林の Putzmacherin より行状あらはなる此一種の堕落女子ありて、この作に材料を与へたるは事実なるべし。されどその堕落女子の間に、果して真にお力の如きものあるべきか、一葉の第五章より第六章に至る間に、力を極めて写し出したるお力の如きものあるべきか、そは予が知らざるところなれども、いづれかと問はれなば、予は恐らくは斯人なからんと曰はんとす。濁江の境界は、東京市中到処に見出さるべき実際的に真なる境界なり。又お力の人物は、若し幕府の頃絶板せらるべき書を著したる人の孫なる血あり涙ある好箇の一処女ありて、此境界に堕在せば、想ふに応に此の如くなるべしと、この作者の仮構せるところにして、よしや実際的に真ならざるも、必ず能く理想的に真なる人物なるべし。

このあと、「突飛」を名乗る評者も「僕は何処迄も実際から言ふが、お力の如き女は所謂曖昧茶屋に断じて無い」と述べているが、「濁江の境界」の世界に「お力」のような人物はおらず、「にごりえ」は「実際」を描いたものではないと指摘されている。作中人物に独白をさせてしまうと、どうしてもそこに作者の影が読まれてしまう。あるいは、ハムレットやファウストに見えてしまう。「小人少婦」と独白とは、決して結びつかない概念なのである。つまり、「われから」の置かれた時代とは、内面を言語化することそのものが、ある制約のもとでしか可能でなかった時代なのである。内面がすぐれて言語的なものであることはその通りであるとしても、それならば、言語化されないそれは無いことと同一なのであろうか。独白の系譜を辿ることで、「われから」が直面した問題とはその点である。

「われから」(九)での町子の物思いが「胸の中の何処とも無く湧き出ぬ」ものであり、「乱る丶怪しき心」とされているように、美尾も町子も自らの物思いを明確に分節化、言語化できていない。美尾や町子は〈神経病〉を引き受けることによって、内面らしきものに向き合うことが可能となった。しかし、美尾にしても町子にしても、与四郎や恭助に対する恨み言は言い得るのであるが、そこから切り離されて孤独の境遇に身を置いたとき、つまり「我と我が身」に向き合った瞬間、とたんに言語が渋滞してしまう。「われから」においては、内向する表現の獲得は、同時にその表現の限界を指し示すことでもあった。もはや『文学界』の「憂鬱男」の言語では、美尾や町子の物思いを名指すことはできないのである。しかし、たとえ言語化されなかったとしても、読者が美尾や町子の物思いの存在を疑うことはない。「われから」は内面の所在を指し示しながら、それが言語化できないこと自体を問題化した作品と捉えることができるのである。

おわりに

町子もまた千葉と同じく放逐される。ただし、千葉の行方があっさりと片付けられたのに対して、町子は恭助に「我れをば捨て丶御覧ぜよ、一念が御座りまするとて、はたと白睨む」と最後の抵抗を示す。恭助がそれを「突のけてあとをも見ず、町、もう逢はぬぞ」と言ったことと併せて劇的な構図である。「一念が御座ります」と言って「白睨む」町子のふるまいは、例えば、著作坊『朝倉当吾一代くどき　新刻やんれぶし』(文久一頃か)に見られるような言葉を呼び寄せる。課役御免の直訴を行った咎で、一家死罪となった宗五夫婦は、目の前で子ども等が打ち首に処されるのを見て、「つまはこのときはつたとにらみ、／うらみかさなるやく人がたよ、／このやおもひをはらさでおかん、」と述べ、さらに宗五も「ふう婦一ねんあらきとなりて、／とのであろうとどいつであろと、／おもひしらさんた、りをなさん、／いかるくわんしよくちばしるまなこ、」とあるように、怨恨の一念をこめて役人を睨みつける。宗五が槍を受ける時にも、「われが一ねんこりかたまりて、／ながくやかたにあだをばなさん、／人の一しん今このときと、／かつとにらんでいきたへまする、」のように一念をこめて睨みながら絶命するのである。佐倉宗吾物語は、ここから幽霊復讐譚となり、殿様一家が亡霊の一念によってとり殺されるという結末を迎える。

恭助に拒絶された町子の行方には、もはや『文学界』に見られたような甘い結末も独白による自己慰撫もあり得ない。だが、その町子が土壇場で放ってみせた睨みと啖呵が、幽霊復讐譚すら思わせる話形であったことの意味は、あらためて考えなければならない問題であろう。

注

*1　「われから」の引用は、『樋口一葉全集』第二巻（昭和四九〔一九七四〕・九、筑摩書房）に拠り、引用に際しては適宜章番号を付した。また、一葉の日記についても『樋口一葉全集』第三巻（上）（昭和五一〔一九七六〕・一二）、同（下）（昭五三〔一九七八〕・一一）に拠った。

*2　山本良「気質にかわるもの」（『小説の維新史』平成一七〔二〇〇五〕・二、風間書房）に「「妄想」こそ、〈気質〉を越えるものとして発想されていたのである。それは、架空癖が文明にふさわしい病いへと昇華されたものであった」との指摘がある。

*3　宇佐美毅「広津柳浪『女子参政蜃中楼』論――「語りあうこと」の不在をめぐって――」（『日本近代文学』昭和六二〔一九八七〕・五）。引用は『小説表現としての近代』（平成一六〔二〇〇四〕・一二、おうふう）に拠る。

＊4　小森陽一「独白の系譜――広津柳浪の初期作品を中心に――」（『文体としての物語』昭和六三〔一九八八〕・四、筑摩書房）

＊5　『史記』の引用及び訓読は、水沢利忠『史記　九』（平成五〔一九九三〕・五、明治書院）に拠る。

＊6　「漁父辞」の引用は、星川清孝『古文真宝（後集）』（昭和三八〔一九六三〕・七、明治書院）に拠る。

＊7　「孤蝶子がさかわ川無聲が哀縁なとをかしき物なり　哀縁はおきてさかわ川はいん文といふへき物にもあらす五七の調にてうたふへき様にもあり浄るりに似て散文体にもあり　今一息と見えたり」（「塵中日記」明治二六〔一八九三〕・一二・一）

＊8　笹淵友一『「文学界」とその時代　下』（昭和三五〔一九六〇〕・三、明治書院）

＊9　「われから　未定稿X　V」（『樋口一葉全集』第二巻）によれば、一葉が千葉の恋心を描く構想を持っていたことが確認できるが、本稿では、同時代においても、千葉の背後に町子への思いを読み込むことは十分可能であると考える。

＊10　『青年文学』の批評で、『文学界』の「性」は「女」であるとされているが、それは『文学界』の初期において女性の執筆を奨励していたことと関係している。ただし、それは、石橋忍月が『浮雲』の文三を「男を女となしたる」と述べたような、「女々しさ」と地続きのものであり、結果的に『文学界』の主軸はこのような「憂鬱男」（富島美子『女がうつる』平成五〔一九九三〕・一二、勁草書房）の論理に取ってかわられる。

＊11　千田かをり「「われから」における言葉と身体」（『立教大学日本文学』平成五〔一九九三〕・一二）

＊12　「ヒステリー」の説明が「ヒポコンデリー」に依拠しなければ説明できないということから、ジェンダーの差が決定的なものではなかったと言うこともできるが、同時に「ヒステリー」が従属的に位置づけされており、ジェンダーの権力関係が表されていると言うこともできる。また、「ヒステリー」の語義が、「「ヒステリア」トハ希臘語ノ子宮ノ義ニシテ往昔本病ノ因専ラ子宮ニ在リトシテ此称ヲ下シタル者ナリ」（『漢洋病名対照録』前掲）と説明されるように、

病の命名や弁別に際して、男女の身体的ないし生理的な差異が重視された認識の有りようについて指摘することもできる。

＊13 川村邦光『幻視する近代空間』（平成九〔一九九七〕・一〇、青弓社）

＊14 ただし、後述するように、本稿では医学の言説と世俗の言説とを区別して捉えており、遺伝についても「母親ゆずりの淫蕩な血」（前田愛「解説」『大つごもり・十三夜 他五編』昭和五四〔一九七九〕・二、岩波書店）のような表現は採用しない。

＊15 谷川恵一「広津柳浪『女子参政蜃中楼』の位置」（『国語国文』昭和五八〔一九八三〕・一一）

＊16 千田かをり「「われから」における言葉と身体」（前掲）

＊17 関礼子「物語としての『われから』」（『立教大学日本文学』昭和六一〔一九八六〕・一二）。引用は『語る女たちの時代――一葉と明治女性表現』（平成九〔一九九七〕・四、新曜社）に拠る。

＊18 峯村至津子「「われから」論（下）」（『国語国文』平成七〔一九九五〕・四）に、「「われから」は、読者の読みをお町と千葉の姦通という方向へ誘う様な趣向・叙述を積み上げている」との指摘がある。

＊19 M・バフチン『小説の言葉』（伊藤一郎訳、平成八〔一九九六〕・六、平凡社）

＊20 富島美子『女がうつる』（前掲）。このような認識の背景には次のような進化論の考えがある。

方今ノ開化ト共ニ其数（狂人の数――引用者）ヲ増加スルヤ否ヲモ未タ確定セサルナリ然レトモ野蛮人民ノ内ニ在テ此病ノ稀ナル事ハ旅客ノ一般ニ確言スル所ナリ世界中文明国ノ民ニ於テ筭決シ得ル所ニ拠レハ住民五百人中一人ノ狂人アリトス又留心観察ノ漸ク精密ナルカ為ニ次第ニ狂人ノ数ヲ増ス事明カニシテ之カ為ニ増加スルハ各自康安ニ苦心スルカ為ニ増スヨリモ稍多キニ似タリ又論理上ヨリ考フル時ハ活溌ノ生計無数ノ情欲及ヒ心意ノ奮励ハ駸々タル開化ノ際幾般ノ工芸ト熱心争先トニ離ルヘカラサルノ形情ニシテ之カ為ニ精神病ノ数ヲ増育スルニ

足レリ未タ精細ナル国志ノ之ヲ徴スヘキ者ナシト雖モ世代ヲ経テ精神漸ク発達スルニ従ヒ其病モ共ニ増育シ目今開化ノ度ニ在テハ狂病ハ必ス贖フヘキノ罰銀タリト謂フモ亦信ナリ（モーズレイ『精神病約説』前掲）

第八章　展示と観覧の間――「カーライル博物館」論――

はじめに

一体、「カーライル博物館」（『学燈』明治三八〔一九〇五〕・一。『漾虚集』明治三九〔一九〇六〕・五、大倉書店・服部書店、所収）[*1]が *Carlyle's House Catalogue*（The Carlyle's House Memorial Trust, 1900）を典拠とするということは何を意味しているのであろうか。

かつて、「カーライル博物館」は「倫敦塔」（『帝国文学』明治三八〔一九〇五〕・一。『漾虚集』所収）と共に、夏目漱石のイギリス留学体験との関係で論じられることが多く、たとえば「朝　Battersea　ヨリ　South Kensington　ニ至リ池田氏ヲ訪フ同氏宅ニテ昼食ヲ食フ午後　Cheyne Road 24　ニ至リ　Carlyle　ノ故宅ヲ見ル頗ル粗末ナリ（後略）」という日記（一九〇一年八月三日〔土〕）の記述がその証拠としてしばしば参照されてきた。そして、漱石のロンドン滞留の軌跡を追体験するような実地踏査が繰り返しなされ、「カーライル博物館」理解の傍証とされてきた。[*2]

しかし、大村嘉吉による先駆的指摘に始まり、岡三郎、松村昌家らの論考[*3]によって「カーライル博物館」と *Carlyle's House Catalogue* との関係が相当解明された現在、「カーライル博物館」の記述を漱石の留学体験と直接結び付けることには留保する必要があろう。小宮豊隆[*4]は「英国の文学に精通してゐる人でなければ、カーライルの家から是だけの感興を引き出される事は出来ない」として、「カーライル博物館」の特徴の一つは「英文学者としての漱石の造詣の深さを物語るもの」であると指摘しているが、「カーライル博物館」に漱石の該博な知識を前提とすることは最早困難である。

「カーライル博物館」の読解は、漱石とカーライルとの思想的精神的交歓を重視する枠組みから、次第に小説テクスト内の論理に従った分析に移行してきた。そこでは漱石の実体験にかわって、作中人物である「余」によるカーライルの家の訪問記として捉え返されるのであるが、それらの研究は *Carlyle's House Catalogue* が「カーライル博物館」の典拠としてあることを特に意味づけていない。この両者の関係は典拠研究の問題として局地化されることにより、テクスト分析においては十分に注意されてこなかった感がある。たとえば、岡三郎の論において、前半では、典拠である *Carlyle's House Catalogue* と「カーライル博物館」の綿密な比較検討がなされるのであるが、後半の作品構造の分析においては、*Carlyle's House Catalogue* を持ち込まず「余」の「〈想像の糸〉をたぐって〈空想の舞台〉をありありと観るという凝視と夢想の体験」が強調されることになる。つまり、創作の典拠としてテクストの外部に *Carlyle's House Catalogue* を位置づけることにより、「余」の観覧との関係を考慮せず、カーライルに対する「余」の共感が特権化されているのである。それ以後の研究においても、典拠との関係を棚上げすることにより、「余」の想像の裁量は極めて大きく捉えられている。本稿がこの点に拘泥する理由は、*Carlyle's House Catalogue* が博物館としてのカーライルの家に関わる案内記であるからである。つまり、「カーライル博物館」は博物館としてのカーライルの家という展示テクストを内包する小説であり、*Carlyle's House Catalogue* は、漱石の典拠という作品外の問題としてだけでなく、作品内のカーライルの家をめぐる問題にも深く関わっていると考えられるのである。後に詳しく述べるように、展示テクストとしてのカーライルの家をたどる観覧者「余」のまなざしやふるまいもまた *Carlyle's House Catalogue* という案内記から自由ではなく、両者の関係を問うこと無しに「カーライル博物館」を読み解くことは難しいのである。

本稿では、このような問題意識のもと、*Carlyle's House Catalogue* を漱石による創作の典拠として捉えるのではなく、「余」の観覧との関係に焦点を当てて考察する。「余」のまなざしをガイダンスし、あるいは規制する案内記に焦点を当てることは自ずと博物館自体に内包される制度性の分析へと視野を広げることになる。そのような制度性への視野を確保することは、「余」の観覧がこれまでの先行研究で指摘されたほど自由なものではないことを示すであろう。しかし、一方で、「余」の観覧は博物館の制度に徹頭徹尾従順であったわけではなく、ときにそこからずれ落ちる側面を有している。展示と観覧をめぐる葛藤の劇が生じるのはまさにその地点においてなのである。これらの点を意識し、展示と観覧のコンテクストから「カーライル博物館」を読み直すと共に、「カーライル博物館」の読解を通して展示と観覧の問題を抉出することが本章の課題である。

1　表象される「人間」をめぐって

作家を顕彰する文学館の思想的背景について亀井秀雄[*5]は次のように述べている。

それは、作家その人がオリジナルだと見られてきたからにほかならない。ここにある作家の生な人生記録とも言うべき日記があり、書簡がある。作品はこのオリジナルから派生した、いわば副産物であるが、その作品が生まれるプロセスを語る生原稿があり、作家が愛用した文房具がある。これもまたオリジナルの一部だ。そういう思い込みが拡がっていたのである。

つまり、個人作家顕彰の文学館の建立が求められる背景には、作品の背後にオリジナルな「作家その人」を想定し、そこに深奥な意味が付与されるという知の枠組み（文学観）が存在するのである。そうであるとすれば、そこで求められる展示要素の主要なものの一つは、作品からだけでは知り得ない作家の「人間」性に他ならないであろう。そこでは、文学創作に直接関わる「日記」「書簡」「生原稿」「文房具」に留まらず、ありとあらゆる物が「人間」としての作家を説明し、展示するために動員されることになる。

正岡子規を記念する松山市立子規記念博物館の案内書[*6]は、展示の方針について次のように説明している。

常設展は、新時代「明治」を生き、「明治」をつくった若者子規の全体像を、いかに統一的に再構成し、いかにわかりやすく表現するかという観点から構成されている。展示法としては、実物資料をはじめ、レプリカ、図表、映像などの資料で子規の生涯が追体験できるように、全体を貫くストーリーをもったテーマ展示を基本とした。（「本館の仕事と役割」）

「人間正岡子規」を展示主旨とする常設展がどのように編成されているかが明確に示されている。そこでは「人間正岡子規」の「全体像」を「統一的」に「再構成」し、「全体を貫くストーリー」を構築することによって、観覧者に「子規の生涯」を「追体験」させることが企図されているのである。展示にまつわる作為性の暴露として驚くべきものであるが、別の箇所に次のような記述があることも注意される。

子規記念博物館では、実物資料と対面される際、できるかぎり余分な既成概念を入れないよう、また端なる知識の押し売りにならないよう、そして偏狭な文学的解説はしないよう配慮しました。数ある展示資料の中から、観覧される皆様自らの発見があり感動があり、自らの新しい創造を生みだされることを念願してやみません。
（「展示をご覧になる前に」）

ここでは、「実物資料」を観覧に供する際に「余分な既成概念」を入れず、観覧者自身の「発見」や「創造」に意味作用の主体を委ねているのである。「本館の仕事と役割」を述べる箇所において、展示が「ストーリー」を作ることによって成立しているとしながら、「展示をご覧になる前に」の引用では、それら「実物資料」の意味づけの裁量が観覧者に譲渡され、展示の作為性は背面へ隠れてしまうことになる。「実物資料」を見ることの特権性が強調されることにより、そこに働いている知の編成作用が見えなくなるのである。「実物資料」として展示される物は、無垢な本物ではないにも関わらず、観覧者はそこに「自然」な事物を見ることを要求されているのである。[*7]

ロラン・バルト[*8]によれば、「神話が再構成するのは、この現実の自然なイメージ」であり、「事物は、自らの製造の記憶を神話のなかで喪失する」のであるという。文学館における展示もまた、神話によって形成されたイメージの産物でありながら、観覧者にはその「自然」性が強調され「製造の記憶」を失うことになる。

「倫敦塔」の「余」が展示される立場に想像を及ぼしたとき、このような展示のあり方を否定的に捉えていることとは注意すべきであろう。

墓碣と云ひ、紀念碑といひ、賞牌と云ひ、綬賞と云ひ此等が存在する限りは、空しき物質に、ありし世を忍ばしむるの具となるに過ぎない。われは去る、われを伝ふるものは残ると思ふは、去るわれを傷ましむる媒介物の残る意にて、われ其物の残る意にあらざるを忘れたる人の言葉と思ふ。未来の世迄反語を伝へて泡沫の身を嘲る人のなす事と思ふ。余は死ぬ時に辞世も作るまい。死んだ後は墓碑も建てゝもらふまい。肉は焼き骨は粉にして西風の強く吹く日大空に向つて撒き散らしてもらはう抔と入らざる取越苦労をする。

誰しも、死後自らがどのように表象（顕彰、展示…）されるかを知ることはできない。おそらく想像することすら困難であろう。「余」が後世に様々なものを残すことを執拗に拒むのは、「空しき物質」によって自らが表象されるという事態を恐れているからである。展示とは、「空しき物質」が当人の意図と関係なく残ってしまったという偶然性を、一貫した物語を発明する過程で編成・組織し、必然性に反転させる行為なのである。ここにおいて「空しき物質」という単なる物質であった「物」から、意味の充満した「モノ」へと変わるのである。しかし、「空しき物質」としての「物」が神話に支えられた「モノ」になったとしても、それは「媒介物」に過ぎないのであり、「われ其物」とは遙かな距離を隔てられている。「余」が後世に「われを伝ふるもの」を残すことを拒否するのはその為である。そのような認識は「カーライル博物館」にも見られる。

色々なものが並べてある。（中略）カーライルの八十の誕生日の記念のために鋳たといふ銀牌と銅牌がある。金牌は一つもなかつたやうだ。凡ての牌と名のつくものが無暗にかち〳〵して何時迄も平気に残つているのを、もらうた者の烟の如き寿命と対照して考へると妙な感じがする。[*9]

展示が展示する主体の想像＝創造的営為によるものであることは十分に確認しておく必要があろう。「カーライル博物館」もまた記念館として立ち上げる際に"re-decoration"され"re-pair"[*10]されており、正しく〈re-presentation＝再現前＝代理＝表象〉の産物なのである。[*11]そこでは「モノ」を統制する「神話」が形成されており、そこに立ち現れたカーライル像は、「自然な」カーライル「その者」ではありえない。「モノ」は「全体像」や「統一性」という統辞的構造に位置づけられたとき、そこにあることが必然であるかのような錯覚の中で意味を帯びるのであり、それ故、そこには厳然とした規則《ルール》が存在しており、観覧者の自由は制限されざるを得ない。博物館に陳列されていること自体、物その物ではないのである。
　カーライルの家は「人間」カーライルという作家像によって展示物が配置されており、カーライルの旧家であるということがそのことに大きな意味を付与している。カーライルの家自体が展示物なのであり、それは外部から意図的に区別された空間として存在させられているのである。越智治雄[*12]は「二十世紀のロンドンの現実に対する「別世界」として倫敦塔があり、カーライルの家があることになる。それらがいずれも閉ざされた空間であることはけっして無意味ではないだろう」と指摘する。重要な指摘であるが、「閉ざされた空間」という言い方は、それらの空間が外部世界と没交渉であり、その空間内部があたかも自然な領域であるかのように考えられてしまう点で注意が必要である。「閉ざされた空間」が成り立つのは、保存という閉ざす行為の結果であり、意図的に外部世界との関係性を作り上げるという点で優れて人為的な産物なのである。[*13]そして、内部もまたいかに自然であるかをよそおうための企図で充満している。「カーライル博物館」にはその場所が保存されることによって成り立っていることが明記されている。

　カーライルは居らぬ。演説者も死んだであらう。然しチエルシーは以前の如く存在して居る。否彼の多年住み古した家屋敷さへ今猶厳然と保存せられてある。千七百八年チエイン、ロウが出来てより以来幾多の主人を迎へ幾多の主人を送つたかは知らぬが兎に角今日まで昔の侭で残つて居る。

カーライルや演説者といった人々の生とは対照的にチェルシーやカーライルの家は残っている。しかし、ここでチェルシーが「存在」しているのに対し、カーライルの家が「保存」されているという点に注意したい。後に「余」がカーライルの家の窓から外を眺めて「千八百三十四年のチエルシーと今日のチエルシーとは丸で別物である」と述べているように、チェルシーは確かに存在してはいるが、それは変化を被っている。それに対してカーライルの家は「今猶厳然と保存」されており、「今日まで昔の俤で残つて居る」のである。「幾多の主人を迎へ幾多の主人を送つ」てきたように、代々の主人にとっての生活の場として生きられた家であれば、わざわざ「保存」と言うには及ばない。「カーライルの歿後は有志家の発起で彼の生前使用したる器物調度図書典籍を蒐めてこれを各室に按排し好事のものには何時でも縦覧せしむる便宜さえ謀られた」というように、その場所をカーライルの家として設え、アウラが付与されたとき、その場はカーライルの記憶とともに特別な場所として想起されることになる。保存とは人為的に周囲から保存物を隔離し囲い込むことで、外部との断絶をよそおう行為なのである。

展示の空間とはきわめて作為性に満ちた空間なのである。そして、「余」は展示にまつわるそのような問題性について無関心ではなかった。しかし、「余」はカーライルの家を観覧する過程で、「余」と展示物との距離を消失し、「人間」カーライルに急速に接近することになる。展示される立場に身をおいたときにあれほど拒絶していた行為を、なぜ観覧する立場に立ったときにかくも容易に行えてしまったのか。次節では、「余」の欲望のまなざしを追い、それがいかにして対象を創出していくのかを確認していきたい。

2 〈カーライルの家〉へのまなざし

「カーライル博物館」は、「余」がカーライルと「演説者」との逸話を想起することから始まる。この点について、従来『衣服哲学』などに見られるカーライルの思想的表現と、それに共鳴する「余」（多くは漱石を前提とする）の思想との関係で読まれてきた。しかし、個人作家の展示と観覧というコンテクストに置いてみるならば、そのような理解とは異なった様相を呈する。

演説者は濁りたる田舎調子にて御前はカーライルぢやないかと問ふ。如何にもわしはカーライルぢやと村夫子が答へる。チエルシーの哲人《セージ》と人が言囃すのは御前の事かと問ふ。成程世間ではわしの事をチエルシーの哲人《セージ》と云ふ様ぢや。セージと云ふは鳥の名だに、人間のセージとは珍らしいなと演説者はから〳〵と笑ふ。村夫子は成程猫も杓子も同じ人間ぢやのに殊更に哲人抔と異名をつけるのは、あれは鳥ぢやと渾名すると同じ様なものだのう。人間は矢張り当り前の人間で善かりさうなものだのに。と答へて是もから〳〵と笑ふ。

「余は晩餐前に公園を散歩する度に川縁の椅子に腰を卸して向側を眺める」。その方角とは「往時此村夫子の住んで居つたチエルシー」である。ここで引いたカーライルと演説者との逸話は、「余」が散歩から「帰る時必ず」「思ひだす」話なのである。「度」や「必ず」の語に明らかなように、「余」の散歩は恒常的なものであり、この反復行為の中でカーライルの家への思いはいや増すのである。そのような行為によって純化され増幅されたカーライルの家へのまなざしは、他ならぬ「当り前の人間」としてのカーライルの姿なのである。様々な著作によって「世間」から「哲人」と呼ばれたカーライルであるが、しかし、それらの著作からは窺い知ることができない「人間」カーライルが、ここでは欲望されている。カーライルの家は、オリジナルな作家の「人間」的側面を知ることができる特別な場所として、「余」によって繰り返し確認されているのである。つまり、先の逸話はカーライルの思想的側面とは別に、個人作家展示にまつわる欲望のあからさまな表出であると読むことも可能なのである。「四千万の愚物と天下を罵つた彼も住家には閉口したと見えて、其愚物の中に当然勘定せらるべき妻君へ向けて委細を報知して其意向を確かめた」や「カーライルは書物の上でこそ自分独りわかつた様な事をいふが、家を極めるには細君の助けに依らなくては駄目と覚悟したものと見えて、夫人の上京する迄手を束ねて待つて居た」というカーライルの様子をことさらに志向する「余」の認識が、著作群からうかがわれるカーライル像との差異を強調することで、「人間」カーライルを捉えようとしていることは明らかである。

しかし、このような「余」のまなざしは、カーライルの家を四周する言説空間にすでに書き込まれているのである。たとえば、「倫敦塔」の典拠とされ、また塚本利明によって「カーライル博物館」の命名の根拠ともされている *Baedeker's London and it's environs* (Baedeker, 1898) には、カーライルの家の説明として、"At No.24 (formerly No.5) Cheyne Row is Carlyle's House, the unpretending residence of Thomas Carlyle, the 'Sage of Chelsea,' from 1834 till his death in 1881." と記されており、その屋根裏部屋には "It contains many interesting personal relics" というように、カーライルに関する興味深い私的な領域が現出されていると述べられている。つまり、「余」の純粋な欲望をかなえる最適の場所としてカーライルの家があるのではなく、カーライルの家の期待するまなざしを内面化することによって、はじめてカーライルの家が魅力あるものとして「余」のまなかいに迫ってくるのである。「余」がカーライルの家で「人間」カーライルとの交歓が可能となったのも、*Baedeker's London and it's environs* や *Carlyle's House Catalogue* といった案内記に記されているカーライルの家の神話を、自然なものとして受け止めたからに他ならない。「余」は、「神話の構造の目的そのものにしたがって神話を消費する」「神話の読者」(バルト)の一人なのである。「余」は *Carlyle's House Catalogue* にしたがって観覧を行っている。それにも関わらず、そのことに言及しないのは、「余」がカーライルの家に展示されている様々な事物、あるいはそこから読み取った事柄を「自然」なものとして受け取っているからである。「神話は記号体系にすぎないにもかかわらず、事実の体系として読まれている」(バルト)からなのである。

「余」は「倫敦滞留中四たび此家に入」ったと述べている。この点は、「倫敦塔」の「余」が「二年の留学中只一度倫敦塔を見物した事がある。其後再び行かうと思つた日もあるが止めにした。人から誘はれた事もあるが断つた。

一度で得た記憶を二返目に打壊はすのは惜い、三たび目に拭ひ去るのは尤も残念だ。「塔」の見物は一度に限ると思ふ」とするのと異なる。「倫敦塔」の「余」が恐れた「記憶」を「打壊はす」ことや「拭ひ去る」ことが「カーライル博物館」の「余」に共有されていないことは、カーライルの家を支える神話の強度の故ではないであろうか。カーライルの家によって再構成された「人間」カーライルの「全体像」や「一貫性」という神話に依拠する限り、複数回の訪問はそれを純化する役割を果たすことになる。「四たび」の訪問は、厳密には各々異なった体験である筈であるが、その体験が一回性のもとに描かれる「カーライル博物館」の構造自体が、そのことを示してもいるであろう。そのような経験を可能にしている根本にカーライルの家の神話を体現している *Carlyle's House Catalogue* があることは繰り返し述べてきた。次節では、*Baedeker's London and it's environs* や *Carlyle's House Catalogue* といった案内記を手にした「余」によってカーライルの家はどのように観覧されたのか、そのことについて考えていきたい。

3　案内記、案内人、そして観覧者

「倫敦塔」において、「余」は「地図」を見なければ行動すらままならない存在であった。「倫敦塔」の材源のうちに *Baedeker's London and it's environs* があったことは周知のことであるが、「余」もまた「案内記」を片手にしていたのである。「余」が「倫敦塔」の観覧を終えて宿の主人にそのことを語る最後の場面は次の通りである。

余は最後の美しい婦人に逢つた事と其婦人が我々の知らない事や到底読めない字句をすら〳〵読んだ事抔を不思議さうに話し出すと、主人は大に軽蔑した口調で「そりや当り前でさあ、皆んなあすこへ行く時にや案内記を読んで出掛るんでさあ、其位の事を知つてたつて何も驚くにやあたらないでせう、何頗る別嬪だつて、倫敦にや大分別嬪が居ますよ、少し気を付けないと剣呑ですぜ」と飛んだ所へ火の手が揚る。是で余の空想の後半が又打ち壊される。主人は二十世紀の倫敦人である。*14

「余」は自らの「空想」が自然に起こったことと信じているのである。しかし、「宿の主人」はそこに行く人が皆「案内記」を持っており、そのことが歴史的建造物としての「倫敦塔」というテクストの解読に重要な役割を果たしていることを暴露してしまう。そして、「余」もまたその例外ではなかった。「宿の主人」の発言は、「倫敦塔」を観覧した「余」の個人的な記憶や感慨が、他人によっても共有されている可能性を示唆するものである。このように自らの記憶を相対化する言葉に触れたとき、果たして以後の観覧において同様の感興が味わえるかどうか。「余」が「夫からは人と倫敦塔の話しをしない事に極めた。又再び見物に行かない事に極めた」のは、他者と記憶を共有することを拒否し、また先の経験を相対化する言葉を、さらなる訪問によって検証することをも拒否したということなのである。

「カーライル博物館」の「余」もまた案内記と無縁ではない。「カーライル博物館」において、そこで示されるカーライルや展示物などに関する情報は、ほとんどすべて *Carlyle's House Catalogue* に典拠を確認できるのである。そのことは「余」の観覧が *Carlyle's House Catalogue* の情報を十分にのみ込んだ後の経験であることを示しているであろう。そこに、カーライルに対する「余」の「造詣の深さ」を読み込むとき、すかさず「其位の事を知つてたつて何も驚くにやあたらないでせう」という「宿の主人」の言葉が聞こえてこないであろうか。

「毎日の様に川を隔て、霧の中にチエルシーを眺めた余はある朝終に橋を渡つて其有名なる庵を叩いた」。それまで「括復法」の語りを用いて反復的行為を述べてきた「余」は、ここで「単起法」の語りを用いて、カーライルの家の訪問の唯一性を強調することによって、きわやかに差異を描き込んでいる。[*15] カーライルの家の前に立った「余」は、その印象と共にカーライルの家に関するいくつかの情報を語っている。そこに、「両人がこゝに引き越したのは千八百三十四年の六月十日で、引越の途中に下女の持つてゐたカナリヤが籠の中で囀つたという事まで知れてゐる」という記述が見られる。これは、まぎれもなく「余」が後に繰り返し案内人の「婆さん」に付与することになる「何年何月何日」の記述に他ならない。「余」もまた、そのような情報を所有しているのである。カーライルの家の外部において、案内人の「婆さん」と同じ様な行為をしながら、カーライルの家の内部においては、情報の出自を「婆さん」に限定するような語りによって、「余」は自らの観覧がそのような情報にしばられることなく、自由に展示物から直接的感興を得ているかのようにふるまっているのである。

案内者はいづれの国でも同じものと見える。先つきから婆さんは室内の絵画器具に就て一々説明を与へる。五十年間案内者を専門に修行したものでもあるまいが非常に熟練したものである。何年何月何日にどうしたかうしたと恰も口から出任せに喋口つて居る様である。然も其流暢な弁舌に抑揚があり節奏がある。調子が面白いから其方ばかり聴いて居ると何を言つて居るのか分らなくなる。始めのうちは聞き返したり問い返したりして見たが仕舞には面倒になつたから御前は御前で勝手に口上を述べなさい、わしはわしで自由に見物するからといふ態度をとつた。

「余」は、案内人の「婆さん」の「調子」ばかりを「聴いて」おり、その内容にはさほど関心を向けていない。先にも示したとおり、「余」は *Carlyle's House Catalogue* の内容を十分に消化していると考えられる。しかし、「此時は実に余の名の記入初であつた」という記述に見られるように、「カーライル博物館」は「余」の初めての訪問の

家の訪問の唯一性を強調することによって、きわやかに差異を描き込んでいる。[*15] カーライルの家の前に立った「余」は、その印象と共にカーライルの家に関するいくつかの情報を語っている。そこに、「両人がこゝに引き越したのは千八百三十四年の六月十日で、引越の途中に下女の持つてゐたカナリヤが籠の中で囀つたという事まで知れてゐる」という記述が見られる。これは、まぎれもなく「余」が後に繰り返し案内人の「婆さん」に付与することになる「何年何月何日」の記述に他ならない。「余」もまた、そのような情報を所有しているのである。カーライルの家の外部において、案内人の「婆さん」と同じ様な行為をしながら、カーライルの家の内部においては、情報の出自を「婆さん」に限定するような語りによって、「余」は自らの観覧がそのような情報にしばられることなく、自由に展示物から直接的感興を得ているかのようにふるまっているのである。

案内者はいづれの国でも同じものと見える。先つきから婆さんは室内の絵画器具に就て一々説明を与へる。五十年間案内者を専門に修行したものでもあるまいが非常に熟練したものである。何年何月何日にどうしたかうしたと恰も口から出任せに喋口つて居る様である。然も其流暢な弁舌に抑揚があり節奏がある。調子が面白いから其方ばかり聴いて居ると何を言つて居るのか分らなくなる。始めのうちは聞き返したり問い返したりして見たが仕舞には面倒になつたから御前は御前で勝手に口上を述べなさい、わしはわしで自由に見物するからというふ態度をとつた。

「余」は、案内人の「婆さん」の「調子」ばかりを「聴いて」おり、その内容にはさほど関心を向けていない。先にも示したとおり、「余」は *Carlyle's House Catalogue* の内容を十分に消化していると考えられる。しかし、「此時は実に余の名の記入初であつた」という記述に見られるように、「カーライル博物館」は「余」の初めての訪問の印象を記しているように書かれている。そうであるならば、この初見の印象は *Carlyle's House Catalogue* とは無縁のものと考えることもできるかもしれない。しかし、「余は倫敦滞留中四たび此家に入り四たび此名簿に余が名を記録した覚えがある」とあるように、「カーライル博物館」は「余」の「四たび」の訪問ののちに書かれたものであり、「覚えがある」の語に明らかなとおり正確な記憶の反映と考えることは難しい。そもそも、複数回の訪問ののちに初見の印象のみを抽出することは困難であろう。というよりも、初めての訪問は、あとから振り返られることにより、多分な虚飾をほどこされて神聖性を付与されることになる。*16

そのように考えるならば、「御前は御前で勝手に口上を述べなさい、わしはわしで自由に見物するから」という「余」の観覧の「態度」を額面どおりに受け取ることはできない。それは、案内人の「婆さん」と「余」自身を差異化し、個人的な記憶としてカーライルの家の訪問を位置づけようとする「余」のふるまいに他ならないのである。ジョン・アーリ*17は「ロマン主義的」観光を説明して、「このなかでは孤独、他人からの隔絶、そしてまなざしの対象との個人的で半ば精神的な関係というものがある」と指摘する。「余」の観覧の態度も、「ロマン主義的」性格を色濃く備えている。案内人の「婆さん」を脇に置き、「わしはわしで自由に見物する」という態度や、入館者名簿を確認し、「日本人の姓名は一人もない。して見ると日本人でこゝへ来たのは余が始めてだなと下らぬ事が嬉しく感ぜられる」という感想は、他者から自らの経験を引き離し、特権化することで、カーライルとの「個人的」紐帯を遂行的に強化するのである。*Carlyle's House Catalogue* の記述を自らの内部に濾過させることで、個人的な記憶としてそれを書き直し、その過程が忘れられ、自らの潜在的な記憶として甦生するという、記憶の私有化が「余」によって行われているのである。この点を看過し、「余」の「自由に見物」するという観覧の態度にきわめて重い意味を持たせ、「余」の観覧を特権化するような読みは見直される必要があろう。

案内人の「婆さん」はカーライルの家を律する役割を持っている。「何年何月何日」といったクロノロジックな情報を提供するその役割が、*Carlyle's House Catalogue* の後半に掲載されている年譜を思わせるように、案内記と案内人のカーライルの家における役割の類同性は認めることができる。そのことから、案内人の「婆さん」にのみ案内記の属性を付与することで「余」の観覧の自由性を強調することはできないが、案内人の「婆さん」に焦点を当てるならば、カーライルの家の規則《ルール》を体現する存在であることが理解される。

「余」は、「婆さん」の「御這入り」という言葉にしたがいカーライルの家に入り、「御名前を」と促されるままに名簿にサインをする。そして、観覧を始めるときも「婆さんがこちらへと云ふから左手の戸をあけて町に向いた部屋に這入る」のである。カーライルの家が神話的に構成されているとするならば、そこには規則や文法が存在する。案内人の「婆さん」による「こちらへ」という指示は、観覧の順路の存在を示したものであり、カーライルの家が順路や規則に張りめぐらされた展示空間であることを明らかにしている。しかし、いっぽうですべての観覧者がこのような規則の網目に従順に一様の体験しかできないのかと言えば、もちろんそうではない。というより、厳密に同一の体験など存在しえない。この点は、「余」の観覧に即しつつ後述することにしたい。

「余」は一階、二階で「色々なもの」を見てのち、「窓から首を出して」周囲を見わたす。それと同時にカーライルの言葉を想起し、視線を重ねようと試みる。ここで想起されているカーライルの言葉は *Carlyle's House Catalogue* に記されているが、ここでは「余」自身の想起として提出されており、*Carlyle's House Catalogue* からの引用であることは、おくびにも出さない。そして、「三たび」窓から首を出し「漾ひつゝ、ある動きつゝ、ある」チェルシーの景観をながめ、「千八百三十四年のチエルシーと今日のチエルシーとは丸で別物である」との感慨をいだく。ここで「余」が感じた印象は、しかし、「余」独自のものと言うことはできない。*Carlyle's House Catalogue* には「カーライル云ふ裏の窓より見渡せば（後略）」の典拠となる記述の前に次のように記してある。

The outlook in this direction at least, must have been very pretty and rural in those days, when the whole village of Chelsea contained only some three hundred houses. And even in 1834 from the back windows "nothing was visible" Carlyle says, …

（少なくともこの方角の眺めは、チェルシーの村全体でわずかに三百軒ほどを数えるばかりであったかつての頃には、とてもきれいで野広き景色であったにちがいない。そして、一八三四年の時点でさえ、裏の窓からは、「眼に映るものは何もなかった」とカーライルは言っている）

この記述が示すのは一八三四年以前と*Carlyle's House Catalogue*の記述者の時代の距離に他ならない。一八三四年にカーライルが見た景観が現在とは異なるものであることが示されているのである。このことは、「余」の感じたことが*Carlyle's House Catalogue*に典拠があるということを意味する訳ではない。ここで大事なことは、*Carlyle's House Catalogue*が示す記述と「余」の視線が重なってしまうという事実なのである。案内記を内面化した観覧とは、意識するとしないとに関わらず感性の領域をも共有することにつながるのである。

三階に昇った「余」は、そこにある寝台に「其上に身を横へた人の身の上」を思い合わせ、風呂桶に「其人となり」をしのび、カーライルのデスマスクに対して「此顔だな」と思うことで、カーライルの日常的身体に接近する。それらの展示物は、「余」にとってきわめて近しいものとして捉えられているのである。

此炬燵櫓位の高さの風呂に入つて此質素な寝台の上に寝て四十年間八釜敷い小言を吐き続けに吐いた顔は是だなと思ふ。

展示物を観覧する過程で、目の前のモノは自然な相貌をもって「余」に迫ってくる。物によって先行されるはずの記憶には、そこに様々な断絶や欠落がともなっているはずである。そうでありながら、これらの物が「て」という接続語によって統辞的な一文に翻訳されることで、自然な一連の行為を形成する。「此」や「是」の語が示すのは、そこにあることが当然であるということの明証性でもあろう。漱石の書いた「一夜」(『中央公論』明治三八〔一九〇五〕・九。『漾虚集』所収)に、「見た事も聞いた事もないに、是だなと認識するのが不思議だ」という表現があるが、ここでの「余」の体験を説明するのにふさわしい。「是だな」という断定形は、目の前の物を確認する機能だけではなく、それが他の物とは置き換え不可能な事物であることの言明に他ならない。あたかもそこにある事物の数々が自らの記憶の中で観ることを欲していた欠如として最初から存在していたかのように、記憶はまさに発明されるのである。

案内人の「婆さん」に促されるように四階に昇る「余」は、「上れば上る程怪しい心持が起りさう」な予感をいだく。「カーライル博物館」は地階から屋根裏へと〈夢想〉をつのらせていく構造を内包している。[*18] 案内人の「婆さん」によって、カーライルがこの部屋を作った経緯とその部屋が「夏は暑くて居りにくゝ冬は寒くて居りにくい」ために、その計画が「非」であったことを知らされる。「余」の関心はその点からカーライルが「何の為に此天に近き一室の経営に苦心したか」という点に向けられる。

> 彼は彼の文章の示す如く電光的の人であつた。彼の癇癖は彼の身辺を囲繞して無遠慮に起る音響を無心に聞き流して著作に耽るの余裕を与へなかつたと見える。洋琴の声、犬の声、鶏の声、鸚鵡の声、一切の声は悉く彼の鋭敏なる神経を刺激して懊悩已む能はざらしめたる極遂に彼をして天に最も近く人に尤も遠ざかれる住居を此四階の天井裏に求めしめたのである。

この点も*Carlyle's House Catalogue*に記述されており、「余」の独自の見識ではない。しかし、この雑音のことを自らの記憶として特記しているところに、「余」がカーライルと問題を共有しようとする姿勢が窺われる。続けて「余」が想起するように、雑音という点に関してもこの屋根裏部屋は十分な成功とは言えなかった。

斯の如く予期せられたる書斎は二千円の費用にて先づ〳〵思ひ通りに落成を告げて予期通りの功果を奏したが之と同時に思ひ掛けなき障害が又も主人公の耳辺に起つた。成程洋琴の音もやみ、犬の声もやみ、鶏の声鸚鵡の声も案の如く聞えなくなつたが下層に居るときは考だに及ばなかつた寺の鐘、汽車の笛偖は何とも知れず遠きより来る下界の声が呪いの如く彼を追ひかけて旧の如くに彼の神経を苦しめた。

樋口覚[19]は「カーライル博物館」の「モチーフは「雑音」というところにあ」ると指摘する。これらの雑音に悩まされたカーライルを思い、「余」は同じく雑音に悩まされた「ショペンハウア」へと想像を広げる。ショーペンハウアーの引用は*Carlyle's House Catalogue*には見られず、「余」が「十九世紀の好一対」として「カーライルとショペンハウア」を結びつけることによって想起されたものである[20]。内面化された案内記の記述は、「余」の内部で翻訳され、異なる方向へと想像が導かれる。つまり、「人間」カーライルという統辞的な軸にそって観覧をしてきた「余」であったが、雑音を問題系として認識することにより、範列軸へと想像がずれ込んでいくのである。「声。」という一文はそのことのきわめて端的な表現なのである。「余」の想像が「人間」カーライルから飛翔しようとしているのであるが、そのことはカーライルの家にとってはきわめて危険なことである。「人間」カーライルを統辞的な軸として導いてきたそれまでの観覧がすべて破産され、これ以降の観覧も機能不全に陥りかねないのである。

まさにそのとき、決定的な力を持って案内人の「婆さん」の声が響いてくる。

余が此の如く回想しつゝあつた時に例の婆さんがどうです下りませうかと促す。

「余」の想像が、「人間」カーライルと関係ない方向へと広がり「つゝあつた時」に、案内人の「婆さん」が行動を促す。テクスト構造のレベルにおいて、「カーライル博物館」は「人間」カーライルの観覧という軸を保持しているのである。この点において、案内人の「婆さん」の役回りはきわめて大きいものであった。同様の事態は以前にもすでに起きていた。

カーライルの顔は決して四角ではなかつた。彼は寧ろ懸崖の中途が陥落して草原の上に伏しかゝつた様な容貌であつた。細君は上出来のらつ蕫の様に見受けらるゝ。今余の案内をして居る婆さんはあんぱんの如く丸い。余が婆さんの顔を見て成程丸いなと思ふとき婆さんは又何年何月何日を誦し出した。

カーライルと「細君」の顔を観覧した「余」は、顔という範列軸に観覧の視線が滑り落ち、「人間」カーライルとは無関係の案内人の「婆さん」の顔にまで関心を向けはじめる。そして、まさに「成程丸いなと思ふとき」にその想像は遮られたのである。「余」の観覧の態度には散漫なところがある。それを矯め直すために案内人の「婆さん」はきわめて大きな力を発揮していたと言えよう。案内記との関連において共通性を有しながら、観覧者「余」と案内人の「婆さん」との間にこのような葛藤が生じていたことは、展示と観覧をめぐる問題に関してきわめて示唆的である。博物館の制度性の内部で現出されている体験とは、決して単一のものではなく、きわめて雑多なものなので

である。

一層を下る毎に下界に近づく様な心持ちがする。冥想の皮が剥げる如く感ぜらるゝ。楷段を降り切つて最下の欄干に倚つて通りを眺めた時には遂に依然たる一個の俗人となり了つて仕舞つた。

屋根裏部屋で空想の羽根を折られた「余」は、上昇のときに「怪しい心持」になったのとは逆に、「冥想の皮が剥げ」「一個の俗人」になっていく。そして、厨、庭を案内人の「婆さん」に案内されながら見まわる。観覧を終えた「余」は「一時間の後倫敦の塵と煤と車馬の音とテームス河とはカーライルの家を別世界の如く遠き方へと隔てた」と、その距離を確認して物語を閉じるのである。

4 「余」が見なかったこと、あるいは見えなかったこと

これまで「余」の観覧に即して考察を進めてきた。そのとき、特に案内記との関係を重視することで、「余」の特権的な観覧のあり方を相対化するよう試みた。カーライルの家や *Carlyle's House Catalogue* が、「人間」カーライルに焦点を当てた展示構成を有しており、「余」もまた「当り前の人間」としてのカーライルを欲望していた。しかし、そのような「人間」カーライルが前景化されることにより、背景へと退いてしまう記憶が存在するのである。

中原章雄[*21]は、カーライルの家が「カーライルが「立籠つて」彼の代表作のほとんどを書いた文筆活動の場であるとともに、カーライル夫妻が長年にわたって危機を孕んだ結婚生活を送った場でもあった」と指摘する。カーライ

ルの家にカーライル夫妻の「危機を孕んだ結婚生活」の記憶が刻まれていたとするならば、なぜ「余」はその点を見なかったのであろうか。中原章雄はその原因について、漱石自身の結婚生活の危機と重ね合わせ、「カーライルの結婚生活が深刻さを秘めていたとすれば、漱石は、文学上の理念からだけではなく、そこに身につまされる関心を持ったからこそ、余計に不用意にそこへ踏み込もうとはしな」かったという点と、カーライルの私生活に対する「スキャンダラスな空間への探訪者の好奇な目を禁ずる」点を挙げている。そして、「カーライルは彼の家を仕事のための砦とすることによって、ジェインの生活をその中に封じ込めてしまう。漱石は、その悲劇に気がつきながらも、あるいは、気がついたからこそ、訪問記をカーライル夫妻の家の物語としてではなく、『カーライル博物館』として書いたのであろう」と結論する。

しかし、この結論はいささか転倒してはいないであろうか。カーライルの家とは、その名のとおり"Carlyle's" House であり、"Carlyle" museum（*Baedeker's London and it's environs*）に他ならない。カーライルの文学的事蹟を記念・顕彰する場において、その生活は「文筆活動の場」に収斂される仕方で構成されるのであり、*Carlyle's House Catalogue* もまた例外ではない。「好奇な目」によってカーライルが貶められる可能性のある事柄は隠されたとしても不思議ではない。つまり、カーライルの家が形成するカーライルの人間像には、少なくともカーライル夫妻の「葛藤の場」としての側面は抜け落ちているのである。そして *Carlyle's House Catalogue* に従って観覧を行ってきた「余」が、カーライル夫妻の危機を見なかった、あるいは見ることができなかったのは、カーライルの家の政治性に無関心であったからに他ならない。[*22]「倫敦塔」において、観覧される側に立ったとき、展示物の「媒介」性に意識的であった「余」は、ここではその点にきわめて無自覚にふるまっているのである。

「カーライル博物館」の「余」とは異なる観覧者として、ヴァージニア・ウルフを挙げることができる。[*23] ウルフは"London, happily, is becoming full of great men's houses, bought for the nation and preserved entire with the chairs they sat on and the cups they drank from, their umbrellas and their chests of drawers"（「ロンドンは幸せなことに偉人の家に満ちている。それらは国によって購入されたものであり、彼らの座った椅子や彼らが使ったコップ、傘やたんすなどが、完全に保存されている」）と述べ、それらの家は、"writers stamp themselves upon their possessions more indelibly than other people. Of artistic taste they may have none; but they seem always to possess a much rarer and more interesting gift"（「作家達は、他の人々以上に克明に、彼らの持ち物に自分自身を刻印する。芸術的趣味という点では、それらは何も有してはいないが、それらは、もっと貴重な、もっと興味深い物を与えてくれるように思われる」）という。芸術性と対比的に日常的な住居空間に興味深い作家像を投影する態度は、「余」と似ているが、ウルフは「余」とは異なる印象をカーライルの家から読み取っている。

One hour spent in 5 Cheyne Row will tell us more about them and their lives than we can learn from all the biographies. Go down into the kitchen. There, in two second, one is made acquainted with a fact that escaped the attention of Froude, and yet was of incalculable importance —— they had no water laid on.
（「チェイン・ロウの五番地で一時間を費やすなら、我々は、カーライル一家について、そして一家の生活について、伝記から知り得る以上のことを教えられるだろう。キッチンに下りてみなさい。そこにおいて、二秒で、（伝記作家の）フルードの注意を逃れた、しかも極めて重要な事実を知らされる。そこには水道が引かれてないのである。」）

カーライルの伝記からでは窺い知ることのできないことをカーライルの家から読み取ろうとするウルフは、まずキッチンに降り、そこに水道が引かれていないことに注意する。このことは、フルード[*24]にも注意されていないが、ウルフの目にはきわめて重要なこととして映った。なぜなら、"Every drop that the Carlyles used —— and they were Scots, fanatical in their cleanliness —— had to be pumped by hand from a well in the kitchen."(「カーライル一家が使った水はすべて――そして彼らは清潔好きであることに熱狂的なスコットランド人であった――井戸からキッチンに手でくみ上げられた」)からである。三階の風呂桶について、「カーライル博物館」の「余」が、「旁らには彼が平生使用した風呂桶が九鼎の如く尊げに置かれてある。風呂桶とはいふもの、バケツの大きいものに過ぎぬ。彼が此大鍋の中で倫敦の煤を洗ひ落したかと思ふと益其人となりが忍ばるゝ」として、カーライルの面影しか読み取らなかったのに対し、ウルフはその背後に別の物語を読み込む。

here is the cracked yellow tin bath, so deep and so narrow, which to be filled with the cans of hot water that the maid first pumped and then boiled and then carried up three flights of stairs from the basement.

(「ここにはひびの入った黄色いブリキの風呂桶があり、それは深く狭いものである。その風呂桶を湯の入った缶で満杯にするために、メイドはまず水を汲み、沸かし、地階から三度階段を駆け上がるのであった。」)

風呂に入るカーライルはいい。だが、その湯はどこから来るのか。ウルフの目はそこに向けられる。"All through the mid-Victorian age the house was necessarily a battlefield where daily, summer and winter, mistress and maid fought against dirt and cold for cleanliness and warmth."(「ヴィクトリア朝中期を通じて、家とは必然的に戦場であった。そこでは毎日、夏も冬も、女主人とメイドが清潔と温暖のために汚れと寒さに対して戦ったのである。」)と述べるように、時代相に照らしながら、カーライルの家の様々な箇所にカーライル夫人やメイドの姿を映し出すウルフの観覧は、「余」とは大きく異なる印象を刻み込む。

ウルフは、カーライルの家について"Thus number 5 Cheyne Row is not so much a dwelling-place as a battlefield —— the scene of labour, effort and perpetual struggle."（「チェイン・ロウの五番地は住居というよりは戦場である。労働、奮闘、ひっきりなしの悪戦苦闘の現場である。」）と述べている。ウルフによれば、すべての家は音と季節を持っているという。そして、カーライルの家は、キーツの家がつねに"spring"であるのと対極的に、つねに"February"であるという。また、カーライルの家から聞こえてくる音とは、"The voice of the house —— and all houses have voices —— is the voice of pumping and scrubbing, of coughing and groaning."（「カーライルの家の音とは——すべての家は音を持っている——水を汲みあげる音とごしごし掃除する音、せきをする音とうなる音である。」）であった。ここで響いている音は、カーライルの家がカーライルとカーライル夫人、そしてメイドの記憶が折り重なった空間であることを示している。カーライルの特権性は微塵も見られないのである。

カーライルの家に対するウルフと漱石の視点の違いについて、中尾真理は漱石がカーライル夫人の知識を持っていなかったのに対し、ウルフは「一八三三年に出版されたJ・A・フルード編の書簡集、一九二四年に出版されたレナード・ハックスレー（Leonard Huxley）編の書簡集の存在を知っていた」こと、「明治の男性であった漱石はチェイン・ロウの家を見て「あのカーライル」が質素に、「四角四面に暮らした」ことに感銘を受け」たが、「その舞台裏の苦労までは思い及ばなかった」こと、そして「やかましい夫と生活を共にした夫人のことまでは考えなかった」ことなどを挙げている。これらの点は首肯されるが、本稿でこれまで述べてきたように、ここに*Carlyle's House Catalogue*との関係を付け加えることができるだろう。*Carlyle's House Catalogue*にも、ウルフが注目した点についてはほとんど触れられていない。それは、カーライルの家におけるカーライルの特権性の故であろう。そして、そのような案内記を内面化した「余」の観覧が、そこにある複数の物語への視座を制限されているからに他ならないのである。ウルフの観覧を参照することで、カーライルの家と「余」が共犯的に構築している「当り前の人間」カーライルの記憶のイデオロギー性を垣間見ることができるのである。

おわりに

これまで、カーライルの家における「余」の観覧が、*Carlyle's House Catalogue* 等の案内記と密接な関係にあることを明らかにしてきた。地階からカーライルの著述部屋である屋根裏部屋へと上昇する過程で「余」の〈夢想〉が高揚し、カーライルとの精神的交歓が強められていく構造は、屋根裏部屋に"many interesting personal relics"が存するというカーライルの家の期待するまなざしに沿った観覧であり、その意味で「人間」カーライルを中心化した観覧であった。「余」の観覧は決して「自由」なものではないのであり、観覧の欲望を「余」の内的必然性にのみ求めることはできないのである。しかし、それと同時に、「余」の観覧が「人間」カーライルを標榜した案内記とのズレを生じ、案内人の「婆さん」との間に葛藤を生じたことも注意されなければならない。観覧者は、展示物に付された統辞的規則から自由に振る舞うことは困難であるが、その一方でそれらに厳然と一致することもなく、展示対象を翻訳、編集することにより、変成させる力を有している。展示空間とはこれらの異なった方向性を有する力が内包された多義的な空間であり、それらがせめぎ合うダイナミックな空間なのである。そのことを見ずに、「余」の「自由」な観覧を特権化することはできない。それと同時に、展示者側のイデオロギー性のみを強調することも同じ程度に正しくない。「カーライル博物館」には、博物館という空間が、案内記や案内人、観覧者（そして観覧者内部の多様性）等の様々な主体の間に生成する間主体的な空間であることが描き込まれているのである。「余」の観覧とウルフの観覧とを並置することで、カーライルの家における観覧の様態の複数性についても見ることが出来る。そこでは、カーライルの家が構成する記憶から滑り落ちる記憶が様々にあることが確認された。

博物館とは、展示を組み立て観覧者を導く制度的言説とそれをなぞりながらもその固有性ゆえに常にズレを来してしまう観覧者それぞれとの間でその都度織りなされるテクストなのである。

注

＊1　夏目漱石の文章の引用は『漱石全集』第二巻（平成六〔一九九四〕・四、岩波書店）及び同書第十九巻（平成七〔一九九五〕・一二）に拠る。

＊2　さながら文学散歩の文学散歩といったこのような行為は、カーライルの家と「カーライル博物館」を対照させ得る可能性を有しながら、そのような指摘は多くない。その中で、たとえば安岡章太郎の小説『カーライルの家』（平成一八〔二〇〇六〕・一二、講談社）は、漱石の記述を丹念に追うことで、「カーライル博物館」のテクスト性を明示し、「私」の経験を付き合わせることで、観覧の複数性を示し得ている。

＊3　大村嘉吉「『カーライル博物館』における漱石の虚構」（『アシニーアム』昭和四一〔一九六六〕・一一。『漱石と英語』平成一二〔二〇〇〇〕・一二、本の友社、所収）。岡三郎「『カーライル博物館』における事実と夢想」（『青山学院大学文学部紀要』昭和五〇〔一九七五〕・三）。松村昌家「『カーライル博物館』とCarlyle's House」（『神戸女学院大学論集』昭和五一〔一九七六〕・九）。また、最近の論考として塚本利明「漱石とカーライル――「カーライル博物館」を中心に」（『専修人文論集』平成一二〔二〇〇〇〕・一一。『改訂増補　漱石と英文学　『漾虚集』の比較文学的研究』平成一五〔二〇〇三〕・八、彩流社、所収）がある。

＊4　小宮豊隆「短篇上」（『漱石全集』第二巻解説、昭和一一〔一九三六〕・四、岩波書店。『漱石の芸術』昭和一七〔一九四二〕・一二、岩波書店、所収）

＊5　亀井秀雄「文学館を考える――その外延と内包――」（『亀井秀雄の発言』〔http://homepage2.nifty.com/k-sekirei/〕。平

成一六〔二〇〇四〕・三。加筆改稿、平成一七〔二〇〇五〕・二。平成一九〔二〇〇七〕・六現在確認）

＊6　松山市立子規記念博物館編『正岡子規の世界　松山市立子規記念博物館　総合案内』（平成六〔一九九四〕・三、松山市立子規記念博物館友の会）

＊7　ジェイムズ・クリフォードは、「真正性は、モノや慣習が存在する――「未来になりつつある現在」という――歴史的コンテクストから、それらを引き剥がすことによって生み出されるのである」とし、「真正性」自体の作為性を明らかにしている（『文化の窮状――二十世紀の民族誌、文学、芸術』太田好信ほか訳、平成一五〔二〇〇三〕・一、人文書院）。

＊8　ロラン・バルト『現代社会の神話』（下澤和義訳、平成一七〔二〇〇五〕・二、みすず書房）。またクリフォードも「博物館での分類と陳列における意味の創造が、適切な表象として神秘化されてしまう」（『文化の窮状』前掲）と指摘する。

＊9　佐藤裕子「漱石のモダニズム――『漾虚集』におけるアイロニーの表現をめぐって」（『フェリス女学院大学文学部紀要』平成一四〔二〇〇二〕・三）も、本稿において先に引用した「倫敦塔」の箇所とこの箇所を並置し、「歴史的建造物や歴史的遺物というものが、それ自身単独で意味を成すというよりは、後にそれを見る人間がそれらの建造物や遺物と、そこに生きた人間とを関連づけ意味付けしない限り、どこまでも単なる物質でしかないという状況を、「余」は確実に捉えている」と指摘する。しかし、佐藤裕子は「「余」の思考や認識」を特権化するあまり、その意味づけの主体を「余」に限定しているきらいがある。本稿では、「余」にそのような意味づけを促すもの、あるいは「余」の認識を支えるものとして案内記を措定する。

＊10　"re-decoration"、"re-pair"の語はともに、*Carlyle's House Catalogue* によっているが、"re-pair"のハイフンは引用者が付した。

＊11　カーライルの家の改装前と後について、新渡戸稲造は次のように回想している。

英国でも、今では八釜しく言ふ様になつたが、元はそうでなかった。十三年前に初めて英国に行つた時、チエルセーに遊んで、カーライルの住んだ家を見た時には、まだ、ガラスでも破れたまゝで、少しも構つて無つた。夫が、昨年、行つて見ると、一から十まで、すべてカーライルが生存中の時の通りに仕てある。椅子の置方でも、カーライルの死んだ時にはコウ云ふ風に、こゝに椅子がコウ置てあつたと云ふ迄、研究して其通りにしてある。

また、新渡戸は生前のカーライルとの比較により、死後の作家顕彰について次のように述べている。

コレは、カーライルの事が段々に世に知られて来るのであるが、シカシ、一体、カーライルと云ふ人は、生きて居る内は人に嫌がられた男で、会つて話しでもすると、実にイヤナ人であつた、夫が死ぬると、棺を蓋ふて評定まり、善いこと斗りが追慕さるるに至つたのである。（新渡戸稲造君談話「ゲーテとカーライル」『女学雑誌』明治三六（一九〇三）・八）

＊12　越智治雄「漱石の初期短篇——『漾虚集』の一面——」（『国文学』昭和四五（一九七〇）・四、八）。引用は『漱石私論』（昭和四六（一九七一）・六、角川書店）に拠る。

＊13　宮薗美佳「夏目漱石「カーライル博物館」考——「カーライル博物館」という場所が示したもの」（『日本文芸研究』平成一一（一九九九）・六。『漾虚集』論考——「小説家夏目漱石」の確立』平成一八（二〇〇六）・六、和泉書院、所収）には、カーライルの家における保存の意味が検討されている。

＊14　小森陽一は、この箇所に関して、「あらかじめ「案内記」を読んでおくこと。それなしには「出掛る」ことはありえないような「二十世紀の倫敦」における「皆んな」の在り方。自らのすべての経験が、あらかじめ誰かによって言説化された情報をなぞること以上でも以下でもないような状況が、「当り前」になってしまうのが、「二十世紀」なのである。それは代行とも言えるし、模倣とも言えるし、媒介を仲立ちとした欲望の譲渡とも言えるだろう。しかし、

そのようなことが問題なのではない。重要なのは、「二十世紀を軽蔑」し、それを「消え去」らせようと思っても、やはり「二十世紀」に戻ってしまうということを、「漱石」の言説は、その始発点において自覚していたということなのだ」と指摘する（「夏目漱石と二〇世紀」『漱石研究』平成五〔一九九三〕・一〇）。宮薗美佳は小森陽一の論を参照し、「「カーライル博物館」は、十九世紀末から二十世紀初頭の時期、大まかに言えば「二十世紀」にもたらされた知覚形式が切り開いた、新しい楽しみ、快楽という、これらの肯定面が描かれた作品である」と指摘する。保存された空間としての「カーライル博物館」に注目する宮薗美佳は、「「余」は、作品の冒頭でカーライルの生きている空間を見ることを可能にしていた、さまざまな要素が、空間の結びつきとして知覚されるという知覚形式が、客観性を持って存在することの確証を、カーライル博物館で得ることができた」と結論している（「夏目漱石「カーライル博物館」考」前掲）。空間の「客観性」は事態の説明としては首肯されるが、「余」の観覧にそくして考えるならば、記憶の私有化の欲望を無視することはできない。

＊15　「括復法」、「単起法」の語については、ジェラール・ジュネット『物語のディスクール　方法論の試み』（花輪光・和泉涼一訳、昭和六〇〔一九八五〕・九、書肆風の薔薇）を参照した。

＊16　竹盛天雄は、観覧の一回性に関して「『倫敦塔』は、開巻まず「「塔」の見物は一度に限ると思ふ」という一回性の強調をもってはじまる。そこに語られているのは、夢のような感触をもった見学記録である。しかし、この一回的な感銘は、数時の訪問で得られるものを併せていて、なおそれにまさる初見の絶対的深さをもつ、ということではあるまいか。これは『カーライル博物館』において、「余」は四回にわたって見学しているけれども、そこに書かれている体験は、初回のものであることに通じている。一のなかに多、部分を通して全体、利那・瞬間のなかに永遠を、それぞれ認識するというロマンチシズムの発想である」と指摘する（「『吾輩は猫である』と『漾虚集』と・5――『カーライル博物館』の構図――」『国文学』昭和六〇〔一九八五〕・九）。

＊17　ジョン・アーリ『観光のまなざし』（加太宏邦訳、法政大学出版局、平成七〔一九九五〕・二）

＊18　先に引用した*Baedeker's London and it's environs*も、最上階の部屋に個人的な遺物が残されていると述べているが、そのことは「カーライル博物館」における「余」の観覧の構造とよく似ている。

＊19　樋口覚『雑音考』（平成一三〔二〇〇一〕・一二、人文書院）

＊20　ショーペンハウアーの引用の典拠として、漱石文庫のEssays of Schopenhauer, translated by Mrs. R. Dircks (London, Scott, 1897)が、岡三郎「『カーライル博物館』における事実と夢想」（前掲）によって指摘されている。

＊21　中原章雄「「カーライル博物館」再訪——家、妻、そして『猫』」（『立命館文学』平成五〔一九九三〕・三）

＊22　「余」はカーライルの家に関して、「カーライルは此クロムエルの如きフレデリック大王の如き又製造場の烟突の如き家の中でクロムエルを著はしフレデリック大王を著はしヂスレリーの周旋にかゝる年給を檳けて四角四面に暮したのである」とするように、カーライルの著作活動の場として、「製造場」のイメージを重ねあわせて捉えている。「余」にとって、カーライルの家は著作家カーライルの住居としての意味が前景化しているのである。

＊23　Virginia Woolf, *The London Scene, The CrowDance of Modern Life: Selected Essays vol. 2* (Penguin Books, 1993).「カーライル博物館」と*The London Scene, The CrowDance of Modern Life*の観察態度に関する比較については、中尾真理の行き届いた分析が備わっている（「ダロウェイ夫人とロンドン——ヴァージニア・ウルフと『カーライル博物館』をめぐって——」『奈良大学紀要』平成一五〔二〇〇三〕・三）。本稿のウルフに関する記述は、中尾真理の論考に多く拠っている。

＊24　中尾真理「ダロウェイ夫人とロンドン」（前掲）の整理によると、「J・A・フルード（J. A. Froude）は雑誌（Fraser's Magazine）の編集者でカーライルの弟子。チェイン・ロウでのカーライルの生活ぶりについては、彼の手によるカーライル夫妻の書簡集（一八八三年）、『回顧録（Reminiscences）』（一八八一年）、四巻からなる『伝記

(Biography)』(一八八二~四年)が詳しい」とされている。

初出一覧

序論　〈近代小説《ノベル》〉の成立——学問との関係を視座として——　書き下ろし

第一部　小説と学問との交渉

第一章　顔と小説《ノベル》——坪内逍遙『一読三歎当世書生気質』論——　書き下ろし

第二章　〈批評〉の水脈——石橋忍月初期作品を起点として——

「〈批評〉の水脈——石橋忍月初期作品を起点として——」『日本近代文学』第八二集、日本近代文学会、二〇一〇年五月

第三章　『出版月評』の〈批評〉論——「書籍ノ品質」が切り出されるまで——

「『出版月評』の〈批評〉論・一——「書籍ノ品質」が切り出されるまで——」『大学院研究年報　文学研究科篇』第三八号、中央大学大学院事務室、二〇〇九年二月

第四章　小説と〈批評〉——『出版月評』・『穎才新誌』と『しがらみ草紙』——

「『出版月評』の〈批評〉論・二——小説を〈批評〉すること——」『近代文学合同研究会論集第6号　批評のスタイル／創作のスタイル』、近代文学合同研究会、二〇〇九年一二月

第二部　制度に挑戦する小説

第五章　〈浮雲〉という物語——二葉亭四迷『新編浮雲』論——

「〈浮雲〉という物語」

『近代文学合同研究会論集第9号　いま、『浮雲』を読む／考える』、近代文学合同研究会、二〇一二年一二月

第六章　思想としての木版和装本——「新作十二番」『此ぬし』の戦略——

「思想としての木版和装本——「新作十二番」『此ぬし』の戦略——」

『日本近代文学』第七八集、日本近代文学会、二〇〇八年五月

第七章　〈神経病〉の文学誌——樋口一葉「われから」論——　書き下ろし

第八章　展示と観覧の間——「カーライル博物館」論——

「展示と観覧の間——「カーライル博物館」論——」

『近代文学合同研究会論集第4号　展示される文学——人・物・記憶』、近代文学合同研究会、二〇〇七年一〇月

※　本書は科学研究費補助金（特別研究員奨励費）の研究成果を含むものである。

あとがき

本書は二〇一三年に中央大学大学院に提出した博士学位論文「〈近代小説〉の成立に関する研究――学問との関係を視座として――」に基づくものである。

大学に入って間もないころ、なぜ小説を読むのか、どのように小説を読んだら良いのか、よく分からなかった。大学院に入って少したったころ、大学という場で小説を読むことの意義とは何だろうかということについて、ちゃんと考えてみたいと思いはじめた。そそっかしい私は、近代小説の成立について考えるのが手っとり早いかなと思って、明治二十年前後に足を踏み入れた。剣呑剣呑。結局、答えを与えてくれるどころか、時代も知と小説との関係をめぐっていろいろと悩んでいるようだったので、手を引いてもらいながら一緒に悩んでみた。問題のかたちは、具体的な対象とのかかわりによって異なるけれども、知の場で小説を読むこと、小説の場で知を練ること、この相互関係を意識しながら研究を行ってきた。近代小説を学問との関係に注意して考えてみることは、明治二十年代を見る視点であると同時に、私自身に対する説明の言葉をつくっていく作業でもあった。大学に入ったころの私に、いまの私は何と言葉をかけるだろうか。まずは問いのかたちを具体化させる作業を勧めるだろうけれども。

本書を成すにあたっては、とても多くの方々からのご教示ご支援をいただきました。すべてのお名前を記すことはできませんが、この場を借りて深くお礼申し上げます。

修士論文の主査をしていただいた山下真史先生、博士論文の副査をしていただいた鈴木俊幸先生、関礼子先生、博士論文の副査をしていただき日本学術振興会特別研究員としてご指導いただいている松村友視先生に、記して謝意を表します。そして学部一年の基礎演習以来、お世話になりっぱなしの宇佐美毅先生に心より感謝申し上げます。先生から研究のいろはを学び、先生のご研究に導かれて明治時代の小説を研究することを志しました。先生と出会い、薫陶を受けなければ、先生のご研究と対話するなかでの模索がなければ、私の研究はありえませんでした。

また、本書の出版を快く引き受けてくださり、停滞しがちな作業をつねに励ましつづけていただいた翰林書房の今井静江氏に感謝申し上げます。

最後に、両親の言い尽くせぬ恩に対し、本書を捧げて報います。

二〇一五年五月

富塚　昌輝

か

さ

ま

や

ら

わ

書名・記事名

◎和文

あ

索引

本書中において言及した人名、書名、雑誌・新聞記事名のうち主なもの掲出した。ただし、第三章・第四章で言及した『出版月評』『穎才新誌』の記事については省略した。書名を掲出する際、角書は省略した。雑誌・新聞記事名のうち、書評記事で書評対象の作品名と判別がつきにくい場合は、記事名の後に【書評】と記した。

人名

あ

か

さ

【著者略歴】
富塚昌輝（とみつか　まさき）
1981年東京生まれ。中央大学文学部卒業、同大学大学院博士課程後期課程修了。現在、日本学術振興会特別研究員。博士（文学）。日本近代文学専攻。

近代小説《ノベル》という問い
――日本近代文学の成立期をめぐって――

発行日	2015年 9 月30日　初版第一刷
著　者	富塚昌輝
発行人	今井　肇
発行所	翰林書房
	〒101-0051 東京都千代田区神田神保町2-2
	電 話　(03)6380-9601
	FAX　(03)6380-9602
	http://www.kanrin.co.jp/
	Eメール●Kanrin@nifty.com
装　釘	島津デザイン事務所＋須藤康子
印刷・製本	メデューム

落丁・乱丁本はお取替えいたします

ISBN978-4-87737-389-4